M. et Mme Jean-Baptiste Rouet

Denis Monette

M. et Mme Jean-Baptiste Rouet

roman

www.quebecloisirs.com

UNE ÉDITION DU CLUB QUÉBEC LOISIRS INC.
© Avec l'autorisation du Groupe Librex inc., faisant affaire sous le nom de
Les Éditions Logiques
© 2008, Les Éditions Logiques
Photo de la couverture : collection personnelle de l'auteur
Dépôt légal — Bibliothèque et Archives nationales du Québec, 2008
ISBN Q.L. 978-2-89430-886-8
Publié précédemment sous ISBN 978-2-89381-972-3

Imprimé au Canada

À Micheline,
Roxane et Michel,
Sylvie et Christopher,
Corinne, Carl, Christian,
Matthew et Sacha,
ma famille qui me tient à cœur.

de payer comptant, chez un bijoutier de la rue Sainte-Catherine, les alliances qu'il avait obtenues à rabais parce qu'elles dataient de quelques années.

Honoré Turin n'avait que deux enfants. De santé précaire, son épouse Marie-Louise n'avait pu lui donner qu'une fille et un garçon à deux ans d'intervalle, au risque d'y laisser sa vie. Le cher notaire, rempli d'égards pour celle qu'il avait choisie, lui avait promis que jamais plus elle ne serait enceinte. En prenant même des précautions qui n'étaient guère approuvées par l'Église. Ce qui ne l'empêcha pas de choyer Mignonne dès ses premiers pas et de se pencher sur le berceau d'Édouard, devenu «Pit», dès qu'il émettait un pleur ou un son. Une clientèle établie, un compte en banque assez rondelet, une jolie maison à lui rue de Champlain, non loin du presbytère, les gens du faubourg à m'lasse, comme on désignait ce quartier de Montréal, disaient de lui qu'il était un homme qui avait réussi. Sauf qu'en ce 3 janvier 1903, de voir sa fille perdre son nom pour prendre celui d'un va-nu-pieds n'avait rien pour l'enchanter. Il regardait les fresques de la voûtc dc l'église, admirait le maître-autel en marbre massif, s'arrêtait sur des palmes laminées d'or et scrutait du regard la superbe statue de Notre-Dame du Purgatoire avec l'enfant Jésus dans ses bras, déposant une couronne de roses sur la tête d'une pénitente afin qu'elle puisse monter au Ciel. Il regardait partout, sauf droit devant lui, pour ne pas voir sa fille prendre pour époux cet homme qu'il ne prisait guère. Marie-Louise, sa douce moitié, d'un léger mouvement du bras le rappela à l'ordre. Retrouvant son calme et sa fierté, Honoré Turin observa dans les bancs de gauche sa famille complète: frères, sœurs, cousins, cousines, neveux, nièces, autres parents et amis, et esquissa un léger sourire. De l'autre côté, où l'on aurait dû apercevoir la parenté du marié, personne ou presque : deux ou trois couples de condition modeste, sans doute des débardeurs du port venus avec leur épouse. Ce qui l'irritait davantage, c'était que le jeune couple allait habiter avec eux. Dans leur maison ! Parce que madame Turin l'avait suggéré et qu'il avait acquiescé, malgré lui, pour ne pas déplaire à Mignonne. Bien sûr qu'il allait être encore près de sa fille adorée ! Qu'il la verrait ainsi chaque jour… Quel bonheur pour un père de marier sa fille sans avoir à la perdre pour autant ! Mais lui, l'aventurier, ce gendre non désiré, « l'abruti », comme il le marmonnait entre ses dents, allait aussi vivre sous leur toit ! Tous les jours ! Revenant du port chaque soir et sentant la morue… Quel cauchemar !

Chassant ces idées noires de son esprit, il offrit un sourire à Mignonne qui le regardait avec tendresse, et voyant Pit enchanté de son futur beau-frère, il ne put que s'incliner lorsque, finalement, les vœux furent prononcés. L'organiste avait repris son cahier et les tuyaux de l'orgue clamèrent en musique la douce union de Mignonne et Jean-Baptiste. Ils descendirent l'allée et Honoré remarqua avec quelle fierté sa fille tenait le bras de son mari. Tout en souriant aux parents et aux badauds, Mignonne détourna la tête pour regarder la superbe statue de *La Pietà* devant laquelle elle avait tant de fois prié. Les cloches se mirent à sonner au moment où madame Turin enveloppait la mariée de sa cape de velours blanc. Dehors, quelques brins de neige tombaient en poudre du ciel. Comme si la Sainte Vierge avait laissé choir des confettis sur la tête de celle qui l'avait tant imploré. Sans priver le marié de cette attention puisque Jean-Baptiste avait déjà, dans sa moustache, trois ou quatre flocons.

Avisé de leur arrivée, le photographe avait déjà tout mis en place dans son petit studio pour la photo officielle des jeunes mariés. Comme le voulait la coutume, le couple devait afficher un air sérieux, n'esquisser aucun sourire, mais Mignonne ne put s'empêcher d'entrouvrir légèrement les lèvres pour laisser s'échapper un souffle de bonheur. Jean-Baptiste Rouet, assis dans le fauteuil de chêne aux bras rembourrés, posait solennellement. On aurait dit le maître de la maison… Déjà! Debout à ses côtés, Mignonne, la main droite appuyée sur le dossier de la chaise d'honneur de son mari, avait laissé son bras gauche descendre jusqu'à la hanche, la main dans un repli de sa robe. À côté d'elle, un bouquet dans un vase sur une table de coin. Derrière lui, une tenture de velours et, au sol, une plante dans un pot de faïence lustré. Un seul déclic : le portrait témoignerait à tout jamais du plus beau jour de leur amour. Mignonne Turin, dès lors, devenait madame Jean-Baptiste Rouet. Non seulement perdait-elle son identité, elle allait devoir aussi se priver de son prénom. Car, désormais, c'est sous le vocable de son mari qu'on l'interpellerait en société. Devant Dieu et les hommes, elle était devenue dès le *oui* prononcé… madame JEAN-BAPTISTE Rouet. À l'instar de sa mère qui était devenue, naguère, madame HONORÉ Turin. Comme toutes les femmes de cette époque. Des prénoms d'hommes d'après l'usage. Plus rien d'elles-mêmes conformément à leur baptistaire. Une complète renonciation. Quelle désolation !

Chapitre 1

Jean-Baptiste Rouet s'était empressé de raconter son cheminement à Mignonne dès leur première rencontre. Du moins ce qu'il en savait et qui sembla fort nébuleux pour monsieur Turin lorsque vint son tour d'écouter l'histoire enchevêtrée de ce prétendant dont il se méfiait et qu'il ne voyait pas d'un très bon œil. Sa femme, plus indulgente, se promettait d'y prêter bonne oreille. Mignonne, par contre, n'avait pas mis en doute le récit de celui qu'elle aimait. Il lui était même arrivé de pleurer sur certains passages de l'existence parfois troublante de Jean-Baptiste. « Pauvre petit gars ! » s'était-elle exclamée en soupirant, quand il s'était attardé sur les sévices corporels qu'il avait subis au cours de son adolescence.

Jean-Baptiste était né de mère et de père inconnus aux îles Saint-Pierre-et-Miquelon, vers le 24 juin 1882. Se référant à ce qu'il avait appris au fil des ans, il racontait qu'il avait été déposé dans un panier d'osier en plein mois de juillet dans le portique de la petite école de musique de mademoiselle Clémentine Rouet. Arrivée tôt le matin, quelle n'avait pas été la surprise de la maîtresse de piano d'entendre les pleurs d'un bébé en ouvrant la porte extérieure, jamais fermée à clef. Voyant l'enfant, elle s'en empara et, blotti contre elle, le poupon cessa de pleurer comme s'il avait retrouvé sa mère. Se penchant, elle regarda sous la petite couverture qui lui avait servi de matelas et découvrit une feuille pliée en deux sur laquelle elle put lire : « Prenez-en soin, je n'en ai pas les moyens. Il n'est pas baptisé. » Rien de plus, rien de moins. Éberluée, mademoiselle Rouet retourna à la maison avec le bébé emmitouflé et, l'apercevant, son frère, Adélard, lui cria : « Mais qu'est-ce que t'as donc là, toi ! Un enfant ? À qui est-il ? » Retrouvant son souffle, déposant le petit dans un gros panier rempli de linge propre, elle lui répondit : « Un enfant abandonné, mon frère. On l'a laissé dans mon portique à l'école. C'est un garçon… » Surpris, Adélard regarda le poupon et lui rétorqua : « Bien, on va toujours pas l'garder, c'te p'tit-là ! Va le porter au presbytère, le curé va s'en charger. » Mais la vieille demoiselle, émue devant ce petit être qui avait enfin trouvé refuge, ignora l'ordre de son frère, également célibataire. Elle fit chauffer un peu de lait, nourrit le petit à l'aide d'un dé à coudre et dit à son frère : « Non, Adélard, je le garde. Une note me disait d'en prendre soin, c'est le Ciel qui me l'envoie. Je vais m'arranger avec le curé, mais je vais le garder. Et tu n'as pas un mot à dire, mon frère, c'est moi qui te fais vivre. » Mal à l'aise, Adélard, la soixantaine bien sonnée, lui répliqua : « Pas nécessaire de me le remettre sans cesse sur le nez, Clémentine. J'suis malade, j'ai le souffle court… Tu me fais vivre, mais avoue que je ne suis pas exigeant. Et je te protège… Imagine ce que serait ta vie ici sans moi. Une vieille fille seule dans une petite maison de bois… Tu peux le garder le bébé si tu as les moyens de le nourrir, mais ne compte pas sur moi pour en prendre soin durant tes absences, je ne sais pas comment m'y prendre avec un p'tit. J'suis l'dernier des Rouet, sans descendance… » Clémentine leva les yeux sur lui et, cajolant l'enfant d'une main, interrompit son frère : « Tu étais le dernier des Rouet, cet enfant portera notre nom. Ainsi, la lignée va se perpétuer. » L'homme soupira d'impatience et marmonna : « Mais il n'est pas de notre sang, c't'enfant-là, c'est un bébé trouvé… » Le défiant, la quinquagénaire lui répondit : « Non, mon frère, un bébé adopté. C'est ce que je compte faire. Je vais me rendre chez le curé et tout arranger avec lui. Comme il me considère, je suis certaine qu'il ne va pas hésiter à m'en confier la garde. »

Et c'est ainsi que l'enfant sans nom devint Jean-Baptiste Rouet. Mais non sans peine, car mademoiselle Rouet ne voulait pas qu'il soit baptisé en sol français. D'origine canadienne, résidente temporaire des îles Saint-Pierre-et-Miquelon le temps d'un contrat d'enseignement, elle en était au terme ou presque de son engagement. Le curé, ne sachant trop quoi faire de l'enfant, accepta de bon gré de le lui confier. Plus encore, il complota avec elle afin qu'elle puisse quitter les îles avec le bébé comme s'il avait été le sien. Adélard resterait encore un bout de temps pendant que Clémentine, l'enfant dans les bras, emprunterait le traversier à Port aux Basques pour se rendre en Nouvelle-Écosse, à l'île du Cap-Breton où une amie à elle, Winifred Taillon, l'attendrait pour l'accueillir. Le curé n'eut aucune difficulté à faire accepter au capitaine du bateau, qu'il connaissait depuis longtemps, que la maîtresse de piano et son bébé traversent clandestinement. Quelques papiers falsifiés et mademoiselle Rouet voguait déjà entre Miquelon et Cap-Breton avec un enfant qui n'avait pas de parents légitimes et pas encore de nom. Arrivée à bon port avec son précieux trésor dans les bras, elle fut chaudement accueillie par Winifred, une autre célibataire de son âge, qui avait été garde-malade en Ontario avant de venir prendre sa retraite dans son patelin natal de la Nouvelle-Écosse. Winifred prodigua les premiers soins à ce gros poupon qui avait certes envie de vivre et, cinq jours plus tard, avec les papiers signés du curé des îles, Clémentine et Adélard Rouet adoptaient en bonne et due forme cet enfant qu'on avait baptisé la veille et dont Winifred était la marraine, le curé des îles ayant déjà signé par procuration à titre de parrain.

Faisant le compte depuis le jour où Clémentine l'avait découvert, pesant l'enfant, on jugea qu'il avait au moins trois semaines, peut-être un mois. Mademoiselle Rouet opta pour l'hypothèse et le petit fut baptisé Jean-Baptiste en l'honneur de celui qu'on fêtait chaque année le 24 juin chez les Canadiens-Français. Ravie de son nouveau rôle de mère, Clémentine partagea son temps entre l'enseignement et « son » enfant. Durant les classes, Winifred s'occupait du petit qui, jovial, allait de l'une à l'autre en souriant, bien nourri, vêtu proprement et choyé grandement. Quatre mois plus tard, triste nouvelle, Clémentine apprenait que son frère venait de succomber d'une embolie pulmonaire à Saint-Pierre-et-Miquelon. Puisant dans ses économies, elle fit venir le corps jusqu'au Cap-Breton et le brave Adélard fut enterré dans un cimetière anglais, aux côtés de la mère et de la grand-mère de Winifred. Geste de générosité de la part de cette dernière. Mademoiselle Rouet, de concert avec le curé qui l'avait tant aidée, fit revenir tous ses effets par le traversier, certaine de ne plus retourner enseigner aux îles, maintenant qu'elle avait un fils adoptif à élever. Jean-Baptiste venait de fêter ses deux ans lorsque Clémentine, qu'il appelait déjà maman, tomba gravement malade. De plus en plus faible, perdant du poids de jour en jour, on diagnostiqua « le grand mal » qui ne pardonnait pas. Huit mois plus tard, comme sa défunte mère jadis, Clémentine Rouet rendait l'âme à l'âge de cinquante-neuf ans.

Mignonne avait écouté, plus attentivement cette fois, le début du récit attendrissant. Madame Turin n'osait rien dire, mais le futur beau-père trouva le moyen de discréditer Jean-Baptiste lorsque ce dernier ajouta qu'il avait sans doute du sang français dans les veines. Tentant d'impressionner le notaire, il avait ajouté que la baronne de l'Espérance, épouse de l'un des gouverneurs, avait été enterrée au cimetière de Miquelon. «Pour répandre un peu de noblesse sur ses modestes origines», avait songé Honoré. Jean-Baptiste leur parla aussi de la croix du Calvaire qui témoignait de l'importance de la religion catholique aux îles et décrivit plusieurs autres monuments comme s'il avait tout vu de ses yeux, lui qui en était parti à peine naissant. «Il a sans doute lu ça dans un livre…», pensa Honoré. Vint le moment où Jean-Baptiste, sûr de bien connaître l'histoire des îles, dit à son futur beau-père : «Vous savez, pendant plus de dix-huit ans, c'est la pêche à la morue qui a été le moteur de l'économie des îles Saint-Pierre-et-Miquelon.» Ce qui lui valut comme réponse : «Pas surprenant que tu en aies gardé l'odeur, mon homme !»

Mignonne avait jeté un regard sévère à son père. Faisant mine de rien, le paternel avait offert un cigare à Jean-Baptiste qui, se sentant déjà des leurs, l'avait accepté avec aisance. Poursuivant son triste récit, il regardait celle qu'il aimait : «C'est à partir de c'moment-là que tout s'est gâché. Ma mère adoptive décédée, j'me retrouvais seul avec celle que j'appelais tantine. Je pleurais sans cesse, je cherchais "ma mère" et, voyant que j'me consolais pas dans ses bras, Winifred décida de pas m'garder plus longtemps. J'avais juste deux ans, j'étais bien portant et, sans m'en rendre compte, j'allais être rejeté une seconde fois. Un certain matin, une petite valise à la main, j'ai suivi deux hommes âgés qui étaient venus me chercher. J'étais petit, j'comprenais rien, bien sûr, mais j'tremblais. Je… » Perdant patience, Honoré l'apostropha : « Qui donc t'a raconté tout ça ? Tu n'avais que deux ans ! Tu es sûr que tu n'inventes pas à mesure, toi ? » Insulté sans le laisser paraître, Jean-Baptiste lui répondit froidement : « Non, monsieur Turin, je n'invente rien. Vers l'âge de seize ans, j'ai retrouvé Winifred et c'est elle qui, en pleurant et en s'excusant, m'a fait le récit de ma petite enfance. J'ai remonté jusqu'à mon berceau, je voulais savoir d'où je venais, qui j'étais. Je cherchais en vain ma famille Rouet. » Inconfortable, mal à l'aise, Honoré toussota pour ne pas avoir à s'excuser, et sa fille, choquée de son attitude, le sermonna : « Papa, cesse de l'interrompre, sinon nous ne saurons jamais la fin. » Madame Turin acquiesça d'un signe de la tête, tout en brodant un caneton dans son cerceau de bois.

Jean-Baptiste, heureux de pouvoir reprendre le haut du pavé, continua : « J'ai été emmené dans un orphelinat. Il y avait des religieuses qui m'faisaient peur avec leur capuche noire. J'ai pleuré toute la nuit, paraît-il, et sans doute plusieurs jours par la suite, mais au bout de quatre mois, j'ai eu la chance d'être choisi par un couple qui désirait adopter, mais non sans avoir d'abord fait un essai avec moi. Je n'ai aucun souvenir d'eux puisqu'ils ne m'ont pas gardé. J'ai ensuite été pris en charge par trois autres familles, mais jamais pour bien longtemps. J'me souviens de rien ou presque, sauf de la dernière famille qui ne roulait pas sur l'or et où j'mangeais mal. J'avais déjà six ans, donc assez vieux pour m'en rappeler. Le gros monsieur me tapochait dès que j'faisais un faux pas. J'avais juste à tousser pendant l'souper qu'il s'écriait : "Toi, t'es proche de ma main… Prends ton mouchoir ou sors de table !" J'vous épargne tous les sacres qui suivaient. Un jour, j'me suis enfargé dans le seau à plancher et, ayant tout renversé, il m'a donné une claque et a crié à sa femme : "Ça, c'est l'boutte d'la marde ! Tu le r'tournes à l'orphelinat, Fernande !" Excusez le langage, monsieur Turin, mais c'est comme ça qu'il parlait. Je vous fais encore grâce des blasphèmes toutefois. Tout ce dont je m'souviens de cette famille, c'est que la femme s'appelait Fernande parce qu'il avait crié son nom assez fort pour réveiller un mort. Ils avaient deux petites filles, mais elles ne jouaient jamais avec moi. Avec le temps, j'ai cru comprendre qu'ils étaient venus me chercher pour me faire travailler comme un cheval. À six ans, je traînais des poches de patates de vingt-cinq livres sur mon dos. C'est tout ce qu'on mangeait dans cette maison-là. Des patates pilées avec d'la sauce, un croûton de pain, pis des pruneaux confits pour dessert. » Jean-Baptiste s'esclaffa, histoire de faire rire Honoré avec les « pruneaux », mais ce dernier resta de marbre. Madame Turin avait souri et Mignonne s'était retenue pour ne pas éclater d'un rire franc.

Jean-Baptiste avait ravalé sa salive pour, ensuite, sérieusement leur apprendre : « J'me suis encore r'trouvé à l'orphelinat où j'ai moisi durant cinq ans. J'vous épargne les sévices, les sœurs avaient la main ferme avec nous, mais j'avais la couenne dure. Par contre, je m'instruisais. J'ai appris à lire, à compter, on m'a enseigné la religion, l'histoire, la géographie et, fait surprenant, on m'a appris à bien parler, à bien me comporter, à ne pas dire "moé" mais "moi". » Honoré l'interrompit : « Oui, j'avoue que ça me surprend, tu t'exprimes passablement bien. Un assez bon vocabulaire pour un gars du port. Tu n'as pourtant pas eu l'instruction… » Jean-Baptiste ne l'avait pas laissé terminer : « Non, pas la grande instruction comme vous, monsieur Turin, mais j'ai appris le bon maintien, le savoir-vivre, la politesse et l'orthographe. Pour ce qui est de m'exprimer, j'parle pas le bec en cul-de-poule, mais j'fais pas honte à personne!» Honoré avait froncé les sourcils et Mignonne se retenait pour ne pas rire. Jean-Baptiste était si direct, si franc, si sincère. Content de faire un si bon effet, le débardeur du port ajouta: «C'était moi le meilleur en dictée chez les frères!» Surprise, madame Turin osa une question: «Vous êtes allé chez les frères? Vous n'avez pas été maltraité?» Jean-Baptiste sourit et, regardant Mignonne, répondit: «Non, madame, moins qu'avec les sœurs. Faut dire que j'avais pas la tête dure. Avec les frères, il fallait être dans leur manche. J'me suis arrangé pour me faire apprécier. J'étais petit mais costaud. J'travaillais fort, on m'confiait les dures corvées, mais d'un autre côté on m'instruisait davantage. C'est avec eux que j'ai appris à mieux parler, à écrire sans fautes, à être premier en arithmétique et à me concentrer sur la géographie. J'étais pas mal fort dans les cartes routières ainsi que les *mappes* de différents pays. C'était dans ça que j'me forçais le plus…» Il s'était arrêté, ce qui permit à Honoré de lui demander: «Pourquoi?» Perdu dans ses pensées, le jeune homme ajouta: «Parce que j'savais que j'allais déguerpir de là, m'enfuir, et que j'voulais savoir où aller. Le plus loin possible d'eux autres parce que, rendu à quatorze ou quinze ans, il y en avait parmi les enseignants qui s'intéressaient un peu plus qu'à la géographie. Vous me comprenez, n'est-ce pas? L'anatomie…» Monsieur Turin avait toussoté pour que Jean-Baptiste ne précise rien. Il ne voulait pas que Mignonne puisse s'imaginer que les frères et Jean-Baptiste… Non, pas ce sujet délicat, même s'il était évident que le jeune homme était prêt à vider son sac pour s'attirer un peu de sympathie.

Monsieur Turin avait toujours regardé le prétendant de sa fille avec suspicion, dès que cette dernière lui avait dit aimer un «bon gars» sans famille. Et davantage maintenant avec toutes ces révélations, pourtant vraies, auxquelles il croyait plus ou moins. Quelques mois plus tôt, il avait insisté pour que sa fille rencontre le fils d'un collègue. Un futur héritier, quoi ! Mignonne avait accepté pour ne pas contrarier son père, mais, après une brève rencontre avec ce prétendant, elle était rentrée maussade, mécontente de sa sortie. Ses parents, s'enquérant de sa soirée avec ce garçon qu'ils savaient intelligent, s'étaient fait répondre : « Je ne veux plus jamais le revoir ! Tu veux savoir pourquoi, papa ? » Sur un signe de tête affirmatif de ce dernier, elle lança : « Il a les doigts longs, il est vicieux et… il a mauvaise haleine ! Il a cherché à m'embrasser après à peine les présentations terminées et, quinze minutes plus tard, il tentait de soulever ma jupe d'une main en glissant l'autre sous ma blouse ! Je me suis levée d'un bond, j'ai failli le gifler, mais j'ai plutôt pris la poudre d'escampette et je suis rentrée à pied ! » Stupéfait, choqué, Honoré Turin lui promit qu'il allait en parler au père du jeune homme. Mais il n'en fit rien : entre notables, on se protégeait bien. Par contre, il n'insista pas pour que sa fille revoie ce dégénéré, comme il le qualifiait tout haut. Mignonne, rassurée, avait profité de la circonstance pour avertir son père : « À l'avenir, ne me présente plus personne, papa. Celui que j'aimerai, je le trouverai moi-même ! » Madame Turin avait souri. Décidément, sa fille avait du cran, ce qu'elle-même n'avait pas eu, naguère, en épousant, un peu contre son gré, cet Honoré Turin que son père lui avait déniché.

Ayant repris son souffle après le flot de confidences auxquelles il s'était laissé aller, Jean-Baptiste Rouet avait retrouvé sa verve pour continuer : « Et je l'ai fui l'orphelinat, monsieur Turin ! Par un beau soir de juin après avoir mis de l'ordre au réfectoire. Le frère qui m'aimait bien, c'est le cas d'le dire, m'avait remis la clef de la porte de la véranda pour que je la

verrouille après que le vieux frère Henri rentre de sa promenade dans le jardin. Il m'avait fait confiance, mais à tort. Je
n'allais pas laisser passer cette chance, il y avait longtemps que
mon baluchon était caché sous l'escalier qui menait au dortoir.
Je vous vois froncer les sourcils, monsieur Turin. Parce que
j'ai trahi sa confiance ? Allons donc ! Ne m'obligez pas à vous
exposer ce qui m'avait valu d'la gagner, votre dame en serait
gênée ! » Honoré détournait la tête, mais Mignonne soupirait
d'aise, impatiente d'en savoir plus. Son cavalier contait si bien
qu'elle ne pouvait se lasser de l'entendre. Jean-Baptiste poursuivit donc : « Le vieux frère est rentré sans même me prêter
attention et, dès que je l'ai vu péniblement monter l'escalier,
j'ai saisi mon baluchon, j'ai poussé la porte et j'me suis mis
à courir jusqu'à ce que j'atteigne la grand-route. J'ai hélé une
voiture qui ne s'est pas arrêtée, mais j'ai eu plus d'chance avec
un vieux camion dont le chauffeur, un vieux fermier ratatiné…
pardon, je voulais dire âgé, m'a déposé à environ un mille de la
gare. J'ai dormi dans un bois à la belle étoile et, le lendemain,
craintif, regardant partout de peur d'être repéré, j'me suis dirigé
vers la gare et j'ai demandé le prix d'un voyage pour l'Ouest
canadien. Le plus loin possible… J'avais pas beaucoup d'argent, j'avais ramassé cenne par cenne la petite monnaie que me
donnaient les frères pour me récompenser de mes tâches. Mais,
d'après le chef de gare, je pouvais me rendre en Alberta en me
gardant un peu d'argent pour me nourrir durant les fréquents
arrêts. J'avais quinze ans, rien à perdre, l'avenir devant moi,
et j'me suis senti soulagé quand le train s'est mis à rouler sur
ses rails, sans que les frères m'aient retrouvé. De toute façon,
celui qui m'avait fait confiance n'avait pas intérêt à se lancer
à ma recherche. Ça, il le savait ! »

Jean-Baptiste reprit son souffle et poursuivit : « Or, délivré
de tous ceux à qui j'avais appartenu, libre comme l'air, quel-

ques vêtements froissés dans mon baluchon : un pantalon, une chemise sur le dos, une casquette sur la tête, des bottines dans les pieds, je m'lançais enfin dans l'aventure de la vie. Ma vie ! J'ai mis des jours à me rendre en Alberta, mais, à bord du train, je m'étais fait quelques sous en allant chercher, lors des arrêts, des pointes de tarte et du café pour des personnes âgées. Une dame charitable m'avait même donné le *quick lunch* qu'elle avait préparé pour son petit gâté pourri qui n'en voulait pas. Toute une économie ! Il y avait au moins sept biscuits à l'érable en plus des sandwiches dans ce sac-là ! J'me suis donc bourré la panse plus d'une fois sans avoir à fouiller dans mes poches. J'ai finalement atteint l'Alberta où j'ai eu la chance de tomber sur un autre fermier qui avait besoin de main-d'œuvre. Il m'a trimballé jusqu'à son patelin et j'ai commencé à travailler sur sa ferme dès le lendemain. Je ne connaissais rien aux travaux de la ferme, il m'a tout appris. Sa femme était énorme, mais elle faisait très bien la cuisine. Pardonnez mon expression, monsieur Turin, mais j'ai mangé comme un cochon le temps que j'ai été là. J'ai pris dix livres en moins d'trois mois. Le couple avait quatre enfants, mais trop jeunes encore pour être utiles à la ferme. Ils n'avaient qu'une fille, la plus vieille, treize ans environ, et elle me tournait autour. Mais je n'étais pas attiré, elle avait la face pleine de boutons ! Oh ! Excusez-moi, madame Turin, j'aurais pu dire ça plus délicatement... J'suis resté que le temps d'un été sur cette ferme mal gérée. J'avais pas une grosse paye, car le fermier n'avait pas le don de sauver ses récoltes. Il était toujours en déficit... Heureusement qu'il avait de bonnes poules pondeuses, ça le sauvait de la banqueroute. Du moins, le temps que j'ai été là. J'ai fêté mes seize ans en juin et, l'ayant dit à la grosse femme, elle avait eu la bonté de me cuire un gâteau. Au souper, on m'avait souhaité *Happy Birthday* et, croyez-le ou non, c'était la première fois

que j'étais fêté depuis mon enfance. Du moins, à ma souve-
nance, parce que je présume que ma mère adoptive, de son
vivant, a dû me fêter quand j'ai eu un an et deux ans. Mais,
pour revenir au fermier, il avait eu la générosité de me glisser
cinquante cents dans une petite carte de souhaits que leur fille
avait faite à la main. C'était gentil, jamais j'oublierai ces braves
gens et, un jour ou l'autre, Mignonne… » Honoré affichait un
air taciturne : Jean-Baptiste connaissait à peine sa fille que,
déjà, il se voyait partir en voyage avec elle en Alberta. Du
culot, ce gars-là ! Madame Turin avait regardé l'horloge, et le
père de demander à l'invité : « Est-elle encore bien longue ton
histoire, Jean-Baptiste ? Il commence à faire noir, ma femme
s'endort… » Mignonne, navrée, s'écria : « Laissez-le au moins
finir ! Ensuite, vous n'aurez plus de questions à lui poser, il
vous aura tout dit ! N'oubliez pas, maman, papa, que je l'aime
cet homme-là ! » Jean-Baptiste, heureux de cet aveu soudain,
se sentit encore plus à l'aise de poursuivre son récit, d'autant
plus que madame Turin se versait une autre tasse de thé et que
le notaire, dans sa chaise berçante, s'allumait un autre cigare,
sans lui en offrir un cette fois.

« Avec l'argent accumulé, j'ai dit adieu au fermier et à
sa dame en septembre et j'ai repris le train pour Vancouver.
J'pouvais pas aller plus loin ; après, c'étaient les États-Unis.
Mais je m'suis fait avoir par la grande ville. C'était beaucoup
plus cher, j'avais trop peu d'économies, je savais que j'aurais
de la misère à me payer une chambre d'avance, à moins de
trouver du travail dès le lendemain. Ce qui ne fut pas le cas.
Il y avait des gens venus de partout dans ce coin-là. Même
des immigrants, syncope ! Oh ! pardon, c'est mon patois, j'le
sors quand j'm'emporte. Tout l'monde voulait faire la piastre,
mais il n'y en avait pas comme on l'pensait. Aussitôt qu'on

affichait un emploi, il y avait une file de postulants pour l'obtenir. Des jeunes comme des vieux ! Et celui qu'on engageait était toujours quelqu'un de recommandé. On n'avait même pas l'temps de rencontrer le patron ! J'ai gratté jusque dans l'fond d'mes poches et j'ai réussi à payer ma chambre pour un mois, quitte à crever d'faim ! J'allais au moins avoir un gîte pour dormir. Seize ans, pas une cenne, le ventre creux, je tentais de me trouver une job à chaque jour, même ramasser les vidanges, mais pas de chance. J'étais trop jeune, qu'on m'disait ! On semblait pas vouloir se fier à moi. D'autant plus que je venais de nulle part. C'est en octobre que tout s'est gâché. Je mourais de faim, j'en avais assez de manger les restes des poubelles comme les chiens du quartier. Prenant mon courage à deux mains, j'suis allé chez le marchand général et, faisant le tour des étalages, j'ai réussi à cacher un petit pain plat dans ma poche de pantalon, une boîte de sardines sous ma casquette et une pomme dans la poche de mon veston. C'est la pomme qui m'a trahi ! En passant à la caisse, me sentant surveillé, j'ai acheté une petite boîte d'allumettes à un sou pour ne pas avoir l'air d'être entré pour rien, mais le patron, me dévisageant, me cria d'un ton ferme : " Sors c'que t'as dans ta poche ! " À peu près ça, et en anglais que je comprenais plus ou moins. J'ai sorti la pomme en lui disant : "*Please, I'm hungry...*", mais lui, sans pitié, a fait venir la police. On m'a emmené au poste et là, découvrant les sardines et le petit pain, on me fit admettre que je les avais volés et on me jeta en prison. Comme le dernier des malfaiteurs ! Je pleurais, je leur disais que j'avais faim, que j'étais pas un voleur, mais, sans personne pour me défendre, orphelin en plus, on m'enferma durant deux jours dans une cellule, dans le même recoin que les contrebandiers, les criminels, les tueurs à gages et les fraudeurs. Mais on m'a donné au moins à manger. C'était infect, mais j'avais enfin le ventre plein. En sortant, on m'a dit de faire du vent, de quitter Vancouver, de retourner d'où je venais, mais je n'en ai rien fait. Le temps de mon court séjour en taule, j'avais fait la connaissance de Flynn, un fraudeur, un mécréant, mais qui avait bon cœur. C'est lui qui m'a appris à fumer. Il m'avait dit de le rejoindre à une telle adresse après sa sortie un jour après moi. De retour à la maison de chambres, j'étais encore bon pour quinze jours avant de repayer le loyer. Mais j'étais pas plus avancé, j'avais toujours rien à manger. Le lendemain, j'ai donc pris contact avec Flynn qui m'a invité à souper dans un restaurant. J'en revenais pas ! Syncope que c'était bon ! Du steak, des patates frites, du pain croûté, du gâteau au gingembre, du café... Pis tout ça en plus d'la bière ! Parce que c'est Flynn qui m'a aussi appris à boire. Modérément, bien sûr... »

Honoré Turin avait relevé la tête : « Pas sûr de ça, moi, j'ai entendu dire que tu levais le coude pas mal souvent... » Mignonne intervint pour répondre à son père : « Des ragots, papa, des mauvaises langues ! Je n'ai jamais vu Jean-Baptiste déplacé. Il prend certes une petite pinte de bière de temps à autre... » Personne n'ajouta rien et Jean-Baptiste, rassuré une fois de plus, se tourna vers le père de sa bien-aimée pour lui expliquer : « Je n'ai pas fait long feu avec ce Flynn. C'était un *gangster*, il était mêlé à des choses pas correctes et je n'avais pas envie d'être pris dans une combine juste à faire le commissionnaire. J'ai été son messager à cinq reprises, il me payait grassement, mais avant d'avoir des ennuis et d'être écroué, je l'ai quitté sans laisser de traces. Moi, faire des commissions dans des bordels, laisser des *club bags* remplis de j'sais pas quoi à la tenancière, ça ne me souriait pas. J'y allais parce que j'étais reçu comme un roi dans ces tripots-là. Les gros repas, la bière, la boisson forte, les gâteries… Mais jamais j'me suis approché d'une fille !» mentit-il pour la première fois. «Premièrement, j'avais juste seize ans, pis j'avais bien trop peur des maladies… J'me respectais, moi !» Ce qui avait eu l'heur de plaire à Mignonne, qui, par contre, ignora que son prétendant avait connu sa première expérience avec Dolly, une catin vieillissante du bordel de la rue Robson.

«Tu n'as pas cherché à savoir d'où tu venais à cet âge-là ?» lui demanda Honoré. Fier d'être pris en considération, Jean-Baptiste lui répondit : «Oui, comme je vous l'disais, c'est là qu'j'ai commencé à faire des démarches, mais, juste avant, j'ai quitté Vancouver et j'me suis retrouvé en Saskatchewan, à Regina plus précisément, où j'ai pu enfin m'trouver un emploi comme commis-épicier chez un marchand général du nord-ouest de la ville. Il y avait beaucoup d'Indiens parmi nos clients, les «sauvages» comme on les appelait. Ils achetaient à crédit et ne payaient qu'au compte-gouttes, mais monsieur Rotello, le propriétaire, un Italien qui avait émigré dans c'coin-là, ne les tolérait pas. Il les collectait en pas pour rire, parfois du bout d'sa carabine. Mais avec la clientèle qui payait comptant, il finissait par joindre les deux bouts et me verser mon maigre salaire. J'avais loué une chambre pas loin. Pas belle, juste assez pour dormir et me laver ; j'avais un évier avec des serviettes, mais une seule toilette au bout du corridor pour tous les chambreurs. Fallait pas qu'ça presse, on y allait à tour de rôle ! C'est là qu'j'ai eu ma première blonde. Craignez rien, monsieur Turin, je l'ai déjà conté à Mignonne. Elle venait de la réserve, elle était assez jolie, mais il n'aurait pas fallu que la tribu le sache. Une Indienne avec un Blanc ! On m'aurait scalpé si on l'avait appris ! Mais ça n'a pas fait long feu, cette histoire-là, elle avait la langue rugueuse, la petite squaw.»

Voyant Mignonne rougir, Jean-Baptiste s'empressa de dire à madame Turin : « Excusez-moi d'être aussi direct, j'suis pas mal gauche des fois. Mais vous savez, entre amoureux, surtout qu'on était jeunes tous les deux… » Madame Turin reprit son cerceau tout en souriant gentiment alors que Mignonne disait à son père : « Mais c'est la seule blonde qu'il a eue, papa ! Jean-Baptiste n'était pas un courailleux ! » Le paternel n'osa émettre aucun commentaire et, pour les entraîner dans un autre sillon, le jeune homme reprit : « Je m'éloignais de votre question, excusez-moi, monsieur Turin. Oui, c'est là que j'ai réussi à saisir le fil de ma jeunesse. D'un renseignement obtenu des sœurs de l'orphelinat, j'ai pu apprendre que celle qui m'avait abandonné à elles était une dénommée Winifred Taillon du Cap-Breton. Je lui ai écrit une longue lettre, mais elle m'a répondu qu'elle ne me dirait rien à moins de me voir en personne. Bien beau ça, mais j'étais loin de mon profit, moi ! Imaginez ! De la Saskatchewan à la Nouvelle-Écosse ! Mais comme j'voulais pas mourir à Regina, j'ai pris mon courage à deux mains, pis avec mes économies dans ma poche, j'me suis rendu au Cap-Breton, ne me demandez pas comment ! Le train, l'autobus, des samaritains… J'ai fini par arriver chez Winifred Taillon et, même si j'avais passé là les deux premières années de ma vie, je ne reconnaissais rien de l'endroit, pas même l'odeur. Il faut croire qu'ils ne pêchaient pas la morue au Cap-Breton ! », railla-t-il en repensant aux allusions d'Honoré. « Winifred m'a bien reçu et m'a hébergé avec soin. Elle a pleuré, elle m'a supplié de lui pardonner de m'avoir abandonné, elle qui était ma marraine de baptême, mais, honnêtement, ça m'faisait ni chaud ni froid. J'me souvenais plus d'elle. Puis, pour mes origines, comme je vous ai déjà tout dit, je ne reviendrai pas sur le sujet. J'ai été adopté, je m'appelle Jean-Baptiste Rouet, et ceux qui m'ont trouvé, bébé, sont depuis longtemps décédés.

Pour se faire pardonner son geste qu'elle qualifiait d'odieux, Winifred m'a remis une rondelette somme d'argent en ajoutant que j'allais être le seul héritier de sa maison et de son avoir. Pas riche, la dame, mais à l'aise. Ça m'arrivera comme un surplus dans l'temps comme dans l'temps. Faut la laisser crever avant ! » Mignonne, indignée, cria d'un air étonné : « Jean-Baptiste ! Quels vilains mots tu viens d'employer là ! » Il s'excusa, promit de surveiller ses paroles, et madame Turin, pour la seconde fois, osa une question : « Vous n'avez pas cherché à retrouver votre mère naturelle, mon garçon ? » Il se tourna vers elle et répondit : « Non, parce que Winifred avait tenté de le faire avant moi mais sans succès. Le curé de Saint-Pierre-et-Miquelon, mon parrain, décédé depuis belle lurette, qui d'autre pour s'intéresser à ce fait divers ? Winifred s'était fait dire qu'il s'agissait sans doute d'une fille des îles qui se tenait au port en quête d'un marin. Le bateau reparti, la fille, bien souvent, se retrouvait seule et engrossée. C'est ce qui a pu se produire, mais c'est juste une supposition. Quoique plusieurs filles à marins ont accouché clandestinement, à l'insu des paroissiens, souvent ailleurs, chez des parents éloignés. En donnant ensuite l'enfant en adoption ou en le plaçant à la crèche la plupart du temps. Sauf que moi, ma vraie mère m'avait confié à une dame distinguée. Content d'être le dernier de cette lignée des Rouet, il ne me restera plus qu'à faire pousser un autre arbre du même nom avec ma descendance. »

Voyant que le jeune homme était songeur, Honoré, cette fois attendri, lui répliqua poliment : « Je sens que tu arrives à la fin de ton récit, mon homme… » Jean-Baptiste releva les yeux : « Oui, j'arrive au bout, car après être resté un an chez Winifred après nos retrouvailles, j'ai pu parfaire mon anglais en travaillant à divers emplois. Ce qui m'a bien servi lorsque j'ai cherché des jobs à Montréal où je voulais revenir. J'ai donc quitté le Cap-Breton et j'ai promis à Winifred Taillon de rester en contact avec elle. Ce que j'ai fait pour un bout d'temps, car, à titre de marraine, elle était en quelque sorte ma seule parente. Mais on s'est encore perdus d'vue… Car à dix-huit ans révolus, avec plus d'assurance, j'ai pu revenir par bateau, travailler sur le pont du paquebot pour défrayer le coût du voyage et devenir débardeur au port de Montréal, emploi que j'occupe depuis deux ans. J'ai plus rien à ajouter, monsieur Turin, vous connaissez la suite. Mais j'aimerais quand même vous dire que je suis un bon diable, que j'ai du cœur au ventre et que j'vous ferai jamais honte parce que j'ai du savoir-vivre et que j'aime votre fille. » Malgré l'aveu sincère, Honoré laissa échapper un soupir d'impatience. Il n'imaginait pas sa Mignonne adorée au bras de ce débardeur aux biceps trop musclés alors que la frêle et délicieuse enfant s'y accrochait déjà.

Lorsqu'il était revenu à Montréal, à quelques jours de ses dix-huit ans, Jean-Baptiste avait trouvé refuge dans une bonne famille de la rue Sainte-Rose, non loin de l'église Sainte-Brigide-de-Kildare. Peu porté sur la pratique religieuse, il se faisait quand même un devoir d'assister à la messe du dimanche par respect pour les gens qui l'hébergeaient. Puis, désirant jouir d'une plus grande tranquillité, il trouva une vaste chambre à louer sur la rue Cartier. Toujours fidèle à sa messe, il s'était attaché à cette église à cause de sa splendeur. Sainte Brigide, patronne de l'Irlande avec saint Patrick, était vénérée des paroissiens. Jean-Baptiste avait donc tout appris des racines de cette paroisse, au cas où, à un moment donné, on lui poserait des questions. C'était la riche famille Logan qui avait cédé le terrain sur lequel allait être érigée l'église. D'abord destinée aux Irlandais, il s'avéra qu'ils étaient moins nombreux lorsqu'elle fut terminée et c'est ainsi qu'elle devint, malgré une forte opposition, la paroisse des Canadiens-Français du quartier. C'est d'ailleurs dans cette église que Jean-Baptiste aperçut pour la première fois, dans le banc familial, la très jolie Mignonne Turin. Agenouillée entre son père et sa mère, offrant un missel à son frérot, elle était si menue, si angélique, que le jeune homme ne put la quitter des yeux. Au moment de la communion, il attendit pour se rendre à la balustrade, dans l'espoir que la jeune fille le remarque. Revenant dans l'allée, les mains jointes, il jeta un œil dans sa direction et eut l'agréable surprise de constater qu'elle le regardait aussi. Comme si sainte Brigide avait tenu à les présenter l'un à l'autre ce jour-là. À la fin de la messe, il s'empressa de se rendre de nouveau à l'avant afin d'allumer un cierge devant la superbe statue de saint François Xavier, son patron préféré, celui qu'il invoquait souvent quand il sentait le besoin de parler d'homme à homme. Mignonne l'avait suivi des yeux et, revenant par l'allée de côté, il se risqua et esquissa un léger sourire à la jeune fille qui, timidement, baissa la tête. Mais la rencontre était faite, le contact établi. Sans savoir qui elle était, Jean-Baptiste, au moment de lui sourire, s'était dit que cette charmante créature serait un jour sa femme. Elle, du haut de ses quinze ans, n'avait pas pensé de la sorte, mais elle avait senti son cœur battre un peu plus fort. Sans savoir qui il était ni d'où il venait, Mignonne Turin n'était pas restée indifférente aux regards invitants du rouquin.

S'informant au marchand général de la jolie brunette aux tresses bien nouées, portant un chapeau à rubans, il apprit qu'elle était la fille aînée du notaire Turin et qu'il lui faudrait se lever de bonne heure pour songer à la fréquenter. « Son père est un notable ! Il n'acceptera jamais un débardeur dans ses parages, mon gars ! » lui avait-il signifié. Ce qui n'avait pas découragé Jean-Baptiste pour autant. Il retourna à l'église maintes fois au cours de l'été dans le but de la revoir, mais, dans le banc familial, il n'y avait que le père, la mère et le fiston de la famille. Inquiet, il questionna la fille du marchand qui lui apprit que Mignonne passait l'été chez une tante à la campagne. « Comme de coutume ! » avait-elle ajouté. Attristé mais pas renfrogné pour autant, Jean-Baptiste attendit que septembre s'amène, et c'est avec joie qu'il redécouvrit sa dulcinée dans le banc d'église de ses parents. Alors qu'il allumait un petit cierge devant la statue de saint François Xavier, elle en faisait autant devant celle de Notre-Dame des Douleurs. Il la regarda, lui sourit et, cette fois, elle lui rendit son sourire, laissant voir ainsi, de sa petite bouche aux lèvres minces, de très jolies dents blanches. Dieu qu'il la trouva belle ! Si belle avec ses longs cheveux s'échappant de son petit béret dc feutre beige pour tomber sagement sur ses épaules. Belle et aussi immaculée que la Vierge devant laquelle elle se penchait.

Honoré Turin qui, cette fois, avait remarqué l'échange entre sa fille et l'étranger, lui demanda dès le retour à la maison :

— Qui était le type à qui tu as souri, ma fille ?

Embarrassée, la jeune fille répondit :

— Heu… je ne sais pas, je ne le connais pas.

Sortant de ses gonds, le père s'emporta :

— Un inconnu et tu lui souris, Mignonne ? Comme une fille de mauvaise vie ?

Indignée, Mignonne rétorqua :

— Papa ! Voyons ! Quelle comparaison ! Dans une église ! Comme si les voyous allaient à la messe ! Je n'ai été que polie…

Honoré voulut répliquer de plus belle, mais Marie-Louise lui avait saisi le poignet pour attirer son attention et lui dire :

— Honoré ! Un peu de respect ! C'est à ta fille que tu par-les ! N'avons-nous pas été jeunes, nous aussi ?

Calmé, le paternel alluma son cigare alors que Pit, le fiston, un tantinet fanfaron, lui lança :

— Et pis, elle a bien l'droit d'avoir un cavalier, Mignonne. Elle est presque en âge de s'marier !

C'est finalement au parc Viger que Jean-Baptiste fit la connaissance de Mignonne, grâce à la complicité de la fille du marchand, qui avait fait toutes les démarches. Mignonne était accompagnée de son frère, bien entendu, mais, après les présentations, le garçon s'esquiva pour aller jouer aux fers avec des amis, laissant les tourtereaux ensemble. Jean-Baptiste voulut lui offrir un breuvage, mais la jeune fille opta plutôt pour une pomme de tire du marchand ambulant. Lui, faisant fi de sa mauvaise habitude de la bière qu'il aurait pu apporter, se délecta d'une limonade, et tous deux prirent place sur un banc du parc. On ne sait trop combien de minutes et d'heures s'écoulèrent, mais toujours est-il qu'à la fin de la soirée, alors que Pit priait sa sœur de rentrer, que « le père » serait fâché, elle et Jean-Baptiste en étaient à se tutoyer. Ils rentrèrent en marchant lentement et Pit remarqua que la main de Mignonne était solidement accolée à celle du jeune homme. Ils se quittè-rent au coin de la rue et la jeune fille s'empressa de rentrer avec son frérot, sûre de se faire réprimander. La voyant s'éloigner d'un pas rapide, Jean-Baptiste lui avait crié :

— On se revoit, Mignonne ?

Se retournant sans s'arrêter, elle répondit :

— Sans doute, mais je ne sais pas quand. J'ai des cours de couture… Laissons ça au hasard, tu veux bien ?

Il acquiesça d'un signe de tête, mais il sentait son cœur bat-tre à tout rompre. Épris ! Fortement épris de la plus belle fille du quartier ! Voilà comment se sentait Jean-Baptiste Rouet à l'orée de la nuit. Il dormit mal ce soir-là. Émerveillé, il était tout de même anxieux et craignait déjà le mécontentement du notaire. Elle, emmitouflée dans sa couverture de laine rose, la tête sur l'oreiller, laissait s'échapper de longs soupirs. Heureuse, elle ne redoutait même pas les frasques de son père. Mignonne, rêveuse, était déjà follement amoureuse.

Il la revit en cachette, à l'insu de ses parents, avec la complicité de Pit qui disait à sa grande sœur : « À soir, après ton cours, il va t'attendre au restaurant du père Anselme. » Mignonne, gracieuse, enjouée, rejoignait Jean-Baptiste et, après avoir siroté une limonade, ils allaient se promener dans un parc. Pas celui de la paroisse mais un autre plus à l'est, pour ne pas risquer d'être vus. Et c'est là, derrière un arbre, qu'ils échangèrent leur premier baiser. Jean-Baptiste avait senti ses genoux plier au contact des lèvres de Mignonne alors qu'elle, subjuguée, avait fondu d'amour comme une glace au soleil. Ils causèrent longuement, se promirent mille et une choses et, consultant sa montre, le jeune homme avait gentiment murmuré :

— C'est beau, c'est frais ce soir, j'passerais bien la nuit ici, moi, mais comme nous sommes entre chien et loup, il faudrait bien que tu rentres, ma soie. J'voudrais pas devenir l'ennemi juré de ton père.

Encore sous l'effet du baiser échangé et charmée par le quolibet subit qui l'avait enchantée, Mignonne retrouva quand même ses esprits et, soudainement affolée, s'exclama :

— Oh ! Mon Dieu ! Il est déjà tard pour moi ! J'aurai à m'expliquer ! Vite, pressons le pas, il doit déjà me chercher !

Jean-Baptiste la laissa emprunter la rue de Champlain, seule, tout en la suivant des yeux jusqu'à ce qu'elle soit rendue chez elle. Il la protégeait du regard au cas où quelque malotru rôdant dans les parages... Mais il ne voulait pas être aperçu par celui dont il craignait les représailles. Mignonne rentra joyeuse et n'eut pas à subir les foudres de son père. Pit l'avait couverte en disant à ses parents qu'elle était allée souper chez Alice Vinais, son amie d'enfance. Ce qui valut à Mignonne de se coucher sans avoir mangé. Mais nourrie de son amour, elle s'endormit telle la cadette du conte *Les Fées*, de Charles Perreault, de la bouche de qui sortaient perles et diamants. Les effluves, sans doute, du baiser de son bien-aimé.

Mignonne, plus éprise que jamais de Jean-Baptiste Rouet, se décida à parler à sa mère de sa fréquentation avec le jeune débardeur. Marie-Louise avait quelque peu sursauté, sachant fort bien que son mari allait hurler en apprenant le fait, mais, de son côté, la jeune fille ne s'en faisait pas outre mesure. Elle savait qu'elle allait se marier jeune de toute façon, elle en avait décidé ainsi depuis longtemps. Or, avec les cours de couture et d'enseignements ménagers terminés, à quelques longues enjambées de ses dix-sept ans, elle affronta son père et lui parla de l'homme qu'elle avait choisi. Il s'était emporté, bien sûr, il avait gesticulé, il ne voulait rien savoir de cet «être infâme», sans famille, sans argent, alors que le fils d'un gros bonnet de la paroisse rôdait autour de sa fille. Mais Mignonne avait vite rejeté ce garçon lourd et empâté dès qu'elle l'avait aperçu. Malgré la fortune de son père, malgré tous les plaidoyers d'Honoré qui voyait déjà sa fille au bras du dodu garçon aux bajoues rouges de couperose, Mignonne n'avait que Jean-Baptiste dans le cœur. D'autant plus qu'elle savait maintenant tout de lui et qu'elle souhaitait qu'il rencontre son père pour l'amadouer, le faire fléchir par les sentiments. Et surtout depuis que Pit avait dit au paternel : «C'est un bon gars, papa !» Ce qui lui avait valu un : «Toi, ferme-la !» Marie-Louise avait encouragé son mari à recevoir le jeune homme, à l'écouter, à tenter de le comprendre et de découvrir, par le fait même, sa personnalité. Après avoir essayé de donner sa fille en mariage à celui qui avait été «vicieux» avec elle, ensuite au «gros lard» qu'il avait tenté de lui imposer et qu'elle avait repoussé, Honoré Turin accepta de rencontrer Jean-Baptiste Rouet et de lui prêter oreille. D'où le consentement arraché de force, peu à peu, pour un futur mariage. Le père était contre; la mère, pour. Pit aimait bien Jean-Baptiste, et Mignonne l'adorait! Or, à trois contre un, Honoré Turin courba l'échine et accepta que sa fille épouse en janvier 1903, c'est-à-dire l'année de ses dix-sept ans révolus, celui qu'il regardait encore de travers. À Noël 1901, alors que Mignonne n'avait encore que seize ans et Jean-Baptiste, dix-neuf, ils célébraient leurs fiançailles et faisaient bénir leur promesse et la bague par le curé de Sainte-Brigide-de-Kildare. Une jolie bague en or avec un petit solitaire. Rien de bien cher, Jean-Baptiste n'en avait pas les moyens. Mais, dans l'annulaire délicat de la fiancée, le diamant paraissait deux fois plus gros que sa taille réelle. Un somptueux réveillon avait suivi la messe de minuit. Quelques parents et amis de la famille, des compagnes de cours de Mignonne, son amie Alice et son frère Pit avec Florence Bourdin, l'élue de son cœur que le notaire aimait bien.

Janvier 1903, le mariage prononcé et la photographie officielle terminée, M. et Mme Jean-Baptiste Rouet se retrouvèrent dans la salle paroissiale décorée de fleurs et de guirlandes pour le buffet des mariés, suivi de la danse et des festivités. Félicités de tous côtés, les jeunes mariés se sentaient comblés. Jean-Baptiste serrait des mains alors que Mignonne, timidement, tendait la joue pour les effusions de circonstance. Madame Turin avait la larme à l'œil, et son mari, la voyant pleurer, lui murmura: «Garde tes larmes pour plus tard. Les chagrins viendront bien assez vite. Pauvre Mignonne… » Il s'était plié, bien sûr, mais de mauvaise grâce. Il avait pris en grippe ce gendre que « le diable » leur avait envoyé, mais, pour ne pas perdre l'affection de sa fille, il avait cédé, accepté par un faible « oui » du bout des lèvres, alors que son cœur de père aurait voulu cracher un « non » catégorique. Pit et « Flo », comme il appelait sa blonde, s'étaient régalés et avaient fait honneur aux vins rouges et blancs qu'Honoré avait fait venir des « États » pour ses invités… de marque ! Le curé qui les avait unis était de la réception, ainsi que son secrétaire, Gilbert, qui avait si bien décoré et illuminé l'église. Les marguilliers et leur épouse avaient été conviés et, après le gâteau de noces tranché et servi, un violoneux, un accordéoniste et une pianiste, entamèrent la musique. Dans les bras de Jean-Baptiste, Mignonne s'était blottie tendrement alors qu'on ouvrait le bal avec *Plaisirs d'amour*, chanson en vogue depuis longtemps déjà. Puis, ce furent les danses plus à la mode que Jean-Baptiste ne connaissait pas. S'éloignant avec sa femme qui lui tenait le bras, ils allèrent converser avec les convives pendant que Pit et Flo, légèrement enivrés, se virent rappelés à l'ordre par le père, qui les trouvait trop bruyants. Monsieur Turin avait hâte que la noce se termine, hâte de rentrer chez lui avec sa femme, après avoir payé la réception de ses propres deniers. Ce qui était certes dans les normes, c'était lui qui mariait sa fille ! D'autant plus que son gendre, sans famille, à la merci d'un maigre salaire, semblait pécuniairement démuni.

Le soir venu, alors que tous étaient partis et que Pit était allé terminer la fête chez Florence, Honoré Turin, suivi de son épouse, de sa fille et de son gendre, regagna la maison familiale. Pas de voyage de noces, Jean-Baptiste devait reprendre le travail dès le lundi. Ce qui tracassait le paternel, inconfortable à l'idée que les jeunes mariés vivent sous son propre toit leur première nuit de noces. Discrètement, madame Turin regagna sa chambre alors que Mignonne, encore sous l'effet de l'euphorie, bécotait son mari devant son père quasi ahuri. Il souhaita solennellement la bienvenue dans la maison à son gendre et, retrouvant sa femme, il laissa les nouveaux mariés au salon jusqu'à ce qu'ils se décident à franchir le seuil de leur chambre. Mignonne, cheveux défaits, robe de mariée sur le dos de la chaise, se jeta dans les bras de Jean-Baptiste qui, lentement, se dévêtait. Et alors que le vent giclait à la fenêtre, elle devenait de corps et de cœur la douce moitié de celui qu'elle avait juré d'aimer pour la vie.

Chapitre 2

Mignonne et Jean-Baptiste n'étaient installés en couple chez les Turin que depuis deux mois et le nouveau marié s'y sentait déjà vraiment mal à l'aise. Ils avaient beau avoir leur chambre, ils devaient prendre leurs repas avec les autres, réciter le chapelet en famille dès qu'Honoré s'agenouillait, se coucher à « l'heure des poules » comme le déplorait le gendre, et accepter l'autorité du paternel sans sourciller. Comme si Mignonne était encore à lui ! Comme si sa fille aînée n'avait jamais quitté le nid, pas même par les liens du mariage. Madame Turin, soumise aux quatre volontés de son mari, ne se plaignait jamais de rien, et Pit, malgré sa bonne humeur et ses sorties avec Florence, était lui aussi sous l'emprise totale de son père qui ne lui laissait pas un pouce de trop. Le sentiment d'être séquestré habitait le nouveau marié, lui qui avait longtemps vécu seul et qui, soudainement, par amour pour sa jeune épouse, se sentait en « cage » avec un « bourreau » qui le surveillait de près. Jean-Baptiste n'aimait pas son beau-père, il en vint même à le détester carrément et à s'en plaindre ouvertement à Mignonne qui lui répondait : « Que veux-tu qu'on fasse, Baptiste ! On n'a pas d'argent, tu gagnes peu, il paye la nourriture, on a le gîte…» Le même plaidoyer revenait chaque fois et, fatigué de l'entendre, il lui rétorqua, un soir qu'il était rentré quelque peu éméché: «J'en ai assez, Mignonne, on sacre not'camp! J'peux plus voir la face de ton père!» Baissant la tête, sans jouer cette fois de la même corde, elle lui répondit sans le regarder dans les yeux: «C'est pas l'temps, Baptiste… C'est plus l'temps… J'suis en famille, on va avoir un enfant.»

Depuis qu'ils avaient emménagé chez les Turin, Mignonne avait décidé d'appeler son mari «Baptiste», trouvant le nom composé trop long. Le père avait maugréé en disant: «Édouard est devenu Pit à cause de ta mère, et là, Jean-Baptiste devient Baptiste à cause de toi. Vous autres, les femmes, avec vos surnoms ou vos diminutifs!» Ce qui ne l'avait pas empê-ché d'emboîter le pas et d'interpeller sans gêne son gendre par un: «Baptiste! As-tu sorti les vidanges?» Parce que, dès son arrivée dans la maison de ses beaux-parents, le gendre s'était vite rendu compte qu'il deviendrait le souffre-douleur du beau-père.

Apprenant qu'il allait être père, Jean-Baptiste avait sour-cillé. Non pas qu'il n'aimait pas les enfants, mais cette gros-sesse allait le rendre davantage à la merci des Turin, lui qui planifiait fuir cette maison avec sa femme et se trouver un logis à l'équivalence de sa maigre pitance. Voilà que tout s'écrou-lait! D'un autre côté, qu'allait-il faire si Mignonne avait une grossesse difficile? Si des soins s'imposaient? Une hospita-lisation? Il n'en avait pas les moyens. Il devinait également que, enceinte d'un premier enfant, sa femme se sentait certes plus rassurée aux côtés de sa mère qui la couvait d'égards et de tendresse. À l'annonce de la venue d'un bébé, Honoré s'était pété les bretelles. Il s'était écrié: «Nous allons l'édu-quer, celui-là! Il va être plus instruit que Pit! On va y voir,

Mignonne !» Le soir, en tête-à-tête dans leur chambre, Jean-Baptiste avait dit à sa femme : «On pourrait presque jurer que c'est lui le père du p'tit !» Mignonne lui passa la main dans les cheveux et murmura : «Laisse-le faire, Baptiste, laisse-le penser tout ce qu'il veut. Pendant ce temps-là, il te fiche la paix. Et puis, profite de l'économie, mets tout ce que tu peux à la banque et, après l'accouchement, on aura assez de sous pour aller en logement. Mais sois prudent : ménage, Baptiste, prends moins de bière…» Se levant d'un bond, il clama : «Mignonne ! J'suis quand même pas un ivrogne !» Elle le calma et lui répondit : «Dans c'cas-là, rentre pas saoul entre chien et loup ! Juste une bière ou deux, ça ne fait pas cet effet-là, Baptiste ! Puis, si c'est l'cas, si c'est parce que tu la digères pas, prends donc un thé vert ou une limette, ça donne pas d'effets, ces breuvages-là !» Jean-Baptiste avait baissé la tête sans répondre, sachant fort bien que la bière, il l'avait dans les veines. Elle le convainquit le mieux possible d'être patient, de ne pas trop s'en prendre à son père, de le laisser penser qu'il allait faire quelqu'un de bien du «petit», sans penser un seul instant que ça pouvait être une «petite».

1903 allait avoir sa part d'évolution. Henry Ford allait fonder la Ford Motor Company et, à Rome, on assistait à l'élection du pape Pie X. Pour le bonheur des jeunes, Pepsi-Cola, une toute nouvelle boisson gazeuse, envahissait le marché, et la première Harley Davidson était fabriquée. Aux États-Unis, on projetait sur les écrans le film *The Great Train Robbery*, considéré comme le premier long métrage du cinéma américain. Dans le rôle principal, Bronco Billy devenait instantanément une étoile du cinéma. En Europe, Guillaume Apollinaire publiait *Les Mamelles de Tirésias* et, chez les anglophones, Henry James faisait paraître son roman *The Ambassadors*. Pour la première fois, on enregistrait un opéra sur disque : *Ernani*, de Verdi, et, pour la première fois également, un disque franchissait le cap du million de copies vendues : *Vesti la Giubba*, chanté par le ténor italien, Enrico Caruso. Côté science, on inventait l'électrocardiographe et, pour leur part, les frères Lumière développaient la première photographie en couleurs. Dans les sports, les Pilgrims de Boston remportaient au baseball la première série mondiale et, côté mode, les femmes en avaient ras le bol du corset qui comprimait la poitrine et la taille. Elles réclamaient de la part des couturiers une silhouette naturelle, alliant santé et confort. L'année allait aussi avoir sa part de malheurs et de déboires avec l'incendie qui détruisit le Théâtre Iroquois de Chicago, faisant six cents victimes. En Russie, Lénine fondait le parti bolchevique qui allait devenir le parti communiste, et, dans le monde des arts, on déplorait le décès des peintres Gauguin et Pissaro. Quelques personnes bien nanties reluquaient les voitures de l'année, espérant en posséder une, mais la Oldsmobile à un cylindre coûtait six cent cinquante dollars, ce qui n'était guère accessible à tous, pas même à Honoré Turin qui n'aurait jamais dégarni son compte d'épargne de cette somme pour l'achat d'une telle machine.

Monsieur et madame Turin se penchaient certes sur tout ce qui se passait dans le monde, le progrès inclus, mais ces nouvelles qu'on pouvait lire dans les « gazettes » laissaient Jean-Baptiste indifférent. Pit et Florence s'intéressaient au cinéma et aux sorties de jeunes, Mignonne s'attardait sur les pages de mode et les nouvelles coiffures en vogue, mais le gendre, muet comme une carpe devant le beau-père qui avait le dessus sur lui, ne rêvait que du jour où il sortirait de ses griffes et de sa « chienne » de maison, comme il la qualifiait dans ses colères en sourdine. Mignonne, enceinte, en proie à des nausées constantes, ne jurait que par sa mère pour traverser ces mois pénibles. Honoré, de son côté, préparait déjà la chambre du bébé. Il voulut la peindre en bleu, mais Mignonne protesta : « Voyons donc, papa ! Si c'est une fille ? » Il grommela et la fit tapisser d'un papier vert imprimé d'oies blanches et de canards jaunes dans un étang. Ce qui servirait aussi bien un sexe que l'autre, disait-il, assuré néanmoins que sa fille portait un garçon.

Le printemps déployait déjà ses bourgeons et, le 15 mai, Mignonne fêtait ses dix-huit ans avec un bébé dans le ventre et un mari à son bras. Pit et Florence avaient organisé un gentil souper auquel ils avaient convié, en plus d'Alice, l'amie de Mignonne, quelques membres de la parenté ainsi que le curé de la paroisse, qui en avait profité pour bénir l'enfant que la jeune femme portait. Honoré Turin, fier comme un paon d'étaler son avoir aux yeux des convives, avait défrayé tous les coûts de ce souper d'anniversaire, les fleurs incluses. Pit et Florence avaient insisté pour confectionner le gâteau que madame Turin avait rehaussé de roses de sucre et d'un glaçage chocolaté. Le bon vin avait coulé dans les verres, sauf dans celui de Jean-Baptiste qui, dans son coin, préférait « caler » ses pintes de bière. Au grand dam du beau-père qui avait murmuré à un cousin : « Regarde-le, l'ivrogne ! Une bouteille n'attend pas l'autre ! Pas de classe ! Pas de savoir-vivre ! Le jour de la fête de sa femme en plus ! » Tout près, madame Turin, qui avait saisi les invectives, avait pressé l'avant-bras de son mari pour le faire taire.

Elle avait été fort choyée, « la Mignonne à son père ». Il lui avait offert, en plus de la réception, des verges du satin blanc le plus cher, pour que sa couturière lui confectionne une jolie toilette après son accouchement. Pit et Florence, réunissant leurs économies, lui avaient acheté un très beau sac à main de cuir marron, et Baptiste, isolé dans un coin, attendit d'être seul avec elle pour l'embrasser et déposer dans le creux de sa main une petite boîte de velours noir. Surprise, la jeune femme l'ouvrit pour y découvrir une jolie médaille d'argent satiné de la Vierge soutenant son ventre, suspendue à une délicate chaînette. Mignonne, les larmes aux yeux, la montra à sa mère : « Regarde, maman ! Notre-Dame des Douleurs. » Puis, s'approchant du curé, elle lui demanda : « Il faudrait bien la bénir, n'est-ce pas ? Je la porterai jusqu'au jour de la délivrance. Elle veillera sur moi et mon enfant. » Honoré avait légèrement grimacé. Non pas que le cadeau était de prix, mais bien pensé. Un présent venant du cœur qui avait davantage plu à sa fille que le satin importé de Paris. Mignonne, émue, innocemment, avait dit à son père : « Tu vois sa générosité, papa ? Elle se manifeste jusque dans sa piété. » Honoré, retenant son souffle, avait marmonné : « Ah ! Seigneur ! Qu'est-ce qu'il ne faut pas entendre… Plus naïve, plus aveugle… », et il se retint, préférant rejoindre d'autres invités, laissant sa fille bouche bée, interloquée.

Jean-Baptiste fêta ses vingt et un ans le mois suivant, mais l'événement fut tout autre. Pas même un vœu de la part de son beau-père. Madame Turin, cependant, lui avait offert un coupe-cigares qu'il avait grandement apprécié. Pit et Florence, pas plus riches qu'il ne le fallait, avaient invité Mignonne et son mari dans un restaurant de l'ouest de la ville où l'heureux élu put enfin célébrer son anniversaire avec un foie de veau bien cuit, accompagné de pommes de terre en purée et parachevé d'un morceau de gâteau bien sucré. De retour à la maison, à l'insu de son beau-père, seul dans sa chambre, alors que Mignonne prenait un bain, il ouvrit discrètement une bouteille de bière « tablette » qu'il avala presque d'un trait avant que sa douce moitié revienne. Puis, l'haleine rafraîchie par des pastilles de menthe, il attendit que sa « soie » le rejoigne au lit, fraîchement poudrée, pour l'assouvir de son amour immuable. L'embrassant sur le front, les joues, les lèvres, et l'entraînant sur l'oreiller, Mignonne lui avait murmuré : « Profites-en pendant que j'ai encore des formes parce que, grosse, tu vas avoir à t'en passer, mon homme. »

L'été s'écoula houleux sous le toit des Turin. Les différends étaient nombreux entre le jeune couple et le paternel. À tel point que madame Turin élevait maintenant la voix pour que son arrogant mari modère ses transports. Jean-Baptiste, constamment en conflit avec le beau-père, levait le coude de plus en plus pour l'affronter à moitié ivre, le soir venu. Mignonne, le lui reprochant, s'était fait répondre : « C'est lui qui m'fait boire, ma femme ! Y m'pousse à bout et c'est juste quand j'suis entre deux bières que j'peux m'défendre de ses attaques. C'est un aliéné, ton père ! Même Pit commence à avoir du trouble avec lui, et Flo n'ose plus venir ici, y'a trop de querelles, trop de cris pour elle ! » Mignonne s'était tue. Elle savait que Baptiste avait raison, mais de là à rentrer saoul pour affronter son père, il y avait une marge ! Il profitait carrément de la situation pour se noyer dans la boisson. C'était du moins ce que sa mère prétendait, mais amoureuse, éprise, portant l'enfant de celui qu'elle avait choisi, Mignonne préféra se ranger du côté de son mari et élever de plus en plus le ton quand son père devenait trop grognon.

Un soir, néanmoins, Jean-Baptiste rentra plus saoul que de coutume. Au point d'en tituber et de renverser accidentellement un guéridon sur lequel se trouvait un vase, qui se brisa en mille morceaux. Les yeux sortis des orbites, n'en revenant tout simplement pas, Honoré Turin tassa son gendre contre le mur et, l'empoignant solidement au collet, lui cria :

— Toi, tu sors d'ici, tu entends ? À la porte, les ivrognes de ta sorte !

— Mais, j'ai… j'ai ma femme, parvint à dire Jean-Baptiste.

— Au diable, ta femme ! Tu ne la mérites plus ! On va casser ça, ce mariage-là ! Tu pues ! Tu sens la tonne ! T'empestes la morue ! Tu ne te laves pas ! Maudit cochon ! Maudit bâtard qui vient on ne sait d'où !

À ces mots, Mignonne intervint et, bousculant son père, lui cria :

— Lâche-le, papa ! C'est mon mari et tu ne casseras rien de notre union, t'as compris ? J'ai un bébé en route, ça s'voit pas, non ? Pis, si tu continues d'écœurer Baptiste de la sorte, on va partir, on va déguerpir, on va aller être heureux ailleurs !

— Avec quoi ? Il n'a pas une cenne à lui, ton tout croche de mari !

Le défiant du regard, Mignonne répliqua vertement :

— On va s'débrouiller ! Baptiste travaille, pis, si c'est pas assez, j'vais travailler aussi, quitte à m'traîner le ventre à terre pour laver des planchers ! Y'a toujours un boutte à être traité comme des quêteux par son propre père !

— Tu ne t'entends pas ? Tu parles maintenant comme lui ! Comme tous les pas instruits ! Toi, la fille d'un notaire ! Il déteint sur toi…

— C'est à parler comme on marche qu'on finit par se faire comprendre ici !

— Mignonne, pour l'amour du ciel, calme-toi ! lui cria sa mère. C'est mauvais dans ton état !

— Oui, j'sais, j'ai encore des nausées, mais c'est pas dans cette maison que j'vais les faire passer, maman ! Pas avec un père qui lâche pas mon mari d'une semelle ! Là, j'te l'dis pour la dernière fois, papa. Tu laisses Baptiste tranquille jusqu'à la naissance du bébé, sinon on sort d'ici avant les Fêtes ! Puis, en janvier, c'est décidé, on part, Baptiste et moi ! On va aller élever notre enfant dans la tranquillité avec un peu d'misère ou pas !

Honoré Turin s'était tu pour ne pas que sa fille se rende malade de colère. Jean-Baptiste, assis sur une chaise de bois, avait la tête entre les mains. Le regardant, Mignonne lui dit :

— Toi, Baptiste, va dans la chambre, je te rejoins ! Tu souperas plus tard ! Tu dois pas avoir trop faim avec le tonneau d'bière qui t'soutient !

Jean-Baptiste, dépliant le collet tordu de sa chemise à carreaux, s'exécuta sans mot dire. Il ne jeta même pas un regard sur le beau-père qui, lui, ravalait sa salive, à défaut de lui foutre son pied au derrière.

Jean-Baptiste, assis sur le lit, avait la falc basse lorsque Mignonne le rejoignit :

— Pourquoi bois-tu comme ça ? Le fais-tu exprès ? J'suis à bout d'souffle à cause de toi ! Veux-tu me l'faire perdre, cet enfant-là ?

Relevant la tête, les yeux remplis de larmes, il répondit :

— Non, c'est pas c'que j'veux, ma femme. Surtout pas, c'est c'bébé-là qui va nous rapprocher quand on va finir par s'en aller.

— J'veux bien croire, mais d'ici là, tu devrais faire ta part, te retenir de boire, arrêter de mettre mon père hors de lui ! Il est dur, je l'sais, mais y'a pas toujours tort ! Tu es rentré tout croche, t'as fait tomber le vase, t'as failli t'péter l'front sur le cadre de porte !

— J'sais, j'ai eu tort... J'suis pas assez homme pour l'affronter à jeun, ton coriace de père. Y'a pris l'dessus sur moi... Pardonne-moi, Mignonne, j'voulais pas qu'ça r'tourne comme ça. Pas dans ton état... Excuse-moi, ma soie, j'suis pas heureux ici, on serait si bien ailleurs... T'as entendu ? Il m'a traité d'maudit bâtard ! Les injures, j'peux les prendre ; mais ça, non ! C'est pas d'ma faute si j'sais pas d'où j'viens, moi...

Il avait affiché un air piteux. Exactement ce qu'il fallait pour que Mignonne, sensible, le serre dans ses bras et le réconforte en lui disant :

— C'est pas important d'où tu viens, Baptiste. C'qui compte, c'est c'qu'on va devenir ensemble, avec notre enfant, avec le nom que tu portes pis que ta marmaille va perpétuer. Oublie le père, respire par le nez, prends patience ; en janvier, on va trouver l'moyen de s'en aller. Quitte à se mettre dans les dettes. Le père pense que j'suis pas sérieuse quand je l'menace de l'quitter, mais il va voir que j'ai d'la suite dans les idées. On va pas s'morfondre à s'rendre malheureux ici, Baptiste. On s'aime, non ? Toi, tu l'dis pas souvent...

— Mignonne ! J't'adore ! T'es la femme de ma vie ! Plus belle que les femmes des catalogues, même enceinte ! Ben sûr que j't'aime !

Rassurée, la future mère lui embrassa la joue et, lui passant la main dans les cheveux, murmura :

— Tu dois commencer à avoir faim, non ? Viens, on va aller s'asseoir dans la cuisine tous les deux. Le père est sans doute au salon, la mère aussi. Oublie le chapelet en famille ce soir. Ta prière avant de t'coucher va suffire. Viens, y'a encore une grosse pointe de pâté au saumon dans l'four. Pis des beignes au miel pour dessert. Viens Baptiste, un bon repas pis l'sucré, ça va t'dégriser.

Trois jours plus tard, un autre événement allait mettre de l'électricité dans l'air chez les Turin, mais sans que Jean-Baptiste soit en cause cette fois. C'était plutôt Édouard, dit «Pit», qui allait faire bondir son père de rage. Ayant terminé sa première année à l'enseignement supérieur, il avait lamentablement échoué huit de ses dix examens, ce qui annulait toutes ses chances d'accéder à la deuxième année, et davantage dans les sphères du notariat où son père le destinait. Apprenant cet échec, sortant de ses gonds, Honoré le gifla et lui cria :

— Espèce d'innocent ! Pas même capable de se rentrer quelque chose de solide dans la tête ! Finies tes sorties avec ta Florence ! Plus de permissions pour l'ignare que tu es !

Madame Turin, indignée de la gifle encaissée par son fils et des paroles blessantes qui s'ensuivirent, interrompit brusquement son mari :

— Ça suffit, Honoré ! Pas un mot de plus ! On ne traite pas son fils de cette façon ! Il y a des limites à être le maître…

— Toi, Marie-Louise, tais-toi ! C'est moi qui mène à bord ! C'est moi qui nourris toutes les bouches ici, celle de ton fils incluse ! Et tu n'as pas à le couver de la sorte ! Ah ! Tu l'as bien choisi son surnom… Pit, pit, pit… une cervelle d'oiseau ! Voilà ce qu'il a dans le crâne, ce garçon-là !

Jean-Baptiste s'était réfugié dans sa chambre pour ne pas se mêler des affaires de son jeune beau-frère. D'autant plus que, pour une fois, ce n'était pas à lui qu'on s'en prenait. Il s'était esquivé sans qu'on s'en rende compte, car, comme de coutume, il avait quelques bières dans le nez qui lui rendaient les yeux vitreux. Mignonne, restée sur place, voulut défendre Pit, mais ce dernier, se levant et affrontant son père, lança :

— On n'a pas besoin d'aller plus loin, papa, j'lâche les études ! J'ai pas envie d'être un notaire, moi ! J'vais m'trouver une job pis gagner ma propre pitance. Pis, dans un an ou deux, on va s'marier, Flo et moi.

— Espèce d'idiot ! Travailler ! Où ça ? Au port comme débardeur ? Il y en a pas assez d'un qui sent…

Mais il s'était arrêté, car, voyant qu'il allait insulter son mari, Mignonne avait fortement tapé du pied sur le plancher. Constatant qu'elle était au bord de la colère et craignant de la perturber dans son état, il se contenta d'ajouter à l'endroit de son fils :

— Bien… fais donc ce que tu voudras ! Travaille si c'est ça que tu veux, mon gars ! J'en ai assez de bourrer tout le monde de mes deniers !

— Dis-tu ça pour Baptiste et moi, papa ? de s'écrier Mignonne.

— Non, non, pas particulièrement, je… Laisse faire, questionne-moi plus. À force d'avoir des déceptions, c'est moi qui vais finir par lever les pieds de terre. J'ai le cœur qui me saute dans la poitrine…

Marie-Louise aurait certes aimé apaiser son époux, mais elle s'en abstint lorsqu'elle l'entendit marmonner tout en la regardant :

— Un seul fils, et aussi épais que tes deux frères. Fallait qu'il retienne de ton côté, pas des Turin.

L'automne glissait sur les feuilles qui tombaient et la quiétude semblait plus fréquente dans la maison de la rue de Champlain. Honoré bougonnait encore et continuait de dénigrer tout le monde à sa femme, mais discrètement, moins ouvertement. Il adressait à peine la parole à Jean-Baptiste qui rentrait souvent « paqueté » de son travail, sans trop tituber pour autant. Mignonne le réprimandait, mais, peine perdue, « le vice » semblait ancré en lui. Son Baptiste se partageait maintenant entre deux soulagements : elle et la bouteille ! Elle tentait donc de vivre avec cette évidence, car son mari, légèrement saoul ou ivre mort, n'était ni bruyant ni violent. Il s'esquivait et s'endormait bien souvent sans souper, quitte à se faire une beurrée de sucre, la nuit venue. Avant la faible accalmie, Mignonne s'était rendue au presbytère afin de demander au curé d'intervenir, de rappeler son père à l'ordre. Ce dernier, quoique compatissant, lui avait répondu :

— Je ne peux m'immiscer dans les histoires de famille. Votre père est un notable, un homme respectable.

— Oui, mais n'empêche que la colère est un péché, monsieur le curé ! C'est même un des sept péchés capitaux !

— Encore faudrait-il qu'il s'en accuse... Et le secret de la confession ne peut être divulgué. À votre place, ma petite dame, j'allumerais un cierge et je demanderais à la Vierge que vous priez tant de vous venir en aide. Ça regarde le Ciel, ce genre d'intervention.

Elle était revenue bredouille après avoir allumé une bougie devant sa statue préférée en murmurant : « Faites qu'il se calme, mère de Jésus. Faites que ce soit vivable sous son toit. Demandez aussi à votre mère, la bonne sainte Anne, de s'en mêler. Peut-être qu'à deux... » Restait à savoir si les saintes avaient intercédé en sa faveur, car Honoré « gueulait » moins depuis un certain temps. Pas même après Pit qui n'avait pas encore trouvé d'emploi et qui n'en cherchait guère. Épuisé le père Turin ? À bout ? Découragé ? C'était à se demander !

C'est le 3 décembre au matin, après une nuit passée par toutes les phases de la douleur, que Mignonne donna naissance à son premier enfant. Onze mois jour pour jour après son mariage. Encore sous le choc des derniers efforts, une serviette humide sur le front, sa mère à ses côtés, le docteur occupé avec le bébé, elle vit entrer Jean-Baptiste et, lui faisant signe de s'approcher, lui prit la main et lui dit : « C'est une fille, mon mari, une belle fille. Elle a mon petit nez… » Jean-Baptiste essuya une larme de joie tandis que, dans le cadre de la porte, monsieur Turin tentait de cacher son désappointement. Il aurait préféré un garçon comme aîné de la famille et, pourtant, naguère, c'était une fille que sa femme lui avait donnée en premier. Il se retira sur la pointe des pieds, et Mignonne, seule avec son mari et sa mère, leur murmura : « C'est maintenant elle qui va pousser des cris dans cette maison. » Madame Turin avait souri, Jean-Baptiste avait tout compris et, gêné, n'avait osé rien ajouter. Ce qui le remuait jusqu'au plus profond de son être, c'était qu'enfin son sang coulait dans les veines d'un enfant. Il avait maintenant de « la parenté ». Sans rien connaître de ses origines, seul ou presque depuis sa naissance, affublé d'un nom d'adoption, sa joie était de voir que la petite allait être, elle, une Rouet à part entière. Première d'une nouvelle lignée, déracinant à jamais l'arbre généalogique d'emprunt dont aucune branche n'avait été sauvegardée. Embrassant Mignonne sur le front, la remerciant de ce précieux trésor, il lui demanda :

— As-tu songé à un nom pour notre petite fille ?

Hésitante, elle regarda l'enfant qui dormait sur sa poitrine et, la trouvant frêle, presque chétive, lui répondit :

— Oui, on va l'appeler Bernadette. Comme celle qui a vu la Vierge à Lourdes et qu'on va béatifier un jour. Elle était frêle de nature, la petite sœur de la Charité.

Madame Turin, à ces mots, s'écria presque :

— Oh ! Mon Dieu ! En autant qu'elle vive plus longtemps qu'elle !

Honoré Turin avait humblement demandé à sa fille s'il pouvait être le parrain de sa petite-fille. Sautant sur l'occasion, elle lui avait répondu qu'il devait en faire la demande à son mari, le père de l'enfant, le chef de la famille. Indigné, Honoré préféra passer outre plutôt que de s'humilier devant son gendre, pour lequel il n'avait aucun respect. Madame Turin en fut peinée, mais s'inclina devant la décision de son mari, qui lui avait dit dans sa frustration : « Laissons ça à d'autres, ma femme. D'autant plus que la petite va porter le nom de Rouet, un nom d'adoption, un nom… » Il se retint, il allait dire un mot qui avait déjà mis son gendre hors de lui. Mais il savait, au fond, que le sang des Turin coulait aussi dans les veines de la petite. Plutôt le nier que de quémander quoi que ce soit à ce va-nu-pieds ! Mignonne fit donc appel à une cousine et son époux pour parrainer l'enfant. Comme porteuse, elle aurait certes aimé faire plaisir à Florence, mais elle lui fit comprendre que, depuis leur jeunesse, son amie Alice et elle s'étaient juré d'être porteuse du premier enfant de l'une ou de l'autre. Or, Alice, grande et grosse, peu attrayante, sans cavalier en vue, serait fort déçue de voir son amie de toujours se soustraire à ce serment d'antan.

C'est donc en l'église Sainte-Brigide-de-Kildare que fut baptisée Marie Églantine Bernadette Rouet, qui dormait tel un ange alors que le curé versait de l'eau bénite sur son petit front bombé. Jean-Baptiste avait revêtu son bel habit et Mignonne, encore faible, présente pour la cérémonie, coiffée d'un chapeau de feutre vert et portant un manteau de même ton avec col de fourrure, avait fière allure. Le parrain et la marraine, élégants et altiers tous les deux, avaient la prestance de notables… sans l'être ! Honoré et Marie-Louise, dans leurs plus beaux atours, se voulaient, quant à eux, solennels, et Alice, la porteuse, ayant appuyé la tête de l'enfant sur un de ses énormes seins, souriait à tous, laissant voir de sa bouche entrouverte… une dent cariée ! Pit et Florence, côte à côte dans le dernier banc de la parenté, se tenaient la main sans que personne ne s'en rende compte. Les cloches sonnèrent, l'autel illuminé s'éteignit et la famille, suivie du parrain, de la marraine et de la porteuse, regagna la demeure de la rue de Champlain où madame Turin leur servit un buffet froid arrosé d'un bon vin. Alice joua une berceuse au piano, Pit et Florence s'embrassaient sans qu'on les voie, et Jean-Baptiste et Mignonne, affairés auprès de leur petite, ne remarquèrent pas tout de suite la petite croix en or véritable sur chaîne que monsieur et madame Turin avaient choisie pour leur petite-fille. Sobre, élégant, très soigné même, Jean-Baptiste avait acheté quelques roses blanches pour les offrir à sa femme. Geste fort apprécié de la jeune maman qui lui avait murmuré à l'oreille : « Merci, je t'aime. » La petite fête pour le baptême de Bernadette se termina en fin d'après-midi. Les cousins à l'honneur rentrèrent chez eux, Pit, de son côté, alla reconduire Florence, et monsieur Turin, voyant qu'il faisait déjà presque nuit, s'offrit pour raccompagner Alice qui, malgré sa robustesse, semblait un peu pompette.

Chapitre 3

Un nouvel an s'était levé rempli de promesses, selon monsieur le curé, mais chez les Turin, la sainte paix n'avait pas encore été retrouvée. Bourru plus souvent qu'à son tour, le notaire trouvait encore le moyen de reprocher à sa fille son mariage avec un ivrogne. Elle avait beau le défendre, il insistait : « Ouvre-toi les yeux, Mignonne, il a été sur la brosse durant deux jours ! Il a même passé une nuit dehors. Avec qui ? Ça, on se le demande bien, ta mère et moi, mais le bon Dieu le sait et le diable s'en doute ! Il serait temps... » Honoré s'était arrêté, Mignonne avait regagné sa chambre avec la petite en claquant la porte derrière elle. Malgré ses plaidoyers pour justifier les écarts de conduite de Jean-Baptiste, la jeune mère savait très bien que son mari avait un sérieux problème. Il était dépendant de l'alcool, il buvait plus qu'il ne mangeait. Il dormait plus longtemps et c'était souvent avec peine qu'il regagnait le port le lendemain pour faire sa journée avec, parfois, des heures en moins sur son salaire à cause de ses retards. Mais, d'un autre côté, il était si bon pour elle, si prévenant, si aimant. Et très affectueux envers sa petite Bernadette qui avait à peine plus d'un mois.

Il l'appelait « sa précieuse », affirmant qu'elle était le plus cher trésor qu'il avait eu dans sa vie. Après Mignonne, bien entendu. Quand il rentrait ivre, il n'était pas dérangeant, il s'allongeait sur le lit et dormait pour ensuite se réveiller, se dégriser avec du café et avaler une bouchée avant de se recoucher. Chaque vendredi, jour de la paye, il rentrait directement et s'empressait de remettre son maigre salaire à sa femme à l'insu de ses beaux-parents. Mignonne l'enfouissait dans la poche de son tablier après lui avoir remis quelques « piastres » pour ses petites dépenses de la semaine, ce qui incluait ses cigares et sa bière. Une ou deux dépenses, somme toute, car son Baptiste n'allait jamais plus loin qu'à la taverne avec d'autres débardeurs, sans toutefois payer la traite à qui que ce soit pour que la monnaie de chaque dollar s'étire jusqu'à sa prochaine paye. Mignonne Turin, comme toutes les femmes de son époque, s'était mariée pour le meilleur et pour le pire. Et le pire n'était que ses verres de trop, sur semaine, avant de rentrer à la maison. À part ce travers, son mari était vaillant, affectueux et fort respectueux des lois établies par le paternel à la maison. Si respectueux qu'il le contrariait avec ses absences parfois prolongées. Pour ne pas l'entendre crier à Mignonne : « Dis-lui de se laver, il pue ! » Lui qui, pourtant, se lavait les aisselles avec une débarbouillette chaque soir avant d'aller au lit !

À Noël, néanmoins, tout s'était bien déroulé. Ils avaient réveillonné en famille avec Pit et Florence, après avoir assisté à la messe de minuit et s'être agenouillés devant le Jésus de cire de la crèche. Seule Mignonne était restée chez elle, car sa petite Bernadette, encore fragile, risquait de s'éteindre au moindre courant d'air. Au Jour de l'an, on avait festoyé plus grandement. Bernadette, les yeux à peine ouverts, avait souri à sa première poupée de chiffon que son père lui avait achetée. Honoré, quant à lui, avait employé sa journée à passer en revue les exploits et les déboires de l'année qui venait de se terminer. Et ce, même si Jean-Baptiste avait refusé sa bénédiction paternelle, alléguant qu'il n'était pas son père et que son devoir était de bénir sa petite. Mignonne n'insista pas, se contentant de dire à son père : « Comment veux-tu qu'il te respecte quand tu lui fais sans cesse la vie dure ? Pour Baptiste, tu ne seras toujours qu'un beau-père et personne ne pourra l'en blâmer. » Monsieur Turin haussa les épaules et donna sa bénédiction, tout en versant ses grâces sur les têtes de sa femme, de sa fille et de son fils, Pit, qui s'était agenouillé en soupirant.

Honoré parla ensuite longuement des agents de loterie clandestins qui avaient été arrêtés par la police, sans omettre de vanter les mérites de Carpentier, le chef de la Sûreté, qui leur avait mis le grappin dessus avec l'aide de ses hommes. Il vociférait aussi contre la lenteur des tramways. Une dame s'était plainte d'avoir attendu celui du parc Lafontaine durant dix-huit minutes par une température de vingt degrés sous zéro. Enfin à bord, elle attesta que la fournaise était sans feu et que tout le monde claquait des dents. « Inacceptable ! Déplorable ! Ces gens sont des contribuables ! » s'était écrié Honoré. Laissant échapper un long soupir, Marie-Louise s'était levée de sa chaise berçante pour faire mijoter sa soupe dans la marmite de fonte. Pit et Florence parlaient des nouveautés et cette dernière lui avait dit que son grand-père avait fait venir de Londres un disque récemment enregistré par Emma Albani, sa cantatrice préférée. Passablement à l'aise, le grand-père de Florence avait le plus beau gramophone de la paroisse et des aiguilles en quantité afin de les remplacer au fur et à mesure qu'elles s'émoussaient.

Avec la venue de l'hiver, Pit avait pu se faire engager, à temps partiel, à déneiger les rues avec l'employé attitré à la charrue. Les fins de semaine, il travaillait en plus à la « ferronnerie » où il était commis, ce qui lui permettait de payer « sa pension » et d'être un peu plus indépendant à la maison. Sans crier à l'injustice parce que Jean-Baptiste ne payait rien pour son gîte, lui. Une économie qui lui valait, il s'en doutait, toutes les insultes que le notaire se permettait. Car, sans pension, à la merci de son beau-père, dépendant ou presque, il ne pouvait guère élever le ton comme Pit se le permettait depuis quelques semaines. Mignonne lui disait : « Chut ! mon mari ! Pas un mot ! Laisse-le grogner ! On n'a rien à payer, nous autres ! » Une situation lamentable à laquelle Jean-Baptiste voulait rapidement remédier. Il cherchait par tous les moyens à monter en grade au travail, mais ses patrons, informés de son penchant pour la bière, ne le trouvaient pas fiable. C'est donc un autre qui était monté d'un cran à sa place et qui avait vu son salaire grimper de plusieurs « piastres ». Une défaite qu'il n'avait jamais avouée à Mignonne, de peur d'avoir à lui en divulguer la cause. Et encore moins à son beau-père qui l'aurait « noyé dans sa bile », lui qui ne se gênait pas pour dire à tous, parlant de Pit : « J'ai voulu en faire un notaire, mais mon fils a préféré aller vendre des vis chez le marchand de fer ! » Ce que Marie-Louise avait sévèrement condamné en répliquant à son mari : « Il a du cœur au ventre et c'est ce qui compte, Honoré ! Mais on sait bien, toi, tout ce qu'on hérite de mon côté… » Mal à l'aise, monsieur Turin avait répondu : « Ce n'est pas un reproche, ma femme, ce n'est qu'un constat. Je n'y peux rien, moi, si Pit descend de la même lignée que tes frères. »

L'hiver était glacial et Pit, souvent gelé jusqu'aux os à travailler dehors pour le déblaiement des rues, se trouva enfin un travail régulier de camionneur de marchandises et faisait la navette entre Montréal et les États-Unis, délaissant du même coup son emploi à court terme à la quincaillerie. Florence, chavirée par ce changement, n'osait trop le démontrer, quoique fort peinée. Son amoureux, son Pit qu'elle aimait tant, ne viendrait la voir qu'une fois par semaine avec cet emploi à temps plein. Mais, comme les jobs se faisaient rares, elle ne pouvait en vouloir à son bien-aimé de se placer les pieds et, du même coup, faire en sorte d'être le moins possible dans cette maison déjà trop pleine, avec un père soucieux et grincheux par-dessus le marché.

Florence Bourdin, qui vivait avec sa mère et son grand-père maternel, était restée fille unique depuis la mort de son jeune frère, décédé à la naissance, quinze ans plus tôt. Son père, qu'elle avait peu connu, commis-voyageur de métier, s'était noyé à la pêche avec un ami. Leur chaloupe avait chaviré et les deux hommes avaient été emportés par le courant. Or, seule avec une mère distante, Florence n'avait que son grand-père à qui se confier et, parfois, Mignonne, la sœur de son cavalier. En ce début d'année, son grand-père, friand d'activités, avait décidé de se rendre à Québec afin de voir en personne, sur scène, la célèbre Emma Albani, née Lajeunesse, dans un concert où la salle serait archi-comble. La cantatrice avait fait la traversée de Londres jusqu'à New York, accompagnée de son fils unique de quatorze ans, ainsi que de son gérant et des membres de la troupe. La prima donna canadienne-française était si attendue à Québec que les gens se bousculaient à l'arrivée du train. Le grand-père aurait certes aimé emmener Florence voir madame Albani au théâtre où elle se produisait, mais la jeune fille, indifférente à l'opéra, lui avait suggéré d'inviter plutôt un vieil ami peu fortuné qui apprécierait davantage les arias de la diva.

Florence n'avait eu à ce jour qu'un seul cavalier, Édouard Turin, qu'elle avait rencontré au temps de la petite école. Visage rond, cheveux bouclés et blonds, yeux verts, pommettes saillantes, elle était très jolie, la petite Bourdin. Et le jeune homme s'en était amouraché dès le premier regard. Ils avaient maintenant tous les deux dix-sept ans et, à l'instar de Mignonne, Florence rêvait d'épouser son Édouard, dit « Pit », dans peu de temps. Même si ce dernier, quoique très épris, préférait amasser un peu plus d'argent avant de faire le grand pas. Malgré sa déception, Florence lui avait promis de l'attendre le temps requis, même si de beaux jeunes hommes autour d'elle manifestaient leurs intentions. Florence Bourdin, yeux ouverts ou fermés, n'avait que Pit Turin dans ses pensées.

Février, avec ses rafales de neige, s'écoula tant bien que mal. Pit était souvent coincé aux États-Unis, et sa « Flo », malgré les contrariétés, tuait le temps en visitant Mignonne et en s'occupant de Bernadette devenue plus « braillarde » aux dires de son grand-père, souvent impatient. Le 29 février 1904, dernier jour du mois le plus froid de cette année bissextile, Honoré annonçait à sa femme que douze personnes avaient été brûlées vives dans un incendie à Saint-Félicien. C'était arrivé le jour même ! Il venait de l'apprendre de la bouche du bedeau, en avance, on ne savait comment, sur les journaux. Jean-Baptiste, rentré un peu plus tard, sobre pour une fois, s'empressa d'étreindre Mignonne et de lui demander si elle pouvait le suivre dans le boudoir, à l'écart des oreilles indiscrètes. Intrigué, Honoré les suivit des yeux et, lorsqu'ils furent sortis de la cuisine, il s'empressa de dire à Marie-Louise : « Moi, des cachotteries comme ça… Comme si on était des étrangers, toi et moi ! Il doit avoir une idée derrière la tête, ce crapaud-là ! Pas même saoul, pas même une bière dans le corps ! C'est fort ! »

Jean-Baptiste avait entraîné sa femme au fond du boudoir alors que la petite, bien nourrie, dormait comme un ange dans les bras de sa mère. La porte fermée derrière eux, il dit à sa Mignonne :

— Tiens-toi bien, j'ai une bonne nouvelle, ma femme, on va pouvoir partir d'ici, avoir notre propre vie.

— Explique-toi… j'comprends pas… Pis calme-toi, Baptiste, t'es essoufflé comme si t'avais couru trois coins d'rue !

— Oui, j'suis essoufflé parce que j'suis content, Mignonne ! Écoute, y'a un fichu d'beau logis qui va être à louer d'ici un mois sur la rue Sainte-Rose, pas loin d'ici. La vieille est morte. Le temps de sortir ses affaires… Un beau quatre pièces, un bas à part ça ! Un salon, une cuisine pis deux chambres. Bernadette va avoir la plus petite, mais on l'aura plus à côté d'nous autres avec sa bassinette. Pas cher, ma femme ! J'vais être capable de le payer, pis si j'ai un peu d'misère à joindre les deux bouts, tu pourras faire un peu d'couture pour les dames à l'aise de la paroisse. Mais j'pense pas que ce soit nécessaire.

Mignonne, regardant par la fenêtre, ne réagissait pas. Ce que Baptiste venait de lui dire lui souriait, mais pensive, la larme au coin de l'œil, elle lui répondit :

— J'pense qu'il va te falloir oublier ton logis du p'tit bout d'rue, mon homme. Ici, chez le père, ça nous coûte rien, on est nourris en plus. Pis ma mère m'aide avec la p'tite…

— J'sais bien, Mignonne, mais un jour ou l'autre, va falloir prendre notre vie en main. C'est l'temps ou jamais…

— C'est pas l'temps, Baptiste ! lui lança-t-elle avec vigueur.

— Ben pourquoi ? Y'a rien qui nous empêche…

— Oui, y'a d'quoi, mon homme ! J'ai pas encore eu mes règles ce mois-ci, j'pense que j'attends un autre p'tit. J'ai déjà des nausées, Baptiste, pis une femme, ça sent ça, la maternité ! J'm'attendais pas à ça si vite après l'autre, t'as eu beau t'retirer… Faut croire que ça n'a pas suffi : j'suis r'partie !

Jean-Baptiste laissa tomber ses bras le long de son corps et, penaud, triste et compatissant, murmura à sa Mignonne :

— Ben, si c'est comme ça, on va rester ici, ma soie. Faut croire que l'bon Dieu préfère nous donner des enfants plutôt qu'un logement. Que Sa volonté soit faite. C'est Lui qui mène, ma femme.

Honoré Turin, malgré le mépris qu'il éprouvait pour son gendre, redoutait que Mignonne et sa famille quittent le toit familial. Il aimait sentir son aînée près de lui. Mignonne, avec qui il discutait des dernières nouvelles, celle qui animait sa vie de plus en plus terne avec Marie-Louise, peu bavarde et concentrée sur son cerceau à broder plutôt que sur les discussions. Parce que Marie-Louise, depuis longtemps sous l'emprise de ce mari autoritaire, avait appris à se taire. Le logis de la rue Sainte-Rose avait vite trouvé preneur et Jean-Baptiste, ne cachant pas sa déception, se fit maintes fois consoler par sa femme : « On aurait eu à tirer le diable par la queue, Baptiste ! Imagine ! Avec, en plus, un compte chez l'épicier et le boucher ! Ici, tout est fourni, tout est gratuit, papa a même payé les chaussettes pis les capines de la p'tite, la semaine passée ! » D'un signe de tête, Jean-Baptiste avait acquiescé. Bien sûr que sa femme avait raison, d'autant plus qu'avec un tas de responsabilités sur les épaules, il lui aurait fallu couper la bière, son seul « désennui », selon lui ; son plus « gros vice », selon le beau-père. Mignonne ne s'était pas trompée, elle était bel et bien enceinte. L'enfant, qui lui donnait autant de nausées que Bernadette lorsqu'elle la portait, devait voir le jour fin octobre, début novembre, de l'année en cours. Honoré avait trouvé que les grossesses étaient rapprochées, mais, comme les enfants étaient des cadeaux du Ciel, il avait dit à Mignonne : «Ne t'en fais pas, ma petite fille, s'il y a de la place pour une, il y en aura pour deux. Nous avons une belle grande maison, merci mon Dieu!»

En avril, alors qu'elle faisait la lessive et que sa mère promenait Bernadette dans son gros landau de tôle noir, la clochette tinta. Quelle ne fut pas la surprise de Mignonne d'apercevoir par la porte vitrée, entre les cygnes incrustés, son amie Alice, pimpante et emmitouflée dans une large mante à carreaux verts et rouges.

— Bien! Qu'est-ce qui t'amène, toi? Attendais-tu que l'hiver soit complètement terminé pour venir me visiter?

— Non, Mignonne, mais avec mon père qui n'en mène pas large et ma mère qui n'a pas d'force et qui est maigre comme un clou, j'ai du travail en masse à la maison. J'sais vraiment pas comment ça s'fait que j'sois vigoureuse comme ça! Avec des parents chétifs, quasiment des échalotes... Fille unique en plus! Ça m'en fait pas mal sur le dos, mais j'ai pas l'choix!

— T'as appris qu'j'attendais un autre enfant, au moins?

— Oui, ma mère qui a rencontré ton père me l'a annoncé. J'suis bien contente pour toi, Mignonne.

— Remarque que c'est vite, mais ce que le bon Dieu décide... Aie! Reste pas plantée dans l'portique, entre, passe au salon, j'vais t'faire une tasse de thé.

— D'accord, mais plutôt à la cuisine. Moi, j'préfère les chaises de bois, pis j'suis pas d'la visite rare, Mignonne.

— Allons donc ! On s'voit presque jamais… Une ou deux fois à peine depuis que t'as été porteuse. Pourtant, on reste pas loin l'une de l'autre, une rue à peine…

— Oui, j'sais, on est presque voisines, mais avec les derniers frettes noirs, j'ai pas mis l'nez dehors souvent.

Mignonne avait fait bouillir de l'eau sur le poêle, et Alice, assise sur la chaise avec coussin, celle du notaire, les deux coudes appuyés sur la table, n'avait même pas retiré sa mante de laine de ses épaules.

— Enlève ça, Alice ! Tu vas crever d'chaleur ! On est en avril, pis l'soleil nous rôtit déjà à travers les carreaux.

Hésitante, Alice se départit de sa mante et, pendant que Mignonne s'apprêtait à verser le thé, elle se mit à pleurer.

— Alice ! Qu'est-ce qui t'arrive ? T'as à te confier, toi… Pas ton père au moins, pas déjà près du trépas…

— Non, non, Mignonne, ça serait pas grave, ça… Depuis l'temps qu'on s'attend à c'qui lève les pattes. Non, mon père prend même du mieux, ma mère le soigne bien.

Hoquetant, toussant, se mouchant, Alice gardait la tête baissée.

— Ben, qu'est-ce qu'il y a, d'abord ? T'as l'air en bonne santé… On dirait même que t'as l'visage un peu plus rond.

À ces mots, Alice pleura davantage, puis, se levant d'un bond, dit à sa plus vieille amie :

— Regarde, Mignonne ! T'es pas toute seule ! J'suis en famille, moi aussi ! Pis d'un mois plus avancée que toi…

Mignonne, stupéfaite, surprise, se laissa tomber sur sa chaise. Alice enceinte ? Elle qui n'était pas mariée… Mais de qui ? Elle n'avait même pas de cavalier ! Ne sachant trop comment réagir, elle la regarda avec compassion et murmura :

— J'sais plus quoi dire, Alice… Si j'm'attendais à ça ! Tes parents sont-ils au courant ?

— C't'affaire ! Ça s'voit, non ? J'ai beau être grande et grosse, ça ne les a pas trompés, mes nausées. Pis regarde-moi, j'ai le ventre aussi rond qu'une femme enceinte de sept mois ! Ils ne sont pas aveugles, mes parents ! Scandalisés, par contre. Pas au point de me mettre à la porte, mais ils m'ont condamnée, et ma mère a fait une neuvaine à sainte Anne pour que j'le perde avant qu'on s'en rende compte. Mais là, plus capable, c'est pourquoi j'sors plus, Mignonne. J'avais déjà assez honte d'être grande et grosse, bâtie comme un bûcheron, et là, avec du poids qui s'ajoute... J'suis vraiment découragée !

— T'es enceinte depuis quand ? J'veux dire, ça s'est fait quand, c't'enfant-là ?

— Une semaine après Noël, disons juste avant le Jour de l'an, dans c'coin-là. Je l'attends pour la fin septembre, comme c'est là. Pis y'a l'air d'être ben pogné, ce p'tit-là ! La mère pis sa neuvaine, ça n'a rien donné. Rendue là, j'sais plus quoi faire !

— As-tu vu l'docteur, au moins ?

— Oui, pis tout est confirmé, mais c'est confidentiel...

— Tu peux compter sur mon silence, Alice, mais qu'est-ce que tu vas faire ? Vas-tu t'en aller chez ta tante à la campagne ?

— Non, pas question ! Pis j'me fous d'la honte, Mignonne, j'me fiche de tout ! J'ai un p'tit dans l'ventre pis y va avoir un nom comme tout l'monde. Ça s'fait à deux ces choses-là !

— Tu... tu sais qui est le père ?

— Ben, voyons donc, c'est sûr que je l'sais ! J'suis pas une courailleuse, Mignonne ! J'étais même vierge, crois-le ou non ! Ben sûr qu'on m'a déjà tripotée dans l'quartier, j'ai la poitrine pour ça, mais j'étais jamais allée plus loin. D'autant plus que tous ceux qui se sont essayés étaient, pour la plupart, des hommes mariés.

— Les cochons ! J'espère que ce n'est pas le cas…

— Non, Mignonne, il est libre, pis tu l'connais à part ça.

— Ben, c'est qui ? T'es en famille de qui, Alice ?

— De ton frère, Mignonne ! De Pit !

Après le cri aigu d'Alice pour dénoncer le fautif, on aurait pu entendre une mouche voler. Mignonne, la bouche ouverte, croyait vivre un mauvais rêve alors que son amie, délivrée de son secret, appréhendait les reproches ou même la semonce de celle qui avait maintenant un lien de parenté avec elle. Car c'était son neveu ou sa nièce qu'elle portait. La larme encore au coin de l'œil mais le regard plus dur, Alice Vinais attendait néanmoins de pied ferme la prochaine réplique. Mais loin d'être agressive, compatissante plutôt quoique très inquiète pour son frère, Mignonne demanda à sa copine :

— Mais… comment cela a-t-il pu arriver ? Pit et toi ? Je ne saisis pas… Il est amoureux fou de Florence Bourdin.

— Faut croire que la boisson rabat les sentiments… Laisse-moi te raconter comment ça s'est passé.

Alice, acceptant une deuxième tasse de thé, débita à son amie :

— C'était après Noël, le 29 ou le 30 décembre, le 29 plutôt, parce que c'est le mardi soir que mes parents vont jouer aux cartes chez des amis. Comme j'étais seule, j'me suis rendue au restaurant du coin pour manger un morceau de tarte où j'ai croisé trois gars du port qui jasaient avec Pit. L'un des trois, plus grossier, a fait une remarque sur mes seins et mes fesses en se léchant les babines, et c'est ton frère qui l'a rappelé à l'ordre. J'avais toutefois remarqué que Pit était éméché, qu'il avait pris un coup avec ces gars-là avant d'aller manger une soupe au restaurant. Comme j'avais peur de rentrer seule à cause des trois autres qui auraient pu me suivre, Pit s'est offert pour me raccompagner. Je lui ai demandé où était Florence et il m'a répondu qu'elle s'était couchée de bonne heure et qu'il en avait profité pour aller trinquer. Il m'a donc raccompagnée et, comme j'étais seule, je l'ai invité à entrer pour se réchauffer, ce qu'il n'a pas refusé. Puis, il a accepté un verre de whisky. Mon père en a toujours dans une armoire. J'm'en suis versé un verre aussi…

Mignonne, profitant d'une pause, reprocha à son amie :

— Tu l'as provoqué, non ? Viens pas m'dire que tu savais pas c'que tu faisais, Alice Vinais !

— Oui, un peu, mais tu sais que je l'ai toujours trouvé d'mon goût, ton frère ! Pour une fois que je l'avais à ma portée…

— Donc, tu avais l'intention… Tu voulais l'tirailler, l'attiser…

— Pas tout à fait, j'voulais juste l'embrasser, Mignonne.

— Allons, tu as deux ans de plus que lui, Alice, pis tu savais qu'il fréquentait Flo Bourdin depuis longtemps. T'as tout tramé !

— Aie ! Tu m'accuses ? C'est injuste, Mignonne ! J'ai rien tramé ! J'savais-tu, moi, qu'j'étais pour le rencontrer au restaurant ?

Comme elle pleurait, Mignonne se calma et l'incita à poursuivre l'histoire du fameux soir où c'était arrivé. Alice prit une grande respiration et continua :

— Ben là, avec le whisky dans l'corps lui pis moi, j'ai déboutonné un peu ma blouse, mais j'voulais que ça vienne de lui. Plus ivre qu'en arrivant à cause des verres que j'lui servais, il s'est collé contre moi et il a glissé sa main dans mon corsage en me murmurant à l'oreille : «Ça faisait longtemps que j'avais envie de tripoter tes gros tétons, Alice.» Je l'ai laissé faire parce qu'il avait la main ferme et que j'aimais l'effet que ça me faisait. Pis avec un autre verre, lui, pas mal rond, moi, assez pompette, je l'ai pas retenu quand il a pris ma main pour la descendre entre ses jambes. J'ai-tu besoin d'aller plus loin, Mignonne ? Le reste a suivi sans qu'on s'en rende compte. Moi, juste le fait qu'il m'embrassait, j'voyais plus clair ! C'était le premier qui se rendait aussi loin, pis beau comme il est… On s'est même endormis l'un sur l'autre à cause des effets du fort qu'on avait bu, et c'est l'bruit d'une persienne contre une fenêtre qui m'a fait m'réveiller, bondir sur mes pieds, me rhabiller et lui demander d'partir au plus vite après avoir enfilé ses culottes, sa veste de laine et son parka avec d'la fourrure aux poignets. Il est r'tourné chez vous en titubant, juste avant qu'mes parents reviennent de leur partie de cartes, pis j'suppose que personne s'est rendu compte de son état, vous deviez tous dormir à cette heure-là !

À bout de souffle, désignant son ventre, Alice ajouta :

— Pis voilà l'résultat, Mignonne ! J'sais plus quoi faire…

— Pit sait-tu que tu es en famille de lui ?

— Non, j'y ai pas encore dit… J'attendais d'être sûre, pis j'ai laissé passer les mois d'hiver, mais là, avec mon père et ma mère qui sont au courant… J'voulais pas te l'dire, mais ils ont l'intention de venir voir tes parents.

— Oh ! Mon Dieu ! Le père va hurler de colère ! Mais c'est Pit qui devrait l'apprendre en premier. Veux-tu que j'lui dise, Alice ? Aimes-tu mieux l'avertir toi-même ?

— Non, ça m'gêne… Dis-lui, toi, ou laisse mon père informer ton père qui, ensuite, l'annoncera à ton frère.

— Oui, mais ça va donner quoi tout ça ? Tu veux en venir où ?

— Ben, qu'on s'marie, c't'affaire ! J'suis en famille de lui ! Y'est pas pour s'en tirer les quatre pieds blancs, ton frère ! C'est lui, l'père, Mignonne ! L'as-tu oublié ? Pis, des mariages obligés, ça s'fait fréquemment quand une fille est déshonorée.

— Charrie pas trop, toi, t'as couru après…

— J'étais saoule, moi aussi ! J'me tue à te l'dire, y m'a eue pis j'm'en suis même pas aperçue !

— Tu devais être plus que saoule, Alice, parce qu'une fille qui a encore sa virginité s'aperçoit de c'qui s'passe. Moi, la première fois, j'ai crié tellement ça m'avait fait mal.

— Toi, tu es p'tite et frêle ; moi, j'suis grande et grosse, c'est pas pareil…

En entendant la porte s'ouvrir, Alice s'empressa de se couvrir de sa mante, de se lever et de se diriger vers la porte d'en avant alors que madame Turin entrait par celle d'en arrière avec la petite dans les bras. Apercevant la jeune fille sur son départ, elle lui cria :

— Est-ce que c'est moi qui te fais fuir, Alice ? Tu peux rester plus longtemps, tu ne déranges pas.

— Merci, madame Turin, mais faut que j'me sauve, j'dois aller chercher d'la laine au magasin général avant qu'y ferme.

— Tes parents vont bien ? Ton père a-t-il un peu plus de santé ?

— Oui, ça va mieux pour lui. Ma mère en prend bien soin, pis avec le cierge allumé aux pieds de saint François d'Assise à l'église, la statue préférée de mon père…

Madame Turin était passée au boudoir afin de ranger des choses et Alice, dans le cadre de la porte avec Mignonne, lui dit tout bas :

— Si t'aimes mieux prévenir ton père avant qu'mes parents viennent officiellement, fais-le ! Ça va moins l'faire sauter, ça va lui donner l'temps de jongler, de se calmer pis d'l'annoncer à Pit. Ce serait plus simple comme ça, Mignonne. Quand mes parents viendront, les tiens sauront à quoi s'attendre. Et comme Pit va être affranchi…

— Oui, j'vais l'faire, mais ça va déclencher tout un drame, je l'sens d'avance. Pis, une autre chose, Alice, t'as-tu pensé à Florence dans tout ça ? Elle qui l'aime tant et Pit qui ne jurait que par elle…

— Ça, c'est son problème, pas l'mien ! C'est moi qui porte un p'tit, pas elle ! Pis, si ton frère ne jurait que par elle, pourquoi qu'y a couché avec moi ? Elle était loin dans ses pensées, la Flo, quand y m'a écarté les jambes sans que j'm'en aperçoive !

Tournant les talons, laissant Mignonne avec le paquet de troubles à venir, Alice Vinais regagna sa maison, heureuse de s'être délivrée du lourd secret qu'elle avait gardé emprisonné en elle tout au long de l'hiver, malgré les nausées, les regards éhontés de sa mère, les semonces de son père et le coup d'œil peu compatissant du médecin de la paroisse qui allait la suivre durant sa grossesse jusqu'à son accouchement.

Le soir venu, à l'insu de ses parents, Mignonne confia à Jean-Baptiste les déboires de Pit, dont il ne savait rien encore. Navré, son mari lui avait dit :

— Ton pauvre p'tit frère… Comme s'il avait besoin d'ça à son âge. C'est sans doute elle qui l'a piégé. Depuis l'temps qu'elle se cherche un mari, Alice…

— J'veux bien croire, Baptiste, mais il l'a suivie de son plein gré, elle l'a pas forcé. Il va falloir qu'il prenne ses responsabilités.

— Oui, j'sais, mais y'avait pris un coup, y savait pas c'qu'y faisait.

— Bon, excuse-le astheure ! Bien entendu, y'avait pris un verre de trop ! T'as sûrement de l'indulgence pour ça, toi !

— Non, y'a des choses qui ne s'excusent pas, pis r'garde-moi pas comme ça, Mignonne, j'ai jamais fait d'gaffes avec une bière de trop ! C'que j'veux dire, c'est que Pit ne mérite pas d'être obligé d'la marier ! Elle a beau être ton amie, j'l'ai jamais digérée, la grande et grosse ! Elle a un air hypocrite, pas honnête, pis jalouse de toi, ça s'voyait même à nos noces. Non, j'l'aime pas plus qu'ça, pis j'me méfie d'elle. Elle est capable d'avoir tout manigancé dans le seul but de s'délivrer d'son père malade pis d'sa mère qui n'est pas toute là !

— Qu'importe ! Le mal est fait et l'enfant qu'elle porte est aussi celui de Pit. Y va lui falloir faire face à la musique !

— Tu comptes lui parler quand ?

— Demain matin, c'est son jour de congé. Papa va être au bureau, pis j'vais demander à maman d'aller promener Bernadette, de la montrer à ses amies, ça va m'donner plus de temps. Quand j'pense à Flo… Pauvre fille… Elle qui l'aimait tant. Ça va être dur pour elle.

— Sans doute, mais moi j'pense davantage à Pit. C'est lui qui est dans de beaux draps actuellement. Avec ton père qui va devenir enragé, ta mère qui va brailler et Alice Vinais qui va l'attendre, le ventre rond, pour se faire marier. Pauvre Pit… C'est un coup d'masse sur la tête qui l'attend, le pauvre p'tit gars !

— P'tit gars, mon œil ! Quand t'es capable d'engrosser une fille, t'es un homme ! D'autant plus qu'elle avait pris un verre de trop…

— Lui aussi, Mignonne ! Pit aurait jamais couché avec elle à jeun, voyons donc ! Elle a peut-être un gros buste, mais elle sent la sueur à plein nez, Alice Vinais !

Tel que convenu, le lendemain, dès que madame Turin fut habillée, Mignonne lui demanda si elle pouvait se charger de la petite, l'emmener chez ses amies, prétextant qu'elle ne se sentait pas bien, qu'elle avait de fortes nausées. Sa mère accepta, bien entendu, et la petite Bernadette, souriante dans ses bras, semblait heureuse de sortir encore. Monsieur Turin avait déjà regagné son bureau, Jean-Baptiste était au port et Pit, dormant à poings fermés et faisant la grasse matinée en ce jour de congé, fut surpris d'être brusquement réveillé par sa sœur qui lui dit d'un ton ferme :

— Lève-toi, ça presse, j'ai à t'parler !

Pit, s'assoyant raide dans son lit, s'écria :

— Qu'est-ce qu'y a, Mignonne ? Le feu est-tu pris ?

— Non, mais lève-toi, j'ai fait du café, j't'attends dans la cuisine.

— Aie ! Y'est juste neuf heures ! Y'a-tu quelqu'un d'malade ?

— Non, pis pose pas d'questions, c'est moi qui vas t'en poser, mon p'tit frère ! Envoye ! Grouille-toi l'derrière !

Le jeune homme maugréa, s'étira et, ne se doutant de rien, marmonna : «Qu'est-ce qu'elle peut ben m'vouloir ? Dis-moi pas que Baptiste l'a fichue dans l'pétrin !» Puis, se levant péniblement, se grattant la tête, il enfila sa robe de chambre et, après être allé au petit coin, il se brossa les dents, se donna un coup de peigne et arriva dans la cuisine où ça sentait le café frais moulu. Le voyant surgir, Mignonne lui en versa une tasse et lui offrit un beigne saupoudré que sa mère avait sorti du four la veille.

— Bon, qu'est-ce qu'y s'passe pour que tu m'réveilles à l'heure des coqs ? Pis où donc est la mère ? Je l'entends pas...

— Elle est partie chez des amies avec la p'tite. On est tout seuls, mon frère, j'ai tout arrangé pour que ça s'présente comme ça.

— Pourquoi ? T'as besoin d'un conseil ? C'est-tu Baptiste...

— Non, y s'porte bien, y'est parti travailler pis l'père aussi. Alors, ouvre tes oreilles pis écoute-moi bien, tu devrais vite comprendre.

— Ben, j't'écoute, parle ! Tu m'as quand même pas fait lever pour rien !

— Alice Vinais est venue me voir hier, on a passé l'après-midi ensemble.

— Alice ? Ton amie ? Aie ! Si c'est pour ça qu'tu m'as réveillé…

— La ferme, Pit ! Elle n'est pas venue me parler de la température pis des bourgeons du printemps. Ça t'dit rien c'qui s'est passé entre Noël et le Jour de l'an ?

Pit avait pâli. Retrouvant soudainement la mémoire, il fronça les sourcils et répondit à sa sœur :

— Oui, mais j'pensais pas qu'ça s'rendrait jusqu'à toi… Ç'a été juste une fois, Mignonne, j'étais saoul… Faudrait pas qu'ça s'rende aux oreilles de Flo, c't'affaire-là !

— J'ai bien peur que oui, moi, parce que « c't'affaire-là » a fait qu'Alice est en famille.

Pit faillit renverser sa tasse. Stupéfait, bouche bée pour un instant, il parvint ensuite à balbutier :

— Tu… tu veux dire… Tu veux dire qu'elle attend…

— Un p'tit, mon frère ! Un p'tit de toi !

— Aie ! Faut pas pousser… Y'en a eu d'autres…

— Non, Pit, pis tu l'sais, elle était vierge ! C'est toi qui l'as déflorée, pis d'ça, on s'en rend compte, saoul ou pas !

— Ben là… Écoute, ç'a été une erreur de ma part… Jamais j'croirai qu'elle va me tenir responsable, la grande et grosse !

— Responsable ? Ben, tu l'es, l'frère ! Pas mal à part ça ! Un p'tit, ça s'fait à deux, Pit, pas toute seule. Non seulement elle te tient responsable, mais elle exige que tu la maries au plus vite. Ses parents sont au courant pis y s'en viennent pas plus tard que ce soir ou demain parler au père !

Pit, homme à ses heures, était effaré comme un enfant pris en faute. En proie au choc qu'il ressentait brusquement, il demanda à sa sœur :

— Qu'est-ce qu'on peut faire, Mignonne ? Tu vas pas la laisser m'faire ça ? C'est Flo que j'aime, tu l'sais ! Y'a sûrement un moyen… J'ai juste dix-sept ans, j'suis ben trop jeune… J'ai encore l'âge d'être aux études…

— J'aimerais pouvoir t'aider, Pit, mais t'es plus sur les bancs d'école, t'es en âge et tu seras pas l'premier à t'marier obligé. Ses parents menacent de tout dévoiler, y peuvent même dire que tu l'as prise de force, leur fille, ce soir-là. Imagine la honte sur notre famille. Non, on peut pas protester d'la sorte pis risquer la réputation du père. Déjà qu'il va être en colère…

— Ça, j'm'en sacre ! Mais tu vas pas m'laisser marier c'te fille-là, Mignonne ? Y'a juste toi qui peux intervenir…

— Comment ? J'ai aucun moyen de mon côté ! Pis, pense un peu, si c'était à moi qu'c'était arrivé. Tu aurais accepté que ta sœur devienne une fille-mère ?

— Non, pantoute, mais elle… J'vais perdre Flo, j'vais tout perdre, Mignonne, même ma job ! Pis j'l'aime pas, Alice, ç'a été juste l'affaire d'un soir. Pis c'est elle qui m'a entraîné !

— Oui, mais c'est pas elle qui a retroussé sa jupe toute seule !

— J'm'en rappelle ! Elle insistait ! Elle me mettait la main…

— Arrête, ça sert à rien ! Alice est en famille et t'as pas d'autre issue que d'la marier ! Ses parents n'voudront pas d'un illégitime dans les jambes, pis penses-tu que ça la gêne pas, elle, de s'promener le ventre rond pis de devenir peu à peu la proie des commères ? On va la montrer du doigt…

— J'sais bien, mais tout d'un coup qu'elle le rend pas à terme, le p'tit ? Moi, j'serais pris avec elle ? Pour la vie ? Ç'a pas d'bon sens ! Si tu lui dis que je l'aime pas...

— Ça, elle s'en fout, elle veut un père pour son enfant.

— A pourrait pas déguerpir pour un bout d'temps ? Pis là, si a l'porte jusqu'au bout, y serait encore temps...

— Ça, t'en discuteras avec le père, mon p'tit frère. Je sympathise avec toi, Baptiste aussi, mais y'a rien qu'on peut faire, nous deux.

— Aie ! Le père de Baptiste qu'on connaît pas, y'a pas eu l'trouble que j'vais avoir, lui ! Y'a pu sacrer son camp...

— C'est pas pareil, Pit, y savait peut-être pas, lui, qu'elle était enceinte. Pis, s'il le savait, y s'est enfui comme un lâche en laissant la mère se débarrasser du p'tit dans un portique... Ce qui est condamnable ! Mais ça, c'est un mystère, ce qui n'est pas ton cas, mon frère. Tu laisserais un enfant de ton sang subir le même sort ? J'en doute !

— Non, évidemment, j'ai trop de cœur pour ça... Mais c'est-tu bien vrai qu'elle est enceinte au moins ?

— Aucun doute, je l'ai vue, on dirait qu'elle est à la veille d'accoucher. Pis le docteur l'a confirmé. Elle va même l'avoir un mois avant moi. C'est pour ça qu'ça presse !

— Ben, c'est l'boutte d'la marde ! C'est pire qu'une tonne de briques sur la tête ! Maudit t...

— Sacre surtout pas, le bon Dieu va t'punir encore plus ! Y'a ben assez d'papa qui va tomber à la renverse...

— Lui, qu'y mange... J'me retiens, Mignonne, mais y'a besoin de pas m'casser les oreilles parce que j'vais claquer la porte en un rien de temps ! Pis elle, la grande et grosse...

— Appelle-la pas comme ça, Pit ! C'est Alice, son nom, pis elle va être la mère de ton enfant. Un peu d'respect... Penses-tu qu'elle est pas dans tous ses états, elle ? Tu sais, dans pareil cas, c'est toujours plus la fille que l'gars qu'on blâme.

— Oui, j'sais, mais j'peux pas croire… J'ai Flo dans l'cœur, on avait déjà des projets, on pensait même se fiancer cet été…

— Désolée pour toi, mon frère, mais t'avais juste à pas la tromper !

Au moment du dîner, alors qu'Honoré était venu manger une soupe à la maison, son épouse lui dit :

— J'ai croisé madame Vinais ce matin en promenant la petite, et elle et son mari aimeraient nous rencontrer ce soir.

— Ici, Marie-Louise ? Pourquoi pas à mon bureau ? Je ne fais pas de notariat à la maison, tu le sais, non ?

— Pas que toi, mon mari, moi aussi, j'ai dit « nous » rencontrer ! Et d'après son ton sec, ça semblait plutôt personnel que d'affaires. Pas même un sourire, l'œil fielleux comme d'habitude.

— Bon, dans ce cas, on verra bien, mais je me demande ce qu'ils nous veulent, ces deux-là ! Drôles de moineaux !

Mignonne et Pit, qui avaient entendu la courte conversation, se regardaient sans mot dire. Peu après, à l'insu de leur mère, alors que leur père était reparti, la jeune femme murmura à son frère :

— C'était l'temps de l'affronter ! Avant que les Vinais viennent ce soir !

— Non, c'aurait été pire ! Seul, y'a pas de retenue, le père ! Quand les Vinais seront là, il n'osera pas me faire une colère devant eux. Ça va être plus formel… Tu l'connais, Mignonne ? Il va jouer au notable indigné du scandale, il va avoir le menton pis le nez en l'air, mais il va tenter de rester calme, même sous le choc ! Il a deux natures, le père : une pour nous, une pour la visite. Il va grogner par la suite, mais le pire sera passé. Laisse-les venir! Peut-être bien que l'père va s'ranger d'mon côté...

— Là, tu rêves, Pit! Pas avec ses scrupules pis sa pudeur! Il va tenter de sauver le déshonneur qui va s'abattre sur la famille. T'as besoin de t'trouver un habit d'noces au plus sacrant! C'est à coups d'pieds au derrière qu'y va t'charroyer à l'église!

— Encourageante, toi! Es-tu d'son bord, Mignonne?

— Non, rassure-toi... Mais j'aime mieux en rajouter que d'en enlever sur sa façon d'agir. De cette façon, rien va t'surprendre et tu seras plus en mesure d'encaisser ses réactions. Mais... dis-moi, vas-tu parler à Flo avant qu'les Vinais s'amènent ici? Vas-tu aller au-devant des coups?

— Non, j'vais attendre à demain. Pis ça tombe bien, elle a un cours de bienséance ce soir. Flo veut travailler dans un hôtel, donc il lui faut tout apprendre sur le comportement avec la clientèle. Non, j'aime mieux m'tenir à l'affût pis voir d'abord c'qui va s'passer. Pis, si Alice part pour la campagne, moi j'attends l'accouchement avant d'faire quoi qu'ce soit. J'ai pas envie d'être pris avec la bête si jamais elle le perd, ce p'tit-là. C'est c'point-là que j'vais défendre ce soir.

— Bon, à ta guise, mais j't'avertis d'avance, Baptiste pis moi, on s'en mêle pas. Ça va juste brouiller les cartes. À moins que papa devienne ignoble, évidemment! Pour Flo, si elle a besoin d'être consolée, je serai là, mais la Vinais, amie ou pas, j'aime mieux m'en éloigner, Pit! T'as tes torts, mais elle aurait pu être sur ses gardes!

— C'est c'que j'te dis depuis l'début, Mignonne, mais tu m'écoutais pas! Tu faisais comme si tu m'entendais pas! Plus tête de pioche que toi...

— J't'entendais, mon p'tit frère, mais n'empêche que le mal est fait. Ça sert à quoi d'jeter la pierre? Vous aviez pris le verre de trop tous les deux… Sauf qu'Alice, elle, était sans doute intéressée par toi tandis que, de ton côté… T'aurais pu t'méfier… T'aurais pu déguerpir… Tu vois les conséquences ?

— Encore moi ! J'ai jamais le gros bout du bâton avec toi ! J'me rends compte que ça t'rentre pas dans'tête c'qu'y s'est passé ce soir-là. Pis j'm'attends pas à ton indulgence ! Y'a juste Baptiste qui pourrait comprendre ça !

Le soir venu, au moment où la sonnette tintait, Pit, malgré son air fanfaron, n'en menait pas large. Faisant les cent pas, il s'était réfugié dans sa chambre alors que Mignonne était dans la sienne avec Bernadette ; et Jean-Baptiste, dans le vivoir, pour prêter un peu l'oreille. Madame Turin, en bonne hôtesse, avait fait passer les Vinais au salon et, leur offrant le thé, elle se fit répondre par la dame, d'un ton ferme :

— Non merci, madame, on n'est pas venus ici pour ça ! On a des comptes à régler, pis c'est moi qui vas parler, mon mari est à bout d'souffle juste d'avoir marché !

Honoré, étonné d'une telle attitude, lui répondit :

— Dans ce cas-là, parlez, madame Vinais. On n'a pas toute la soirée !

La dame, maigre et revêche, ne se fit pas prier et débita d'un trait ce qu'elle avait sans doute appris par cœur. Après l'aveu qui avait fait frémir le notaire, monsieur Vinais retrouva juste assez de souffle pour ajouter :

— C'est déshonorant pour vous comme pour nous ! Deux familles si respectables ! Mais nous demandons réparation !

Outré, n'en croyant pas ses oreilles, Honoré Turin regardait sa femme qui, stupéfaite, n'avait rien ajouté. Se levant d'un bond, il ouvrit la porte du salon et cria d'un ton formel :

— Édouard ! Viens ici ! On t'attend au salon !

Il l'avait appelé Édouard et non Pit, pour que son fils se rende compte de la gravité du litige. Or le fiston, malgré sa bravade, ravala sa salive, ajusta sa cravate et entra dans le salon comme si de rien n'était. Dévisagé par tous, il perdit toutefois son aplomb et sentit sa gorge se nouer. Son père lui désigna un fauteuil et voulut lui débiter à son tour le forfait dont les Vinais l'accusaient. Mais, avant de se faire mitrailler par les yeux de son père, Pit l'interrompit pour lui dire :

— Garde ton calme, papa, ne va pas plus loin, c'qu'y disent est vrai et j'étais au courant de la venue de monsieur et madame Vinais. D'ailleurs, leur fille est venue se confier à Mignonne. C'est fait, je ne peux rien y changer. C'était un accident…

— Rien y changer ? s'écria madame Vinais. Tu as du front tout l'tour d'la tête, toi ! Tu l'as engrossée, tu vas la marier, mon p'tit gars ! Ma fille va pas accoucher d'un bâtard ! Elle va être mère, et toi, tu vas être père ! Dans la dignité, Pit ! Dire qu'elle avait encore sa virginité…

— Une minute, là, madame Vinais ! J'veux bien croire qu'elle l'avait, mais c'est elle qui s'est arrangée pour la perdre ! J'étais saoul et elle a profité de mon état. Pire encore, elle m'a saoulé davantage ! Elle savait ce qu'elle faisait !

Honoré se leva, regarda son fils droit dans les yeux et lui dit :
— Qu'importe ! Tu vas la marier, Pit ! Obligé ! C'est ton enfant qu'elle porte ! Je suis encore sous le choc, mais tu vas la marier promptement dans la plus stricte intimité.

— Papa ! J'ai dix-sept ans ! J'suis pas en âge pour…

— Tais-toi ! Pas un mot de plus ! En âge de déflorer une fille et de la rendre enceinte ? Donc en âge de te marier, Édouard !

Madame Turin, levant la main, voulut intervenir, mais son mari, d'un regard sévère, lui fit baisser les yeux. Dans une dernière tentative, Pit, regardant sa mère, implora :

— On pourrait attendre, au moins, que l'enfant vienne au monde. Si vous l'envoyez à la campagne, si elle fait une fausse couche…

Madame Vinais, insultée, debout, le pointa du doigt :

— Ça t'en débarrasserait, pas vrai ? C'est ça qu'tu veux dire, Pit ? Bien là, tiens-toi l'corps raide pis les oreilles molles, mon p'tit gars ! Ma fille va pas être déshonorée de la sorte ! On a un nom respectable, nous aussi. Pis Alice s'en ira pas à la campagne, elle va rester ici, chez nous, jusqu'à sa délivrance, avec son mari à côté d'elle. As-tu compris ? Pis, si quelqu'un s'oppose, ce qui ne semble pas être le cas de ton père, j'vais clouer une affiche sur le poteau du coin pour dévoiler à tout l'monde le nom d'celui qui a violé ma fille !

— Hé, là ! de s'exclamer le notaire, vous allez un peu loin, madame Vinais ! Édouard n'a pas violé Alice, elle était consentante.

— Qu'importe ! Ce sera sa parole contre la sienne ! J'vais aller jusque-là, j'vous l'jure ! Pis j'vais forcer le curé à dénoncer votre fils en chaire ! Ça peut-tu être plus clair ?

La petite dame, tremblante et agitée, reprit son fauteuil sous l'œil approbateur de son mari quasi mourant qui, lui, se contentait de tout entériner d'un signe de tête. Madame Turin, qui n'avait pas encore réagi, regarda son fils et lui dit avec compassion :

— Il va falloir te marier, Pit. Pour le bien-être de tout le monde, pour l'enfant qui va naître, mais tu pourras habiter ici, avec Alice et le bébé… La maison est grande.

Honoré avait quelque peu sourcillé, mais, pour ne pas contrarier sa femme, il s'était incliné tout en regardant « la mégère » qui, devant l'offre, avait respiré d'aise :

— Voilà qui serait favorable. Notre maison n'est pas tellement vaste et les pleurs d'un bébé naissant avec l'état de santé
de mon mari…

Somme toute, Pit venait de le comprendre : les Vinais, en
le forçant à épouser Alice, se débarrassaient de leur grande
et grosse fille qui leur coûtait cher à nourrir. Mais, de son
côté, pris au piège, Pit préférait avoir les chaînes aux pieds
chez lui plutôt que dans l'affreuse maison, pour ne pas dire
« prison », des Vinais. Et, songeant en son for intérieur, il espérait qu'Alice ne puisse supporter les frasques de son père et
réclame à hauts cris de retourner chez elle. Ce qui lui permettrait de s'en séparer sans l'avoir tout à fait provoqué. La visite
se termina sur le consentement des Turin au mariage obligé de
leur fils le plus tôt possible. Avant que la paroisse entière ne
se rende compte de l'état d'Alice. On promit de se revoir, de
se rendre au presbytère pour les arrangements et, une fois les
Vinais partis, Honoré, courroucé, darda sur son fils un regard
dur et menaçant :

— Toi, si je ne m'étais pas retenu… Quelle honte ! Tu
mériterais…

— Rien de plus que c'qui m'arrive ! l'interrompit le
fils. Pis, si ça fait pas ton affaire qu'on habite sous ton
toit, dis-le-moi ! J'peux la marier pour sauver ton honneur
pis décamper ! Alors, pousse pas trop fort, papa ! Rends-
moi pas au bout d'mon rouleau, j'suis déjà assez coincé
comme ça !

Jean-Baptiste, qui avait tout entendu ou presque, se faufila
sans bruit dans la chambre où Mignonne l'attendait en endor-
mant la petite :

— Pis, comment ça s'est déroulé ? J'ai entendu des éclats
de voix… Mon père a sauté ?

— Oui, mais tu l'connais, il a tenté de garder sa dignité. C'est après qu'il s'est emporté, mais Pit, à bout d'nerfs, l'a remis à sa place.

— Pis, le mariage…

— Ça va s'faire assez vite… Prochainement, mais tu sais pas l'pire, ta mère a suggéré qu'Alice pis lui viennent vivre ici !

Mignonne avait tressailli. Se retenant pour ne pas éclater de rage, elle avait respiré par le nez, pour ensuite dire à Jean-Baptiste :

— Ben là, mon homme, y va être temps qu'on parte, sinon ça va être une tribu ici. Alice, Pit, leur enfant, pis notre deuxième qui s'ajoute ! Non merci ! De plus, j'serais pas capable de vivre avec elle à longueur de journée ! Non, Baptiste, on va s'en aller faire notre vie ailleurs, toi pis moi. Avec nos deux enfants quand j'aurai accouché. Y'a toujours des limites ! J'aurais dû t'laisser louer le logis du bout d'la rue Sainte-Rose…

— T'as rien à t'reprocher, Mignonne, on s'attendait pas à un tel chambardement. T'en fais pas, j'vais en trouver un autre quand viendra l'temps, syncope ! Pis personne va s'en apercevoir parce que, là, c'est Pit qui est dans l'nœud de toutes les histoires. On va pouvoir filer en douce…

Mignonne lui sourit, glissa sa main dans ses cheveux et lui dit :

— Si tu savais comme je t'aime, mon homme… La bonté te sort par les pores de la peau. Oui, on va être bien, juste nous deux pis les enfants, loin d'mon père avec son air bête. Quitte à faire des sacrifices… J'ferai d'la couture pis du tricot.

Jean-Baptiste lui avait mis son index sur la bouche et, après l'avoir embrassée sur le front, il prit sa petite Bernadette dans ses bras et lui murmura :

— Viens, papa va te chanter une belle chanson en te berçant, ma précieuse… Tu vas te rendormir en peu de temps.

Mignonne le regardait avec amour. Son Baptiste, quoique plus petit et moins costaud que son frère, avait plus de charme que Pit. Il témoignait d'une sensibilité venue elle ne savait d'où et d'une sensualité sans doute héritée de son père inconnu. Mais avant de clore le sujet, il avait ajouté :

— Sais-tu ce qui m'a fait le plus de peine au cours de la conversation, ma soie ?

— Non, quoi donc ?

— C'est quand la mère Vinais a dit tout haut qu'elle ne voulait pas de bâtard dans sa famille. Ça m'est rentré dans l'cœur comme un poignard !

— Que veux-tu, on n'a pas tous la charité d'une Clémentine.

— Oui, pis c'est dans ces moments-là que j'me rends compte de ma chance pis de sa bienveillance.

Elle appuya sa tête sur son épaule. Au-delà de toute contrariété, en dépit des difficultés, Jean-Baptiste Rouet, pour Mignonne Turin, était le plus beau et le meilleur des hommes. Et ce, malgré les multiples bouteilles de bière vides qui remplissaient le bac de paille de la cuisine.

Il ne restait plus à Pit qu'à affronter Florence, qu'il devait revoir le lendemain soir, selon leur horaire de la semaine. Nerveux, agité, et pour cause, Pit Turin avait tout mis en œuvre pour être le plus séduisant possible, eau de toilette incluse. Mignonne qui le vit partir lui demanda :

— Vous allez où, Flo et toi ?

— J'sais pas… J'vais trouver un endroit calme, peut-être un restaurant loin d'ici pour que personne nous voie.

C'est ce qu'il fit. Il opta pour un restaurant de l'ouest de la ville, un demi-sous-sol où il se sentit à l'abri de la paroisse. La table la plus discrète, au grand étonnement de Florence qui se demandait ce qu'il y avait de si important pour s'éloigner ainsi du quartier coutumier. Fort en beauté, joli petit manteau rose trois quarts sur sa robe gris perle, elle avait son sourire habituel et commanda une pointe de tarte aux cerises avec une tasse de thé alors que lui se contentait d'un café. S'allumant une cigarette de laquelle il tira une bouffée, il la regarda avec tendresse et lui dit :

— Flo, j't'aime ! Si tu savais comme je t'aime !

— Mais je l'sais, Pit, tu n'as pas à en douter... Et moi donc !

Il regarda par terre, soupira fortement, et Florence lui demanda :

— Qu'est-ce qu'il y a, Pit ? Tu n'es pas comme d'habitude.

— C'est que... J'sais pas par où commencer, Flo, j'suis mal à l'aise... Dès que j'vais parler, tu vas sortir de table et me quitter. J'en ai déjà le cœur brisé...

Inquiète et soucieuse à la fois, la jeune fille murmura :

— T'es pas comme de coutume ce soir, toi. Endimanché, les sourcils froncés... Y'a quelque chose qui cloche, n'est-ce pas ?

— Heu... oui... Mais j'veux pas t'perdre, Flo, j't'aime trop, j'vais devenir fou si tu m'laisses ! Promets-moi...

— Pit, pour l'amour du ciel, qu'est-ce qui se passe ? Commence par parler... Tu... tu t'en vas travailler au loin ? On t'a confié un transport ailleurs ? On se verra moins ?

— Non, si c'était rien qu'ça, mais c'est plus grave... Pis j'en peux plus d'tourner autour du pot, faut que j't'affronte, tant pis pour moi si tu t'en vas...

— Pit, ça va faire ! Parle ou sinon j'me lève de table !

— Flo, tombe pas à la renverse, mais… mais j'me marie.

Il avait beau l'avoir murmuré, Florence tressaillit :

— Tu… tu t'maries ? Tu ris de moi ou quoi ? Avec qui ?

— Non, c'est sérieux, j'me marie, mais j'me marie obligé, Flo. Parce que j'ai fait la bêtise de partir une fille en famille.

Déjà rouge d'inquiétude, Florence devint livide. Laissant tomber sa fourchette sur la nappe, elle balbutia :

— En famille ? Enceinte ? Qui, ça ? J'la connais ?

— Oui, tu la connais, j'parle d'Alice Vinais.

Estomaquée, renversée, Florence croyait avoir mal entendu :

— Alice ? La grande et grosse ? L'amie de Mignonne ? Tu te payes ma tête, Pit Turin ? Si c'est l'cas, c'est pas drôle !

De plus en plus sérieux, il répondit :

— Non, j'suis pas l'genre aux farces, tu l'sais pourtant… J'avais pris un coup de trop, elle m'a attiré chez elle, elle s'est garrochée sur moi, pis ça s'est fait sans que j'm'en rende compte ! Jamais j'aurais pensé…

Il s'était arrêté net, une larme perlait sur la joue de son aimée.

— Flo, pleure pas, surtout pas… j'ai déjà assez d'misère…

— Tu as fait ça, Pit ? Malgré toutes nos promesses ?

— J'étais saoul, j'avais pas toute ma tête.

— Avec elle en plus ? Pis tu voudrais que j'prenne ça comme un grain de sel ? J'vais pas m'en aller, mais ça va être notre dernière soirée.

Baissant les yeux, les relevant, il affichait tant de larmes que Florence en fut secouée.

— C'est moi qui devrais pleurer comme tu l'fais… Moi, j'garde ça pour chez moi. C'est quand j'vais être seule…

— Flo, quitte-moi pas, j'l'aime pas cette fille-là ! C'est une erreur… j'pensais pas aux conséquences…

— Ce qui veut dire que si elle n'avait pas été en famille, tu ne m'aurais rien dit… Tu m'as trompée, Pit ! Trompée et humiliée ! Imagine ce qu'elle doit dire de moi, la Vinais !

— Non, Flo, pas trompée… J'me suis juste égaré…

— Tu as essayé plusieurs fois avec moi, j'ai toujours refusé. Je voulais attendre qu'on soit mariés… Mais comme ça t'embêtait de t'faire toujours dire non, t'en as trouvé une qui t'a dit oui. J'savais pas qu't'avais l'vice au corps à c'point-là, Pit Turin !

— Non, c'est pas vrai, juge-moi pas, j'suis un bon gars. C'est elle qui m'a joué dans les pattes… J'te l'jure sur la tête de ma mère, Flo ! J'ai pas pensé une minute à coucher avec elle !

— Mais tu l'as fait, Pit ! Pis là, toi et moi…

— Non, Flo, abandonne-moi pas, laisse-moi pas tomber ! J'suis su'l bord de m'jeter dans l'fleuve, j'ai plus de raison de vivre… C'est toi que j'aime, Flo ! Que toi ! Laisse-moi pas crever !

Il pleurait tellement que quelques têtes se tournèrent. Compatissante malgré l'humiliation, Florence lui prit la main, la serra dans la sienne et lui demanda en geignant doucement :

— Mais que veux-tu qu'on fasse, Pit ? On n'est quand même pas pour continuer à s'fréquenter. Tu vas être un homme marié, un père par-dessus le marché.

— Soutiens-moi, décroche pas, on s'aime trop pour ça. J'me marie obligé, Flo, ça veut pas dire que j'me séparerai pas par la suite…

— Tu m'en demandes beaucoup, Pit, j'suis encore sous le choc ! Laisse-moi au moins y penser… Tu vas être père !

— T'en fais pas, j'peux prendre mes responsabilités avec le p'tit sans avoir à l'aimer, elle. Jamais plus j'vais la toucher, Flo ! Même mariés ! C'est ses parents, pas les miens qui m'forcent à l'faire ! Si c'était rien que de moi, j'me pousserais loin pis on m'retrouverait pas !

— Ça, ce serait lâche, Pit. Pas avec un enfant en chemin…

— Je l'sais, j'reste, j'me plie, mais ça m'donne mal au cœur, Flo. J'ai pas encore dix-huit ans, pis j'ai plus d'troubles qu'un homme de trente ans ! Ça m'fait mal, là !

Il désignait son cœur, et la dulcinée, émue, embarrassée, lui essuya les yeux de son mouchoir pour lui dire :

— Crains pas, j'te laisserai pas tomber… J't'aime, Pit ! Plus que tout au monde. Mais j'pourrai pas continuer…

— Dis rien, laisse le temps répondre à ça, y'a des façons de s'voir, de s'revoir… Mignonne t'aime beaucoup, tu sais.

— Que pense-t-elle de ce mariage ?

— Elle est navrée, elle est peinée… Surtout pour toi…

Florence, se levant, s'empara de son manteau rose que Pit l'aida à enfiler. En cours de route, dans le tramway, la main dans la main, il lui demanda une fois de plus, abattu :

— Tu vas pas m'quitter, hein, Flo ? Tu vas continuer d'm'aimer ?

— Oui, j't'aime trop pour te perdre, Pit.

— J'te promets qu'un jour, on va s'marier, Flo. Dès que j'vais m'en défaire d'une façon ou de l'autre.

Le regardant, elle soupira et lui avoua :

— J't'aime assez pour t'attendre, Pit Turin.

— Longtemps, Flo ?

— Toute ma vie, s'il le faut ! J'serais incapable d'en aimer un autre que toi !

Rassuré ou presque, fou de joie sans trop le démontrer, il bredouilla :

— T'auras pas à l'regretter, Flo… Juré, craché !

Chapitre 4

Florence avait pleuré toute la nuit. Seule, elle avait pu donner libre cours à sa déception de voir ainsi sa vie brisée. Elle qui avait cru un instant que le décorum dont s'était encadré Pit était peut-être pour une demande en mariage. Quelle désillusion ! Quel coup au cœur que d'apprendre qu'il s'agissait bien de « mariage », mais avec une autre. En outre, la dernière à qui elle aurait pu songer si elle avait eu à se creuser les méninges : Alice Vinais ! Une fille plus âgée que lui, pas du tout jolie, « grande et grosse » d'où son surnom, et qui sentait plus souvent la transpiration que le savon. Comment avait-il pu ? Malgré son appui, son soutien, sa promesse, elle en voulait à celui qui l'avait ainsi trahie. Au point de le haïr quand elle pensait à l'outrage ; et de l'aimer passionnément quand elle revoyait son visage inondé de larmes. Édouard « Pit » Turin ! Ce beau garçon devenu homme avec qui elle comptait faire sa vie. Mais non, c'était elle, l'autre, la vilaine, qui allait s'approprier son rêve. En un tour de main ! Après lui avoir fait perdre la tête et soulevé sa jupe ! La Vinais dont personne ne voulait ! Avec Pit ! Son Pit ! L'un des plus beaux jeunes hommes du quartier ! Florence rageait, fulminait, pleurait, car, à travers son immense chagrin, elle savait que tout était vain… Qu'elle n'allait plus être la promise de Pit Turin, mais « la maîtresse » avec laquelle il entretiendrait une liaison secrète. À l'insu de tous… Culpabilisant déjà avant même d'en coiffer le titre, elle n'allait pas garder pour elle seule cet accommodement auquel elle s'était engagée. Elle n'avait pas juré, c'est lui qui l'avait plus ou moins fait dans son désarroi. Non, elle n'allait pas vivre ainsi sans que personne ne partage ce sacrifice. Elle devait en parler à Mignonne, trouver en elle une alliée pour se sentir moins fautive, lui demander son soutien, pleurer dans ses bras afin d'atténuer sa peine. Quitte à ce que cette dernière la gronde d'avoir accepté ce compromis. Si tel était le cas, il serait encore temps de faire marche arrière. Malgré le presque serment… Mais, serrant son oreiller sur sa poitrine, Florence Bourdin savait très bien qu'elle ne reculerait pas d'un seul pas, qu'elle accepterait tout de lui, quitte à se mettre à dos ceux qui tenteraient de l'en dissuader. Même Mignonne, sur laquelle pourtant elle comptait tant. Parce que Flo, dans sa nuit la plus sombre, malgré tout, aimait de toute son âme celui qu'elle qualifiait d'infâme.

Mignonne avait eu écho de la rencontre de Florence et Pit de la bouche de ce dernier, mais elle avait décidé de se mêler de ses affaires, même si l'attitude de Flo l'intriguait quelque peu. Pour l'instant, Jean-Baptiste et elle avaient mieux à faire que de se pencher sur les déboires de la jeune fille. Mignonne avait serré les cordons de la bourse, diminuant ainsi l'allocation des petites dépenses de son mari afin de se remettre de la grève des débardeurs de l'an dernier qui avait laissé bien des familles le ventre vide. Elle économisait de plus en plus afin de quitter un jour cette maison où il était devenu impossible de vivre la moindre intimité. Sans compter ce qui s'annonçait en plus ! L'arrivée de la Vinais, son bébé, celui de Mignonne qui suivrait… Inutile de dire que les pintes de bière de Jean-Baptiste avaient été coupées de moitié, ce qui ne l'empêchait pas de rentrer encore, parfois, à quatre pattes, grâce à la générosité de ses compagnons de taverne qui lui payaient des verres « à trois cennes » qu'on appelait des… *drafts* ! Mais rarement, cependant, sans qu'Honoré ne s'en aperçoive en marmonnant des invectives entre ses dents.

Deux jours après le pacte entre Pit et Florence, la jeune fille fit savoir à Mignonne qu'elle désirait la voir si elle avait quelques minutes à lui consacrer. Généreuse de nature, altruiste face aux malheurs des autres, Mignonne s'arrangea pour la rencontrer au parc, le jeudi après-midi, par un temps encore humide, même si les premiers bourgeons des lilas s'annonçaient. Avec Bernadette bien emmitouflée, elle repéra un banc libre et fit signe à Florence, qui la cherchait dans l'autre allée, de faire le détour pour la rejoindre là où les abords étaient plus discrets. Bernadette était assoupie dans le gros landau noir et Mignonne, cheveux tressés sur le dessus de la tête, un gros châle de laine sur les épaules, souriait à la dulcinée de son frère qui s'avançait vers elle :

— Belle journée, n'est-ce pas ? On se croirait en début d'été…

— Oui, quoique le vent soit encore frais… Ça m'surprend de voir autant d'monde dans le parc !

— Tu sais, Flo, avec des enfants, on n'peut pas aller bien loin… Tiens ! Dépose ta sacoche sur le bout du banc, comme ça, personne va s'asseoir pour écornifler nos propos.

Florence croisa les bras et, regardant la sœur de son bien-aimé qu'elle considérait comme son amie, lui demanda :

— Tu sais pourquoi j'suis ici, n'est-ce pas ? T'es au courant pour Pit ?

— Oui, Flo, et ça m'fait bien d'la peine. Pour lui, bien entendu, mais surtout pour toi… Ça doit t'crever l'cœur !

— C'est pas l'mot, Mignonne, j'me sens à l'agonie. Si tu savais comme j'ai pleuré la nuit passée… J'ai inondé mon oreiller !

— Quelle affaire ! D'autant plus qu'y avait jamais rien eu entre eux avant c'soir-là ! Y pouvait pas la blairer quand elle venait me visiter, ça prenait tout son p'tit change pour la saluer. Moi, j'sais que c'est elle qui l'a enjôlé ! Depuis l'temps qu'a s'cherchait un homme, Alice Vinais ! Elle a profité d'son ébriété…

— N'empêche qu'y m'a trompée en la suivant, Mignonne, y'est aussi à blâmer qu'elle !

— J'te donne raison, Flo, mais t'étais quand même pas sa fiancée, juste son amie de cœur… Vous auriez pu vous laisser pour une autre raison, pis personne en aurait parlé.

— Tu penses ? Toute la paroisse est au courant qu'on sort ensemble ! On n'était jamais l'un sans l'autre, Pit et moi !

— J'veux ben croire, mais là, c'que t'as accepté… Mon frère m'a tout raconté.

— C'est lui qui m'a suppliée de pas l'quitter, Mignonne ! J'étais prête à m'en aller, à m'effacer, mais y s'est mis à pleurer…

— C'est sûr qu'y t'aime pis qu'y est désemparé, mais t'as pas à sacrifier ton avenir pour un gars qui va en marier une autre, Flo ! Te rends-tu compte de c'que tu lui as juré ?

— Pas juré… juste promis, mais je n'ai qu'une parole, moi.

— Voyons, Flo, réveille ! T'as dix-sept ans, tu vas rencontrer un tas d'bons prétendants… Y va être marié, lui !

— Je l'aime, Mignonne ! J'serais pas capable d'en aimer un autre… Pit et moi, on s'lâchait pas d'un pouce ! On avait même des projets, j'finissais mon cours puis…

— Florence ! C'est à l'eau tout ça ! Raisonne, voyons, y va avoir une femme pis un enfant ! T'as beau l'aimer, t'es pas soudée à lui ! Là, y'est désespéré, mais, avec le temps, y va comprendre, y va pas t'imposer de l'attendre !

— C'est déjà fait ! Tôt ou tard, y va s'en séparer d'sa femme ! Ça, y me l'a juré ! Pis j'suis pas pressée, j'ai tout mon temps, parce que pour moi, à part ton frère, y'a personne d'autre sur terre !

— Ben, là, tu m'décourages, Florence Bourdin ! Te rends-tu compte du rôle que tu vas jouer ? Celle qui sort avec un homme marié, celle qu'on va montrer du doigt… Ton grand-père va en crever, Flo ! Pit n'avait pas à exiger ça d'toi ! Y'a fait une bêtise, c'est à lui d'la payer, pas à toi !

— T'es dure, Mignonne… Y fait pitié, ton frère. Mal pris comme il est, y va avoir besoin d'être aimé. Y faut l'protéger, y'a même parlé du fleuve…

— Ben, à ton gré, Flo, pis dis-moi pas que j'suis dure quand j'fais tout c'que j'peux pour te sortir du pétrin dans lequel y t'a saprée !

— Crains rien, on va s'voir en cachette, lui pis moi. On n'aura rien à m'reprocher, Mignonne. Tu sais, quand on aime…

— Oui, oui, quand on aime, on s'laisse enfirouaper, Flo ! Moi aussi, j'l'aime bien, mon frère, mais y s'est mis les pieds dans les plats, et y va avoir à se les sortir tout seul. Y savait quand même c'qu'y faisait dans la maison d'Alice Vinais ! J'veux pas l'voir malheureux pour autant, mais j'pense à son enfant. Y'a pas demandé à naître, lui, pis ça, on dirait que tout l'monde l'oublie. Baptiste sait, lui, c'que c'est que d'pas avoir été désiré pour être ensuite abandonné. Au moins, celui-là, y'aura pas à chercher qui est son père pis sa mère.

— Pour ça, j'te donne raison, Mignonne. Moi, j'veux rien déranger, j'vais même me tasser, mais y'a personne, pas même toi, qui va m'convaincre de n'plus l'aimer. Tu…

— Va pas plus loin, Flo, j'ai tout compris, pis regarde, Bernadette nous sourit. Elle vient de s'réveiller ! Ça va, ma chouette ? Tu veux que maman te prenne ?

Oubliant le pacte et le plaidoyer de l'amie de cœur de son frère, Mignonne se leva, prit la petite dans ses bras et dit à la jeune fille avant qu'elle ne parte de son côté :

— Bon, à un de ces jours, pis prends soin de toi, Florence.

— Merci de m'avoir écoutée, Mignonne, mais juste avant d'partir…

— Quoi ? J'suis encore là…

— Vas-tu rester mon amie ? Vas-tu me seconder ? J'vais-tu pouvoir compter sur toi quand j'me sentirai désemparée ?

— Oui, Flo, t'as rien à craindre de ce côté-là, en autant que ça chambarde pas trop le p'tit qui va passer bien avant toi, ça j'te l'dis ! Pour moi, un bébé, un enfant, c'est sacré ! Y'a rien qui vaut plus cher que ces p'tits êtres-là. Tu pourras pas dire que j't'ai pas avertie !

L'autel de l'église Sainte-Brigide-de-Kildare n'était pas illuminé en ce samedi 28 mai 1904, pas plus que les cloches ne sonnèrent après qu'Édouard Turin eut pris pour épouse Alice Vinais, à sept heures du matin, dans la plus stricte intimité. Honoré avait servi de père à son fils et monsieur Vinais, appuyé sur une canne, avait fait de même pour sa fille. Dans le premier banc, du côté de la mariée, il n'y avait que sa mère, froide, revêche, qui n'avait même pas épinglé une fleur, en guise de réjouissance, sur son manteau de printemps vert. Qu'elle seule, assise au bord de la rangée, personne d'autre ! Pas même une cousine éloignée ou une amie, dame patronnesse. Sur le côté du marié, sa mère, Jean-Baptiste et Mignonne, ainsi que la petite Bernadette, turbulente ce matin-là ! Le curé, peu friand des mariages obligés, l'avait célébré à la sauvette avec une simple messe basse. Alice, le ventre déjà rond, camouflait « sa faute » sous une large robe de velours brun. Petit chapeau sur la tête, elle s'était faite discrète, allant jusqu'à se friser elle-même la veille. Pit, l'air songeur et grave, avait revêtu son complet du dimanche, le même que de coutume. Quelques commères qui s'étaient levées tôt pour s'y rendre chuchotaient entre elles. On avait publié les bans trois fois, ce qui avait étonné bien des gens. Le fils Turin avec la fille Vinais ? On ne comprenait pas ! Lui, séduisant ; elle, grande et grosse, sans attraits. On jasait beaucoup, d'autant plus que le mariage ne promettait rien de pompeux. Pas même une petite fête pour souligner l'événement. Les engagements prononcés, Pit et Alice s'empressèrent de regagner la maison du paternel. Jean-Baptiste, Mignonne et la petite suivirent de près tandis que monsieur et madame Vinais, le pas lent, forcément, rentrèrent chez eux sans répondre aux salutations des passants. La mère de la mariée, sa fille enfin casée, n'avait même pas souhaité aux jeunes mariés un seul vœu de bonheur alors que le père, plus sensible quoique malade, avait dit au jeune couple sur le parvis de l'église après la cérémonie : « À la grâce de Dieu ! Soyez heureux tous les deux ! » Mais, avant de sortir avec sa femme à son bras, Pit avait jeté un œil partout dans l'église, scrutant même le confessionnal le plus discret, dans l'espoir d'y apercevoir… Mais non, aucune trace d'elle. Pourtant, dans la rue, accroupie derrière une voiture, une jeune fille pleurait. Florence Bourdin n'avait pu résister à venir voir celui qu'elle aimait tant sortir de l'église. Voyant Alice tenir son jeune mari par le bras, elle crut défaillir. Comme si « l'autre » lui dérobait l'homme qui lui appartenait. Fière, altière, le sourire croche, Alice Vinais était maintenant, devant Dieu et les hommes, madame Édouard Turin. Crispée, la tête entre les mains, indignée et sans fausse pudeur, Florence se jurait, cette fois, de le lui reprendre et de l'aimer comme l'autre ne saurait jamais le faire. Au point que, tôt ou tard, la fautive, la salope, n'aurait d'autre choix que de s'effacer et lui céder la place.

— Mignonne, Mignonne, viens vite, ton mari est à l'hôpital ! Une caisse de bois lui est tombée sur la main, il a perdu connaissance !

C'était une voisine dont le mari travaillait au port avec Jean-Baptiste qui était arrivée en trombe, alarmée, au point que Mignonne se tint le ventre, craignant de perdre son bébé. Madame Turin s'empara de Bernadette alors qu'un autre voisin charitable s'offrit pour conduire la jeune femme auprès de son bien-aimé avec son vieux camion. Rendus sur les lieux, grimpant vite l'escalier, Mignonne était à bout de souffle et le voisin, un rentier, lui dit :

— Prenez votre temps, madame Rouet, sinon vous allez faire une fausse couche et moi, une crise d'angine.

Elle s'excusa, ralentit le pas et, longeant le couloir, elle arriva à la salle d'urgence où on la prévint de ne pas s'inquiéter, que son mari se portait bien. S'approchant du lit blanc dans lequel reposait Jean-Baptiste, elle lui prit la main et la porta à ses lèvres. Ouvrant les yeux, il lui caressa la bouche de son index et lui dit :

— Rien de grave, ma soie… J'aurais pu perdre la vie si la caisse m'était tombée sur la tête, mais sur la main, c'est moins dramatique, je n'ai perdu qu'un doigt.

Mignonne, ébranlée, se sentit défaillir. Jean-Baptiste lui avait annoncé l'amputation comme s'il s'était agi d'un cor au pied ou d'une verrue. La sentant désemparée, il sortit de sous la couverture sa main gauche enserrée d'un bandage stérile et, la lui exhibant, ajouta :

— L'auriculaire, le p'tit doigt, Mignonne, le moins important. Je pourrai continuer de travailler avec les quatre autres, crains pas, et comme c'est de leur faute, la compagnie va me dédommager. Le boss me l'a certifié, il y a dix minutes : assez pour le *down payment* sur une petite maison modeste. Tu vois ? C'est un mal pour un bien. Depuis l'temps qu'on voulait partir sans jamais en avoir les moyens…

Tenant son ventre d'une main, elle se pencha et l'embrassa :

— Qu'importe tout l'reste, Baptiste ! C'qui compte, c'est qu'tu sois encore en vie ! Pis l'ptit aussi parce que j'ai eu peur de vous perdre, l'un comme l'autre ! Dès demain, je vais aller allumer un petit cierge à saint François Xavier qui t'a protégé. Mais t'es sûr que les quatre autres doigts sont corrects ?

— Solides et sans cassures, on me l'a dit ! Pis, crains rien, ma soie, j'en aurai assez de quatre pour te caresser l'ventre, les joues… pis l'reste itou !

La vie semblait reprendre son cours dans la maison du notaire, rue de Champlain. Marie-Louise se mêlait de ses affaires. Discrète, elle laissait le plus de place possible à Mignonne et à sa bru, Alice. Mais, entre les deux jeunes femmes, jadis amies, l'harmonie ne régnait guère. Mignonne voulait rester maîtresse des lieux et Alice, devenue madame Édouard Turin, semblait vouloir s'approprier plusieurs droits que lui conférait son nouveau titre. Au point qu'un jour, lors d'un malentendu, elle avait dit à Mignonne : « N'oublie pas que tu es une Rouet et moi une Turin, donc plus chez moi selon le nom de ton père. » Ce à quoi Mignonne avait rétorqué : « Non, Alice, tu es encore une Vinais ! Tu t'es immiscée dans notre famille, mais tu n'as pas le sang que j'ai dans les veines. Alors, tais-toi et plie-toi à notre façon de vivre, sinon tu as encore ta chambre chez ta mère ! » Furieuse, Alice avait claqué la porte et madame Turin qui avait saisi les dernières bribes de l'altercation, avait dit à sa fille : « Ça commence bien ! Faudrait pas que ça persiste, Mignonne ! Il y a déjà assez de ton père qui sème le désordre ici ! » Sur un ton ferme et réprobateur, ce que Mignonne n'encaissa pas : « Écoute, maman, elle vient de s'introduire ici, elle, pis on sait comment ! J'veux bien lui faire d'la place, mais qu'elle cherche pas à me marcher sur les pieds, elle va savoir de quel bois j'me chauffe ! De toute façon, d'ici le printemps prochain, on va être partis, nous autres ! Y va t'rester juste elle pis Pit quand y s'montre le bout du nez. Parce que, comme c'est là, y'est plus souvent sorti qu'il est ici, l'frère ! Elle a pas fini d'l'attendre, la belle-sœur ! J'espère qu'elle aime les cartes pis qu'a connaît des jeux d'patience ! » Non, le « cours de la vie », malgré les dires, n'était pas de tout repos dans la maison du notaire.

Le soir venu, Mignonne disait à Jean-Baptiste :

— Je compte les jours… Tu es sûr qu'on va finir par sortir d'ici ?

— Oui, t'en fais pas, l'argent est de côté, ma soie. Y t'reste juste à accoucher du p'tit, pis l'temps d'changer de calendrier !

Elle soupira d'aise et, croisant Pit dans le couloir, elle lui dit :

— Dis-moi pas qu'y t'arrive d'être ici, toi ? Ta femme…

Il l'interrompit pour lui demander discrètement :

— Quelle femme ? La mère de mon enfant à naître ? J'en ai rien à foutre, moi ! J'remplis mon devoir conjugal de temps en temps parce que là, c'est pas dangereux, mais j'le fais en m'fermant les yeux. J'ai pas cherché à devenir son homme, Mignonne, je l'ai mariée obligé ! Alors, demande-toi pas c'qui va arriver après la naissance du bébé… Plus rien entre elle et moi, t'entends ? Rien, moins que rien ! Pis, comme j'ai déjà fait mon devoir de mari, si a s'plaint au curé, ce sera sa parole contre la mienne. J'la quitterai pas, j'suis pas si fou qu'ça, mais j'vais m'arranger pour qu'a décampe de son plein gré !

— Revois-tu Flo, Pit ? As-tu déjà repris ta relation ? murmura-t-elle.

Hébété, ne sachant quoi répondre, il se leva et se dirigea vers la cuisine. Ce qui mit fin à leur brève et furtive conversation.

Le 15 juin 1904, à l'orée de l'été, on apprenait qu'un bateau était en feu sur la rivière de l'Est à New York. Un réel désastre ! Un bateau d'excursion avec beaucoup de passagers. Le premier pont s'était écroulé et au moins cent personnes avaient sauté par-dessus bord, des femmes et des enfants pour la plupart. Ils avaient tous péri. Le bilan, plus tragique encore, faisait état de cinq cents morts. Mignonne, chavirée, avait dit à son mari : « Moi, les bateaux, jamais ! Je tremble juste à y penser, Baptiste ! Des enfants ! Des petits innocents avec leur maman ! » Il avait dû la calmer, elle se tenait le ventre, elle était à bout de souffle. Jean-Baptiste s'empara d'un livre dans la bibliothèque de son beau-père et le lui tendit en lui disant : « Lis ça, Mignonne, ça va être plus reposant. » C'était un roman, *Les Noces de campagne*, de George Sand. Puis, le 3 juillet, c'était au tour de Jean-Baptiste d'être attristé par le décès du géant Beaupré. Il était mort subitement alors qu'il se produisait à

l'exposition universelle de Saint-Louis dans le Missouri, aux
États-Unis. Considéré comme l'homme le plus grand du monde,
Eddie Beaupré était Canadien, mais faisait son argent à travers le monde en s'exhibant comme attraction. Fils de Gaspard
Beaupré et d'une Métisse, il mesurait 8 pieds 2 pouces et pesait
378 livres. Emporté par une hémorragie des poumons, il n'avait
que vingt-deux ans. Jean-Baptiste, qui suivait ses exploits de
près, avait dit à sa femme : « Il était en forme samedi, en bonne
santé même, selon son gérant. Plus tard dans la soirée, il a
demandé une tasse de thé et, tout de suite après l'avoir avalé, il
s'est mis à cracher plusieurs gorgées de sang... » Détournant
la tête, Mignonne s'exclama : « Baptiste ! Pour l'amour du ciel,
arrête de préciser, j'viens à peine de finir de manger ! »

À la mi-août, vers le 13 ou le 14, la canicule battait son plein
et les deux femmes enceintes, suffoquant de chaleur, s'étaient
quelque peu rapprochées :
— Fais comme moi, Alice, les deux pieds dans une cuvette
d'eau froide ! Ça rafraîchit jusqu'au bedon ! Mon Dieu, s'il peut
pleuvoir ! Emmanchées comme on l'est, on avait besoin d'ça,
nous autres ?
— J'transpire de partout, moi ! Ma mère m'a dit de me mettre à l'ombre, mais sans vent, ça sert pas à grand-chose, un
arbre. Si au moins Pit était là...
— Qu'est-ce que ça changerait ? Que voudrais-tu qu'il
fasse ?
— Qu'il aille à la laiterie chercher au moins d'la glace !
— Bah ! A fondrait avant qu'y revienne avec. Tiens !
Viens, on va prendre chacune un éventail, pis on va s'faire
aller le bras ! Ma mère en a six dans sa chambre, dont trois
qu'elle a achetés dans une *pawnshop* de la rue Craig. C'était
une vieille Chinoise qui les confectionnait et les vendait.

Comme elle était venue, la canicule se dissipa et les deux futures mères, le ventre encore plus rond, accueillirent septembre avec joie. La maison était comble, Honoré en avait plein les bras : tout ce monde à sa charge ou presque. Il avait beau être notaire, il n'était pas millionnaire ; ses économies fondaient. Pit gagnait un assez bon salaire, mais avec Alice qui lui en saisissait la moitié et la pension à payer à son père, il ne lui en restait guère quand venaient les soirs de ses rencontres avec Florence. De son côté, Jean-Baptiste ne donnait rien à son beau-père, pas le moindre sou. Tout allait dans le bas de laine pour leur fuite éventuelle dans une maison à eux. Mignonne lui remettait, bien sûr, quelques piastres pour sa bière, mais il ne roulait plus par terre quand il rentrait et qu'il faisait presque nuit. Par souci d'économie. Septembre s'écoula rapidement et le 28, au petit jour, alors que Pit venait de se lever, Alice criait de tous ses poumons, une douleur lui ayant traversé le ventre. Madame Turin, Mignonne, Pit, tous se précipitèrent là où elle se trouvait et, avant que le docteur soit alerté, Alice avait accouché sur le sofa du salon. Telle une bête hurlant de toutes ses tripes, Alice, grande et grosse, avait mis un garçon au monde en un temps record pour un premier enfant. Cordon coupé, serviettes mouillées sur le visage, elle haletait encore quand, regardant Pit, elle lui dit : « Y'a l'air en bonne santé… On va l'appeler Ubald, c'est décidé ! »

Entre Alice et son beau-père, la relation s'était détériorée. Tolérant au début face à ses boutades et à ses sautes d'humeur, le paternel ne prisait guère de voir sa bru prendre autant de place et de répondre parfois sans délicatesse à sa femme qui, pourtant, était douce et avenante envers elle. Mignonne l'avait certes rappelée à l'ordre plus d'une fois, mais depuis qu'elle était mère et que son petit Ubald portait le nom des Turin, on aurait pu jurer qu'elle était la maîtresse des lieux, ce qui ne plaisait guère à Honoré qui n'attendait que l'occasion propice pour la retourner chez sa mère. Un soir, après une dure journée avec le bébé, elle avait dit à son beau-père :

— Y'aurait-tu moyen que j'mange c'que j'ai envie de temps en temps, au lieu des repas d'votre femme ? J'ai des goûts, vous savez !

— Qu'est-ce que tu as contre les repas de ta belle-mère, Alice ? C'est la meilleure cuisinière du quartier !

— J'veux ben l'croire, mais ses repas sont pas variés. On sait d'avance, d'une semaine à l'autre, c'qu'on va manger du lundi jusqu'au dimanche.

— Et puis ? Tu vides ton assiette, non ? Je te vois même la nettoyer avec ta mie de pain. Ça doit être bon ?

— Oui, mais quand on paye une pension…

— Une pension ? Parles-tu de la maigre pitance que me remet Pit quand il reçoit son salaire ? Le même montant que lorsqu'il était seul ! Et tu manges comme deux, Alice !

— Dites donc que j'suis gourmande, un coup parti ! N'empêche que Mignonne pis son mari, y payent rien, eux !

— Mignonne est ma fille, Alice, pas une bru inattendue.

— Pis Pit ? Y'est pas vot'fils, lui ?

— Oui, mais c'est un homme. Et un homme, ça doit rapporter.

— Baptiste aussi est un homme ! Y paye quoi, lui, ici ?

— Je n'accepte rien d'un gendre, pas plus que d'une bru. Les étrangers qui s'introduisent ici…

— Monsieur Turin ! On n'est pas des étrangers, on fait partie d'la famille, nous autres aussi. Pis moi, encore plus que lui, puisque j'porte votre nom ! Le p'tit aussi !

— Assez parlé, Alice, je n'ai pas l'intention de discuter de quoi que ce soit avec toi. Adresse-toi à ton mari pour les doléances, puis demande-lui de me les rapporter. Un point, ça suffit !

— C'est ça ! Une femme n'a pas l'droit d'parole ici ! Pas même une bru !

Se retournant brusquement, pointant un index en sa direction, il lui répondit d'un ton ferme et direct :

— Écoute-moi bien, Alice Vinais ! Tu vis ici, tu manges ici, puis tu élèves ton enfant ici. Rien de plus, t'as compris ? Ma femme se morfond aux chaudrons chaque jour et personne ne s'en plaint, sauf toi ! Pit me verse un montant qui paye à peine le charbon, pas les trois repas par jour que tu prends ! Si t'as des goûts, si c'était meilleur chez vous, tu n'as qu'à y retourner, Alice ! Personne ne te retient ici ! Ta mère serait sûrement heureuse de te voir regagner son toit avec le petit dans les bras !

— C'est ce que vous cherchez, n'est-ce pas ? À vous débarrasser d'moi ? Ben, sans Pit, c'est peine perdue, j'grouille pas d'ici !

— Dans ce cas-là, Alice, ferme-la, arrête de jacasser comme une pie !

Mignonne, qui s'était tenue à l'écart, avait souri. Madame Turin, mal à l'aise, aurait voulu consoler sa bru comme l'aurait fait une mère, mais Honoré, encore sous l'effet de la colère, lui avait marmonné :

— Que je ne te vois pas tenter de la réconforter, toi ! Elle n'a qu'à suivre les consignes, la grande et grosse !

Marie-Louise s'abstint d'être bonasse, et Mignonne, approuvant son père, avait chuchoté à sa mère :

— Il a raison, maman, j'la connais depuis longtemps. Si tu lui donnes un pouce, elle va prendre une verge. Tiens-toi loin d'elle !

Pit, de son côté, ne faisait rien pour que sa femme se sente heureuse sous le toit familial. Jamais là ou presque, il rentrait tard après le souper et se rendait au salon pour lire *La Presse* de son père. Parfois si tard qu'Alice le questionnait. Il lui répondait avoir fait des heures supplémentaires et, lorsqu'elle ne le croyait pas, il s'en tirait avec :

— J'ai pas d'comptes à t'rendre ! J't'ai mariée ! T'as le p'tit ! Tu vis ici ! Qu'est-ce que tu veux d'plus ?

— Toi, Pit, toi ! On dirait que j'suis pas ta femme...

— Tu l'es, t'as l'jonc dans l'doigt ! Mais, avant tout, t'es la mère de mon enfant.

— Ton enfant ! Tu l'regardes même pas, Pit, tu l'prends jamais dans tes bras ! On dirait qu'tu l'aimes pas !

— Y'est trop p'tit ! J'ai peur de l'échapper, j'ai pas l'tour avec les bébés ! J'me suis pas plus approché d'la p'tite à Mignonne quand a l'a eue, ça m'attire pas les enfants !

— Les enfants, j'comprends, mais là, c'est ton enfant, Pit ! Pas celui d'un autre, un enfant de ton sang...

Il s'était levé et avait regagné le vivoir pour ne pas avoir à lui répondre. Le soir, au lit, il était passif, c'était elle qui essayait de lui faire l'amour, jamais lui. Craintif de la rendre enceinte, il feignait de s'endormir et se tournait vite de bord quand elle voulait forcer la nature. Avec, dans la tête, un certain dégoût de celle qu'il avait épousée et, dans le cœur, un amour fou pour Florence qu'il venait tout juste de quitter.

Les feuilles étaient toutes tombées, ou presque. Octobre allait tirer sa révérence dans quelques jours lorsque les douleurs de Mignonne se firent sentir au beau milieu de la nuit. Elle avait poussé un cri, et Jean-Baptiste, sursautant, s'était levé d'un bond pour aller réveiller Pit et lui demander d'aller chercher le médecin. Cette fois, Mignonne mit plus de temps pour délivrer son enfant. Les douleurs se succédaient, le médecin l'aidait, sa mère l'encourageait, mais l'accouchement s'avérait long, pénible et plus douloureux que le premier. Et ce n'est qu'au petit matin que la jeune femme, épuisée, suant de partout, mit enfin au monde un gros garçon de neuf livres et trois onces. Ayant peine à respirer, elle avait dit à Jean-Baptiste : « Fais-en jamais un autre comme celui-là, sinon j'vais en crever ! » Il l'embrassait sur la joue, le front et, les yeux baignés de larmes, avait répondu : « Crains pas, ma femme, si c'est pas l'dernier, on va être un bout d'temps avant d'recommencer. On va plutôt s'aligner pour déménager. » Mais la nouvelle maman, à bout de forces, s'était endormie alors qu'Alice, regardant le bébé, disait à Pit : « Fallait qu'y pèse une livre de plus que l'nôtre ! J'gagerais ma main qu'elle l'a fait exprès pour me damer le pion, ta sœur ! »

Le gros bébé joufflu et en santé, né le 27 octobre 1904, fut baptisé Paul-Émile. Un prénom que Jean-Baptiste avait choisi après avoir cherché dans un almanach français. Il avait un faible pour les noms composés. Comme le sien ! Il aimait les traits d'union ! Mignonne ne s'y était pas opposée, heureuse que le choix vienne de son mari, car son père n'aurait pas détesté qu'on l'appelle… Honoré ! Ce qu'elle aurait été bien en peine de lui refuser. Ouf ! Elle l'avait échappé belle ! Un enfant avec le prénom de son grand-père risquait d'hériter de son vilain caractère.

Novembre avait fait son apparition avec les dernières pluies avant la neige, le vent plus frais, l'absence de soleil plus constante et la mauvaise humeur des gens, surtout ceux de la maison de la rue de Champlain. Alice, de plus en plus désobligeante, tenait tête à son beau-père et s'éloignait de plus en plus de Mignonne qui, depuis qu'elle était devenue sa belle-sœur, ne jouissait plus de son amitié, mais de l'unique lien de parenté. Pit, toujours absent, ne réglait pas les choses, encore moins les différends, mais madame Turin obtenait toujours la faveur de sa bru qui, sans cette relation avec sa belle-mère, se serait retrouvée seule à regarder dormir Ubald, dont Pit, son père, ne se souciait guère. Le notaire, de plus en plus bourru, se demandait pourquoi son fils était rarement à la maison le soir venu. Ce dernier prétextait sans cesse du temps supplémentaire, ce qu'Alice contestait en affirmant haut et fort que son mari n'avait pas «une cenne» de plus sur son chèque de paye. Intrigué, Honoré se tourna du côté de Mignonne afin de savoir si… Mais elle l'interrompit vite, lui disant qu'elle avait bien assez de s'occuper de son homme. Parce que la grande sœur, protectrice du petit frère, ne voulait dévoiler à personne que Pit voyait encore Florence. Encore moins à son père qui n'aurait pas toléré ce qu'il aurait qualifié d'adultère. Jean-Baptiste se doutait de «l'affaire», mais Mignonne ne lui confirma rien au cas où, un soir, son «Baptiste», après deux ou trois bières, s'élève contre un reproche de son père en incriminant son frère.

Madame Vinais, le nez de plus en plus dans le ménage d'Alice, se rendit compte que sa fille n'était pas heureuse sous le toit des Turin. Sans même consulter son mari qui était au bout de son souffle et dur d'oreille, elle avait dit à Alice lors d'une visite:

— Si tu veux, tu peux revenir ici avec ton mari pis le p'tit. J'vous ferai d'la place. On va être un peu tassés, mais ça pourra aller. Avec une pension un p'tit peu plus élevée toutefois.

La jeune femme, croyant trouver là une occasion de se rapprocher de son mari, lui en fit part le soir venu. Pit, éclatant de rire, lui répliqua d'un ton narquois :

— Moi, chez ta mère ? Avec ton père à moitié mort ? Me prends-tu pour un deux de pique, Alice ? Vas-y, toi ! Rien t'en empêche ! Avec le p'tit en plus !

— Tiens ! Une folle dans une camisole de force ! Non, mon vieux, nous trois ou rien ! Te rends-tu compte que c'est d'une séparation que tu m'parles en m'suggérant ça ?

— Ben, voyons donc ! Juste de corps, Alice, ma pension suivrait…

— Ah ! oui ? Ben, penses-y pas ! Tu t'débarrasseras pas d'moi comme ça, toi !

La plupart des dames de la paroisse assistaient à la messe chaque matin. Les hommes qui les suivaient étaient des retraités, de bons rentiers. Les femmes affairées avec de jeunes enfants s'en abstenaient et peu d'hommes dans la force de l'âge s'y rendaient, à moins d'être au chômage. Marie-Louise Turin était l'une de ces paroissiennes, dévote et fidèle à sa messe quotidienne. Avec une voisine, le plus souvent, ou Honoré quand il prenait congé de son cabinet de consultation. En ce mercredi 16 novembre, petit chapeau de feutre sur la tête, elle avait dit à Mignonne :

— Habille Bernadette, je vais l'emmener à la messe avec moi. Ça va te donner du temps pour l'autre qui ne fait pas encore ses nuits.

— Mais maman, elle va déranger ! La voisine ne…

— Non, non, je lui ai déjà fait visiter l'église et elle est devenue sage comme une image dès qu'elle est entrée dans le lieu saint. Elle était impressionnée par les statues, les cierges allumés, ses yeux se promenaient partout. Tout l'éblouissait !

Elle avait même une fixation sur Notre-Dame du Purgatoire à cause du Jésus qu'elle tient dans ses bras. Va, habille-la !

Puis, regardant Bernadette par terre en train d'essayer d'enfiler ses petites bottes, Marie-Louise lui sourit et lui dit :

— Attends, grand-mère va te les mettre, ma chouette !

Madame Turin adorait sa petite-fille et cette dernière le lui rendait bien. Tentant de faire ses premiers pas, agrippée à son tablier parce que maman s'occupait du bébé, elle était tout sourire lorsque sa grand-mère, accroupie, réussissait à la faire marcher seule en lui tendant ses bras ouverts. Ou lorsqu'elle lui donnait un biscuit à la mélasse ou un petit pain aux raisins qu'elle aimait bien. Il était vrai que Mignonne avait les bras chargés avec deux enfants qui se suivaient de près. La naissance de Paul-Émile l'avait plus « maganée » et elle en ressentait une fatigue constante. Et ce n'était pas Alice qui aurait levé le petit doigt pour lui venir en aide quand son gros Ubald, bien nourri, dormait. Chacune à ses affaires, chacune à ses problèmes ! Cependant, depuis la suggestion de la séparation, la bru filait plus doux. Surtout avec son beau-père, pour le ranger de son côté si jamais Pit tentait de s'en libérer. Elle s'efforçait d'être plus aimable, plus affable, ce qui ne changea rien au comportement de son mari. Toujours fatigué, le devoir conjugal balancé, il n'avait plus de l'époux qu'il était que le titre. Alice tenta une réconciliation avec des cadeaux, des gentillesses, des petits plats, tout comme avec des robes de nuit plus osées qu'elle avait fait venir des États, mais rien ne put le rapprocher de celle qu'il n'avait jamais aimée. En se donnant corps et âme à Florence qui, pour autant, ne se laissait pas séduire… entièrement.

Madame Turin était partie depuis au moins quarante-cinq minutes avec Bernadette lorsque la sonnette d'entrée retentit à la maison du notaire. Mignonne s'empressa d'aller ouvrir pour se retrouver face à la voisine qui lui cria :

— Mignonne ! Viens vite ! Ta mère a perdu connaissance en sortant de l'église ! En plein milieu du trottoir !

La jeune femme, affolée, enfila un manteau alors qu'Alice, aussi nerveuse qu'elle, lui disait :

— Va vite, je vais m'occuper du bébé ! Va voir ce qui s'passe, Mignonne !

Cette dernière, passant la porte, demanda à la voisine :

— Et ma p'tite ? Elle est où ? Ma mère l'avait avec elle !

— Crains pas, on en prend soin là-bas, la fille du bedeau l'avait dans les bras. Mais la petite a eu peur... Elle est inconsolable.

Mignonne arriva en courant, mais on avait déjà transporté sa mère dans la maison la plus proche. Bernadette, apercevant sa maman, quitta les bras de sa gardienne pour se jeter dans les siens.

— Maman, maman ! Mémé... réussit-elle à balbutier.

Mignonne se fraya un chemin parmi les badauds et, entrée dans la maison, voyant sa mère étendue sur un sofa, une serviette sur le front, elle voulut s'en approcher lorsque le vicaire, arrivé avant elle, la retint :

— N'allez pas plus loin, madame, sortez tous, vous autres !

— Mais je suis sa fille, moi, voyons donc ! Vous m'reconnaissez pas ?

Elle voulut le contourner, mais le prêtre la retint une fois de plus par le bras pour lui dire :

— Inutile, Mignonne ! Prends une chaise, ta mère est morte !

L'assommoir ! La jeune femme, sa petite dans les bras, faillit s'évanouir. Rivée sur place, serrant très fort le bras du vicaire, elle lui cria d'une voix tremblante :

— C'est pas vrai ! Dites-moi que c'est pas vrai ! Morte de quoi ? Une blessure à la tête ? Maman, maman…

Elle pleurait à chaudes larmes, se jetait sur sa mère, et on dut la retirer de force pour la calmer, d'autant plus que Bernadette, secouée par ce branle-bas, hurlait à fendre l'air dans les bras d'une dame. Le médecin arriva et demanda à rester seul avec la défunte. Mignonne se retira, suivie du prêtre et de la maîtresse de maison qu'elle connaissait de vue, pas plus.

— Désirez-vous que mon fils aille avertir votre père ?

— Oui, murmura-t-elle en sanglotant… Dites-lui de faire vite…

Le garçon partit, sachant où se trouvait l'étude du notaire et, seule avec la dame et le vicaire, Mignonne consola Bernadette qui, encore sous l'effet du tumulte, hoquetait et pleurnichait. Le médecin sortit et Mignonne se rendit compte qu'il avait recouvert le corps de sa mère d'une housse du sofa. Devant la scène, plus torturée encore, elle lui cria :

— Vous n'avez rien pu faire ? Elle est vraiment partie ? Pas même un souffle ?

— Non, ma petite dame, votre mère est décédée, elle est bel et bien morte. Aucune blessure lors de sa chute. J'en déduis donc qu'elle a succombé à une crise cardiaque très violente. Un tel arrêt du cœur ne pardonne pas.

— J'comprends pas, laissa tomber Mignonne, elle n'a jamais été malade. Pas même un rhume, l'hiver… Oh ! Mon Dieu ! Maman !

— Calmez-vous, faites un effort… La petite tremble encore.

Mignonne serra Bernadette sur son cœur alors que la porte s'ouvrit avec fracas et qu'Honoré, les yeux hagards, pénétra dans la maison suivi du jeune garçon. Apercevant Mignonne, cherchant Marie-Louise des yeux, il dit à sa fille :

— C'est pas vrai ! Ça s'peut pas ! Ta mère n'est pas morte comme ça ? Où est-elle ? Il faut que je la voie !

Le médecin le précéda au salon, souleva la housse, et Honoré, devant le corps inerte de sa femme, se laissa tomber à genoux. Lui prenant la main, pleurant comme un enfant, il lui dit à travers ses sanglots :

— Non, t'as pas fait ça ? T'es pas partie comme ça, ma femme ? Marie-Louise, dis-moi que je rêve… Dis-moi que tu es encore là… Donc, c'est vrai ? Partie comme un poulet ? Sans que je puisse te dire que je t'aime ? Le docteur a parlé de crise du cœur, il l'a juste murmuré avant de me devancer. Tu étais pourtant en bonne santé… Docteur, comment une telle chose peut-elle arriver ?

— Bêtement, sournoisement, monsieur Turin. Dans bien des cas…

— Mais, voyons donc, elle n'avait pas encore cinquante ans !

— Oui, je sais, le pire âge pour une telle attaque. Plus vieux, parfois, on les sauve, mais relativement jeune, ça ne pardonne pas.

Encore sous le coup de l'émotion, regardant sa fille, Honoré, les yeux baignés de larmes, lui demanda :

— Qu'est-ce qu'on va faire sans elle, Mignonne ? Qu'est-ce qu'on va devenir ? Ta mère ne peut pas être partie comme ça… Sans avertir… Dieu est injuste ! Une si bonne mère, une sainte femme…

Le vicaire, pour éviter qu'Honoré s'en prenne au Tout-Puissant, lui murmura :

— Dieu rappelle à Lui ceux qu'il aime, monsieur Turin.

Le visage défait par la douleur, le notaire lui répondit :

— C'est inhumain… Il aurait pu attendre au moins que je sois mort, j'étais plus âgé qu'elle… Mignonne, penses-tu que ta mère va m'en vouloir de parler comme ça? Je me sens tellement perdu sans elle… Va, rentre avec la petite, avertis les autres, moi, je reste ici, je m'occupe de délivrer ces bons samaritains de notre épreuve… Qui aurait pu prédire… Marie-Louise, ma femme que j'aimais tant!

Pit avait pleuré comme un veau en apprenant le décès subit de sa mère. Très près de lui depuis son enfance, elle l'avait toujours soutenu dans ses querelles avec son père. Alice avait été touchée; sa belle-mère était celle dont elle s'était le plus rapprochée depuis son arrivée dans cette maison. Son départ l'attristait beaucoup. Désormais, sur qui compter? Jean-Baptiste Rouet fut également meurtri par la mort soudaine de madame Turin. Très effacée, elle ne s'était jamais mêlée des affaires de son gendre, pas même de ses cuites qui, pourtant, faisaient sauter son mari de rage. Mais ce qui inquiétait davantage Jean-Baptiste, c'était la réaction de Mignonne suite à ce drame. Allait-elle encore vouloir partir, bâtir enfin une vie familiale avec lui et leurs enfants? Ou choisirait-elle de rester pour ne pas laisser son père seul dans sa détresse?

Alice avait demandé à sa mère de prendre soin de son petit Ubald, le temps que madame Turin serait exposée dans le vaste salon de la demeure, rue de Champlain. Mignonne, ne sachant trop à qui confier les siens, demanda à la voisine si elle pouvait au moins les garder l'après-midi pendant que les gens afflueraient pour venir offrir leurs condoléances à la famille. Le soir, Jean-Baptiste s'occuperait d'eux, alors que Pit et elle, soutenant leur père, accueilleraient la parenté et les paroissiens qui défileraient tour à tour devant la dépouille. On avait habillé les fenêtres du salon de tentures noires, et le notaire, de son savoir-vivre, avait fait installer des fauteuils et des chaises pour les proches qui veilleraient plus longtemps au corps. Lorsque les porteurs installèrent le cercueil de chêne dans le salon pour ensuite l'ouvrir, Honoré Turin crut défaillir. Sa femme, sa Marie-Louise adorée, poudrée, les yeux fermés, la tête appuyée sur un coussin de satin, les mains jointes sur un chapelet de grains de rose, vêtue de sa robe grise avec une épinglette de perles au collet, avait la dignité d'une élue du Seigneur. Partie au paradis trop tôt, hélas... Il s'agenouilla sur le prie-Dieu de velours rouge et se mit à pleurer en murmurant : « Pourquoi, mon Dieu ? Pourquoi être venu la chercher... Si jeune encore... », juste au moment où Mignonne, vêtue de noir, entrait pour le réconforter. La jeune femme, mouchoir à la main, pleurait, bien sûr, mais doucement. Pour ne pas aggraver l'état de son père. Elle savait que ses parents s'aimaient bien, mais elle n'aurait jamais cru que son père aimait sa Marie-Louise au point d'en perdre la raison. Ou presque... Car, à le voir ainsi éploré, les yeux rivés sur elle, la main parfois sur la main froide de la morte, ses doigts caressant ses lèvres, son autre main qu'il glissait dans ses cheveux qu'on avait recoiffés... Au point que Mignonne, qui suivait ses gestes des yeux, lui avait dit : « Ne l'effleure pas trop, papa, elle ne va plus rester intacte... Là, c'est comme si elle était en cire. Garde-la belle... On en a pour trois jours à la préserver pour les gens qui vont venir lui rendre un dernier hommage. » Honoré s'était incliné, se promettant bien de déposer sur son front un dernier baiser avant qu'on referme le couvercle capitonné. Il avait fait recouvrir le cercueil d'une immense gerbe de fleurs. Des roses de toutes les couleurs, des lys immaculés, des œillets aux multiples coloris, des pompons blancs, cinq orchidées ; bref, un arrangement qui n'avait pas de prix. Rien de trop beau pour sa femme bien-aimée. Mignonne, au nom de ses enfants, lui avait confectionné de ses mains des fleurs mauves en satin qu'elle avait déployées sur son épaule gauche. Alice, dans sa robe noire, pleurant de temps à autre, avait signé en son nom, celui de son mari et de leur fils, une fort jolie carte quadrillée de dentelle dans laquelle elle avait écrit, à la main, des mots tendres empruntés à quelque poète. Pit, dans un complet gris, avait trouvé chez le marchand général une cravate noire qu'il noua maladroitement sous son col monté blanc.

Durant trois jours, les gens se présentèrent, la parenté incluse. On pleura, on pria, on causa brièvement avec Mignonne et Pit, tout en compatissant avec eux et leur père. Plusieurs étaient encore sous le choc de cette mort subite. Marie-Louise, fin quarantaine, à peine un ou deux cheveux gris, toujours souriante, jolie… Quelle triste perte et quel chagrin pour son mari et ses enfants. Monsieur et madame Vinais étaient venus offrir leur sympathie et, malgré son air sérieux, la mère d'Alice, agenouillée devant la défunte, fondit en larmes. Son mari, essoufflé, après une courte prière, s'était vite laissé tomber dans un fauteuil, ses jambes le quittaient, ses genoux pliaient. Le lendemain, Florence était venue avec sa mère et son grand-père offrir leurs condoléances à la famille. Discrète néanmoins, baissant même un peu les yeux en serrant la main de Pit et de son épouse. Puis, s'esquivant, elle ne se rendit pas compte que Pit la suivait d'un regard soutenu. Intensément ! Ce qui n'avait pas échappé à Alice qui, pour la première fois, sentit un doute s'emparer d'elle.

Trois interminables journées et, enfin, le cercueil se referma sur un dernier baiser d'Honoré, d'une abondance de larmes de Mignonne et les lourds sanglots de Pit. Le lendemain, le grand autel était allumé. C'était le service de madame Honoré Turin auquel, en plus des proches des deux côtés, toute la paroisse assistait. Mignonne alluma une bougie devant la statue de

Notre-Dame des Douleurs alors que Jean-Baptiste en faisait autant devant celle de saint François Xavier. Une dame âgée, d'une voix quasi éteinte mais encore claire, chanta une aria en latin. Puis les cloches sonnèrent le glas alors qu'on se dirigeait vers le cimetière pour y enterrer la défunte avant que la neige et le froid ne l'empêche. Honoré pleura chaudement au moment de la descente du cercueil dans la fosse, réalisant que son épouse bien-aimée le quittait à tout jamais. Enterrée ! L'âme au Ciel ; mais le corps, six pieds sous terre ! La première à être inhumée dans le lot familial du notaire. Sur sa pierre tombale, comme dans la petite annonce de la nécrologie de la paroisse, on pouvait lire les dates de naissance et de décès de « Madame Honoré Turin ». Sur le monument, la même inscription, juste sous l'épitaphe du… *Ici repose*. Ensevelie avec le nom de son mari, pas le sien. Pas même son prénom. Comme si Marie-Louise Labrie n'avait vécu qu'en vertu d'Honoré Turin !

Le temps des Fêtes avait été bien triste chez les Turin. Pas de sapin, pas de guirlandes, aucun repas fastueux ; la famille était en deuil. Seule la petite Bernadette, sur les instances de son père, avait pu développer un présent. Une poupée de bois aux traits peints à la main qui lui tendait les bras. Pit, envahi par la monotonie, trouva le moyen de s'échapper et de rencontrer Florence à qui il avait offert ses vœux. Délaissée une fois de plus, devenue méfiante, Alice ne put subir plus longtemps l'atmosphère funèbre de la maison et avisa son beau-père qu'elle passerait le temps du Jour de l'an chez ses parents avec Ubald. Mignonne ne l'en blâma pas, sachant fort bien que son frère se consolait ailleurs, et « la grande et grosse », comme on la qualifiait encore, profita de la tourtière, du ragoût et du gâteau aux fruits de sa mère. Jean-Baptiste, pour sa part, soumis aux rigueurs du foyer paternel, dut se priver, à son grand désarroi, de ses deux pintes de bière.

La fin de l'année avait eu son lot de bonnes et de mauvaises nouvelles. Plongé dans *La Presse* pour alléger quelque peu son chagrin, Honoré s'était élevé, comme plusieurs autres citoyens, contre les combats de coqs qui avaient maintenant lieu à Montréal. «Une barbarie!», s'était-il écrié. «Je vais apposer mon nom sur la liste de protestation», avait-il ajouté. Puis, plus serein le lendemain, il avait vanté les mérites des dames patronnesses de l'Hôpital Notre-Dame qui, avec un grand dîner donné pour les malades et les infortunés, sous la présidence de Monseigneur Racicot, avaient obtenu un immense succès. «Voilà ce qui s'appelle avoir le cœur à la bonne place!» s'exclama le notaire. Puis, comble de malheur, Honoré leur annonça, un soir, que le baiser donnait le craw-craw, un mal insidieux et contagieux. Le nom seul, étrange et louche, pouvait faire peur aux dames et aux demoiselles. Une mise en garde inquiétante qui venait du Cap et du Transvaal, mais dont les moralistes se servaient pour prêcher l'abstinence. De plus, les hygiénistes s'empressèrent de persuader les gens que seul le baiser était responsable de ces violentes irritations. On allait jusqu'à dire que les jeunes hommes et jeunes filles auraient toujours le microbe sur les lèvres. Ce qui fit peur et qui eut pour effet de ralentir les ardeurs de certains garçons repoussés par les filles. Elles craignaient les démangeaisons que laissait ce virus coupable. Ce qui avait fait dire à Pit, après l'éloquent discours de son père: «Ben, voyons donc! Comme si un baiser pouvait donner une infection de la sorte!» L'écoutant tout en desservant la table, Alice lui répondit, de façon à ce que tous l'entendent: «Ça doit pas arriver quand on embrasse juste sa femme!»

Chapitre 5

Le décès de Marie-Louise avait laissé un grand vide que ni Mignonne ni Alice ne parvenaient à combler auprès du veuf encore éploré. Sa fille, débordée avec deux jeunes enfants, n'avait guère le temps de cuisiner pour lui. C'était donc Alice qui s'en était chargée, mais le beau-père était loin d'apprécier ses essais culinaires. C'était trop salé, trop gras, trop cuit ou pas assez… Bref, Alice, avec le tablier sur sa robe, n'arrivait pas à la cheville de sa défunte femme au poêle. Mais Honoré s'abstint de s'en plaindre, car il sentait que sa bru se fendait en quatre pour lui être agréable. Néanmoins, c'était de Mignonne qu'il se rapprochait le plus, craignant que, sous l'influence de son mari, elle songe encore à déménager. Il escomptait qu'avec la mort de sa mère, sa fille n'ose plus le quitter. La prenant à part un soir, alors que Pit était sorti et que Jean-Baptiste tuait le temps à la taverne, il la pria de s'asseoir et lui demanda sans détour :

— J'espère que vous ne songez plus à partir, Mignonne ? Que vous n'allez pas me laisser me débrouiller seul ?

Mal à l'aise, voyant qu'il était encore fragile, elle le rassura :

— Ben… pas tout d'suite, papa. On n'a pas encore commencé à paqueter, mais tôt ou tard, il faudra t'y faire, on a besoin d'une vie familiale, Baptiste pis moi. Je t'aime beaucoup, mais avec deux enfants à élever… Entre toi pis moi, papa, on est pas mal tassés comme c'est là.

— Peut-être que Pit et sa femme, un de ces jours…

— Non, Pit n'est pas fiable avec ses jobs. Il est même à la veille de perdre celle qu'il a présentement. Pis Alice n'aura pas d'autres enfants, elle me l'a dit. Parce qu'elle pis son mari au lit… J'irai pas plus loin, t'as sûrement tout compris. Mais si on part, papa, tu ne seras pas seul, Pit et Alice seront là, et le p'tit Ubald va te divertir quand ce sera trop calme. Elle a beau avoir ses défauts, qui n'en a pas, elle t'aime bien, Alice.

— Oui, si on veut, mais c'est seulement ma bru, celle-là, c'est loin d'être comme toi. Je me sens un peu gêné avec elle… De plus, ton frère et moi, c'est pas l'harmonie la plus totale.

— Mets juste un peu d'eau dans ton vin, papa ! Rapproche-toi d'lui ! Il a des bons côtés, tu sais… Pis, comme t'es pas près de Baptiste, que tu l'as toujours rabaissé, ça va pas l'inciter à rester sous ton toit. Il a d'l'ambition lui aussi…

— Ah ! oui ? Où ça ? Dans une taverne, Mignonne ? En ouvrir une, peut-être ? Boire les profits pis faire banqueroute ?

— Tu vois ? Tu le dénigres encore ! Non, fais-toi à l'idée, on va s'en aller, papa. Pis moi, j'aurai plus à être prise entre deux feux, ça m'rend malade !

Tel que prévu, Pit avait perdu son emploi sur les camions «longue distance». On n'avait plus besoin de ses services, les affaires étant à la baisse, on devait couper les dépenses. Mais le lendemain, après avoir consulté les petites annonces du journal, le chômeur était descendu en ville pour revenir souriant le soir et annoncer à son père :

— Bon, ça y est, j'ai une autre job ! Assez bien payé, pis à temps plein !

— Où ça ? questionna Alice.

— Dans une poissonnerie sur la rue des Commissaires. La plus grosse en ville. Les clients sont nombreux, ça vient d'partout !

— Chez un marchand de poissons ? Tu vas travailler là, mon fils ? On est loin du notariat…

Mignonne fronça les sourcils et Alice lança à son beau-père :

— Y'a pas d'sot métier, monsieur Turin ! En autant qu'le salaire est bon ! On peut pas tous être des collets blancs, vous savez !

— Je veux bien le croire, ma bru, mais de là à vendre du poisson…

Puis, sans se soucier de Mignonne, il marmonna :

— On en a pourtant assez d'un qui sent la morue !

Le 30 janvier 1905, Honoré Turin avait bien ri en parcourant *La Presse*. On parlait de l'arrestation d'un chat qui s'était rendu complice du délit de mendicité et d'escroquerie. L'histoire était pourtant triste et Mignonne en fut touchée. On pouvait y lire qu'une pauvre vieille, Maggie Stafford, qui n'avait plus ses facultés mentales, avait été arrêtée alors qu'elle mendiait aux portes au nom de son enfant, emmitouflé dans une couverture, qu'elle tenait dans les bras. Les sous tombaient dans sa bourse, surtout rue Hutchison où les gens étaient mieux nantis. Il avait suffi que le chat miaule à un certain moment pour qu'un citoyen la rapporte à un constable qui l'avait arrêtée. Or, en cour, le chat « muet » fut exhibé comme témoin et complice de celle qu'on destinait à la prison de la rue Fullum. Constatant l'état de la vieille, on la remit en liberté et on la confia à son frère.

Pour ce qui était du félin complice, il allait sans doute être exonéré de tout blâme et jouir d'une meilleure destinée.

— Ça s'peut-tu ? Prendre un espace du journal pour un tel fait divers ! s'exclama Pit.

— Avoue qu'elle n'était pas bête, la mendiante, pour avoir pensé à ça, rétorqua Alice. Pas toute sa tête, mais pas à court d'idées, la bonne femme !

Le 24 mars, on apprenait le décès de Jules Verne, survenu à Amiens, en France, à l'âge de soixante-dix-huit ans. Romancier et vulgarisateur scientifique, on le surnommait « le prophète des grandes découvertes de notre époque ». Le notaire avait lu plusieurs de ses écrits, entre autres les romans *Michel Strogoff* et *Vingt Mille Lieues sous les mers*, qu'il avait beaucoup appréciés dans sa jeunesse. Puis, après les œufs de Pâques du 21 avril dont la petite Bernadette avait raffolé, Mignonne fut ravie de trouver dans *La Presse* la belle gravure de la Vierge en l'honneur du mois de Marie qui allait suivre. Elle avait la paix et la joie dans le cœur, madame Jean-Baptiste Rouet. Parce que, la veille, son mari lui avait murmuré dans la chambre :

— J'ai trouvé une jolie maison, Mignonne, nous allons enfin déménager !

— Où ça ? chuchota-t-elle.

— Plus au nord, dans la paroisse Saint-Édouard, un quartier qui se développe de plus en plus. Nous allons y être heureux…

— La maison à qui ? Tu vas la payer avec quoi, Baptiste ?

— T'en fais pas, j'ai tout planifié. Tu sais, ici, j'fais pas grand bruit, mais en dehors, les méninges travaillent. J't'avais dit qu'on partirait, ma femme ? Moi, quand j'ai une idée dans la tête, je l'ai pas dans les pieds !

— D'accord, mais ça répond pas à ma question, ça…

— Bon, écoute, la maison quasiment neuve appartient à un vieux couple. Mais lui, y'a levé les pattes…

— Ah ! Le pauvre homme…

— Ben, pas tant qu'ça, ma femme, y'avait quatre-vingt-dix ans ! Y'était assez vieux pour faire un mort, non ? Bon, y'est parti, pis sa veuve aussi vieille que lui a décidé d'aller vivre chez leur fils au Manitoba. Elle avait pas d'parenté ici. Ils avaient acheté la maison à l'état neuf avec leurs économies, mais, crois-le ou pas, j'l'ai obtenue pour une bouchée d'pain ! Moins chère qu'ils l'avaient payée parce que la vieille a eu pitié d'moi qui commençais ma famille, sans avoir encore mon propre toit.

— Mais tu l'as pris où l'argent pour le *down payment* ?

— J'en avais d'côté, Mignonne, c'que j'ai eu pour mon amputation, pis c'qu'on a épargné en grattant. Pis, pour c'qui manquait, c'est l'propriétaire de la taverne qui me l'a prêté. C'est même lui qui m'a trouvé le *bargain* dont j'te parle. Y connaissait la vieille… Tu vois, les tavernes, c'est pas juste fait pour se saouler, y'a du bon monde qui s'tient là, pis l'propriétaire est un honnête homme. Y m'a même prêté l'argent avec juste quelques graines d'intérêt ! Y'a l'cœur à la bonne place… Alors, c'est fait et, d'ici trois semaines, le temps qu'la veuve quitte les lieux, pis on va être chez nous, ma femme ! Enfin, chez nous !

— Tu l'as visitée la maison ? C'est-tu assez grand ?

— C't'affaire ! J'l'ai pas achetée les yeux fermés, Mignonne ! Oui, ça va être assez grand. Y'a un salon, une cuisine, une chambre de toilette pis une petite pièce en bas qui peut servir pour ta couture et tes divertissements. En haut, trois chambres, une pour nous, les deux autres pour les enfants. Pis, si on en a d'autres, ma soie, on les tassera ! Deux par chambre dépendant si c'est un gars ou une fille, pas plus compliqué qu'ça ! C'est chauffé au charbon, on a l'électricité, pis, en arrière, une petite cour où les p'tits pourront jouer. T'auras même un coin pour un potager.

— Ça semble *chic and swell*, mais on n'a pas d'meubles…

— La veuve m'a vendu tout ce qu'elle avait, Mignonne, pas cher, presque donné. Elle m'a même rien chargé pour le sofa du salon parce qu'y avait un trou, une brûlure de cigarette. Toi, avec ta couture, tu vas camoufler ça en un rien d'temps. Tout c'qu'on va devoir acheter, c'est une commode pour le linge des enfants, pis un p'tit lit d'fer pour Bernadette. Ça, j'm'en charge ! Mais on en est là, ma femme, on part ! C'est une vie nouvelle qui nous attend. Contente ?

— Comme ça s'peut pas, Baptiste ! Ma maison, mes affaires, la paix… C'est pas qu'j'étais pas bien chez mon père, j'suis pas ingrate, mais là, avec Pit, Alice, pis leur p'tit en plus, ça n'avait plus d'bon sens !

— Tu te charges de l'annoncer à ton père, Mignonne ? Moi, j'lui parle de rien, c'est certain ! Y m'a toujours regardé d'travers…

— Oui, j'm'en charge, j'ai déjà fait les premiers pas… Il sait qu'on veut partir, qu'on attend juste le bon moment. Laisse-moi ça, t'auras rien à lui dire, toi. T'as fait ta part dans tout ça, mon homme. Mais, une chose que j'oublie, Baptiste, elle est sur quelle rue cette p'tite maison-là ?

— Sur la rue Drolet, une rue à l'ouest de Saint-Denis. Tu vas aimer ça, ma femme. La paroisse Saint-Édouard est fondée, il y a une chapelle, on parle de bâtir une grosse église…

Jean-Baptiste, volubile, déployait encore sa joie de quitter la rue de Champlain et de se retrouver rue Drolet, dans leur petite maison bien à eux. Heureux aussi de se débarrasser du beau-père, sans toutefois insister sur le fait. Mais, après avoir fait miroiter un avenir rempli de promesses à Mignonne, il avait si bien gagné son cœur ce soir-là qu'elle s'endormit sur ses plus beaux rêves alors que lui gesticulait encore d'aise.

Le 2 juin au soir, Honoré, le nez dans *La Presse*, dit à ceux qui étaient encore dans la cuisine, soit Alice et Pit :

— Le roi d'Espagne, Alphonse III, et le président de la République française, Émile Loubet, ont failli être victimes d'un audacieux attentat la nuit dernière.

— Comment ça ? questionna Pit.

— Ils revenaient d'une soirée de gala à l'Opéra lorsque, à l'entrée du Carrousel, une bombe a éclaté tout près de leur carrosse. Mais le projectile lancé avec trop de vigueur dépassa le but et passa par-dessus les têtes des deux augustes personnages, dit-on.

— On a arrêté le mécréant ?

— Plutôt les mécréants, car il s'agit de trois anarchistes espagnols et un Anglais qui ont monté le coup. C'est la quatrième fois que le roi échappe ainsi à la mort.

Honoré allait poursuivre lorsque sa bru l'interrompit :

— Ben, vous savez, c'est si loin, ça nous touche pas beaucoup.

Vexé, le beau-père lui répondit froidement :

— Il faut s'intéresser à tout ce qui se passe dans le monde, ma fille !

Pit, la regardant d'un air dur, ajouta :

— Pis, de quoi tu t'mêles, toi ? C'est à moi que l'père parlait ! Le nez fourré partout, Alice ?

— Ben, j'ai droit à mon opinion, non ?

— Quand on t'la demande, Alice ! C'était pas l'cas ! Pis, comme tu peux voir, ça arrive pas souvent !

Blessée dans son amour-propre, Alice haussa les épaules et ne rétorqua pas. Parce qu'elle espérait un rapport amoureux le soir même. Or, pour elle, mieux valait se taire. Quoique le «rapport» souhaité n'allait pas avoir lieu.

Honoré, qui n'était pas intervenu dans le rappel à l'ordre de son fils à sa femme, s'apprêtait à regagner le salon pour y fumer un cigare lorsque Mignonne, s'étant faufilée sur la pointe des pieds, les surprit :

— Bougez pas personne, j'ai quelque chose à vous annoncer !

Honoré reprit sa chaise, Pit en fit autant, et Alice, qui débarrassait la table, s'appuya contre l'évier pour l'écouter :

— Baptiste et moi, on part ! On a trouvé, c'est fait ! On déménage aux alentours de la fin juin, début juillet.

Le notaire avait pâli, puis, se ressaisissant, lui demanda :

— Où ça ? Vous déménagez où avec les enfants ?

— Dans la paroisse Saint-Édouard, sur la rue Drolet. Baptiste a donné le dépôt sur une belle petite maison. On s'en va pas à loyer, papa, mais chez nous. Une maison quasi neuve de deux étages ! Les papiers sont signés !

— Il a donné l'acompte ? Avec quoi ? C'est à peine…

— Non, t'en fais pas avec ça, Baptiste a des économies, pis pour le reste, c'est privé. On n'a pas à tout rapporter…

— Non, tu as raison, mais c'est un dur coup, ça ! Tu as pensé à moi, Mignonne ? À ton vieux père qui n'a plus ta mère…

— Papa ! C'est assez ! Nous avions discuté de tout ça, souviens-toi ! Pas le jeu de l'apitoiement… Il est temps qu'on fasse notre vie nous autres aussi. Pis tu seras pas seul, Pit et Alice sont là…

Pit n'avait pas sursauté ; Alice, un peu, mais pas au point de contrecarrer Mignonne, ne serait-ce que du regard. Honoré emprunta un air piteux, mais le fils se leva pour lui dire :

— T'as pas à t'en faire, papa, on va être là, nous deux. Alice t'aime comme une fille ! Pas vrai, ma femme ?

— Ça, c'est certain, j'vais prendre soin d'vous comme Mignonne le faisait. Pis la maison va être plus grande… On était pas mal tassés ici dedans. Imaginez si on avait eu d'autres enfants ! Mignonne planifie peut-être, elle.

— Oui, en effet, Baptiste et moi, on en veut d'autres. C'est pour ça qu'ça nous prend une maison. Pis c'est pas au bout du monde, on va venir faire not'tour…

— Y va vous rester Ubald, monsieur Turin. Ce p'tit-là va avoir besoin d'affection parce qu'y va être seul, astheure. Plus d'cousins… Moi, c'est fini les enfants, le docteur me l'a dit. Un problème de… Ben, un problème de femme, mentit Alice.

Pour ne pas lui avouer que Pit ne faisait plus l'acte conjugal, qu'il n'était que passif, qu'il se « laissait faire » les yeux fermés.

— Bien, si c'est conclu, Mignonne, je n'ai rien à ajouter, répondit Honoré. Mais vous auriez pu sauver des frais pour le contrat notarié si vous m'en aviez parlé.

— La dame exigeait qu'on négocie avec son notaire, personne d'autre.

— Bon, je vois, mais ça va faire plus loin à Baptiste pour se rendre au port.

— Y'a autre chose en vue. Un clos d'bois établi là où on s'en va.

— Je lui souhaite bien l'emploi, ma fille, mais avec un doigt en moins…

— Pas d'obstacle, papa, c'est un contremaître que le boss cherche.

— Décidément, il a choisi de faire son chemin, le gendre ! Pas mal d'ambition d'un coup sec… Et la bouteille ?

— Papa ! lui cria Mignonne, d'un ton choqué, alors que Pit souriait et qu'Alice s'était retournée pour éviter de s'esclaffer.

Deux jours plus tard, trouvant l'occasion d'être seule avec son beau-père, Alice s'en approcha :

— Est-ce que j'peux vous parler, monsieur Turin ?

— Bien sûr, ma fille. Qu'est-ce que je peux faire pour toi ?

Sournoise, elle prit place dans un fauteuil pour lui dire :

— Ben, c'est que ma mère m'a offert de retourner vivre avec elle.

— Voyons donc ! Pit voudra pas ! Il ne te suivra pas !

— Je sais, j'irais sans lui, monsieur Turin. Vous savez, pour ce qu'y reste de not'mariage obligé…

— N'empêche que ça ferait jaser, ma bru. Fort, à part ça ! Voilà qui changerait tout… Tu t'es engagée à prendre soin de moi comme ma propre fille et là…

— C'est pas que j'ai pas l'choix, j'pourrais rester, moi, mais y faudrait faire des arrangements. Vous savez, chez ma mère, ça m'coûterait rien.

— Ici non plus, ça ne te coûte rien, Alice.

— Non, mais Pit paye une pension, ce qui fait qu'y nous en reste moins pour le p'tit pis pour mes besoins personnels. Si vous voulez que j'reste, que j'prenne soin d'vous pis d'la maison, faites comme pour Mignonne et Baptiste, chargez-nous rien ! Comme on va être seulement trois…

— Si ce n'est que cela, je veux bien… Est-ce Pit qui t'a demandé d'intervenir ?

— Non, y sait rien d'ma démarche. C'est juste le gros bon sens qui m'pousse à l'faire.

— D'accord, oubliez la pension, ça compensera pour votre dévouement et votre compagnie.

— Une autre petite chose aussi, rien de plus…

— Parle, continue.

— J'aimerais que ça soit moi qui fasse la commande d'épicerie pis des viandes. J'voudrais varier un peu le menu. Y'a des choses qu'on n'achète jamais pis que Pit aime. Pis le marché, c'est à une femme de faire ça… Vous allez voir qu'avec moi le boucher va pas m'passer du bœuf à *springs* !

— Ça aussi, ça va, ce sera une corvée de moins. Tu leur diras que je passerai les régler aux fins de mois.

— Dans c'cas-là, j'reste, monsieur Turin. J'pars pas !

Honoré esquissa un sourire, soupira d'aise et se retira dans sa chambre sans se douter un seul instant que sa bru venait de le berner avec le mensonge concernant l'invitation de sa mère. Au fond, ce à quoi aspirait Alice Vinais était de devenir la maîtresse entière des lieux. Elle voulait être, à court ou à moyen terme, celle dont on ne pourrait plus se passer. Indispensable ! Essentielle ! Pour qu'on parle d'elle à titre de madame Turin de la rue de Champlain, comme ça avait été le cas pour la regrettée Marie-Louise. De plus, comme Jean-Baptiste et Mignonne allaient avoir leur propre maison, il était indiscutable que la résidence paternelle allait revenir à Édouard, advenant le décès du notaire. Du moins, dans sa tête ! Elle savait qu'elle l'avait «cloué au mur» avec son offre quasi déraisonnable. Les achats en outre qui, avec elle, s'élèveraient à beaucoup plus qu'avec lui. Mais, pris au piège, craignant de se retrouver seul sans personne pour lessiver et lui faire à manger, Honoré avait cédé. Eut-elle été plus exigeante qu'il se serait incliné. Parce que, sans sa femme et avec le départ de sa fille, le pauvre homme, surmené, rompu, se sentait complètement perdu. Alice, pour sa part, se voyait, un jour ou l'autre, seule héritière avec son mari de la spacieuse demeure du beau-père. Parce que Pit et elle, contrairement à Mignonne et Jean-Baptiste, ne l'auraient pas abandonné !

Retrouvant son mari après le travail, avant même qu'il ait mangé, Alice s'empressa de lui faire part des concessions acceptées par son père. Ce qu'elle avait fait à son insu, sans même le consulter :

— Tu veux dire plus de pension à payer ? T'as réussi ça, toi ?

— Oui, pis c'est moi qui vas faire le marché et c'est lui qui va tout payer. T'as fini d'aller creux dans ta poche, mon homme !

Heureuse de le voir sourire, fière de son coup, se sentant en haute estime pour un moment, elle s'approcha et lui serra le bras de ses doigts fermes. Sans perdre son sourire, Pit s'en dégagea tout doucement pour finalement lui dire :

— Pas un mot à Mignonne ! Que ça reste entre nous, Alice.

— Ben, c't'affaire ! répondit-elle, en se frottant les mains de satisfaction.

Étonné de la tournure des événements, Pit loua intérieurement la stratégie de sa femme. Avec sa paye toute à lui, plus de pension à payer, plus rien à donner à Alice pour ses petites dépenses, puisqu'elle ferait « marquer » tous ses achats, il aurait, dès lors, assez d'argent en poche pour trimbaler sa « Flo » adorée dans les endroits les plus huppés de la ville.

C'est au début de juillet que les Rouet quittèrent enfin la rue de Champlain pour se retrouver dans leur jolie maison de la rue Drolet, un peu au sud de Saint-Zotique. Mignonne avait eu l'occasion d'aller visiter la maison avec Jean-Baptiste et de rencontrer la veuve âgée, juste avant qu'elle parte pour le Manitoba. Se prenant d'affection pour la jeune mère de deux enfants, la dame lui avait dit : « Je vous laisse les rideaux, les tentures et le tapis du salon. Je vous les donne, madame, ils sont neufs de l'an dernier. J'espère qu'ils sont à votre goût. » Mignonne la remercia chaleureusement, d'autant plus que tous les meubles que la dame avait vendus à Jean-Baptiste, pour presque rien, étaient soignés et sans usure. Sauf le sofa avec une brûlure qu'elle allait vite camoufler, l'ayant obtenu sans avoir à le payer. Honoré Turin, néanmoins, se sentait triste en ce jour du départ :

— Tu vas me manquer, ma fille, les enfants aussi…

— Allons, papa, on s'en va pas aux États, juste dans une autre paroisse. On va se voir autant que tu voudras ! Pis, t'auras le p'tit Ubald pour te désennuyer, la maison deviendra pas silencieuse, t'en fais pas. Alice va même te cuisiner…

— Oui, oui, ne va pas plus loin, je sais tout ça, ma fille, mais n'empêche que, pour moi, c'est deux départs en peu de temps…

Mignonne le serra dans ses bras et lui répondit, le cœur au bord des lèvres :

— Oui, j'sais, mais j'vais revenir souvent, je te l'promets. Fais-moi pas pleurer, papa… Moi aussi, j'pense à maman, j'ai pas encore fait mon deuil, tu sais. Mais il y a les enfants. C'est pour eux qu'on fait ce grand pas. Ils ont besoin d'une maison familiale comme j'en ai eu une pour grandir et avoir, dans la tête, un tas de souvenirs.

— Va, ma fille. Regarde, le camion arrive, emporte tout ce que tu veux, je n'en aurai plus besoin. Et n'oubliez pas vos six valises ! Vous allez pouvoir monter avec eux si Baptiste peut s'installer dans la boîte avec les meubles. En s'assoyant par terre, il ne risquera pas de tomber.

Honoré embrassa sa fille, serra Bernadette contre son cœur et, déposant un baiser sur le front du petit Paul-Émile, il s'abstint toutefois du moindre geste, du moindre mot à l'égard de son gendre, pas même une poignée de main. Malgré l'ambition dont Jean-Baptiste Rouet faisait preuve, il n'était jamais entré dans les bonnes grâces de son beau-père. Alice embrassa Mignonne et souhaita bonne chance à son beau-frère, trop heureuse d'avoir enfin la maison à elle seule. Pit, au travail, brillait par son absence et, le soir venu, Alice allait certes passer la soirée avec son beau-père ; c'était, sans qu'elle le sache, soir de sortie pour son mari.

La paroisse Saint-Édouard, fondée en 1896, avait permis à une centaine de familles de ce qu'on appelait alors «Le Petit Nord», de ne plus avoir à se rendre à l'église Saint-Enfant-Jésus du Mile End, pour la messe et autres offices religieux. Grâce à un emprunt, la Fabrique avait fait l'acquisition du terrain où l'on construisit une chapelle provisoire qui fut bénie par Monseigneur Fabre, le 3 mai 1896. La première école primaire s'organisa dans des locaux de fortune, rue Hentley, qui allait devenir par la suite rue Saint-Vallier. La même année, les Frères de l'instruction chrétienne ouvrirent l'Académie Saint-Paul, destinée aux garçons ; et simultanément, les Sœurs de Sainte-Croix vinrent enseigner aux filles. L'archevêque, croyant en la prospérité de cette paroisse, retint un terrain où serait érigée l'église actuelle, un an après l'arrivée de Jean-Baptiste et Mignonne dans leur maison. L'afflux de paroissiens se poursuivit si bien qu'en 1905, lors de l'arrivée des Rouet, on comptait au-delà de mille deux cents familles dans le quartier. Mais, en 1901, quelques années plus tôt, comme la chapelle était déjà insuffisante, on avait construit un vaste soubassement destiné aux offices religieux, au-dessus duquel s'élèverait la future église. Et, en cette même année, on bâtissait un spacieux presbytère en pierres grises, à l'angle des rues Beaubien et Saint-Vallier.

Mignonne et Jean-Baptiste s'étaient vite acclimatés à ce nouveau quartier où les familles étaient plus jeunes et où le progrès s'installait de jour en jour. Monsieur Duquet, le propriétaire du clos de bois, avait promis à Jean-Baptiste de l'engager dans moins d'un mois, et il respecta sa parole. Avec sa seule expérience de débardeur au port, Jean-Baptiste Rouet était devenu le contremaître du Clos Duquet, qui comptait huit employés réguliers : quatre plus âgés que lui, et trois plus jeunes, qui le respectaient comme leur patron immédiat après le « grand boss ». Son salaire avait grimpé de plus de dix dollars que celui du port, ce qui permit à Mignonne de moins diluer sa soupe et de mettre plus de légumes dans les assiettes. Elle était allée visiter son père qui, la voyant aussi ravie, ne put que s'incliner devant la décision de sa fille de faire… leur vie ! Alice, quoique maîtresse des lieux, enviait sa belle-sœur de ne plus avoir à servir son père, pas toujours facile, et de se la « couler douce » avec Jean-Baptiste alors qu'elle se tournait les pouces en espérant que Pit rentre le soir après la fermeture de la poissonnerie. Hélas, bien souvent, c'est au lavabo d'un restaurant que son mari se lavait les mains avant d'encercler la taille de Florence Bourdin.

De son côté, Mignonne s'était vite liée d'amitié avec ses voisins, quelques dames de la paroisse, et surtout avec une voisine d'en face, une jeune femme seule qui venait de temps à autre promener le petit Paul-Émile qu'elle affectionnait. Mabel Watson, Irlandaise d'origine, épouse de Ross Wood, parlait très bien le français. Sans être veuve, on ne voyait jamais son mari dans les parages, ce qui avait poussé la curiosité de Mignonne à lui demander après quelques rencontres :

— Est-ce indiscret de te questionner au sujet de ton mari ?

— Non, pas indiscret, quelques personnes de la paroisse sont au courant, le curé aussi, mais c'est une bien drôle d'histoire…

— J'te force pas, Mabel, juste si tu t'sens à l'aise…

— Ça ne me dérange pas, Mignonne, pas avec toi. On est devenues des amies, on n'a rien à se cacher maintenant.

— Tu peux compter sur ma discrétion.

— Alors, voilà, je suis venue m'installer dans ce logement avec mon mari, Ross, il y a trois ans. On était mariés depuis un an et demi seulement. Il était bel homme, six pieds, athlétique, beau sourire, mais il avait trente ans et moi, seulement dix-neuf, quand on est arrivés ici. On avait vécu en Ontario avant, mais Ross voulait changer de province. Il était commis-voyageur pour une compagnie de papier d'emballage de fantaisie et, en vivant ici, il changeait de route de clients, tout simplement. Tout allait bien entre nous ou presque… Je le sentais distant, je me demandais s'il m'avait mariée par amour ou pour se caser. Mais il s'en défendait en me disant qu'il était songeur, anxieux, que c'était dans sa nature. Or, un soir, il est arrivé à la maison avec un jeune gars de dix-sept ans et m'a demandé de l'héberger pour un bout de temps parce que Thomas, c'était son nom, n'avait pas de famille à Montréal et travaillait comme *wrapper* au bureau de livraison où Ross remettait ses commandes. Mais j'ai su, par la suite, que c'était lui qui avait fait engager «Tom»; c'est comme ça qu'il l'appelait. Où l'avait-il connu? Je ne l'ai jamais su! Finalement, après trois semaines d'hébergement, il lui avait trouvé une chambre ailleurs, ce qui me soulageait d'une corvée. Puis, trois mois plus tard, un vendredi soir, Ross n'est pas rentré à la maison. Je m'en suis inquiétée, mais j'ai attendu au lendemain soir pour aller m'informer en personne auprès de la vieille secrétaire qui habitait non loin d'ici. Surprise de ma visite, elle m'a dit que Ross avait quitté son poste, qu'il était parti le mercredi et que Thomas aussi avait lâché la job!

— C'est étrange… Pas un mot de sa part ? l'interrompit Mignonne.

— Non, pas durant les deux jours avant de déguerpir, il faisait comme si de rien n'était. Mais six jours plus tard, j'ai reçu une lettre dans laquelle il avait mis un montant d'argent. Pas une fortune, mais assez pour que je me débrouille un bout de temps. Puis, sur une feuille pliée, il m'avait écrit de ne plus l'attendre, qu'il ne reviendrait pas, qu'il était parti avec Tom explorer le monde en commençant par l'ouest du pays. Or, sans enfants, j'ai pleuré durant deux jours, je me sentais démunie, seule, abandonnée… Ça m'a pris du temps pour en parler à mon entourage. Mon mari parti à l'aventure avec un jeune de dix-sept ans, sans famille, je ne comprenais pas. Mais j'en ai jamais eu de nouvelles depuis, Mignonne ! Je me suis trouvé un emploi de vendeuse dans un magasin, puis, depuis trois mois, je suis secrétaire pour la compagnie Palmer, là où l'on vend en gros des friandises aux marchands. J'avais fait mon cours de secrétaire en Ontario.

— Pourquoi t'es pas retournée chez tes parents, Mabel ?

— Parce qu'il ne me reste que ma mère, qui vit dans un asile. Elle a des troubles mentaux, elle ne sait même plus qui je suis… Mon père, lui, est mort depuis longtemps, et mon frère, Patrick, avec qui je n'entretiens aucun lien, vit lui aussi en Ontario avec sa femme et ses enfants, mais je l'ai perdu de vue. Tu sais, je t'ai dit que j'étais de souche irlandaise, que mon nom de fille était Watson, mais je suis née au Canada, en Ontario. Mon grand-père, par contre, dont le prénom était Wesley, était de Dublin, en Irlande. Il n'a pas émigré, lui, c'est son fils, Martin, mon père, qui l'a fait.

— Ton mari est de l'Ontario, lui aussi ?

— Non, il est de la Saskatchewan, mais il était venu parfaire des études en Ontario. C'est d'ailleurs durant ce stage qu'on

135

s'est rencontrés, lui et moi. Il était de passage chez une vieille tante qui habitait à deux maisons de chez moi. On s'est parlé, il m'a invitée à manger au restaurant, puis on a correspondu jusqu'à ce qu'on se marie… Au départ, je le trouvais un peu vieux pour moi, mais il était si beau ! En arrivant à Montréal, c'est dans la paroisse Sainte-Brigide-de-Kildare, d'où tu viens Mignonne, qu'on devait s'installer, parce qu'on nous avait dit qu'il y avait plein d'Irlandais dans le faubourg, mais il n'y en avait presque plus. Ross a donc choisi de s'établir plus au nord, c'était moins cher, on défrichait…

— Pourquoi portes-tu encore son nom ?

— Parce que je suis encore madame Ross Wood, Mignonne ! On n'a jamais divorcé, il a juste disparu et, sérieusement, je pense qu'il va me revenir. Ross avait peut-être seulement besoin…

Mignonne l'interrompit pour lui demander :

— Tu as une photo de lui, Mabel ?

La jeune femme ouvrit son sac à main et en sortit une photo de son mari, souriant, torse nu, appuyé contre un arbre.

— Wow ! Tout un homme ! On dirait un acteur…

— Oui, je sais, Ross est beau, trop beau… C'est pour ça qu'il cherche l'aventure. Peut-être une amourette avec une autre… Qui sait ? Puis ici, regarde, c'est moi avec Tom, la seule photo que j'ai de lui quand il habitait chez nous.

— Pas laid ! Un beau p'tit blond ! Y'a l'air d'un ange…

— Oui, seulement l'air parce qu'on pouvait pas le *truster,* celui-là.

— Mais c'que j'comprends pas, Mabel, si ton mari avait besoin d'une aventure, pourquoi qu'il est parti avec ce p'tit gars-là ?

Mabel, baissant la tête, lui répondit en soupirant :

— C'est ça que j'aimerais lui demander… Juste ça ! Tom avait l'air d'être un embarras, il lui avait trouvé une chambre pour le sortir de notre logis. Il va sûrement être dans ses jambes, il va même lui nuire si mon mari se cherche des aventures.

Aussi perplexes l'une que l'autre, Mignonne rompit le silence en lui disant :

— Mais toi et moi, on est amies à vie, ça te va, Mabel ? En attendant, s'il te plaît, reprends le p'tit, Bernadette veut aller aux toilettes !

Un mois plus tard, alors que les Rouet avaient mis en place tout ce qui manquait dans leur petite maison, Mignonne regarda son mari et lui dit :

— Y'a juste une chose qui manque encore, pis on va l'avoir, Baptiste !

— Quoi donc ?

— Ben, un p'tit ! J'suis repartie pour la famille !

Médusé, déposant son cigare, Jean-Baptiste la regarda :

— T'es sûre de ça, Mignonne ? C'est pas une fausse alerte ?

— Non, t'en fais pas, mon homme, une femme ne s'trompe pas. J'ai déjà des nausées, mais moins fréquentes que pour les deux autres.

— Y s'annonce pour quand, c'bébé-là ?

— Ben, si l'compte est bon, ça devrait être en avril de l'an prochain. Entre le 10 et le 15... Ou à peu près.

— Ben, c'est l'cadeau du Ciel qui va avec la maison, ma femme. Pis on a d'la place, astheure. Si c'est une fille, on la mettra dans la chambre de Bernadette ; pis si c'est un gars, dans celle de Paul-Émile.

— Disons qu'on va commencer par le garder à côté d'nous autres... Mais te rends-tu compte, Baptiste ? Trois enfants déjà !

— Oui, pis c'qu'y a d'mieux, c'est qu'tu restes belle ! T'engraisses un peu pis tu r'trouves ta taille tout d'suite après ! Tu portes bien ton nom, toi ! Plus Mignonne que ça...

— Arrête tes compliments, j'vais finir par m'empâter moi aussi. À moins qu'tu m'fasses pas une flopée d'enfants d'ici dix ans !

— Toujours contente de ton amie Mabel ?

— Plus serviable qu'elle, ça s'trouve pas ! Pis là, avec un autre en chemin, elle va m'aider avec les deux autres. Bernadette l'aime beaucoup ; Paul-Émile, itou ! Une vraie perle, la Mabel !

— Dommage qu'elle n'ait pas d'homme ni d'enfants… C'est une belle femme. Y'a bien des gars qui la reluquent au clos.

— Pas intéressée, elle me l'a dit. Pis elle a encore son mari…

— Ben, voyons. Y'a pris l'bord, Mignonne ! Y r'viendra pas ! Y lui donne plus signe de vie, y lui envoie plus d'argent… Pis au loin avec le rouleur de papier… Moi, c't'affaire-là…

— Qu'est-ce que tu veux dire ?

— Rien, j'me comprends ! Changement d'sujet, as-tu remarqué qu'y avait pas mal d'infirmes dans l'quartier ? J'ai même vu un traîne-fesse !

— Baptiste ! Un cul-de-jatte, pas un traîne-fesse ! J'suis peut-être pas la plus instruite, mais mon père m'avait appris à nommer les infirmités correctement. Ça sort d'où, c'nom-là ?

— Du père de mon boss, pis y doit savoir c'qu'y dit, y'a quatre-vingt-neuf ans !

Malgré la grossesse qui s'annonçait, Mignonne ne voulait rien perdre de sa féminité. Ayant déniché un comptoir de produits de beauté chez le marchand des alentours, elle avait pu se procurer, grâce à ses propres économies, un fard à joues, du rose pour les lèvres et un flacon de parfum qui sentait le muguet. Jean-Baptiste, qui buvait un peu moins ces temps-ci, lui avait acheté, en passant, des pendants d'oreilles en nacre rose pour aller avec sa petite bouche rosée. Cheveux sur les épaules, bien habillée, elle avait dit à son mari :

— Sais-tu qu'avec une couronne sur la tête j'pourrais passer pour une princesse d'un conte de fées ?

Il avait ri et lui avait répondu, en l'encerclant de ses bras :

— Oui, mais tu es ma petite reine à moi ! Rien qu'à moi ! Aucune autre n'est plus belle que toi, ma soie, mais commence pas à faire tourner la tête des hommes, Mignonne !

Elle avait ri d'un éclat qui fit sursauter les enfants, tout en lui répondant :

— J'en douterais, Baptiste ! Avec le bedon qu'y vont finir par voir dans pas grand temps... Pis c'est toi, mon prince, personne d'autre !

De son côté, Honoré Turin, sans le démontrer, s'ennuyait de sa fille. Chaque soir, après ses consultations, le brave homme rentrait, « la fale basse », triste de ne plus voir sa fille chérie et de ne plus l'entendre fredonner un air à la mode. Il avait, bien sûr, Alice qui s'occupait de lui et qui lui cuisinait des plats pas toujours à son goût, mais comment s'en plaindre alors que la lessive et le repassage étaient faits, ses complets impeccables et la maison toujours propre ? Elle faisait de son mieux, « la grande et grosse », pour être de plus en plus dans sa manche. Florence Bourdin, pour sa part, montant en grade, finit par obtenir un poste d'assistante-gérante à l'hôtel qui l'employait. Puis, malheureuse à cet emploi, descendant d'un échelon, elle s'accommoda de la réception où, enfin, elle pouvait s'entretenir avec la clientèle. Très jolie, toujours bien mise, elle était courtisée par plusieurs hommes. Elle aurait même pu, d'un regard soutenu, tomber dans les bras d'un fils de ministre, beau comme un dieu. Mais fidèle à Pit, amoureuse de celui qui, malgré son charme, prenait des rondeurs, elle fermait les yeux sur les partis les plus prometteurs. Elle n'avait qu'Édouard «Pit» Turin en tête. Celui qu'on commençait à appeler «le gros Pit» ou, pire encore, «le gros de la grande et grosse». Ce qui l'irritait drôlement, d'autant plus que Florence lui avait dit: «Ta femme est peut-être bonne *cook*, mais mange moins, Pit! T'engraisses!»

Toutefois, sur la rue de Champlain, malgré la perte de charme de son mari, Alice devenait de plus en plus folle de jalousie. Parce qu'elle avait appris de source sûre que Pit Turin fréquentait assidûment Florence Bourdin. Son ancienne flamme! Celle qu'il devait épouser! Or, pour ne pas laisser le champ libre à la maîtresse de son mari, elle ne se gêna pas pour en parler ouvertement à son beau-père un soir:

— Tu es certaine de ce que tu avances, Alice?

— Sûre et certaine, monsieur Turin! Quand il ne rentre pas le soir, c'est avec elle qu'il est! Dans un restaurant de l'ouest de la ville, ou chez elle, comme de raison! Je sais que Pit ne m'aime pas, mais de là à être cocufiée. Ne serait-ce que par respect pour Ubald! Un père, tromper la mère de son enfant! Et ce n'est pas qu'une aventure d'un soir, monsieur Turin, Pit est l'amant de Flo depuis notre mariage! Quelle humiliation!

— De qui tiens-tu tout cela, Alice? Pas de ta mère, au moins…

— Ma mère? Si ma mère savait ça, elle me sortirait vite d'ici avec le p'tit! Pis ce s'rait la honte sur vot'famille! Toute la paroisse en serait avisée! Non, non, je tiens cela de quelqu'un de discret sur le sujet pour le moment, merci mon Dieu, car, avec le temps, une langue, ça finit par se délier.

Craintif, apeuré par le scandale qu'il redoutait déjà, Honoré avait répondu à sa bru :

— Alors, gardons ça entre nous, Alice, je vais lui parler. Je vais le remettre à sa place, ce gredin-là ! Ce qui veut dire qu'il devra rentrer chaque soir désormais, ou prendre la porte !

— N'allez pas lui donner le choix, il va la prendre, la porte ! Il n'attend peut-être que ça pour aller vivre avec sa favorite !

— S'il ose, je vais le déshériter, ce fripon-là, et laisser tout ce que je possède à ton petit Ubald !

À ces mots, Alice chancela d'émotion. Son beau-père venait de rendre le verdict auquel elle s'attendait. Sachant fort bien qu'elle ne regagnerait jamais le cœur d'Édouard, elle serait fort comblée avec une spacieuse maison et la fortune du notaire à son fiston. D'autant plus qu'il n'avait pas mentionné le nom de Mignonne dans son emportement. Honoré, mettant fin au discours, ajouta :

— Attends qu'il rentre ce soir, celui-là !

Alice, souhaitant de tout cœur, à présent, que son mari prenne la porte, rétorqua :

— Oui, manquez-le pas, monsieur Turin ! Ça s'peut-tu, déshonorer son père de cette façon ? Pis oublier qu'il a une femme et un enfant qui portent son nom ?

Honoré avait préféré attendre une couple de jours avant de confronter son fils. Il avait prié Alice d'aller veiller chez sa mère avec le petit pendant qu'il parlerait à Pit. Ce dernier, rentrant souper pour une fois, fut fort surpris de constater que la table n'était pas mise et que sa femme semblait absente. Apercevant son père, il lui demanda :

— Tu es seul ? Alice n'est pas là ?

— Non, sa mère l'a invitée à souper avec le petit, mais il y a un bouilli dans la marmite. Moi, je m'en suis déjà servi. Alors mange, car après, j'ai à te parler, mon fils.

Pit avait froncé les sourcils, il se demandait bien ce que son père lui voulait, et l'absence d'Alice l'intriguait. Il mangea copieusement, avala deux desserts, et Honoré qui le regardait faire lui dit :

— Tu grossis, fiston… Tu manges comme un cochon ! Avec moins de souffle, ce ne sera pas bon pour ton cœur. Coupe tes portions !

— Oui, j'sais, le docteur me l'a dit. Faut que j'm'y mette… J'veux bien être costaud, mais gras comme un veau, non ! Mais c'était sûrement pas juste ça que t'avais à m'dire…

— Non, Pit, reste bien assis sur ta chaise, allume-toi une cigarette et sois attentif, j'ai des questions à te poser.

— Ben, comme j'ai rien à cacher, vas-y papa, j't'écoute.

— Sors-tu avec Florence Bourdin, toi ? Est-ce vrai que tu la vois régulièrement, que tu en as fait ta maîtresse ?

Pit avait pâli. Il ne s'attendait pas à cette intrusion dans sa vie privée. Pris au piège, il balbutia :

— C'est… c'est Alice qui t'a demandé de m'passer au peigne fin ?

— Pas d'importance ! Alice est ta femme, ta légitime, ne l'oublie pas. Elle a des droits.

Voyant que son père sortait son jargon de notaire, Pit s'emporta :

— Oui, c'est vrai que j'la vois encore, Flo ! On s'aime tous les deux ! Tu l'sais, c'est elle que je devais marier ! Alors, ça continue…

— Honte, mon fils ! Honte sur la famille ! Quand on a une femme et un enfant, on n'a pas le droit d'avoir une maîtresse ! Tu es marié, Pit ! Devant Dieu et les hommes !

— Marié de force ! Obligé ! Pas d'mon plein gré !

— Marié quand même ! Tu dois respect à ta femme et à ton enfant ! Je t'ordonne de ne plus revoir cette petite traînée !

— Quoi ? Tu la traites ainsi ? Toi qui l'aimais tant ?

— Quand elle était honnête, oui, mais pas dans le péché comme elle l'est !

— Tu ne sais rien de l'amour, toi ! Flo et moi, c'est fort, c'est inséparable !

— J'ai aimé ta mère de tout mon être, Pit ! Je sais ce qu'est l'amour…

— Oui, parce que tu l'as mariée par amour, ce qui n'est pas mon cas. Pis, si ma liaison te dérange, tu es notaire, arrange-toi pour qu'on se sépare, Alice et moi ! Légalement !

— Non, pas question ! Tu as un fils, Pit, un petit garçon que tu ne regardes même pas. Comment peux-tu être aussi sans-cœur ? Il n'a pas demandé à venir au monde, cet enfant-là ! Et avec un peu de maturité, tu pourrais te pencher un peu plus sur Alice. Ta femme est une bonne personne…

— Que je n'aime pas ! Que je n'aimerai jamais ! On n'aime pas de force, papa !

Rouge de colère, Pit se leva et, fixant son père, ajouta :

— Jamais je ne me séparerai de Flo ! Elle et moi, c'est à la vie, à la mort ! Pis tu peux l'dire à ma femme, j'm'en sacre, le père ! On n'a qu'une vie à vivre et c'est ensemble, Flo et moi, qu'on va faire la nôtre. Elle va m'attendre jusqu'à c'que j'sois libre ou qu'Alice lève les pattes ! Pis, après, on va s'marier, elle et moi. J'lui ai juré ! Y'a-tu d'autres choses que t'aimerais ajouter ?

— Si tu ne veux rien entendre, je vais te déshériter, Pit. Je vais tout laisser à ta sœur et à ton fils.

— Fais-le ! J'm'en sacre ! On n'attend pas après ton argent, Flo pis moi ! On peut vivre de nos salaires ! Pis, si t'aimes mieux que j'parte…

Honoré Turin avait été saisi. Non, surtout pas un autre départ après celui de Mignonne. Il ne lui restait que son fils et sa bru. Et cette dernière, sans son mari, retournerait chez sa mère.

— Non, je ne te demande pas ça, Pit… réussit-il à lui dire calmement.

— Alors, on en est où ? Qu'est-ce que tu vas dire à Alice ?

— Je ne sais pas… Je vais lui dire que tu as nié…

— Non ! J'ai été franc ! Ne me fais pas passer pour un menteur et un hypocrite !

— Oui, tu as raison… Je vais lui dire que je ne t'ai pas questionné, que je n'ai pas osé, que ça ne me regarde pas.

— Et c'est vrai ! Pis si Alice se doute de quoi que ce soit, qu'elle me questionne elle-même ! Mais elle ne le fera pas de peur d'entendre la vérité. De peur que je la quitte, que je claque la porte, que je ne revienne plus…

— Bon, oublie tout ça, Pit, mais sois discret. Tu sais, moi, les scandales…

Le veston sur le dos, un sourire dissimulé, Pit se leva, sortit par la grande porte et, sa cause plus ou moins gagnée, alla rejoindre sa bien-aimée.

L'automne n'avait pas été de tout repos pour les Rouet. Alors que Jean-Baptiste s'affairait à faire progresser le clos de bois, Mignonne soignait Bernadette qui, aux prises avec une bronchite, avait failli mourir. De plus, Honoré, peu heureux avec Alice et Pit, venait souvent chez sa fille afin d'y trouver son lot d'affection, sans se rendre compte que, parfois, malgré les efforts de Mignonne, il était encombrant. Ne cherchant guère à se rapprocher de son gendre, ses visites avaient pour effet de garder Jean-Baptiste hors de la maison, en début de soirée. Ce que Mignonne déplorait, sachant fort bien que son mari, pour ne pas voir son père, s'attardait à la taverne. Une vilaine manie qui reprenait le dessus depuis que le notaire rôdait souvent dans les parages. Inquiète, et pour cause, Mignonne avait demandé à son père de venir plutôt le midi partager sa soupe, au lieu du repas du soir. Vexé, le notaire lui avait répliqué :

— Si je dérange, dis-le, Mignonne, je vais rester chez moi !

— Non, papa, je suis contente de te voir et tu as toute ma tendresse, sois-en certain… Mais si seulement tu étais plus affable avec Baptiste. Si tu le traitais comme il le mérite…

— Voyons donc ! Ce n'est pas parce que « monsieur » est contremaître d'un clos de bois que je vais me mettre à ses pieds, ma fille !

— J'en demande pas tant, mais Baptiste a du cœur au ventre, il nous fait bien vivre, il paye la maison…

— Ce qui ne l'empêche pas de rentrer encore en sentant la tonne !

— C'est toi qui le pousses à boire, papa ! Il avait beaucoup diminué. Il va à la taverne pour tuer l'temps jusqu'à ton départ parce que tu l'regardes de haut. Tu l'as reparti dans la bière, papa ! Avant, y prenait une petite bouteille ou deux ici, pas au coin d'la rue. Si tu y mettais un peu du tien…

— Bon, ça va, j'ai compris, ne va pas plus loin. Je sème le trouble ? Je fais boire ton mari ? Je ne reviendrai plus, Mignonne, à moins d'une invitation en bonne et due forme. Dire ça à son père…

— Bon, j'savais que ça tournerait au vinaigre ! Pas moyen de rien t'dire, papa, t'avales tout d'travers ! Si seulement…

Mais Mignonne n'eut pas à poursuivre. Debout, le paletot sur le dos, Honoré Turin franchit la porte en lui disant :

— Bonsoir, ma fille ! Je ne reviendrai pas de sitôt !

Fier comme un paon, sans même avoir embrassé les enfants, il avait pressé le pas de peur de croiser son gendre, «ce bon à rien, ce bâtard venu de nulle part» qui lui avait ravi sa seule fille. Une crotte qu'il avait encore sur le cœur !

Décembre se pointa et l'on pouvait lire dans *La Presse* que le fleuve Saint-Laurent serait franchi en quatre minutes. On allait en faire l'essai à Longueuil dans quelques jours. Un nouveau système de locomotive pour l'hiver, un char omnibus de trente pieds de longueur sur neuf de largeur, était destiné à faire le trajet sur le fleuve gelé, entre Longueuil et Hochelaga. Le char, qui allait reposer sur des patins de dix pieds de long, serait retenu au centre par un câble attaché aux deux extrémités. Il serait muni d'un moteur à l'huile et pourrait transporter cinquante personnes à la fois. Fermant le journal, incrédule, Honoré avait dit à sa bru, après lui avoir lu l'article : «Si la glace est trop mince, câble ou pas, il va se renverser et tout le monde va se noyer !» Ce qu'elle approuva d'un signe de tête, même si les nouvelles lues à haute voix par son beau-père ne l'intéressaient guère.

Noël approchait et, chez les Rouet, on avait décidé d'inviter la famille et quelques amis au souper du 25 décembre. Ce qui serait aussi une occasion de faire visiter leur maison puisque les parents d'Alice étaient également invités. Mignonne, le ventre déjà rond, s'était affairée à cuire des tourtières, des pâtés au saumon et de la tête fromagée alors que Mabel, également de la partie, s'était chargée des beignes, du gâteau aux fruits et des bonshommes en pain d'épices pour les petits. Jean-Baptiste en avait profité pour faire bonne provision de bière et de quelques bouteilles de vin. Honoré, plus distant depuis son différend avec sa fille, s'était quand même empressé d'accepter l'invitation. Il était certes revenu voir Mignonne et l'avait invitée avec les enfants, mais la serrer sur son cœur le jour de la naissance du Sauveur, c'était faire preuve, aux yeux de tous, de ses bons sentiments.

Bernadette portait une jolie robe de taffetas rouge ornée de boucles vertes, une création de sa mère ; Paul-Émile, un minuscule habit de velours bleu et blanc, encore des doigts de fée de sa maman. Et Mignonne, cheveux relevés comme le jour de ses noces, avait réussi à se tailler et coudre une superbe robe de dentelle beige à manches longes et collet haut sur lequel elle avait épinglé un joli camée orangé qu'elle avait trouvé dans le coffre à bijoux de sa défunte mère. Jean-Baptiste, bien mis dans son complet neuf, fumait un cigare en attendant les invités. Ils arrivèrent presque tous ensemble. Mabel, fort en beauté dans sa robe de velours bourgogne rehaussée de perles, fut présentée à ceux et celles qui ne la connaissaient pas encore. Jean-Baptiste avait invité un couple, mari et femme, dont l'homme était l'un de ses employés, ainsi que le plus jeune scieur du clos de bois avec sa fiancée. Seuls monsieur et madame Vinais accusèrent un léger retard à cause de la lenteur du pauvre homme, toujours à bout de souffle. Honoré, élégamment vêtu, avait tout du notable qu'il était. Alice, poudrée, les cheveux frisés au fer qu'on chauffait sur le poêle, portait une robe de soie mauve qu'elle avait déjà, et sur laquelle pendait un long sautoir de perles grises. Madame Vinais sentait le parfum à plein nez et avait noué des rubans noirs dans son chignon poivre et sel.

Son mari, appuyé sur sa canne, ne cherchait qu'une chaise pour retrouver une respiration normale. Pit, toujours embêté d'avoir à accompagner sa femme, ne s'était pas endimanché. Parce que «l'autre», avec sa mère et son grand-père, sans lui… L'image seule le désolait. Aussitôt rentré, il demanda une bière à Jean-Baptiste, histoire d'oublier qu'il allait devoir passer la soirée avec Alice, son père, le beau-père et, surtout, la belle-mère!

On fit honneur au souper et Pit, habile, s'était arrangé pour être assis entre sa femme et Mabel, en jetant plus souvent un regard du côté de la jolie madame Wood que sur sa «légitime». La maigrelette madame Vinais s'était contentée d'une pointe de pâté au saumon et d'un doigt de vin. Son mari, peu en appétit, goûta à la tourtière pour ensuite se risquer dans la tarte aux pommes. Honoré, Alice, Édouard, Mignonne, Jean-Baptiste, Mabel et les autres invités s'étaient gavés de tous les plats. La «grande et grosse» se bourrait encore la panse pendant que Pit et Jean-Baptiste calaient bière par-dessus bière, alléguant que c'était «l'temps des Fêtes» quand Honoré les regardait de travers. Paul-Émile et Ubald, épuisés par le vacarme, dormaient déjà dans les chambres d'en haut, mais Bernadette, très fière, montrait à tante Alice la poupée aux yeux peints bleus et aux lèvres rouges qu'elle venait de recevoir de Mabel. Monsieur Turin avait comblé les enfants de friandises et, pour damer le pion à son gendre, avait offert à Mignonne une fort jolie bague en or avec des pierres précieuses de toutes les couleurs. Ce qui avait agacé la bru qui, elle, n'avait rien reçu. Pas même une boîte de jujubes ou une couronne en chocolat de la part de Pit! Monsieur et madame Vinais, mal à l'aise devant le cadeau du notaire, firent miroiter à leur fille un «cadeau-surprise» pour le lendemain, mais il n'en fut rien. Le père, dans sa presque sénilité, avait oublié ce détail et sa mère, plus avaricieuse que généreuse, avait fait comme si de rien n'était. Aucun achat. Pas même des blocs de bois pour Ubald, son unique petit-fils.

Ils avaient fêté gaiement, ils étaient tous repartis le cœur heureux. Pit titubait dans le portique et Jean-Baptiste, guère mieux, échappa le chapeau de son beau-père à qui il allait le remettre. Ce qui lui valut un regard sévère de la part du «dignitaire». Mignonne fut embrassée, remerciée, félicitée pour sa maison et son savoir-faire, mais elle n'omit pas de souligner l'agencement des desserts de son amie Mabel. Enfin seule avec son mari et les enfants qui sommeillaient, Paul-Émile dans son lit, Bernadette sur un sofa, elle s'empara d'une chaise, respira, appuya son ventre dans ses mains et dit à son mari :

— J'suis épuisée, mais c'est réussi. On a eu un beau souper de Noël.

— Oui, Mignonne, grâce à toi. Tu es la plus douée des femmes.

— Arrête, Baptiste, tu vas m'gêner... J'ai juste fait mon possible...

— Sais-tu que t'es plus belle qu'avant ? J't'aime, ma soie...

— Moi aussi, mon homme, mais à soir, avec la fatigue pis ma bedaine, tu vas t'contenter d'un bec su'l'menton.

Il éclata de rire, la serra contre son cœur et l'embrassa avec affection... sur le front !

Chapitre 6

Les hivers s'étaient ensuivis, aussi froids les uns que les autres, rigoureux même, et la paroisse Saint-Édouard avait pris tout un essor avec sa superbe église érigée à partir de 1906 et terminée en 1909, ainsi que des commerces qui s'ouvraient de plus en plus dans le quartier. Mignonne avait jeté son dévolu sur une statue de la Vierge Marie alors que Jean-Baptiste, éloigné de saint François Xavier qu'il gardait dans son cœur, allumait maintenant ses cierges devant la statue de saint Joseph. D'homme à homme, une fois de plus, dans ses invocations. Saint Édouard, qu'on appelait « Le Confesseur », avait été roi d'Angleterre durant plus de vingt ans, de 1042 à 1066, et avait restauré durant son règne l'abbaye de Westminster, ce qui lui valut d'être immortalisé en statue, tenant, dans sa main, la célèbre abbaye. Très en vue dans le retable de l'église, on ne pouvait qu'admirer cette œuvre grandiose. De chaque côté de la nef, les douze apôtres, auxquels s'ajoutèrent avec le temps d'autres statues, telles sainte Anne, sainte Thérèse, saint Paul et celle d'Abraham voulant immoler son fils Isaac alors qu'un ange lui retenait la main. Les paroissiens, fiers de leur église, en vantaient la beauté quoique monsieur

Turin, toujours aussi grognon, ait dit à son gendre que l'église Sainte-Brigide-de-Kildare, sa paroisse, était plus somptueuse, pourvue de plus d'éclat.

En avril 1906, le 10 plus précisément, Mignonne avait donné naissance à un fils très chétif et si fragile qu'on le baptisa le jour même du prénom de Raphaël. Malgré les bons soins du docteur et les efforts de sa mère, encore faible, l'enfant mourut trois jours plus tard. Ce fut un choc terrible pour Mignonne, qui n'avait pas encore perdu d'enfant. Elle en était inconsolable. Jean-Baptiste, plus soumis à la volonté du Seigneur, lui avait murmuré : « Le bon Dieu avait peut-être besoin d'un archange. Son Raphaël à lui est peut-être mal en point… » Mais la jeune femme pleura de tout son être, heureuse cependant que son petit ait été baptisé à temps, ce qui lui évitait de se retrouver dans les limbes pour l'éternité. Mabel Wood la consola, la priant même de remercier le Ciel de lui avoir donné deux enfants, elle qui n'avait pas eu la joie d'être mère. Et, tout doucement, Mignonne en fit son deuil, allant de temps à autre déposer un lys sur la tombe de son enfant, enterré avec Marie-Louise, sa grand-mère.

En 1907, seulement quatorze pour cent des gens avaient une baignoire. Honoré Turin en avait une, évidemment, et, depuis peu, Jean-Baptiste Rouet pouvait se vanter à son tour de posséder la sienne. Plus belle, plus profonde que celle de son beau-père ! Pour ce qui était du téléphone, peu de maisons en avaient l'usage, mais le notaire avait le sien. Jean-Baptiste, toutefois, n'avait pas encore son appareil, et Mignonne devait se contenter de celui du clos de bois quand elle avait à joindre son père ou son frère pour leur donner des nouvelles des siens. Alice ne se manifestait guère, sauf par des lettres bien tournées, avec l'aide d'un dictionnaire, afin de narguer Mignonne sur le fait qu'elle avait la plume plus facile qu'elle. Elle qui parlait pourtant comme elle marchait ! Sans finesse, sans délicatesse, sans le moindre effort ! Des missives sur papier rose auxquelles Mignonne ne répondait pas, sachant fort bien que « la vlimeuse » soulignerait ses fautes d'orthographe en rouge, pour ensuite les montrer à son père, le notaire, qui en serait indigné. En cette année, le salaire moyen était de vingt-trois cents de l'heure, et les travailleurs de ce calibre gagnaient avec peine entre deux cents et quatre cents dollars par année. Ce qui n'était pas le cas de Jean-Baptiste qui, maintenant contremaître de douze employés, avait vu son salaire augmenter en un tour de main. Très économe pour ses vêtements, il ne dépensait que le minimum pour sa bière. Ses employés, pour être dans ses bonnes grâces, lui payaient souvent un verre lorsqu'il était à la taverne. Mignonne, qui cousait tout de ses mains, même les poupées de chiffon de Bernadette, se privait elle aussi de gâteries afin de garnir de ses économies le bas de laine de son mari. Lorsque monsieur Turin célébra son anniversaire, quelle ne fut pas sa surprise de recevoir en cadeau de sa fille un foulard de laine beige tricoté à la main. Lui qui l'avait comblée d'une bague en or sertie de pierres précieuses ! Il soupirait, mais il comprenait. Avec deux enfants et un autre en chemin… En effet, le 2 juillet 1907, Mignonne donna naissance à un autre garçon, dodu et en santé, cette fois. Un fils qu'on baptisa Joshua, qui voulait dire en hébreu : « Dieu aidera. » Joshua qui serait certes un conquérant, tout comme le Joshua qui avait succédé à Moïse. Un gros bébé qui allait cohabiter avec Paul-Émile dans la chambre des garçons. Une grossesse dont Mignonne se remit fort bien. Mabel Wood, toujours aussi obligeante, venait souvent chercher Bernadette et Paul-Émile pour une promenade afin que Mignonne puisse nourrir et endormir son nouveau poupon sans trop de remue-ménage dans la maison.

En cette même année, les œufs coûtaient quinze cents la douzaine ; et le sucre, quatre « cennes noires » la livre. Le drapeau américain n'avait que quarante-deux étoiles, la population de Las Vegas n'était que de trente personnes, les mots croisés n'avaient pas été inventés et il n'y avait pas de fête des Mères ni de fête des Pères. La limite de vitesse dans la plupart des villes était de dix milles à l'heure et la plus haute structure du monde était la tour Eiffel. Ce qui n'empêchait pas les gens d'être heureux pour autant. Dans les faits marquants, en Russie, Lénine dut s'exiler et revenir plus tard faire la révolution, alors que l'armée américaine créait sa première unité d'aviation. Dans un quotidien de San Francisco paraissait pour la première fois la bande dessinée *Mr Mutt* qui deviendrait *Mutt & Jeff*. En banlieue de Los Angeles, une ville qui allait devenir le centre de production de films était fondée : Hollywood. La parfumerie L'Oréal était créée et, à New York, le Plaza Hotel ouvrait ses portes. À Paris, on annonçait le décès d'Eugène Poubelle, inventeur des boîtes à ordures, pendant qu'à Montréal la piste de chevaux Blue Bonnets était inaugurée. Que de sujets divers pour le notaire qui se plaisait à les lire à sa bru, Alice, qui faisait la sourde oreille la plupart du temps.

La chute des saisons se poursuivit et, en 1908, de nouveau enceinte, Mignonne fit une fausse couche au troisième mois de sa grossesse. Ce qui lui avait fait dire à son mari : « Laisse-moi reprendre mon souffle, mon homme, arrête de me remplir année après année, r'tiens-toi, sors à temps, laisse mon ventre reprendre au moins sa forme… J'suis pas une jument, Baptiste ! » Il s'était excusé et l'avait serrée dans ses bras en lui disant : « C'est parce que j't'aime, ma soie, j'y pense pas, t'es si belle, si attirante… »

Édouard, toujours amoureux de Florence, la fréquentait assidûment. Jolie, svelte, plus femme que jamais, elle était fort en demande pour le voile de la mariée, sauf que c'était Édouard « Pit » Turin que son cœur aimait tendrement. Malgré l'embonpoint dont il cherchait à se défaire et que, hélas, il exhibait encore. Malgré son caractère pas toujours facile, elle jurait encore de n'appartenir qu'à lui, sans pour autant devenir charnelle, sans se donner de corps. Que de cœur. Et ce, aussi longtemps qu'il serait avec Alice, disait-elle. Sans le pousser pour autant à s'en séparer, afin de ne pas l'éloigner de son fils. « Pit », de son côté, ne vivait que pour elle, et le triste sort qui était sien le rendait misérable. Maussade ! Bourru ! Il ne pouvait lever les yeux sur Alice sans ressentir une rancœur amère pour les gestes qu'elle lui avait imposés. Il souhaitait qu'elle tombe amoureuse d'un autre homme ou que, privée de jouissance, elle se donne au premier venu. Mais non, « la grande et grosse » tenait le coup. Elle empoignait l'abandon comme elle le faisait de la solitude. À deux mains ! L'une sur le front, l'autre sur le cœur ! Les yeux fermés ! Servante à part entière de son beau-père ! Ce qui était moins lamentable que de retourner chez sa mère.

Le 23 février 1909, Honoré annonçait à son fils le premier vol d'un avion au Canada. Pit avait juste haussé les épaules. Puis, le lendemain, alors qu'il était seul avec sa bru, il lui marmonna :
— Les vents s'élèvent, il va faire froid ce soir.
Le regardant, elle lui répondit :
— On est en février, monsieur Turin, vents ou pas, on gèle à ne pas mettre un chat dehors !

Pit rentra pour souper et, le voyant lui aussi le nez dans *La Presse* après n'avoir retiré que ses claques, Alice lui dit :

— Enlève ton pardessus au moins, pis mets-le près du poêle. On sent l'froid jusque dans l'salon !

Pit la regarda de travers et Alice, le défiant, ajouta :

— T'as pas besoin de m'faire une face de beu ! Tes-tu vu avec tes bajoues rouges tombantes ? A l'aime ça, la p'tite ?

— Alice ! lui tonna Honoré, pour l'interrompre vivement. C'est l'heure de manger ! Sers la soupe, vous réglerez vos comptes plus tard, pas devant moi ! Pis toi, Pit, change d'air !

Le repas se prit silencieusement. Personne n'osa adresser la parole à quiconque et, mal à l'aise, Pit se leva en poussant son assiette.

— J'ai pas faim ! Pis moi, la fricassée aux oignons…

— T'aimes mieux c'qu'on t'sert dans les restaurants ? C'est plus mangeable ?

— Non, mais y'a d'l'atmosphère, au moins ! Ici, c'est l'sanctuaire ! Le réfectoire du presbytère ! Mon père qui r'garde à terre, pis ma femme avec un air bête ! Y'a juste Ubald qui a un sourire, mais j'me demande ben pourquoi, y'est devant des statues d'plâtre !

— Ben, décampe ! hurla Alice. Va la r'joindre ! C'est c'que tu veux, hein ? Tu m'provoques pour que j'te dise de prendre la porte…

Honoré, se levant brusquement, coupant ainsi le sifflet à sa bru, se dirigea lentement vers sa chambre. L'engueulade allait reprendre lorsque la sonnette se fit entendre.

— Qui est-ce que ça peut bien être ? se demanda monsieur Turin qui, revenant sur ses pas, se fit un devoir d'aller répondre.

— Monsieur Turin ! Ma fille est là ? s'écria madame Vinais, nerveuse et agitée.

— Bien sûr que j'suis là, maman, qu'est-ce qui s'passe ?

— C'est ton père… Vite, donnez-moi une chaise !

— Y'en a une juste là, lui indiqua Pit.

— Qu'est-ce qu'il a l'père ? beugla Alice en s'approchant de sa mère.

— Y va crever ! Y va mourir ! Y'en est à ses derniers milles…

— Tu l'as laissé tout seul ? T'as pas appelé le docteur ?

— Non, le téléphone marche pas… J'ai couru jusqu'ici…

— Il est toujours malade, maman, qu'est-ce qui t'fait dire que, cette fois…

— Y râle, y tousse, y crache, y morve !

— Maman ! On vient juste de souper ! Lève-moi pas l'cœur !

— Tu m'l'as demandé, Alice, faut bien que j'te réponde !

— Lui as-tu fait prendre quelque chose ?

— Heu… oui, de l'huile de castor pis une cuillerée de toni-que avec du fer.

— Ben voyons donc, de l'huile de castor ! Viens, Pit, on va y aller !

— Vous permettez que j'reste ici, monsieur Turin ? demanda madame Vinais, j'suis trop fatiguée pour les suivre. J'vais m'occuper du p'tit. Vas-y, Alice, c'est ton devoir, moi, j'suis plus capable.

Honoré, compatissant, servit un petit verre de porto à madame Vinais pour la calmer. Incrédule cependant, il n'avait rien dit parce que ce n'était pas la première fois que la mère de sa bru imaginait son mari à l'agonie. Alice enfila ses bottes et son manteau avec capuchon pendant que Pit reprenait son pardessus et sa casquette de feutre. Deux coins de rue et ils étaient chez les Vinais. Comme la porte n'était pas fermée à clef, ils n'eurent qu'à la pousser pour apercevoir le vieux, calé dans un fauteuil, la tête renversée sur son épaule.

— Papa, papa ! Dors-tu ?

Le père Vinais ne bougeait pas. S'approchant de plus près, tâtant son pouls, Pit se retourna pour dire à sa femme :

— Y'est mort, Alice. Y respire plus. Y'a la main presque froide.

Lasse, se laissant tomber sur une chaise, Alice Vinais, sans cris ni larmes, murmura :

— Ben, enfin, y dort en paix. Pis y s'ennuiera pas d'ma mère !

Mignonne et Jean-Baptiste étaient venus présenter leurs respects au défunt et offrir leurs condoléances à la veuve ainsi qu'à leur belle-sœur. Les gens de la paroisse affluaient à la maison des Vinais où le corps, non embaumé, était exposé dans le salon. Mignonne s'était approchée du cercueil, mais avait été incapable de s'agenouiller à côté de son mari, elle avait même reculé de quelques pas. Parce qu'on avait mis de la ouate sur l'oreiller de satin, du côté de l'oreille qui coulait encore. L'odeur qui s'en dégageait n'invitait guère les visiteurs à la prière. Jean-Baptiste céda vite sa place sur le prie-Dieu à un autre qui, à son tour, après un signe de croix rapide, se releva pour en faire autant à la vue du tampon gluant. Alice, peu attristée malgré l'affection qu'elle portait à son père, avait chuchoté à sa mère :

— On aurait pu faire mieux, c'est dégoûtant ce motton de ouate !

— Ils l'ont poudré, c'est bien assez ! Ça va finir par arrêter de couler, cette oreille-là ! C'est ton père, après tout !

— Oui, ça va arrêter ! Six pieds sous terre, la mère ! En attendant, les gens se relèvent du prie-Dieu avec une grimace ou un haut-le-cœur ! Mignonne n'a même pas été capable de se mettre à genoux…

— C'était à elle de rester chez elle ! Ils n'ont même pas envoyé d'fleurs, ces deux-là ! Juste la corbeille du père pour toute la famille ! Y sont pas allés creux dans leur poche !

— Mal placée pour les juger de la sorte, maman… Juste à voir le cercueil du père, toi non plus t'es pas allée creux dans ta sacoche. D'ici deux mois, les vers vont l'avoir rongé, c'est presque du papier mâché !

Pit avait honoré sa belle-famille d'une courte présence et d'une gerbe de fleurs de la part d'Alice et lui, ainsi que d'un petit cœur d'œillets blancs, d'Ubald à son grand-père. Mignonne, surprise de le voir si détaché, lui avait murmuré en entrant à l'église le jour des funérailles :

— On dirait qu'ça t'fait rien ! T'as même pas d'peine !

— Y'était assez déchiqueté pour crever, tu trouves pas ? Pis c'était une nouille, cet homme-là ! Y pliait devant la belle-mère !

— Pit, pas si fort ! Tu semblais pourtant l'aimer, ton beau-père.

— J'avais rien contre lui, mais y'était sourd comme un pot ! Pis y s'plaignait sans cesse de ses jambes. Des rhumatismes, d'l'arthrite, ses genoux, j'sais pas trop… Ben là, les os lui font plus mal !

En 1909, Jean-Baptiste Rouet, après le décès de son patron, mort d'une diarrhée, offrit à sa veuve d'acheter le clos de bois, ce qu'elle accepta avec l'accord de ses enfants. Dès ce jour, propriétaire du Clos Rouet avec treize employés, des contrats intéressants mais des dettes qui allaient de pair, Jean-Baptiste, bien vu dans la paroisse, se pétait les bretelles. Mignonne, fière de porter son nom, gardait quand même sa simplicité qui la rendait si sympathique aux yeux des gens du voisinage. Très habile avec son dé à coudre et ses aiguilles, elle effectuait des réparations pour quelques dames des environs, ce qui lui permettait d'acheter des gâteries à ses petits, sans quémander « la moindre cenne » à son mari. Un peu plus à l'aise et, de ce fait plus coquette, elle portait maintenant des bottillons à talons à la mode, ainsi que des colliers et des pendants d'oreilles dans les grandes occasions. Mabel, toujours près d'elle, la coiffait de ses mains habiles. Des chignons, des vagues sur le front, des boudins en rang d'oignons, des tresses nouées sur le dessus de la tête, bref, tout ce qui se voulait jeune et de bon goût. Mabel, toujours seule, attendant vainement le retour de son mari, refusait toute avance du moindre prétendant. Devant Dieu et les hommes, elle était encore madame Ross Wood ; elle aurait pu mentir un peu, invoquer le mariage blanc et obtenir une annulation du Vatican, mais non, Mabel avait été « honorée » par son mari une fois ou deux, ce qui n'en faisait plus la « vierge » que certains supposaient. Mignonne lui suggéra d'effectuer des recherches en vue de le retracer ou de savoir au moins où il se terrait, mais Mabel Watson, devenue madame Ross Wood, lui répondait : « Non, Mignonne, il me reviendra quand il en aura envie. Un jour, je le sens, il va réapparaître. Il m'aimait beaucoup, tu sais… » Mignonne, navrée de la voir encore aussi accrochée, soupirait.

Accoudée à sa fenêtre, la jeune et jolie madame Rouet attendait patiemment que le printemps se manifeste, en ce début d'avril 1910. D'autant plus qu'elle était encore enceinte et que l'enfant allait naître au mois d'août. Jean-Baptiste, de plus en plus prospère, la comblait des commodités les plus récentes. Elle avait maintenant le téléphone et pouvait converser avec son père, Pit et Alice quand ses partenaires de ligne n'étaient pas aux aguets, une main sur le microphone, ce qui ne l'empêchait pas de percevoir leur souffle. Seule ombre au tableau, Jean-Baptiste, devenu propriétaire du clos, s'était remis à boire de plus belle. Il lui arrivait de rentrer en titubant, ce qui chagrinait Mignonne. Mais comment le lui reprocher alors que c'était lui qui mettait du beurre sur les épinards et qui rendait leur vie plus confortable ? Elle sourcillait, soupirait, mais son « Baptiste », les yeux comme des trous de suce, les oreilles bouchées, s'endormait bien avant que sa femme le réprimande.

Le 2 avril, on avait commencé l'arrosage et le nettoyage des rues, ce qui avait plu au notaire Turin. Le 30 du même mois, Mabel était arrivée tout excitée chez Mignonne pour lui annoncer :

— Il y a une nouvelle danse qui vient d'être créée à Paris. Ça s'appelle l'aéronette. C'est le président de l'Académie de Paris qui l'a inventée pour rendre hommage à l'avion. C'est très grouillant, paraît-il ! On va donner des cours ici l'an prochain. Ça te tenterait de venir avec moi, Mignonne ?

— Ben, voyons donc, Mabel, j'suis presque toujours en famille ! Pis c'est à peine si je danse le *Slow Trot* pis la valse…

— Ça te prend la permission de ton mari, hein ? Dis-lui, Baptiste, qu'elle pourra venir. Ça va la rajeunir !

Jean-Baptiste, qui avait écouté en silence l'expansif emballement de leur voisine pour cette danse nouvelle, lui répondit sans relever la tête :

— Moi, la danse, j'trouve ça ridicule ! Même la valse ! Ç'a pas d'allure de s'faire aller le porte-crottes comme ça !

Le 6 août, accouchement pénible, le bébé se présentait par le siège. Mais avec l'aide du médecin, de son mari et de Mabel qui, pourtant, ne connaissait rien aux accouchements, Mignonne réussit après d'atroces douleurs à mettre au monde son enfant, une fille cette fois. Belle, les yeux noisette, le visage délicat comme celui de sa mère, elle fut baptisée Marie, Mabel, Cécile, car Mignonne avait tenu à ce que sa meilleure amie soit la marraine de sa fille. Avec un employé et ami de son mari, le comptable du clos de bois, comme parrain. Au grand dam d'Alice qui, outrée, n'assista pas au baptême. Pit vint avec son père et, dans un banc à l'arrière de l'église, on put à peine entrevoir, dissimulée, Florence qui s'était déplacée pour la circonstance et qui, durant la petite fête qui suivrait, attendrait son Pit au restaurant de leurs amours cachées.

Le 10 septembre 1910, une messe en plein air célébrée au parc Mance, devenu par la suite le parc Jeanne-Mance, avait attiré une grande foule dont le notaire, sa bru et le petit Ubald. Pit, pour sa part, préféra faire la grasse matinée et se détendre une partie de la journée, en ce samedi, jour de congé. Le reposoir, superbe sur ses colonnes élancées, drapées d'écarlate et d'or, attirait tous les regards. «Rien de plus beau ni de plus éloquent que cette foule de chrétiens de tous âges et de toutes classes, s'agenouillant au pied de la magnifique murale du Mont-Royal!» avaient clamé les journaux le lendemain. Mignonne aurait aimé s'y rendre avec son mari et Bernadette, mais Jean-Baptiste, à peine sorti du lit, avait répondu à son offre en lui disant:

— Non, ma femme, j'ai le foie en compote et la tête qui m'fend en deux!

Déçue et contrariée, Mignonne rétorqua fortement pour qu'il ne puisse faire la sourde oreille:

— C'est la bière, mon homme ! Juste la bière qui t'rend comme ça ! Comme c'est parti là, tu vas crever avant ton temps, toi !

Jean-Baptiste Rouet, avec son clos de bois qui roulait rondement, devenait de plus en plus prospère. Avec vingt-quatre employés en 1911, on le considérait comme un notable dans la paroisse Saint-Édouard, au grand dam de son beau-père qui attribuait son succès à un coup de chance et qui le qualifiait encore de bon à rien, d'ivrogne et de bâtard par-dessus le marché. Intérieurement, il va sans dire, car Honoré ne refusait aucune invitation de sa fille et choyait beaucoup Bernadette, l'aînée, qui avait fait sa première communion toute de blanc vêtue, voile brodé à la main par Mignonne. Elle l'avait ensuite emmenée chez un photographe pour un portrait-souvenir en communiante, agenouillée sur un prie-Dieu, un missel blanc entre les mains. Puis, ce fut au tour de Paul-Émile de communier dans un petit complet noir, boucle de satin sur sa chemise, brassard au bras et insigne au revers de son veston. Honoré lui avait offert un chapelet en bois d'érable gravé, qui se retrouva dans les mains de l'enfant pour la photo solennelle. En 1912, enceinte une fois de plus, Mignonne avait accouché d'un garçon si fragile qu'on le baptisa le jour même du prénom de Raphaël qu'elle aimait tant. Prénom de l'enfant qu'elle avait perdu. Hélas, deux jours plus tard, l'enfant frêle souffrant d'apnée s'endormit pour ne plus se réveiller. La « maladie du berceau » comme on l'appelait. Mignonne, effondrée, encore faible et pleurant à chaudes larmes, avait dit à son mari :

— Qu'est-ce que j'ai fait au bon Dieu pour qu'Il m'éprouve de la sorte ? Je suis pourtant une bonne mère…

— Trop bonne, ma femme, Dieu éprouve ceux qu'Il aime, dit-on. Mais là, jamais plus le prénom de Raphaël à l'un de nos garçons. Si le Seigneur a perdu son archange, bien, qu'Il le trouve ! Qu'Il arrête de le remplacer avec les nôtres ! Deux Raphaël en ligne, ça va faire ! Enlève-toi ce prénom de la tête, Mignonne !

Et le second Raphaël de Mignonne et Jean-Baptiste alla rejoindre le premier dans le lot du cimetière que le notaire avait acheté. Déposant quelques lys au pied du monument de marbre, Mignonne avait murmuré à ses petits : « Vous allez vous ennuyer moins, vous voilà deux maintenant. Dormez bien, mes p'tits anges, grand-maman veille sur vous. »

L'année qui suivit en fut une décisive pour Jean-Baptiste Rouet. De plus en plus prospère, il fit construire un gros immeuble d'habitation sur la rue Saint-Denis, non loin de l'église. Là où le médecin, l'avocat, le pharmacien, le notaire de la paroisse, le marchand général, bref, là où les notables avaient pignon sur rue. La famille occuperait le rez-de-chaussée de sept pièces, et les autres logements seraient loués à des gens travaillant pour lui, ou à des membres de leur parenté. Mignonne hésitait, triste d'avoir à quitter la coquette maison familiale de la rue Drolet, mais, comme son mari en avait décidé ainsi, elle suivrait avec sa marmaille. En femme soumise, en épouse obéissante, elle devait se plier aux exigences de son époux qui les faisait si bien vivre. Sans mot dire, avec une larme ou deux aux coins des yeux, elle avait dit à Mabel, quelques mois avant de partir :

— J'espère que tu viendras nous voir aussi souvent… On va être juste à un coin d'rue plus loin.

Mabel, timide mais déterminée, demanda à son amie :

— Penses-tu que Baptiste me louerait un des petits logis du haut ? Nous serions encore plus proches, je t'aiderais avec les enfants… Si c'est pas trop cher…

— Quelle bonne idée ! Je lui en parle dès qu'il rentre, Mabel ! Ce serait merveilleux de t'avoir à deux pas !

Le soir venu, Mignonne fit la demande à Jean-Baptiste qui prit la peine de réfléchir quelque peu avant de lui répondre :

— Ben, j'les avais tous promis, mes loyers, mais j'ai un employé qui branle dans l'manche pis qui hésite. J'suis même pas sûr de l'garder au clos, y'est pas fiable, souvent malade… Si encore c'était vrai, mais y s'trouve des excuses, y'est paresseux comme la marmotte en hiver… Oui, j'pense que le logis du deuxième conviendrait mieux à Mabel. Sauf qu'elle, si elle décidait de retourner en Ontario, si jamais son mari revenait la chercher ?

— Ça m'surprendrait, Baptiste, elle n'a pas eu d'nouvelles de lui depuis son départ avec le… Ben, plus d'lettres…

— Gêne-toi pas pour le dire, depuis son départ avec le p'tit gars ! Personne en parle, mais tout l'monde chuchote. Mais c't'affaire-là, ça nous regarde pas, on l'connaît pas, on l'a jamais vu, cet homme-là ! De toute façon, si un jour elle part, la Mabel, j'aurai pas d'misère à louer à quelqu'un d'autre. C'est de toute beauté et t'as vu le beau balcon qu'elle va avoir ? Pis ce sera pas ennuyant, les machines empruntent de plus en plus la rue Saint-Denis.

— Pas ennuyant, mais ça va être bruyant. T'as pensé à Cécile qu'un rien réveille ?

— Crains pas, elle va s'habituer. Pis des machines, y'en a pas des tonnes à Montréal. Ton père a même pas acheté la Ford qu'il est allé voir, lui, un notaire !

— Y'en veut pas, Baptiste ! Y'a les moyens, mais ce serait toujours Pit qui partirait avec ! C'est pour ça qu'y en veut pas ! D'ailleurs, le père avance en âge, pis y commence à souffrir de la goutte.

— Rien qu'ça ? Non, excuse-moi, c'est pas fin c'que j'dis là, Mignonne, mais y m'haït tellement ton père que… Pis, j'dis plus rien !

Le 31 mars, on préparait déjà les farces du poisson d'avril du lendemain. L'origine de cette tradition se perdait dans la nuit des temps, mais si les gens bien intentionnés s'offraient des poissons en chocolat, d'autres, plus malins, cherchaient à grossir le cortège des farces et attrapes dont tout le monde riait, sauf ceux qui en étaient victimes. Or, les naïfs devaient être sur leurs gardes s'ils ne voulaient pas aller chercher crédulement la corde à virer le vent, la clef du Champ de Mars ou une vrille à percer des trous carrés. D'autres, d'un naturel cruellement farceur, faisaient parvenir à leur cible un poisson mort pour empester leur maison. Dans les journaux, les chiromanciens disaient que les femmes nées un 1er avril avaient le mutisme des poissons quand il s'agissait de garder un secret. Honoré Turin, qui n'entendait pas à rire, reçut un poisson mort et suspecta son gendre de cette supposée farce. Mignonne le convainquit que Baptiste était hors de tout doute, qu'il trouvait la coutume ridicule, d'autant plus qu'il était rentré à la maison avec un poisson de papier crêpé collé dans le dos. Honoré grommela, mais n'apprit jamais qui s'était ainsi payé sa tête. Sans doute un client insatisfait ou des jeunes des alentours qui le trouvaient bourru.

Le notaire s'était entretenu des projets de son gendre avec Pit et Alice. Cette dernière, rangée du bord de son beau-père, disait que Jean Baptiste allait se ruiner et perdre son commerce. Qu'il « pétait plus haut que le trou ! ». Mais Pit, plus terre à terre, avait répliqué à sa femme :

— Non, y va réussir. Baptiste est ambitieux, mais il sait où il s'en va. C'est un calculateur. On le respecte de plus en plus.

— Voyons donc, c'est un ivrogne ! Le respect de qui ? Il rentre souvent à quatre pattes, rétorqua Alice, au grand plaisir d'Honoré.

— Toi, t'as pas à juger les autres ! T'iras t'en confesser ! Tu demanderas pardon à Notre-Dame du Purgatoire, ma femme, avant d'aller transpirer là un jour. Sa bière, c'est juste un vice, pis c'est pas ça qui va le ruiner. Y sait compter, Baptiste ! Y m'a même promis une job avec le temps !

— Moi, à ta place, je resterais là où tu es, mon fils. Le clos de bois de ton beau-frère, c'est plus dans le rouge que dans le noir. Les difficultés vont surgir, tu vas voir. Attends que d'autres viennent lui faire compétition… Un jour, je ne le souhaite pas, mais ils vont revenir à…

— Non, arrête, pis crains pas, l'père, y viendront pas manger dans ta main ! Baptiste a trop d'orgueil pour ça ! Pis moi, j'y crois à son commerce. Ça marche fort, y place bien son argent, Mignonne est économe… Pis toi, Alice, non ! Ouvre pas la bouche ! J'te vois venir… Pas un mot ! Ferme-la !

La fin de l'année approchait et Mignonne se plaignait du froid de la maison en disant à Jean-Baptiste : « Y fait cru, ici-d'dans ! » Son mari, qui ne pouvait que lui donner raison, avait répondu, en calfeutrant la porte : « L'hiver va sauter sur nous comme un loup ! Mais tu vas voir que ça va être mieux bâti, rue Saint-Denis. T'auras plus besoin de ta veste de laine, Mignonne. Même en novembre ! »

Malgré son antipathie envers son gendre, Honoré Turin venait souvent visiter sa fille, l'après-midi.

— Les enfants sont à la petite école ?

— Oui, puis les deux autres dorment ! Fais pas de bruit, papa !

— On dirait que je dérange quand j'arrive comme un cheveu sur la soupe.

— Ben non, c'est pas l'cas, mais j'te dis que les moments de répit sont rares avec quatre p'tits sur les bras.

— Oui, je comprends, mais tu pourrais peut-être demander à ton mari d'y aller un peu plus mollo avec les grossesses.

— On fait attention, j'me fie à mes périodes pis ç'a l'air de marcher, mais c'est l'bon Dieu qui mène ça, pas nous autres.

— Tiens, j'ai apporté des friandises pour les enfants.

Mignonne ouvrit le petit sac brun et le remit à son père :

— Non, papa, rapporte-les, j'veux plus que tu leur achètes des bonbons clairs, c'est trop dur ! Les p'tits risquent de s'étouffer avec ça ! Apporte-leur des chocolats mous ou des *gum drops* saupoudrés de sucre, mais pas des bonbons ronds qui cassent aussi les dents. Si Joshua en ramasse un par terre…

— Bon, j'ai compris, je leur achèterai plus rien à l'avenir !

— Papa ! Voyons ! C'est pas un reproche ! Mon Dieu que tu es soupe au lait !

— Non, mais moi, me faire remettre à ma place par ma fille…

— C'est pas l'cas ! J'te demande juste de changer d'comptoir au magasin général pis de choisir des bonbons mous… Tiens ! Voilà Mabel qui arrive, elle me rapporte sans doute le linge qu'elle a repassé pour moi.

— Bon, je te laisse avec elle, je me sauve, Alice m'attend pour souper.

— Tu peux rester, ça dérange pas. Tu la connais, Mabel…

Honoré se leva, croisa Mabel qu'il salua en lui disant : « Bien le bonjour, madame Wood », et s'esquiva avant qu'elle ait la chance de lui répondre. Regardant son amie qui était restée ébahie, Mignonne la rassura :

— T'en fais pas, tu l'fais pas fuir, Mabel, mon père n'est pas sociable, pis y'est comme une queue de veau, y reste pas en place !

Le 10 décembre, le premier voyage en train sous le Mont-Royal était effectué. Une centaine de citoyens en vue avaient été invités, dont le notaire Honoré Turin. L'ouverture de ce tunnel faisait partie de la croissance du domaine ferroviaire, et Honoré, comblé d'avoir été parmi les invités de marque, avait profité de ce privilège pour redorer son blason aux yeux des paroissiens. Le 13 décembre, on apprenait que l'Italie allait rendre la Joconde – volée deux ans plus tôt et retrouvée à Florence – au Musée du Louvre. À Montréal, dans le cadre du programme de l'embellissement de la ville, on parlait de la transformation du boulevard Saint-Laurent, élargi en *Broadway*, et de la construction de deux boulevards perpendiculaires. Mais chez les Rouet, on parlait plutôt d'étrennes, de ce qu'on allait offrir aux petits de la part de Santa Claus. Bernadette désirait un livre à colorier avec des crayons de cire ; Paul-Émile, des patins comme ceux du fils de l'avocat. Joshua lorgnait du côté des gros chevaux de bois sur roulettes, et la petite Cécile, rien d'autre que les bras de sa mère, quelques friandises et une poupée de laine que Mignonne lui tricoterait sans peine.

Jean-Baptiste avait décoré le sapin frais coupé alors que sa femme préparait ses tourtières pour les mettre à cuire le lendemain. Ils avaient invité la parenté, mais Pit se désista, prétextant des heures supplémentaires, ce qu'Alice avala de travers et qui la poussa à se rendre plutôt chez sa mère avec Ubald. Honoré avait accepté l'invitation de sa fille, mais, contrairement à l'an dernier, il arriva les mains vides. Même rien pour les petits, depuis son altercation avec Mignonne, à cause des bonbons. Il se sentit toutefois bien mal à l'aise lorsque sa fille et son gendre lui offrirent une boîte de cigares. Il les remercia et, mine de rien, s'empressa de s'intéresser à Joshua et à son gros cheval de bois pour camoufler son embarras. Mabel, qui avait bien sûr été invitée, arriva les bras chargés de cadeaux pour les enfants, en plus d'un gâteau aux fruits et d'un gros sac de menthes pour les parents. Mignonne, pour ne pas être en reste avec elle, lui avait offert une petite boîte musicale qui jouait, quand on soulevait le couvercle, les premières notes de *Silent Night*. Ce qu'elle apprécia de grand cœur. Tous, sauf Mignonne, se rendirent à la messe de minuit, et Honoré trouva le moyen de répéter à son gendre que, malgré le faste de l'église Saint-Édouard, celle du faubourg à m'lasse incitait plus à la piété avec son éclairage, ses statues plus anciennes et la musicienne qui, à l'orgue, interprétait des solos de musique liturgique et pas seulement des chants traditionnels. Au retour, on mangea copieusement, on fit honneur au vin blanc, Jean-Baptiste à la bière, et la nuit fut fort animée, même si les convives étaient peu nombreux. Car, de ses employés qu'il avait invités, un seul était venu avec sa femme, les autres, pour la plupart, fêtaient dans leur parenté. Mabel, dotée d'une voix mélodieuse, interpréta a cappella *Les anges dans nos campagnes*, pour le plus grand plaisir de Bernadette et de Paul-Émile qui ne dormaient pas encore. Honoré, voyant le temps passer, parla de rentrer alors que son gendre, pimpant, titubant même, le priait de rester tout en versant dans son verre un peu de porto. N'y touchant pas, monsieur Turin enfila son paletot et, regardant Jean-Baptiste qui parlait fort, qui gesticulait, qui riait avec Mabel, il laissa échapper en regardant sa fille : « Plus ça change, plus c'est pareil ! »

De son côté, Pit n'était pas rentré du travail après la journée et, tel que planifié, Alice était allée chez sa mère avec Ubald pour réveillonner avec elle et quelques vieilles dames de la paroisse. Florence Bourdin, en congé ce soir-là, était seule chez elle. Sa mère et son grand-père s'étaient rendus au réveillon d'une vieille cousine de la Rive-Sud. Ils n'allaient revenir que le lendemain. Pit, lavé, soigné, endimanché avec tout ce qu'il avait fourré dans un sac le matin même, était arrivé chez sa dulcinée, les bras chargés de cadeaux.

— Voyons! Je n'ai besoin de rien, c'est beaucoup trop!

— Prends, Flo! C'est bien peu en retour de l'amour que tu me donnes.

Des chocolats à la vanille, des roses de satin rouges et un joli petit coffret de velours dans lequel elle découvrit, sur une jolie chaînette, une croix en or sertie de perles. Elle en avait les larmes aux yeux et, se jetant dans ses bras, lui dit:

— Moi, je ne t'ai rien acheté… C'est trop compromettant… Mais j'ai fait provision de tes cigarettes pour la soirée.

— Je te le répète, Flo, mon plus beau cadeau, c'est toi.

Ils s'embrassèrent langoureusement et, se dégageant, elle lui demanda:

— As-tu au moins acheté un présent à Ubald?

— Ubald? Heu… non… J'imagine que sa mère…

— Pit! Tu en parles comme s'il était l'enfant d'un étranger! C'est ton fils, ton p'tit gars à toi! Tu ne peux pas arriver les mains vides… Il va te regarder, s'attendre à quelque chose… Viens, il y a un magasin général près d'ici. C'est peut-être fermé, mais il va m'ouvrir, nous sommes de bons clients. On choisira un jouet, un livre…

Pit suivit en soupirant. Le marchand, qui venait de mettre la clef dans sa porte, reconnut Florence et lui ouvrit.

— Ce ne sera pas long, monsieur Deveau, juste un petit cadeau de dernière minute.

— Prenez tout votre temps, mais laissez-moi tirer le grillage derrière vous, sinon d'autres clients vont affluer. Avec de la bière dans l'corps, les hommes pensent à leur femme à la dernière minute. Et, vous savez, quand on habite à même son établissement…

— Oui, on abuse et je m'en excuse, mais ce ne sera pas long, nous n'avons besoin que d'un présent pour un enfant.

Pit et Florence firent le tour du rayon des jouets et choisirent un livre de contes illustrés, ainsi qu'une toupie qui pivotait sur elle-même quand on pressait le ressort. Florence ajouta une grosse canne en bonbon et, de retour à la maison, elle emballa les cadeaux et dit à l'homme de sa vie :

— Tiens ! Voilà qui est digne d'un papa !

— Ah ! Toi… Si j't'avais pas… Pis tu sens bon, c'est pas possible.

Elle se dégagea, lui montra un disque de John Kimmel, le maître de l'accordéon, que son grand-père avait acheté en même temps que ses nouvelles aiguilles de gramophone.

— Il passe son temps à écouter de la musique. De toutes sortes ! De l'opéra, de la chansonnette, de l'accordéon et des *reels* de violoneux ! Ma mère est parfois tannée, mais comme c'est son père…

— Flo, j'ai quelque chose à te demander.

— Vas-y, je t'écoute.

— Est-ce que tu m'aimes comme au premier jour ?

— Bien sûr, pourquoi ? Tu en doutes ?

— Non, mais une belle fille comme toi… Tu vas quand même pas m'attendre toute ta vie. Je sais que t'as promis, mais…

— On a fait un pacte, oui ou non, Pit Turin ?

— Oui, moi ça va, c'est pour toi…

— Je t'aime, Pit ! Comme ça s'peut pas !

— Moi aussi, Flo, j'donnerais ma vie pour toi. Mais avec une femme et un enfant…

— Oui, j'sais, je risque d'attendre longtemps, mais je t'aime.

— Alors, si c'est l'cas, pourquoi tu m'fais languir, Flo ? On a encore rien eu ensemble, c'est comme au commencement…

— T'as une femme, Pit, t'as elle pour entretenir…

— Arrête ! Tu l'sais que j'ai plus rien avec elle, que c'est fini de c'côté-là ! Je l'approche même plus, Flo ! C'est elle qui s'entête à rester !

— Tu partages encore son lit, non ?

— J'ai pas l'choix, on n'en a qu'un, mais j'y touche pas, j'te l'jure ! J'peux quand même pas faire chambre à part avec le père pis ses principes… J'attends juste qu'elle s'écœure pis qu'elle sacre son camp !

— Écoute, j'veux pas devenir ta concubine en bonne et due forme, moi ! On parle assez comme ça dans la paroisse ! S'il fallait…

— Oui, j'comprends, mais j'suis un homme, Flo, pis j'ai plus rien… J'suis tout d'même pas pour aller m'soulager avec des filles de joie ! C'est pas mon genre. Ça pourrait être si discret…

— S'il fallait que je tombe enceinte, Pit ! Y'as-tu pensé ?

— On pourrait prendre nos précautions, pis, si ça arrivait, ben, tant pis et tant mieux, on s'en irait au bout du monde !

— Grand fou ! Tu penses pas c'que tu dis !

Florence avait préparé de la dinde, des cretons, de la tourtière de porc, une salade de pommes de terre, des desserts multiples, et le vin coulait à flot dans les verres. Du vin blanc suivi de rouge. Passant outre à la messe de minuit pour ne pas être vus ensemble, ils écoutèrent les disques du grand-père. Le

Reel de l'hiver d'un violoneux ; l'*Ave Maria* de Gounod, chanté par Emma Albani, suivi de *Home Sweet Home* par la même soprano ; puis une chanson d'amour française, *Elle était souriante*, par une interprète peu connue. Florence fit ensuite tourner de la musique classique et, se blottissant contre Pit, lui dit :

— Ça fait drôle d'être là avec toi, juste nous deux, comme avant.

L'encerclant de ses bras solides, il l'attira à lui et déposa sur ses lèvres un baiser brûlant. Suivi de plusieurs autres. La musique ne jouait plus depuis un bon moment et l'aiguille grinçait sur la fin du disque qui tournait encore. Mais la tête ailleurs, le cœur à l'envers, la main dans la crinière de Pit, elle n'avait pas résisté. Pour la première fois, dans une ardente étreinte, Florence s'était donnée à lui.

1914 ! L'année où personne ou presque ne s'attendait à ce premier conflit d'envergure qui se pointait au loin. Au mois d'août, la France et la Grande-Bretagne entrèrent en guerre contre l'Allemagne. Ici, au Québec, les recrues volontaires, pour la plupart issues de l'Angleterre, se réunissaient dans un camp construit à la hâte à Valcartier. Le 3 octobre, le premier contingent du Corps expérimental canadien, constitué de trente-deux mille hommes, s'embarqua pour la Grande-Bretagne. Terre-Neuve, peuplée d'Anglais, envoya au même moment cinq cents soldats. Honoré Turin suivait les événements de près et commentait à sa bru : « Ça va devenir mondial, ce conflit-là ! Ça risque même de nous atteindre ici ! » Ce qui la faisait paniquer, ce qui l'affolait chaque fois, au point de s'en plaindre à Pit : « Dis à ton père de ne plus me parler de la guerre, j'en dors plus la nuit ! » Chez les Rouet, on suivait ça… de loin ! Occupé à brasser de bonnes affaires, à réorganiser son commerce, Jean-Baptiste se sentait à des lieues de ce qui se passait outre-mer. D'autant plus que son beau-père, lors de ses visites, apeurait Mignonne avec ses prédictions pessimistes. Mabel la rassurait, tout en s'inquiétant pour Ross, son mari en fuite, au cas où on l'enrôlerait de force dans l'armée. Elle s'en préoccupait encore alors qu'il l'avait abandonnée pour disparaître avec Thomas. Jean-Baptiste respirait par le nez, il aurait tant aimé lui répondre que, si telle chose arrivait, ce serait mérité. Mignonne, quant à elle, la consolait comme elle le pouvait, croyant encore naïvement que Ross était parti parce qu'il était découragé ou, pire, démoralisé. Noël et le Jour de l'an, malgré tout, se fêtèrent à peu près de la même façon que l'année précédente dans le faubourg à m'lasse comme dans la paroisse Saint-Édouard. Cette fois, c'était le notaire qui avait invité sa fille, son gendre et leurs enfants. Comme Pit semblait vouloir être du souper, Alice resta aussi avec Ubald et se réconcilia avec Mignonne, du moins pour le temps des festivités. Ubald, toujours seul avec sa mère et son grand-père, avait été content d'avoir autant de cousins et cousines pour s'amuser avec lui. Bon garçon, sage et généreux, il avait même donné sa boule de crème glacée à Bernadette parce qu'elle avait laissé tomber la sienne par terre. Jean-Baptiste, comme de coutume, se gorgea de bière jusqu'au moment où le beau-père rangea la caisse. Après leur départ, avant que la nuit vienne, Pit s'éclipsa pour se rendre à l'hôtel où Florence était en devoir. Il l'attendit jusqu'à la fin de son travail pour ensuite se rendre, avec elle, dans un endroit discret où il l'aima… charnellement. Comme chaque fois depuis la première fois, et ce, à l'insu de la terre entière.

L'année 1915 allait apporter quelques joies et un immense chagrin dans la vie des Rouet comme des Turin. Au loin, la guerre était de plus en plus menaçante, ce qui effrayait maintenant tous les pays, le Canada inclus. Honoré en suivait le déroulement dans *La Presse* et se désolait de voir tant de pertes de vie dans plusieurs coins du monde. Mignonne, préférant fermer les yeux sur les horreurs qu'elle entendait, ne pouvait quand même pas éviter les comptes rendus détaillés de son père. Mais, pour elle, il y avait tant de pays impliqués dans cette guerre qu'elle en perdait son latin. Les Allemands, les Français, les Italiens, les Autrichiens, les Bulgares, les Russes, les Anglais… Allez donc savoir qui étaient les bons et qui s'avéraient être les méchants. Les Rouet avaient déménagé rue Saint-Denis depuis quelque temps, et quoique moins à l'étroit dans ce grand logement du bas, Mignonne regrettait sa petite maison privée de la rue Drolet. Mabel vivait au-dessus d'elle et d'autres locataires occupaient les autres adresses de cet immeuble de cinq logements. Jean-Baptiste, dont le clos de bois marchait un peu moins bien à cause du manque de contrats qui se faisait sentir partout, avait dû congédier cinq employés pour retirer encore des profits. Mais il avait gardé ceux qui étaient ses locataires, trop content d'avoir ses loyers payés chaque mois. Honoré n'aimait pas cette maison de trois étages qui avait l'aspect d'un immeuble commercial, selon lui. Il y visitait sa fille régulièrement, mais la plupart du temps, pour critiquer son gendre. Sans se soucier de ses remarques, Jean-Baptiste buvait encore, mais un peu moins. Il lui arrivait toutefois de rentrer tard le soir, saoul, sans être passé par la taverne. Ce qui intriguait Mignonne qui n'osait le questionner. Mais Honoré, qui l'avait à l'œil, se chargea de le faire épier par Guilmond, le veilleur de nuit qui travaillait pour son gendre au clos de bois. Moyennant rémunération, bien entendu. Il lui fallait découvrir chez quel vaurien de son espèce Jean-Baptiste allait boire en cachette, d'autant plus qu'il avait maintenant les moyens de trinquer dans les bars les plus huppés de la ville. Il voulait à tout prix le prendre en faute pour le noircir davantage aux yeux de Mignonne. Le futur mouchard sur lequel il comptait avait ajouté : « Y'a peut-être une femme derrière ça ! Vot'gendre a belle allure, pis avec son avoir… » Honoré avait tressailli de joie : « S'il fallait que ce bon à rien soit infidèle en plus ! Si seulement le fait se pouvait, quelle occasion en or pour que Mignonne, trahie, le mette dehors cul pardessus tête ! » pensa-t-il dans son for intérieur parfois vulgaire. Il avait dit à Guilmond qu'il l'assurait de son entière discrétion : « Ne me revenez pas à moins d'avoir quelque chose de tangible. Que ce soient ses cuites avec un ivrogne ou ce que vous m'avez ajouté de plus scabreux, revenez-moi avec réserve, mais avec des preuves à l'appui, pas seulement des racontars. Je veux du concret de votre part, pas de peut-être. » Et l'autre était reparti avec une petite avance pour sa filature de mauvais goût.

C'est à la fin de mars que les Rouet vécurent ce qui allait être le drame de leur vie. Paul-Émile, rentrant de l'école un midi pour venir prendre son repas, était fiévreux. Il avait même en main un billet de sa maîtresse d'école qui disait : « Madame Rouet, s'il vous plaît, gardez Paul-Émile à la maison, nous voulons éviter toute contagion. » Il toussait depuis plusieurs jours, mais Mignonne, croyant à un mauvais rhume, lui avait donné du sirop ainsi que des rondelles d'oignons à croquer lentement. Mais là, avec de la fièvre et les sifflements des bronches, elle s'inquiéta vivement et fit venir le médecin pour ausculter l'enfant. Jean-Baptiste, venu manger une soupe en passant, resta auprès de Paul-Émile qui avait peine à respirer. Le brave docteur de la paroisse arriva avec sa trousse et, l'examinant en sourcillant, dit aux parents :

— Le petit est atteint d'une pneumonie. Presque double… Je pense qu'on serait mieux de l'envoyer à l'hôpital, monsieur

Rouet, je suis incapable de le soigner ici juste avec une piqûre et des pilules.

— Allons, docteur ! répliqua Mignonne, je croyais que c'était un rhume ou la grippe, pas plus que ça. On peut rien faire d'autre ? Des compresses, de la glace pour faire baisser la fièvre ?

— Madame Rouet, votre enfant chuinte, ses bronches et ses poumons se resserrent ! Appelez vite l'ambulance !

Jean-Baptiste, nerveux, agité, s'exécuta sur-le-champ, mais, au moment où l'ambulance arrivait, sirène à l'appui, Paul-Émile ferma les yeux et, dans un grand râle, s'étouffa avec sa salive mêlée de vomissure. Un dernier hoquet suivi de trois petites respirations saccadées pendant que sa mère l'essuyait, et le garçon rendit son dernier souffle dans un très long soupir.

Sidérée, le regardant, se penchant sur sa poitrine, Mignonne cria :

— Ben, voyons, y'est pas mort ? Pas subitement comme ça ? Paul-Émile, réveille-toi ! Regarde-moi ! Maman est là !

Elle le secouait alors que le médecin, impuissant, la dégageait de son enfant tout en hochant de la tête à l'endroit du père.

— Y'est-tu… ?

Jean-Baptiste ne pouvait en dire plus.

Le médecin acquiesçait d'un signe de tête, au moment où les ambulanciers frappaient à la porte du logement.

— Madame Rouet, relevez-vous, il n'y a plus rien à faire.

— Non, ça s'peut pas, y'était en bonne forme ce matin. On meurt pas vite comme ça, voyons ! Y'était robuste, y'avait l'cœur fort…

Elle criait, elle pleurait, ce qui fit éclater la petite Cécile tandis que Joshua, d'âge de raison et confronté pour la première fois à la mort d'un être cher, pétrifié, muet, s'était collé

178

contre son père. Bernadette, de coutume à la maison, dînait ce jour-là chez une petite fille de son école. Ce qui lui avait épargné d'être témoin du triste sort de son frère qu'elle adorait, ainsi que de la crise de nerfs de sa mère. Jean-Baptiste s'approcha de sa femme, voulut la prendre dans ses bras, mais, collée à son enfant, elle lui disait à travers ses larmes :

— Non, Baptiste, laisse-le-moi, c'est moi qui l'ai porté ce p'tit-là. Laisse-moi le serrer dans mes bras. Peut-être que l'bon Dieu va m'le redonner ? Y'en a déjà pris deux… Pas un troisième ! Pas un enfant quasiment élevé ! Qu'est-ce que j'ai fait, bonne Sainte Vierge, pour que les épreuves du Ciel me tombent sur la tête ?

Jean-Baptiste, les yeux embués, une boule dans la gorge, réussit tant bien que mal à étreindre sa femme contre sa poitrine. Le bon docteur, touché, navré, fit avaler un calmant à la mère qui geignait encore sur son malheur. Puis, sans qu'on s'y attende, Honoré Turin arriva. Désespérée, Mignonne se jeta dans ses bras et faillit le faire mourir d'une syncope en lui annonçant sans ménagement :

— Paul-Émile est mort, papa ! Subitement ! D'une pneumonie ! Regarde, il n'est pas encore froid ! C'est épouvantable, c'est abominable, il n'avait pas encore onze ans, c't'enfant-là !

Les familles de la paroisse étaient aux aguets, on craignait la contagion. D'autant plus que deux camarades de classe de Paul-Émile avaient été alités avec de la fièvre, dont l'un, plus gravement atteint, avait dû être hospitalisé, sans toutefois en mourir. Mignonne, encore sous le choc, disait à Mabel, venue la réconforter :

— On meurt d'un rien ! La science ne progresse pas ! Un rhume solide pis ton enfant s'en va !

Pour ensuite dire à son mari :

— C'est d'ma faute, Baptiste, y toussait depuis plusieurs jours, j'l'ai pas dit au docteur, y m'aurait trouvée négligente. Mais j'pensais qu'ça allait passer... Sa première poussée d'fièvre, j'l'ai fait baisser avec juste une compresse... Mais j'aurais dû l'garder, pas l'renvoyer à l'école, appeler le docteur plus vite...

Elle pleurait tellement que Jean-Baptiste, pour la consoler et, surtout, la déculpabiliser, lui marmonna doucement :

— T'en fais pas, Mignonne, on a assez d'avoir d'la peine sans se sentir coupables. Moi aussi, j'l'entendais tousser creux, j'aurais pu m'grouiller, l'emmener chez l'docteur, à l'hôpital, lui sauver la vie de justesse... J'm'en frappe la poitrine, ma femme. Mais, quoi qu'on dise ou qu'on fasse, y'est trop tard maintenant... Tu sais, quand c'est la volonté du Tout-Puissant...

— Ça fait trois qu'y m'arrache ! Y peut-tu aller voir ailleurs, Notre-Seigneur ?

Jean-Baptiste, la sentant au bord du désespoir, se contenta de la serrer sur son cœur en murmurant :

— Parle pas comme ça, ma soie... Jure pas contre le bon Dieu, y prend déjà soin de not'petit de l'autre côté. Ta mère aussi.

Jean-Baptiste avait acheté un cercueil de bois, capitonné de cuir beige, pour exposer Paul-Émile dans le salon de leur nouvelle maison. Une demeure que Mignonne, dans son immense chagrin, blâmait pour ce malheur en disant à Mabel :

— Si nous étions restés sur la rue Drolet, le p'tit serait peut-être encore en vie. J'haïs cette maison-là, j'sens qu'elle va nous apporter que d'la...

Elle s'était retenue, elle allait employer le mot vulgaire que son Baptiste utilisait souvent pour décrire ses déboires. Mabel, la regardant avec compassion, répondit :

— Parle-pas comme ça, Mignonne, moi aussi j'habite ici. Ce qui est arrivé n'est pas lié au mauvais sort, c'est le bon Dieu…

— Ah ! non ! Pas toi aussi ! Fais-moi pas répéter c'que j'ai dit d'Lui à Baptiste ! J'ai même pas demandé pardon à sa mère, la Vierge Marie ! Pas encore… J'suis pas capable, Mabel ! J'Lui en veux trop ! J'égraine plus mon chapelet…

— Allons, ça va passer, viens, enfile ta petite robe noire, Baptiste s'en vient avec le corbillard puis… Le salon est prêt, j'ai déroulé les tentures, j'ai mis les chaises, j'ai placé les fleurs déjà reçues. Il va falloir sortir de la chambre, Mignonne, et faire preuve de courage. Ne fais pas trop pleurer Bernadette, elle est déjà secouée, la pauvre. Pour elle aussi, c'est un dur coup, la mort de son petit frère. Allons, habille-toi, je vais m'occuper des plus petits.

Les trois jours d'exposition du corps de Paul-Émile furent très éprouvants pour Mignonne, qui se mettait à pleurer chaque fois qu'une figure connue s'approchait d'elle. Il y avait des fleurs partout, ce qui la faisait vaciller tellement l'odeur était forte. Son père, lui-même ébranlé, la soutenait de son mieux alors que Jean-Baptiste, triste mais plus solide, recevait les condoléances des visiteurs, debout à côté du cercueil de son fils. L'enfant, les yeux fermés, les cils cirés, la bouche rosée, les mains jointes sur son chapelet, semblait dormir sur son oreiller de satin blanc. « Beau comme un ange ! » s'exclama une dame patronnesse, le mouchoir à la main. Les enfants de l'école avaient circulé devant la dépouille de leur camarade, ce qui avait bouleversé Mignonne qui reconnaissait parmi eux les amis que Paul-Émile ramenait parfois à la maison. Les mères qui, pour la plupart, la connaissaient, sympathisaient avec madame Rouet, allant jusqu'à lui dire : « Ça aurait pu être le mien, vous savez… Quelle force vous avez ! » Pourtant à bout, vulnérable dans sa douleur, Mignonne n'en menait pas large. Pit, malgré lui, avait versé des larmes. Le chagrin de sa sœur l'avait atteint en plein cœur. Alice était venue avec Ubald, mais elle ne trouvait pas les mots pour réconforter sa belle-sœur qui, ayant regardé en direction du cercueil, avait fondu en larmes. Alice, émue, s'était éloignée, se souvenant fort bien que Paul-Émile et Ubald étaient nés à un mois d'intervalle. Ce qui risquait de remonter à la surface et d'écorcher davantage sa belle-sœur éplorée. Jamais on n'avait vu une mère plus bouleversée de perdre un enfant, quoique en cette époque…

Mais pour Mignonne, ses petits étaient toute sa vie. De Bernadette jusqu'à la plus jeune. Telle une mère poule, elle les protégeait de son aile. Ses «poussins», comme elle les appelait parfois en parlant d'eux à Mabel. Cette dernière était venue s'agenouiller devant le corps inerte du jeune garçon qu'elle avait tant choyé. Des larmes coulaient sur ses joues, mais elle évitait de sortir son mouchoir, de peur de faire sombrer Mignonne, une fois de plus, dans sa douleur. Bernadette l'avait prise par la main pour lui dire : « Venez, madame Wood, la mère de tante Alice aimerait s'agenouiller. » Madame Vinais ainsi que plusieurs dames de la paroisse Sainte-Brigide-de-Kildare étaient venues offrir leurs condoléances et réciter des dizaines de chapelet en chœur. Le curé du faubourg à m'lasse, son secrétaire, Gilbert, et le vicaire, qui avaient connu Mignonne enfant et jeune fille chez son père, le notaire, ainsi qu'à son mariage avec Jean-Baptiste, avaient défilé tour à tour devant la dépouille de l'enfant des Rouet. Florence était venue accompagnée de sa mère et de son grand-père qui avait déposé une corbeille de lys au pied du cercueil. Florence, attristée, avait pleuré dans les bras de Mignonne, pour ensuite s'esquiver de peur de croiser Pit et sa femme. D'autant plus que monsieur Turin, l'ayant aperçue, l'avait regardée de haut, d'un œil antipathique et glacial. Le salon était constamment rempli de gens de toutes sortes qui venaient et repartaient pour céder la place à d'autres. Il y en avait jusque sur le trottoir. Tellement, que l'un des locataires du haut en prit la charge, pour que chacun puisse avoir son tour. Mignonne, affaiblie, rompue, usée jusqu'à la mœlle le troisième soir, demanda aux derniers visiteurs de partir, afin d'avoir quelques minutes à elle devant le cercueil dans lequel reposait son enfant. Seule avec lui, Jean-Baptiste en retrait, elle avait posé la main sur celle de son fils, froide, pour lui dire : « Tu vois comme tu étais aimé, mon petit homme ? On est venu de partout pour toi… » Puis, tremblante, le visage en larmes, elle réussit à ajouter : « Mais pas autant que ta maman… Personne ne va t'aimer comme moi, mon p'tit trésor. Personne… à moins que la Sainte Vierge accepte de prendre ma place au paradis. »

Le lendemain matin, le service religieux avait lieu en l'église Saint-Édouard et, une fois de plus, les fidèles des deux paroisses avaient tenu à être présents pour ce dernier hommage à l'enfant. La cérémonie fut touchante, les larmes ruisselaient sur les visages des parents, de Mabel, de Bernadette et du grand-père, ainsi que de ceux qui était sensibles face à la douleur de Mignonne et Jean-Baptiste Rouet. Les chants liturgiques de la chorale qui accompagnaient Paul-Émile vers son dernier repos étaient des plus émouvants. À la sortie, alors qu'on replaçait le cercueil dans le corbillard, le glas sonna lourdement, ce qui eut pour effet d'accroître la douleur des parents. Comme le printemps avait été hâtif, les fossoyeurs avaient pu creuser, tant bien que mal néanmoins, le trou béant où le petit-fils allait reposer avec sa grand-mère. Par-dessus elle ! Parce qu'aux côtés de Marie-Louise, empilés l'un sur l'autre, reposaient les deux Raphaël, les archanges partis tour à tour, qui allaient accueillir un autre de leurs frères. Honoré commençait sérieusement à se demander si, à ce rythme, lorsque viendrait son tour, il y aurait encore une place pour lui près de sa chère Marie-Louise. Car il s'agissait d'un lot à quatre places, mais comme les chérubins reposaient dans de minuscules cercueils, on pourrait certes les tasser au cas où… Mais non, quelles idées noires venaient de lui traverser l'esprit. Comme si d'autres petits-enfants… Il en demandait déjà pardon à Dieu. Mais il désirait tellement un espace dans cette fosse. Pour être avec celle qu'il avait tant aimée. Pourtant, le cœur à l'envers, c'était lui qui avait tenu à ce que son petit-fils repose sous terre avec sa grand-mère. Pas seul dans un coin isolé où il risquerait… d'avoir peur !

C'est lors de la descente en terre que Mignonne, secouée de la tête aux pieds, se mit à hurler : « Non, pas déjà ! Rendez-le-moi ! Il vient à peine de commencer sa vie ! » Jean-Baptiste la retint d'un bras ferme, elle voulait se jeter dans la fosse au fur et à mesure que le cercueil descendait. Pit, lui saisissant la main, l'attira à lui et elle fondit en larmes dans ses bras. Puis, alors qu'on avait recouvert la fosse de sa terre et qu'on avait remis la pierre tombale en place, Mignonne, anéantie, s'agenouilla sur l'herbe trempée, regarda la stèle de marbre où on avait déposé quelques fleurs, se saisit d'une rose, la déposa sur la terre pas tout à fait dégelée et, sous forme de prière, implora sa mère : « Prends-en soin, maman. Comme de mes deux autres petits anges… Je te le donne, il est à toi. Aime-le comme je l'ai aimé… Son âme, c'est la Sainte Vierge qui l'a entre les mains, mais le corps de mon petit homme, il t'appartient, maman. Protège-le, réchauffe-le et si, parfois, il pleure… » Honoré Turin avait forcé sa fille à se relever avant qu'elle ne s'égare dans ses supplications. Jean-Baptiste la maintint jusqu'à la voiture où elle monta, et les proches ainsi que les amis se dispersèrent.

Plus loin, derrière un arbre du cimetière, une femme pleurait. Dissimulée, cachée, un bouquet d'œillets blancs à la main, c'était Florence Bourdin. Telle une pénitente, une intruse, elle était venue, le cœur en boule, rendre un dernier hommage à l'enfant.

Chapitre 7

A près un temps des Fêtes plutôt triste chez les Rouet, à cause du deuil que portaient les parents depuis la mort de leur enfant, Mignonne demanda à Jean-Baptiste de retourner vivre dans leur maison de la rue Drolet, là où elle avait été heureuse. Comme son ancienne maison n'était que louée, Jean-Baptiste avisa les locataires qu'il allait la reprendre, quitte à leur louer le bas de la rue Saint-Denis, ce que ces derniers refusèrent, préférant s'endetter et posséder leur propre maison. « C'est un mal pour un bien, ça m'prenait un coup d'pied au cul pour avancer d'un pas et vous venez de m'le donner, monsieur Rouet! » s'exclama le locataire. En mai, Mignonne, souriante, réintégrait la maison familiale de la rue Drolet, à la grande joie de Bernadette, qui y retrouvait ses amies d'en face. Quant à Joshua et Cécile, l'un d'âge scolaire, l'autre pas encore, ils suivaient sans mot dire. Mabel, contrariée, se plaignait à son amie qu'elle avait déménagé pour la suivre, pour être plus près d'elle et que là... Mais Jean-Baptiste l'avait consolée en lui disant qu'elle n'était qu'à un coin de rue de sa femme et que, pour la dédommager de cet inconvénient, il allait lui baisser son loyer de quatre piastres, ce qui lui redonna quelque peu le sourire.

En Europe, la guerre suivait son cours et ne laissait rien présager de bon. À Verdun, en France, l'attaque allemande avait été d'une extrême violence. L'héroïque ville de Verdun, sous les obus, avait poursuivi la bataille jusque sur les deux rives de la Meuse. Au début de l'année, le Premier ministre du Canada, Sir Robert Borden, parlait d'envoyer cinq cent mille hommes outre-mer, un nombre impossible à recruter parmi les volontaires. Ce qui fit trembler de peur plusieurs jeunes célibataires et pères de famille qui craignaient ce qui était arrivé ailleurs : la conscription. Mabel, à la fin mai, arriva en larmes chez Mignonne avec une lettre à la main. La laissant reprendre son souffle, son amie lui demanda :

— Que t'arrive-t-il ? Une mauvaise nouvelle ?

— Pire, c'est une lettre de Ross ! Il s'est enrôlé volontairement dans la marine et il va partir outre-mer. Dans un sous-marin, Mignonne !

— Bien… il est au moins patriotique… Mais pourquoi pleurer de la sorte ? Il t'a abandonnée, Mabel ! Il t'a fuie sans revenir, sans même t'aider sur le plan financier.

— Pas grave, je me suis débrouillée… Mais tu peux pas comprendre, Mignonne, je l'aime encore, je l'aime de tout mon cœur !

— Sûr que j'peux comprendre, j'aime Baptiste de la même façon.

— Non, c'est pas pareil, tu as des enfants, toi, moi je n'avais que lui… Mais pourquoi a-t-il fait ça ? Un enrôlement volontaire… Lui, si beau ! Son sourire, ses dents blanches… Ils vont me le tuer, les Allemands ! Je vais le perdre…

— Allons, calme-toi, y'en a plusieurs qui reviennent.

— Avec des pieds en moins, parfois des bras ! Il y en a qui reviennent mutilés, brûlés jusqu'aux os ! J'ai peur, je ne veux pas que quelque chose arrive à Ross. Je veux le ravoir d'un seul morceau, tel qu'il était, Mignonne !

Soupirant, faisant tout son possible pour éviter de la blesser, Mignonne lui prit la main et lui dit avec ménagement :

— Ça ne veut pas dire qu'il va te revenir, Mabel. Il t'avait déjà quittée et, là, il est encore plus loin. Il est peut-être parti se faire une autre vie…

— Oui, mais on ne sait jamais… Il m'aimait, j'en suis sûre, il n'avait que moi. J'ai toujours prié sainte Thérèse…

— Est-ce qu'il te parle d'autres choses dans sa lettre ? Est-ce qu'il s'informe à savoir comment tu vas ? Si tu as assez d'argent pour vivre ?

— Non, juste l'annonce de son départ. C'est bien assez, tu trouves pas ?

Le soir venu, désemparée, chagrinée pour son amie, Mignonne fit part à Jean-Baptiste de la lettre de Ross à Mabel. L'écoutant, il se grattait un peu la tête…

— Curieux qu'il se soit enrôlé de lui-même. Y veut-tu décrocher de la vie, cet homme-là ?

— Va jamais dire une chose pareille à Mabel, Baptiste ! C'est assez pour qu'elle perde connaissance ! Elle l'aime, elle pense qu'y va revenir vers elle. Elle prie…

— Pis l'autre ? Elle a déjà oublié Tom, la Mabel ? Pas assez brillante pour comprendre ? À moins qu'ça soit fini, ça aussi… Mais y parle pas d'l'autre dans sa lettre ?

— Quel autre ?

— Thomas ! Tom pour les intimes ! Toi non plus, tu comprends pas ?

— Heu... non, qu'est-ce qu'y a à comprendre ?

— Rien, ma femme, rien pantoute, rien d'important. Oublie c'que j'viens d'te dire, ça pourrait être d'la médisance, mais j'me comprends en syncope, moi ! Pis la moitié d'la paroisse aussi !

En octobre, on annonçait que la tragédienne Sarah Bernhardt avait donné, la veille, la première représentation de sa dernière tournée en Amérique. Il s'agissait de la pièce *La Mort de Cléopâtre*, qui avait laissé le public absolument froid. Le timbre de voix d'or de la grande artiste avait perdu de sa fraîcheur. Fort troublée, elle reçut quand même une gerbe de fleurs et le public avait poliment applaudi, mais c'était là un succès d'estime, avait ajouté le journaliste. Ce qui avait fait dire à Mignonne : « On est aussi bien servi avec nos séances paroissiales, tu penses pas, papa ? » Le notaire, en visite chez sa fille ce jour-là, avait répliqué : « Compare tout de même pas la femme du boucher qui oublie ses lignes et qui déclame en faussant à la grande artiste que voilà ! »

Noël avait certes été plus joyeux cette fois et Bernadette, vêtue telle une princesse, affichait ses quatorze ans avec fierté. Loin des poupées, elle avait demandé à ses parents de lui offrir pour cadeaux : du fard à joues, un bracelet de perles et du parfum. Les garçons du quartier la reluquaient déjà, mais Jean-Baptiste, sévère et protecteur, les chassait quand ils rôdaient autour de sa maison. Que pouvait donc faire Bernadette si les jeunes hommes affluaient dans les parages ? Elle était jolie, douce comme sa mère et avait le port de tête de son père. Joshua et Cécile, encore en bas âge, donnaient, évidemment, moins de « fil à retordre » à leurs parents. Mabel, souvent de passage, apportait des gâteaux, des chocolats, des friandises de toutes sortes, malgré les réprimandes de Mignonne. Parce que Joshua était gourmand et que Cécile avait la dent sucrée. Ce qui n'arrêtait pas Mabel de les choyer, elle qui avait été, ainsi que le notaire, du souper de Noël qui avait eu lieu sur la rue Drolet. Pit s'en était abstenu et Alice, pourtant invitée avec Ubald, avait préféré la table de sa mère plutôt que d'arriver chez sa belle-sœur en femme « séparée », comme c'était le cas pour Mabel qu'elle appelait « l'Irlandaise ». Alors que tous avaient dégusté la bûche au sucre blanc que Mabel avait apportée, Mignonne s'était levée et, dignement, en regardant son père et son mari, leur avait annoncé : « J'suis en famille. J'vous en réservais la surprise. On va avoir un autre enfant l'été prochain, fin juillet, début août, j'sais pas encore. » Jean-Baptiste avait manifesté sa joie, Honoré l'en avait félicitée en lui souhaitant qu'un autre enfant vienne lui faire quelque peu oublier la perte de Paul-Émile, et Mabel, excitée, heureuse, s'était écriée : « Enfin ! Un autre bébé à promener ! Le bon Dieu est généreux envers toi, Mignonne ! » Baissant les yeux, les sourcils froncés, cette dernière avait répondu : « Oui, si on veut... Mais n'empêche... » Puis elle s'était arrêtée. Elle s'était juré de ne plus s'en prendre au Seigneur. Elle craignait trop, dans sa ferveur, qu'une fois de plus il lui crève le cœur.

L'An nouveau s'était levé avec ses froidures. Les gens sortaient peu quand la poudrerie poussée par le vent bloquait la vue par les fenêtres. Mignonne, ces jours de tempête, n'envoyait pas ses enfants à l'école. Plus de rhumes, plus de bronchites et, surtout, plus de pneumonies. La perte d'un enfant lui avait suffi. Les enseignantes se plaignaient des absences, mais madame Rouet, déterminée, avait dit à son mari : « Qu'elles aillent au diable, les maîtresses d'école ! Pour c'qu'y vont manquer... Y connaissent déjà leur petit catéchisme et Bernadette peut fort bien sauter le cours d'arithmétique, elle sait très bien compter !» Jean-Baptiste ne s'obstinait pas. Il était maître au clos de bois, mais, dans sa maison de la rue Drolet, c'était Mignonne qui avait le haut du pavé. D'autant plus qu'elle était enceinte et que sa grossesse n'était pas facile. Nerveuse, agitée, irritable depuis la mort de Paul-Émile, elle ne portait pas son enfant dans la quiétude, ce qui la rendait malade. Des nausées plus fortes encore que pour son premier bébé, des vertiges inhabituels, des maux de tête successifs, elle le portait mal, cet enfant-là, mais elle ne voulait pas le perdre pour autant. Elle disait à Mabel : «C'est comme si y'était mal placé. En autant qu'ça soit pas encore un siège, c'est pas endurable.» Mabel, sans savoir quelles étaient les douleurs d'une maternité, l'encourageait de son mieux. Entre-temps, Honoré Turin avait rappelé Guilmond, le veilleur de nuit du clos de bois, pour lui dire de remettre à plus tard l'enquête qu'il lui avait confiée. La mort de son petit-fils, le Noël triste sans lui, la nouvelle grossesse de Mignonne… Il ne pouvait ajouter à tout cela une déception qui risquait de s'avérer amère pour sa fille si Jean-Baptiste était pris en défaut. Mais il ne fermait «le dossier» que temporairement, se promettant bien de le rouvrir un jour et d'avoir l'heure juste une fois pour toutes. Parce que, s'il plaignait Mignonne de tout son cœur, son gendre n'était pas remonté d'un cran pour autant dans ses bons sentiments.

Le printemps fut tardif; mais l'été, plus chaud que prévu. Mignonne en souffrait, elle qui en était aux derniers milles ou presque. En août, mauvaise surprise, sans qu'on s'y attende vraiment, le Canada emboîtait le pas à l'Angleterre dans l'enrôlement obligatoire. C'était la conscription, imposée par la Loi sur le service militaire. Les Canadiens-Français s'opposèrent farouchement à cette mesure, tout comme des groupes d'agriculteurs et d'ouvriers, ce qui causa une profonde division entre les Canadiens. Mais on avait besoin de plus d'effectifs au combat, avant que cette guerre, dite mondiale, ne vienne s'étendre jusque chez nous. Les jeunes en âge furent appelés les premiers, puis les hommes mariés sans enfant, ceux avec un seul enfant et ainsi de suite, au fur et à mesure que les renforts s'imposaient. Édouard « Pit » Turin ne put se soustraire à la conscription. Appelé sous les drapeaux, il avait dit à son père : « Prends soin d'ma femme pis d'mon enfant. Pis, de temps en temps, rassure Flo, même si j'ai l'intention de revenir d'un seul morceau. » Jean-Baptiste, trois enfants, un autre à venir, resta longtemps sur la liste et, lorsque son tour arriva, il fut exempté de l'uniforme du soldat parce qu'il lui manquait un doigt. On n'acceptait pas les handicapés dans l'armée. Il fallait être en bonne santé, avoir tous ses membres, la vue et l'ouïe sans irrégularités. L'ayant échappé belle, il avait dit à Mignonne : « Tu vois ? Ç'a eu du bon, c't'accident-là ! Sans ça, j'serais parti moi aussi. Dieu soit béni ! » L'embrassant, le serrant contre elle, les yeux embués de larmes, elle lui avait répondu : « J'en serais morte, Baptiste ! Avec quatre enfants sur les bras pis un clos d'bois sur le dos, j'aurais pas tenu l'coup ! Pour une fois que le Ciel nous favorise… Merci, mère de Jésus ! »

Quelques jours plus tard, avec un léger délai dans ses calculs, le 12 août 1917, Mignonne donnait naissance à un garçon. Comme si le bon Dieu avait voulu remplacer celui qu'il lui avait repris. L'accouchement ne fut pas facile, même si l'enfant ne s'était pas présenté par le siège comme le redoutait la mère. Une délivrance plus longue que d'habitude, car, fragile et épuisée, Mignonne ne s'aidait pas trop au grand désespoir de Mabel qui en avait des sueurs et du docteur qui lui

répétait : « Allez, poussez, madame Rouet, poussez ! Il ne
demande qu'à sortir ce bébé-là ! » Dès les premiers pleurs
de l'enfant, Jean-Baptiste s'était approché pour embrasser sa
femme sur le front. Dans l'autre pièce, Bernadette, secouée
par les geignements de sa mère, tentait de calmer Cécile qui
pleurait alors que Joshua, l'oreille collée à la porte, s'inquiétait
des cris stridents poussés de la sorte. Jean-Baptiste, heureux
de constater que c'était un garçon, avait dit à sa femme : « Tu
veux bien qu'on l'appelle François, ce petit homme-là ? Pour
remercier saint François Xavier à qui j'ai fait brûler des cierges
pour que ce soit un enfant en santé. » Elle sourit, acquiesça
d'un signe de tête, et le médecin, ayant terminé son examen
sommaire, avait dit au père : « Il a écouté vos prières, le saint
dont vous parlez : votre fils est pétant de santé ! Voyez ! Il me
serre déjà le doigt d'une poigne d'homme ! » Mabel, émue,
avait ajouté : « Et beau à part ça ! Il va faire battre bien des
cœurs dans vingt ans, celui-là ! »

Au début de septembre, c'était au tour du contingent de
militaires auquel appartenait Pit de partir, d'aller rejoindre les
précédents à Valcartier et, après quelques semaines d'entraîne-
ment, d'embarquer pour l'Europe, là où les combats faisaient
rage. Il avait forcément quitté la poissonnerie où il travaillait,
et son patron, un homme âgé, peiné de le perdre, lui avait dit
en lui remettant un boni avec son dernier salaire : « R'viens
comme t'es là, mon Pit, pis ta job va t'attendre ! » Le lendemain, il se rendit chez Mignonne lui faire ses adieux et, sensible, elle pleurait à l'idée de ne plus le revoir. Jean-Baptiste lui
avait dit : « Ça m'fait d'la peine de pas t'suivre, mais avec un
doigt manquant… » Pit, lui mettant la main sur l'épaule, lui
avait répondu : « Allons, l'beau-frère, oublie l'doigt, t'as quatre
enfants à faire vivre, pis tu risques d'avoir toute la famille sur

les bras si quelque chose arrive ici ! » À ces mots, Mignonne s'écria : « Parle pas comme ça, Pit ! Attire pas la foudre sur nous ! On a déjà eu assez d'épreuves ! Maudite guerre ! Fallait qu'ça s'ajoute aux malheurs des gens ! Comme si c'était pas assez d'avoir le ventre creux dans les pays lointains… Des familles de huit ou neuf enfants qui cherchent des miettes de pain ! »

Le soir même, Pit s'était rendu avec Florence dans un lieu qui n'était qu'à « eux seuls » pour lui faire ses adieux. Appuyée contre la poitrine ferme de celui qu'elle aimait, la jeune femme avait fondu en larmes :

— S'il fallait que tu ne reviennes pas, Pit ! S'il fallait…

Il lui mit l'index sur les lèvres pour lui dire :

— Ne t'en fais pas, je vais revenir, Flo, j'ai la couenne dure, y vont pas m'avoir comme ça, les Allemands pis ceux qui sont d'leur bord. J'm'en vais en massacrer plusieurs…

— Parle pas comme ça, t'es doux comme un agneau. Je ne te vois pas tirer quelqu'un de sang-froid. Pas toi…

— J'veux ben croire, mais va falloir que j'sauve ma peau, Flo… On va pas à la guerre pour s'agenouiller les bras en croix comme des martyrs !

— Ah ! saleté de guerre ! J'ai si peur de te perdre !

— Arrête de t'en faire, j'vais revenir, j'te l'promets !

— C'est pas toi qui décides ça, Pit Turin ! Y'a quelqu'un de plus fort en haut… J'vais l'prier comme ça s'peut pas ! Si seulement j'pouvais aller me consoler avec Mignonne… Mais non, même là, j'ai pas de droit d'entrée. Je vais être seule à t'attendre…

— Mignonne t'aime beaucoup, Flo, mais comment veux-tu qu'elle te reçoive avec le père qui se pointe chez elle à tout moment ? Elle sait que toi pis moi… Pas tout, mais elle est au courant qu'on s'aime. Presque tout l'monde le sait pis les autres s'en doutent. Ma sœur a beaucoup plus d'affection pour toi que pour Alice. Elle l'endure, ma femme, elle n'a pas l'choix, à cause du père pis d'Ubald… Parlant du père, je lui ai demandé de te donner de mes nouvelles et il n'a pas rouspété. Je pense que, tranquillement, il commence à accepter que toi pis moi, on soit des…

— Prononce pas le mot concubins, surtout pas ! Ton père n'a pas l'choix que de se plier, mais de là à m'aimer, non ! Il a des scrupules, il me regarde comme si j'étais une damnée…

— L'important, c'est qu'il te donne de mes nouvelles, mais si tu te rapprochais de Mignonne, si tu l'appelais, je suis certain qu'elle s'arrangerait pour te rencontrer du fait que je serai au loin.

— Je verrai, Pit… Je l'aime bien, ta sœur, son mari aussi.

— Baptiste est un bon gars ! Y'a juste le père qui peut pas l'sentir, pis j'sais pas pourquoi ! Y fait bien vivre sa famille…

— C'est notre dernier soir ensemble, j'peux pas croire que je ne pourrai pas être là demain pour t'embrasser avant ton départ.

— Ça t'ferait pleurer, Flo, pis ça m'serrerait la gorge aussi. Comme c'est juste un au revoir, j'te l'jure, c'est ce soir qu'on va s'dire…

Elle lui mit la main sur la bouche pour ne pas entendre le reste de la repartie et, blottie contre lui, ils se dirigèrent jusqu'au divan-lit de leurs amours interdites. Deux heures plus tard, dans une ardente étreinte, Pit lui faisait ses adieux avec les yeux embués de larmes. Toujours épris de sa Flo adorée, c'est d'elle qu'il avait peine à se séparer. L'un contre l'autre, baisers par-dessus baisers, il réussit à détourner la tête, à franchir la porte et à se perdre dans le noir alors que Florence, appuyée contre le mur, les yeux levés au ciel, le mouchoir à la main, priait : «Laissez-le-moi, mon Dieu, au nom du Père, et du Fils et du Saint-Esprit. »

Le lendemain matin, vers onze heures, Pit, valise à la main, partait avec d'autres recrues pour Valcartier, à bord d'un vieux *truck* de l'armée. En face de l'église où avait lieu le départ, des mères pleuraient, des épouses serraient leur mari contre leur cœur, des enfants s'accrochaient à leur père… Des scènes déchirantes alors que le curé de Sainte-Brigide-de-Kildare rappelait, avec délicatesse, tout le monde à l'ordre, en les enjoignant plutôt de prier. Mignonne et Jean-Baptiste n'étaient pas venus. Elle, à cause du bébé qu'elle nourrissait ; lui, pour ne pas avoir à expliquer qu'on l'avait exempté à cause d'un doigt coupé. Honoré Turin, fier de son fils tout en craignant le pire, disait à qui voulait l'entendre que c'était avec des soldats de la trempe de son gars qu'on allait vaincre l'ennemi. Alice, peu remuée, à peine émue, ne faisait pas partie de ces épouses que les soldats étreignaient dans un vibrant adieu. Très calme, sa mère à sa gauche, Ubald à sa droite, elle le regardait partir comme s'il s'en allait en voyage ou chez… sa concubine. Parce qu'elle avait appris depuis peu que Pit couchait régulièrement avec Florence dans un petit hôtel douteux. Elle n'attendait que le moment où son mari serait au loin pour se manifester, revenir à la charge avec son beau-père. On sommait les soldats de monter à bord et, dans un ultime effort, Pit s'avança vers sa femme et son fils, se pencha, embrassa Ubald sur la joue en lui disant : «J'vais revenir vite, fiston. Ça ne devrait pas être long. » Puis, se relevant, sans lui dire le moindre mot, il embrassa Alice sur le front. Ignorant complètement sa belle-mère, il avait serré la main de son père en lui disant : «Prends soin d'eux, papa», et monta le dernier dans le camion qui partit en faisant bien du bruit. Tous se dispersèrent, les larmes avaient cessé ou presque, et après le départ des conscrits, il ne restait aucune trace de ces adieux troublants, sauf un ou deux mouchoirs mouillés, sur l'étroit chemin de côté, non pavé.

Alice laissa passer quelques jours, puis, décidée, affronta son beau-père une fois de plus :

— Il faut encore qu'on parle de Pit, monsieur Turin, Assez, c'est assez !

S'allumant un cigare, il lui répondit :

— Qu'est-ce qui se passe encore… D'autres querelles en mon absence ?

— Oui, et vous savez très bien pourquoi, monsieur Turin. Vous avez fermé les yeux la première fois, vous vous êtes même rangé d'son bord pour pas qu'y parte, mais j'passerai pas ma vie avec un mari qui m'trompe avec sa maîtresse ! Et j'parle pas que de simples rencontres, il couche avec la Bourdin régulièrement ! J'en ai la preuve ! Dans un hôtel de troisième ordre, par-dessus le marché ! On me l'a rapporté !

— Tiens donc ! Il aurait été plus simple de le lui demander…

— Pour qu'il mente ? Pour qu'il s'en défende ? Non, monsieur Turin ! Je ne suis pas une idiote et encore moins une cruche ! Cette fois, je ne vous dirai pas que je vous quitte pour retourner chez ma mère, mais que je le quitte, lui, que je m'en sépare ! Je n'attendrai pas qu'Ubald se rende compte que sa mère est une femme trompée qui marche la tête basse. J'ai ma fierté, j'ai une vie à vivre, moi aussi !

Ne sachant trop quoi lui répondre, se doutant bien du fait, il trouva quand même le calme requis pour lui demander :

— Es-tu bien certaine de ce que tu avances là, ma bru ? Un hôtel de basse classe, ce n'est guère dans les mœurs de mon fils ni de Florence Bourdin…

— Ben voyons donc ! Y loueront sûrement pas là où elle travaille ! Et où, ailleurs ? Vous pensez que Pit est assez riche pour se payer une chambre à l'hôtel Windsor ? Régulièrement ? Y'est pas notaire, lui ! Y vend d'la morue dans une poissonnerie ! Pour en revenir avec l'odeur, comme vous dites !

— Tout de même, Alice, Florence n'irait pas jusqu'à coucher avec un homme marié. Elle a sûrement des principes, elle est bien élevée.

— Des principes, ça prend l'bord sur un oreiller ! J'en avais moi aussi avant que votre fils… Pis, passons, c'est d'eux qu'il faut parler. Vous faites quelque chose ou je le sacre là !

— Ta mère sait-elle ?

— Non, je ne lui ai rien dit, j'ai trop honte ! Et elle n'a pas la langue dans sa poche, elle ! S'il fallait qu'elle sache et qu'elle croise la Bourdin, j'donne pas cher d'la p'tite, moi ! Ma mère lui cracherait son venin au visage !

— Écoute, je n'aime pas intervenir dans ces choses pendant que mon fils est parti au front… Il vaudrait mieux attendre son retour, me laisser discuter avec lui, et…

— Non ! La dernière fois, ça n'a rien donné ! Il vous menace de s'en aller et vous pliez, vous vous taisez ! Vous auriez pu le laisser partir, non ? J'étais là, moi ! Ubald aussi !

— Et si c'étaient des ragots ? Si…

— Vous voulez des preuves ? Facile ! Je pourrais même vous conduire à l'hôtel infect où ils se rencontrent. La femme d'un ami de la famille s'occupe de nettoyer les chambres après le départ des clients. En voulez-vous plus ? Bien simple, allez voir la Bourdin et demandez-lui en pleine face si elle couche avec Pit ou non ! Faites-la jurer sur l'Évangile ! Avant, ce n'était qu'une fréquentation et je réussissais à vivre avec ça, mais là, cocufiée, non, merci ! Je ne serai pas la risée de la paroisse ! Pis, dans l'fond, allez pas plus loin, ça n'en vaudra pas la peine, j'pars, j'le quitte, pis c'est vous qui le lui apprendrez ! Moi, j'en ai plein l'casque de votre abruti de fils ! J'existe ! Je suis une femme ! On a un enfant ! Et je ne perdrai pas ma vie à être le second violon ! J'peux encore plaire, j'attendrai pas d'avoir les cheveux gris !

— Est-ce que tu envisages un divorce, Alice ?

— Non ! Une simple séparation de corps ! Je resterai sa femme de nom. Il va m'avoir à vie ! Ça l'arrangerait trop que j'me rende au tribunal… Même en plaidant l'adultère ! Rien le dérange, Pit Turin ! Le lendemain, y serait dans les bras d'la Bourdin !

Embarrassé, voulant éviter une fois de plus le scandale, Honoré lui demanda :

— Alors, que vas-tu répondre à ceux qui te demanderont…

— Pourquoi on vit séparés ? Bien simple, on ne s'entendait plus, mais on reste unis pour le p'tit. C'est aussi c'que j'vais dire à ma mère. Craignez rien, monsieur Turin, j'irai pas crier sur les toits que vot'fils est un vaurien ! C'est moi qui serais perdante, on m'prendrait en pitié, tandis que l'autre, la pimbêche… Bon, c'est tout c'que j'avais à vous dire, monsieur Turin. Vous serez toujours le grand-père d'Ubald et vous viendrez l'voir autant que vous voudrez. Quant à Pit, ce sera sur demande, pas n'importe quand. Vous êtes notaire ? Faites les papiers en conséquence. La maison de ma mère n'ouvrira pas sa porte souvent à un père souillé qui n'a pas eu d'respect pour son enfant !

Ébranlé par la décision de sa bru, Honoré Turin attendit deux jours et se rendit voir son bon ami le vicaire pour lui parler de son entretien avec Alice. Interloqué, le prêtre lui dit de ne pas s'en faire, que cette histoire n'allait pas le déshonorer et qu'avec Pit au loin, les paroissiens trouveraient normal que sa femme retourne vivre avec sa mère, maintenant veuve. Et comme elle avait promis de ne rien divulguer pour ne pas être la risée des gens, personne ne se douterait de leur séparation avant le retour de son mari, si elle décidait vraiment de ne pas reprendre avec lui. Sceptique, le notaire avait ajouté qu'il avait promis la maison en héritage à son petit-fils Ubald, et que, le lui répétant la veille, Alice lui avait répondu : « Oui, vous m'aviez dit ça à moi, mais quand vous avez menacé Pit de le déshériter, Ubald n'était plus le seul héritier, Mignonne était revenue dans le portrait ! » Pour ensuite ajouter : « De toute façon, je vais hériter de la maison de ma mère, ce qui sera suffisant pour mon fils et moi ! »

En ce qui avait trait à la liaison de Pit et Florence, le vicaire, malgré son indignation face à l'adultère, avait secoué la tête en disant à son ami, Honoré : « Il y a de ces couples marginaux que rien ne sépare, monsieur Turin, pas même la crainte d'être excommuniés ! » Constatant néanmoins que le notaire se sentait un peu démuni à l'idée de rester seul dans sa vaste maison, il lui conseilla de faire son cabinet dans l'une des pièces inoccupées et lui suggéra le nom d'une bonne dame pour les travaux ménagers. Mais Honoré voulait plus qu'une simple femme de ménage, il souhaitait trouver une servante, une dame âgée de préférence, qui en plus de l'entretien pourrait cuisiner et habiter sous son toit. Son vœu se réalisa puisque, des deux servantes du presbytère, Gérarde, la plus âgée, voulait se trouver un emploi où les tâches seraient moins ardues. Le notaire qui la connaissait pour l'avoir saluée maintes fois se montra fort intéressé et, en un jour ou deux, avec les honoraires offerts, le gîte, la description des tâches, Gérarde avait accepté l'emploi qu'elle occuperait dès que la bru serait partie. Et de s'y installer en permanence tel que désiré, malgré ses rhumatismes, ce qui ne gênait pas Honoré qui, lui, souffrait de la goutte.

En visite chez Mignonne le dimanche, le paternel lui fit part de la séparation d'Alice, de son imminent départ, et sa fille ne s'en montra nullement surprise.

— Tu savais pour Pit et Flo ? lui demanda-t-il.

— Heu… oui, pas dans les menus détails, mais je savais qu'ils s'aimaient et qu'ils se voyaient autant que possible.

— Et tu ne m'en parlais pas ! J'aurais pu le semoncer…

— Tu l'as déjà fait ! Voilà pourquoi j't'en parlais pas ! Pit est un homme, papa, pas un p'tit gars qu'on réprimande encore. C'est sa vie, pas la nôtre ! Viens pas m'dire que tu n'te doutais pas de leurs fréquentations ben avant d'lui en parler, il rentrait à peu près jamais après l'travail ! Pis c'est pas d'nos affaires ! Ils s'aiment depuis qu'ils ont quinze ans, ces deux-là ! Tu l'savais, non ? Tu l'aimais bien la p'tite Bourdin dans l'temps…

— Oui, mais Alice n'est pas une potiche, Mignonne ! On ne trompe pas sa femme impunément ! Elle a tout fait pour lui plaire, c'est lui qui la repoussait sans cesse. Ça se passait sous mon toit, je ne parle pas à travers mon chapeau ! Puis, il y a Ubald aussi ! On ne peut pas tout se permettre parce que le cœur est ailleurs ! Pas quand on a des responsabilités !

— Je sais, mais comprends donc ! Pit l'a mariée obligé, Alice, il l'a jamais aimée ! Il les a prises, ses responsabilités, mais y'a pas juré de la tolérer… Une vie gâchée pour une erreur de jeunesse ! Penses-y, papa !

— Il aurait pu se consoler avec son fils, mais non, il s'est toujours tenu loin de lui. Pauvre petit bonhomme… Si tu l'avais vu… Ça m'arrachait le cœur, parfois.

— Oui, je sais, c'est triste pour Ubald, j'en conviens, mais j'pense que Pit n'a jamais été attiré par lui parce qu'il était le fruit de son erreur et de son malheur. C'est d'valeur pour l'enfant, ça m'crève le cœur aussi, mais on n'est pas dans la peau de Pit, papa ! C'qu'y ressent, on l'sait pas !

— Le p'tit n'a pas à payer pour la bévue de son père ! Il n'a pas demandé à naître, cet enfant-là ! C'est à Pit à faire face aux conséquences de ses actes ! Pis, on peut rien y faire, y'est outre-mer à l'heure où l'on se parle... N'empêche que la grande et grosse... excuse-moi, je veux dire Alice, retourne chez sa vieille mère, celle qui a de la bavasse sur la conscience comme ce n'est pas possible. Imagine si elle apprenait que son gendre et Florence...

— Alice lui dira rien, ça va s'retourner contre elle. J'connais sa mère, elle va lui dire qu'elle n'a pas su garder son mari, que c'est d'sa faute. Va pas penser qu'elle est près d'sa fille, la mère Vinais, elle l'a toujours rabaissée, elle l'a prise en grippe dès qu'elle a commencé l'école parce qu'elle n'était pas une première de classe. Y'avait juste son père qui l'aimait. C'est lui qui la sortait des griffes de sa mère. Mais là, comme elle est vieille et toute seule, elle va sans doute être un peu plus fine avec elle. Pour pas la perdre encore une fois ! Laissons aller les choses, papa. Quant à moi, elle me manquera pas, la belle-sœur, elle m'a jamais porté dans son cœur. Et dire que, plus jeunes, nous étions amies... Fallait qu'elle rentre dans la famille pour que tout change. Pis, pour toi, papa, à part le p'tit que t'aimais, ça va être un bon débarras. T'avalais même de travers c'qu'elle cuisinait !

— C'est vrai, je ne m'affaisserai pas. Ça va sans doute être un mal pour un bien à la longue... Je m'en fais juste pour Ubald, pauvre p'tit gars, on sent qu'il n'aime pas sa grand-mère Vinais.

Puis, s'allumant un cigare, Honoré lui parla de sa conversation avec le vicaire, des arrangements pris avec Gérarde, la vieille servante du presbytère, de son arrivée prochaine chez lui, de ses gages, de son emploi du temps, et Mignonne, enchantée, lui avait répondu :

— Tu vois ? Maman veille sur toi de là-haut. Pis, tu vas
certainement être mieux nourri avec elle, t'as juste à regarder
l'embonpoint du sacristain et le gros ventre du curé pour ne
pas en douter.

Mignonne avait beau lui avoir dit : «C'est pas d'nos affaires », le notaire, entêté, attendit qu'Alice et Ubald soient
installés chez madame Vinais avant de convoquer Florence
Bourdin à son nouveau cabinet chez lui, l'assurant qu'elle
n'y croiserait pas sa bru. Gérarde, la servante du presbytère,
avait emménagé chez monsieur Turin depuis quelques jours.
Elle avait choisi une chambre ensoleillée et s'était mise à
l'ouvrage dès que ses effets furent rangés. Le ménage partout,
les planchers cirés, la lessive et, dès le premier soir, Honoré
eut droit à un poulet en casserole arrosé de sauce quelque peu
épicée, comme il n'en avait jamais mangé. Avec des pommes
de terre et des légumes frais qui avaient mijoté dans la sou-
pière. C'était si bon qu'il en redemanda une deuxième assiette.
Gérarde, tel qu'entendu, prenait ses repas dans le petit boudoir
transformé en salle à manger pour elle. Le notaire, lors de l'em-
bauche, l'avait bien spécifié : elle ne mangerait pas à sa table,
c'était impensable, et elle n'en fut pas contrariée, il en était
ainsi au presbytère. Gérarde aurait donc ses quartiers, son aire
à elle, rien pour incommoder son employeur. Avec néanmoins
une charge de plus, celle de répondre en tout temps à la porte
et au téléphone quand il serait absent. Sans s'en rendre compte,
la servante faisait aussi office de secrétaire. Ce qui représentait
une économie appréciable pour le notaire.

Florence n'avait guère apprécié recevoir une convocation quasi rigide de la part du père de celui qu'elle aimait.
D'autant plus qu'il l'avait regardée de travers quand il l'avait

croisée. Elle se doutait fort bien de ce qu'il lui voulait ; il était au courant de leur liaison, mais elle se demandait qui pouvait l'avoir renseigné sur leur relation plus intime. Mignonne ? Sûrement pas ! Elle était très discrète, et comme Pit ne lui avait pas dévoilé qu'un autre pas avait été franchi… Toujours est-il que, dans un advienne que pourra, la tête haute, Florence Bourdin se présenta chez le notaire qui la reçut aimablement, ce qui la rassura. Et elle ne risquait pas de rencontrer Alice, monsieur Turin lui avait dit, au bout du fil, sans rien préciser, qu'elle était retournée vivre chez sa mère. Florence s'était interrogée… Aurait-elle appris quoi que ce soit par quelqu'un qui les aurait vus, Pit et elle ? Mais elle cessa d'angoisser et, ce matin-là, avant son quart de travail qui ne débutait qu'en après-midi, elle était arrivée chez monsieur Turin, pimpante, décontractée, souriante quoique soucieuse intérieurement. Le notaire la pria de s'asseoir et remarqua en un coup d'œil que Florence était ravissante. Au point de comprendre Pit, car, contrairement à la « grande et grosse », la jeune femme dégageait un agréable parfum qui envahissait le cabinet.

— Tu vas bien, Florence ? Ta mère et ton grand-père aussi ?

— Oui, ils vont bien, je vous remercie. Mon grand-père a fait l'acquisition d'un nouveau gramophone et de disques récents. C'est sa passion.

— Un brave homme que celui-là, et solide comme le roc !

Florence sourit, n'insista pas, voulant vite en venir au fait :

— Tu te doutes un peu de la raison de ma convocation…

Honoré Turin ne put aller plus loin, elle l'interrompit brusquement :

— Oui, je m'en doute, et si c'est de Pit et moi qu'il s'agit, aussi bien vous l'avouer, monsieur Turin, nous formons un couple. Pas officiellement, il va sans dire, mais la situation est acceptable. Pit et moi sommes amoureux l'un de l'autre depuis longtemps. Si ce n'était de son fils, il aurait quitté Alice, ça, vous le savez sûrement. Un mariage forcé n'est pas un mariage d'amour.

Quelque peu offensé par l'assurance dont Florence faisait preuve, Honoré Turin changea de ton :

— Ce qui n'empêche pas que vous vivez dans le péché, Pit et toi ! Un plus grand péché pour toi puisqu'il est marié et père d'un enfant. C'est illégal ce que vous faites là ! Si ton grand-père apprenait une chose pareille !

— Il serait plus clément, plus indulgent que vous, ça, je le sais. Grand-père est ouvert d'esprit et il s'évertue à se montrer compréhensif. Entre nous, il sait que Pit et moi… Ma mère aussi, mais ils ne s'en mêlent pas.

— Bien, ils devraient ! C'est de l'adultère que vous commettez là ! As-tu au moins eu la décence de t'en confesser, Florence ?

— Non, parce que pour moi, c'est de l'amour, et que je suis en paix avec ma conscience, monsieur Turin. Le bon Dieu est au courant de ce qui se passe et sa mère, la bonne Sainte Vierge, aussi. Moi, je me confie directement au Ciel, pas aux carreaux d'un confessionnal. Et si nous sommes fautifs, Pit et moi, on nous le reprochera au Jugement dernier.

Stupéfait de l'aplomb de la jeune femme, Honoré ne savait quoi ajouter pour la faire se sentir coupable. Parce qu'au fond il aimait bien Florence, il aurait même souhaité qu'elle devienne la femme de son fils, mais, hélas, l'autre l'avait devancée. Profitant d'un silence passager de la part du notaire, Florence ajouta vivement :

— C'est plutôt Alice qui devrait se confesser de l'avoir assailli dans son lit ! Il était saoul et elle était plus vieille que lui ! La pécheresse n'est pas celle que vous croyez, monsieur Turin !

Fuyant son regard furtivement, le notaire soupira et rétorqua en la fixant :

— Je voudrais bien te croire, Florence, tu n'as peut-être pas tort, mais aux yeux de l'Église, vous êtes coupables, Pit et toi. Alice est partie avec son fils à cause de votre liaison. À cause, surtout, de votre intimité dans un hôtel de troisième ordre. Elle l'a appris, ça l'a blessée et elle a décidé de quitter Pit. Comptez-vous chanceux qu'elle ne dise rien, ça pourrait vous incriminer…

— Notre lieu de rencontre n'est pas un endroit du genre que vous me décrivez, monsieur Turin. J'ai assez de tenue et de savoir-vivre pour ne pas fréquenter de tels lieux, Pit aussi. Il s'agit d'une petite auberge très respectable et, la plupart du temps, c'est chez moi que notre amour se vit. Pour ce qui est de nous incriminer, qu'elle le fasse, ce sera l'occasion pour Pit de réclamer le divorce. Pas juste une séparation de corps pour faire taire la paroisse, mais un divorce avec un avocat devant un tribunal. D'ailleurs, votre fils n'attend que ce jour pour me demander en mariage. Il n'espère que ce bris de ménage pour que je devienne sa femme. Je l'aime, monsieur Turin, et lui aussi m'aime profondément !

— Je n'en doute pas, il t'aimait avant… Mais belle comme tu es, attendre après lui, je ne comprends pas.

— Je l'attendrai toute ma vie s'il le faut, je l'aime à en mourir, monsieur Turin. Je lui ai promis que je ne serais jamais à un autre, tout comme il m'a juré de m'épouser dès qu'Alice ne ferait plus partie de sa vie. Vous devriez comprendre nos sentiments, vous qui avez aimé votre femme…

— Je t'en prie, ne ravive pas ma peine, Florence. Oui, je sais à quel point on peut être heureux à deux quand on s'aime. Et je sais que Pit et toi auriez formé un couple superbe, épanoui, lié pour la vie… Je comprends aussi que le prix est élevé pour une simple erreur de jeunesse, mais je ne suis pas le Tout-Puissant pour vous accorder une permission que son représentant, notre Saint-Père le pape, condamne au Vatican. Je ne suis pas l'Église, moi, je ne suis qu'un fervent fidèle qui suit ses lois, rien d'autre. Que veux-tu que je fasse de plus Florence ? Et là, avec la guerre, tu ne crains pas le pire ?

— Tous les soldats sont entre les mains de Dieu, monsieur Turin. Il en rappellera à Lui et Il en rendra d'autres à ceux qui les attendent. On ne peut que prier et se plier à Sa volonté. Mais je garde les doigts croisés, je suis certaine que Pit reviendra !

Face à tant d'amour, tant de mots du cœur, le notaire ne put que s'incliner devant l'ardente passion de la jeune femme. Il la laissa partir non sans lui dire :

— Soyez quand même discrets. Le lien est accablant. On pourrait vous pointer du doigt. Je ne voudrais pas que la honte…

Pit avait reçu une lettre de son père, au campement, dans laquelle il l'avisait du départ d'Alice et de son fils. En ajoutant que sa femme était au courant de son intense liaison avec Florence, de leurs rencontres dans un hôtel, mais qu'elle comptait rester muette sur le sujet. Par contre, il lui apprit qu'Alice ne lui accorderait jamais le divorce, ce qu'il n'avait osé avouer à Florence, de peur de la voir fondre en larmes. Il lui fit part de son entretien avec celle-ci, de l'amour qu'elle lui vouait à tout jamais, et pria son fils de ne pas correspondre avec elle de peur qu'une lettre égarée ne vienne compromettre la quasi-liberté dont il jouirait à son retour. En précisant : « Les paroles s'envolent, mais les écrits restent. » Florence avait compris qu'il ne fallait pas qu'ils s'écrivent, se contentant des nouvelles qu'elle recevrait du paternel ou de Mignonne. Apaisée depuis sa rencontre avec le notaire, elle attendrait, le cœur serré, que l'homme de sa vie la rassure par le biais de son père, sur son amour, son état de santé ou son retour dès la moindre blessure.

Au loin, outre-mer, Pit, la barbe de trois jours, assis sur une bûche, avait parcouru la lettre avec un brin d'espoir dans le cœur. Alice partie, c'était un grand pas de franchi. Il ne la laisserait jamais revenir sous son toit ; ça, c'était juré ! Puis, dans un élan d'amour, faisant fi des recommandations du paternel, se foutant de la moindre indiscrétion de la maîtresse de poste, il écrivit une longue lettre à Florence, lui rapportant les propos de son père, sa joie d'être délivré de « la grande et grosse », de son bonheur de n'être qu'à elle désormais, de son désir de la serrer dans ses bras, de sentir ses lèves sur les siennes, de... Le soir même, il devait quitter la Belgique et foncer, avec d'autres, sur l'ennemi. Mais il l'assura qu'il allait mieux dormir la nuit, sachant que l'autre n'était plus là... ou presque ! Une missive fort compromettante, si elle était tombée entre les mains de sa femme ou, pire encore, de sa belle-mère. Mais avec l'aide de Dieu, elle parvint à Florence sans que quiconque, ni sa mère ni son grand-père, ne s'en aperçoive. L'ayant lue et relue à deux reprises, repliant la lettre, les yeux mouillés, Florence Bourdin se rendit compte qu'Honoré Turin n'avait en rien déprécié sa rencontre avec elle. Comme s'il avait voulu, à ce moment précis, être en quelque sorte complice de la joie de son fils. Comme si, finalement, il approuvait quelque peu cette histoire d'amour peu catholique, mais pas tout à fait réprouvée du bon Dieu.

Les feuilles d'automne se détachèrent des arbres ; certaines encore jaunes, d'autres rouges, et les enfants de Mignonne avaient déjà revêtu leurs manteaux doublés pour se rendre à l'école. Dans la paroisse Sainte-Brigide-de-Kildare, tout était relativement calme. Dans l'après-midi, on pouvait voir bon nombre de dames âgées faire leur chemin de croix, priant devant chaque station pour un fils, un neveu, ou un gendre à la guerre. Les bougies brûlaient en conséquence. Aussi bien devant la statue de *La Pietà* de l'église du faubourg que devant celle de sainte Thérèse à la paroisse Saint-Édouard. Honoré Turin, heureux et détendu depuis que sa bru n'habitait plus avec lui, recevait ses clients dans son nouveau cabinet, une pièce avant de la maison ornée de draperies couleur moisson. Gérarde suffisait à la tâche, ses plats étaient de bon goût et elle restait très effacée, ce qui plaisait au notaire. Sauf que le soir, à travers la maison, l'odeur du camphre qu'elle utilisait pour contrer ses rhumatismes se répandait au point de l'incommoder. Pourtant, la servante, plus indulgente, ne se plaignait jamais des odeurs fortes de baumes qui émanaient de la chambre de monsieur Turin lorsque ce dernier tentait de soulager ses douleurs causées par la goutte.

La Presse sous les yeux, Honoré put lire, le 15 octobre, que Mata Hari, accusée d'espionnage, avait été passée par les armes. La célèbre danseuse, ayant agi pour le compte de l'Allemagne, avait été mise au peloton d'exécution à Vincennes. Grâce à ses renseignements, elle avait fait échouer l'Offensive de la Somme. Ce qui lui valut la peine de mort. Le 22 du même mois, le maire de Montréal, Médéric Martin, n'avait toujours pas comblé le déficit de cent mille dollars, ce qui faisait craindre une forte hausse des taxes aux contribuables. Puis, le 17 décembre, le gouvernement conservateur de

Sir Robert Borden était reporté au pouvoir en gagnant cent trente-trois sièges contre quatre-vingt-huit pour les libéraux de Sir Wilfrid Laurier, lors des élections générales. Ce qui irrita Honoré, qui n'avait pas voté pour lui.

Noël s'annonçait plus calme avec tant de pères de famille, de frères et de jeunes gens partis à la guerre. Mignonne insista auprès de son père pour qu'il vienne prendre le souper du 25 décembre chez elle, avec les enfants. Comme Gérarde comptait passer les Fêtes chez sa sœur cadette, le notaire accepta sans se faire prier davantage. Toutefois, la veille, il avait fait un détour jusqu'à chez la mère Vinais afin de remettre un présent à Ubald qui, délaissé de tous, sentit son cœur battre très fort lorsqu'il déballa le cadeau pour y trouver un très beau porte-monnaie de cuir noir tressé à la main. Alice avait été aimable, sans plus ; madame Vinais, froide.

Puis, le lendemain, il se présenta chez son gendre et sa fille, les bras chargés de présents. Des mouchoirs de dentelle pour Mignonne, un foulard pour Jean-Baptiste, un bracelet de grains de rose pour Bernadette, un jeu en carton pliable pour Joshua, une poupée pour Cécile et un hochet suivi d'un baiser pour François, le petit dernier. Mabel, qui était encore du souper, eut droit à des chocolats à la gélatine de sa part et, tous ensemble, ils offrirent des cigares de qualité à Honoré qui avait été plus que généreux, cette fois-là. On mangea, on se régala d'un peu de tout et, le vin aidant, on se mit à parler de ceux qui n'étaient pas là. Surtout de Pit dont on était sans nouvelles depuis un certain temps. Et, soudainement, un éclat, des sanglots ; c'était Mabel qui, le mouchoir à la main, gémissait :

— Je n'ai rien reçu de Ross, pas même une lettre. J'ai peur qu'il ne soit plus en vie… Mon Dieu, non ! Je n'ai que lui !

Mignonne et Jean-Baptiste se regardèrent… interloqués !

Chapitre 8

Janvier, ses froids intenses, ses vents cinglants, et Mignonne, calme et sereine, avait dit à son mari, le lendemain du Jour de l'an :

— Je suis enceinte, Baptiste. Un autre enfant s'en vient.

— Ah ! Oui ? Quelle joie ! Pourquoi tu l'as pas annoncé aux invités à Noël ? Pourquoi l'avoir caché ?

— Parce que j'étais pas encore sûre, mais là, depuis deux jours, avec les nausées, y'a plus de doute.

— On dirait qu'ça t'fait pas plaisir, cette fois, ma femme.

— Ben... si Dieu le veut... Mais en pleine guerre, avec l'insécurité partout pis ma santé qui est plus frêle... Si j'le rends à terme, ce bébé-là, faudrait qu'on arrête pour un boutte, Baptiste, sinon j'me rendrai pas à quarante ans. Y'a des limites à accoucher, à faire des fausses couches...

— Oui, t'as raison, après celui-là, la pédale douce... J't'en ferai plus pour un bout d'temps, ma soie. J'voudrais surtout pas t'perdre, ça m'rendrait fou. J't'aime tant !

— Tiens ! Ça fait longtemps qu'tu t'es pas exclamé comme ça, Baptiste ! J'te pensais devenu avare de sentiments.

Les fréquentes nausées de Mignonne ne l'empêchèrent pas, toutefois, de se rendre au théâtre Chanteclerc avec Mabel, pour assister à la pièce, *Le Martyre d'un enfant trouvé*. Le rôle du petit garçon de treize ans était tenu par mademoiselle Juliette Béliveau, une comédienne qui remportait un vif succès dans ces interprétations, vu sa petite taille. C'était, du moins, ce qu'en disait *La Presse*, en vantant son mérite. Jean-Baptiste était resté avec les enfants, heureux que sa douce moitié puisse se permettre une sortie avec une amie, elle qui, plus souvent qu'autrement, était confinée à ses chaudrons, le tablier sur sa jupe. Joshua, assez grand maintenant, était livreur de journaux dans la paroisse, ce qui lui mettait quelques « cennes » dans ses poches. Bernadette, de plus en plus jolie, attirait les garçons ; mais peu volage, réservée et sage, elle avait troqué ses bijoux et ses dentelles contre le missel, le chapelet de perles de satin et la prière. À l'église plus fréquemment que de coutume, elle faisait des chemins de croix pour sa mère, son père, son grand-père… Quand elle était à court de sujets, elle en faisait aussi pour Mabel dont le mari était en mer, en pleine guerre. Ensuite, elle priait pour tous et chacun, les soldats inconnus, les enfants malades et même monsieur le curé. Ce qui avait poussé Jean-Baptiste à demander à Mignonne :

— Qu'est-ce qui lui arrive ? L'année passée, elle se cherchait un amoureux, et là, elle ne parle que du bon Dieu. Qui donc l'a influencée, notre aînée ?

— Personne, Baptiste, j'sais pas… Sans doute à l'école. Tu sais, avec la crainte d'être pris d'assaut par les bombes jusqu'ici, on a peut-être incité les enfants à prier pour la patrie.

— Ça s'peut, mais y'a juste elle qui va à l'église chaque jour ou presque avec les p'tites vieilles du quartier. J'en vois pas d'autres… La fille de mon *foreman*, qui a le même âge qu'elle, a déjà un cavalier.

— Baptiste ! Tu les chassais l'an dernier, les rôdeurs !
Aucun garçon ne pouvait l'approcher !

— Bien sûr, mais là, s'en allant sur ses quinze ans, c'est
plus la même affaire.

Mignonne n'ajouta rien, se rappelant que c'était à cet âge,
ou juste un peu plus, qu'elle avait rencontré Jean-Baptiste pour
l'épouser un an et demi plus tard. Il était vrai que sa fille devenait femme et que, indéniablement, elle allait être de plus en
plus courtisée, mais il lui fallait d'abord terminer sa neuvième
année scolaire, pour ensuite apprendre l'art de la cuisine, celui
de la couture et devenir en peu de temps une bonne ménagère.
Néanmoins, un soir, après avoir avalé son dessert, Bernadette
regarda ses parents et leur annonça :

— C'est fait, ma vocation est choisie, je veux entrer chez
les sœurs.

Jean-Baptiste faillit s'étouffer avec son café tandis que
Mignonne, les bras croisés, était restée bouche bée.

— Chez… chez les sœurs ? lui cria le père. Voyons donc !
Pas une belle fille comme toi ! T'as tout pour être une épouse
et une mère !

— Écoute, papa, ma décision est prise. Je veux entrer au
couvent, devenir postulante et novice, pour ensuite prononcer
mes vœux.

— Dans quelle congrégation ? lui demanda sa mère.

— Chez les Carmélites. Prier pour la paix sur la terre.

Mignonne faillit défaillir. La regardant, elle lui dit :

— Voyons, Bernadette, pas là, on ne te reverra plus !
Jamais ! Tu seras coupée du monde, tu vas t'effacer de notre
vie… Ne me fais pas cela, ce serait perdre un autre enfant, une
fois encore.

Voyant les larmes inonder le visage de sa mère, la jeune
fille se leva, la serra dans ses bras et lui dit :

— Ne pleure pas, maman, je ne veux pas te faire de peine. Mon deuxième choix était les sœurs de la Providence pour enseigner ou m'occuper des enfants malades… Le bon Dieu me pardonnera de changer d'idée, sainte Thérèse aussi, mais ne pleure pas, tu as déjà trop pleuré dans ta vie.

Jean-Baptiste, ému, regardait la scène et, dans un sursaut, tenta de la dissuader, de la faire changer d'idée, mais Mignonne, plus calme soudainement, le fit taire en murmurant :

— Si c'est l'appel de Dieu, mon homme, que Sa volonté soit faite.

En février, tôt le matin alors que les jeunes avaient quitté pour l'école et que Jean-Baptiste était parti au clos de bois, la sonnette tinta et Mignonne, ouvrant la porte, se retrouva face à face avec Mabel, qui, pleurant dans un mouchoir, se jeta dans ses bras :

— Fais-moi entrer, Mignonne, donne-moi une chaise, sers-moi un café, je vais perdre connaissance.

La débarrassant de son manteau de mouton de Perse gris et de son bonnet assorti, Mignonne fit asseoir son amie et, tout en lui versant du café encore chaud, lui demanda :

— Qu'est-ce qu'y t'arrive ? Tu es pâle, tu trembles…

— C'est terrible, Mignonne, c'est épouvantable, regarde ce que je viens de recevoir… J'ai failli en mourir !

Mabel, la main chevrotante, lui tendit une lettre froissée et pria Mignonne de la lire. Sans retenue, sans ménagement, on lui apprenait que son mari, Ross Wood, avait été tué lors d'un combat en mer. Lui et tout l'équipage ! Les Allemands avaient torpillé leur sous-marin, il n'y avait eu aucun survivant. Mignonne, stupéfaite, ne savait trop quoi lui dire. Mabel sanglotait :

— Tu as lu ? Il est mort, Mignonne ! Mon mari est mort ! Ils l'ont tué ! Quels monstres ! Mon Ross ne reviendra plus !

Mignonne la calma et Mabel, toussotant entre ses pleurs, ajouta :

— As-tu lu au bas de la lettre ? En post-scriptum ?

— Non, où ça ? répondit Mignonne, le papier chiffonné encore entre les mains.

— Juste en bas, déplie un peu, ça crève les yeux !

Mignonne repéra enfin le coin gauche presque déchiré et put lire :

P.-S. Une copie conforme a été postée à son neveu, Thomas Wood, habitant Vancouver.

— Il le faisait passer pour son neveu, le Tom en question ! En lui prêtant son nom ! Alors que tout le monde sait, moi la première, même si je le cachais… Oh non ! Je ne peux pas le haïr pour autant, je l'ai trop aimé, je l'aime encore, Mignonne, même mort ! Je ne veux pas salir sa mémoire…

— Calme-toi, voyons, tu vas t'faire du mal, Mabel ! C'est triste, mais ce qui est fait est fait. Il est mort en héros et, au moins, il ne laisse pas d'enfants derrière lui…

— Non, mais une veuve éplorée ! Une femme qui n'a plus sa raison de vivre ! Je n'avais que lui, je suis seule à tout jamais !

— Mabel ! Que le Ciel t'entende, mais il n'est pas dit qu'il te serait revenu, ton mari. Faut t'rendre à l'évidence… Là, c'qu'y faut, c'est d'prier pour son âme.

— Et son corps, lui ? En pleine mer, déchiqueté par les… Je n'ose pas y penser, c'est c'qui m'tue, Mignonne ! J'pourrai même pas enterrer celui que j'ai tant aimé, le visiter, déposer des fleurs sur sa tombe. Comme c'est cruel, Dieu du Ciel ! Je n'aurai même pas la chance de reposer à ses côtés, un jour… Pour l'éternité !

— Pauvre Mabel, viens t'allonger un peu sur le sofa, ta pression monte, t'as le visage rouge. Viens, j'vais t'mettre une compresse.

— Non, ça va aller… T'es bien fine, Mignonne, mais j'avais juste besoin de partager le choc que j'viens d'subir… Mon Dieu, j'aurais pas dû ! Dans ton état…

— T'en fais pas, y'a l'air bien collé, c't'enfant-là. Pis, les mauvaises nouvelles, j'suis capable de les prendre. On dirait que la Sainte Vierge m'a donné un don pour ça ! Y'a juste la mort de Paul-Émile… Mais j'aime mieux pas en parler.

— Comme tu vois, à chacune ses épreuves : toi, le p'tit ; moi, mon mari… Je sais que ça ne se compare pas, car Ross risquait sa vie où il était, puis il m'avait quittée. T'as même pas eu l'occasion de le connaître, Mignonne !

— C'est vrai, mais dis-moi, le Tom en question, pourquoi y'était pas à la guerre, lui ? Y'était pourtant en âge…

— Cherche donc ! Il devait connaître quelqu'un, un médecin sans doute, qui lui a signé un papier d'infirmité. Il n'était pas trop brave, ce p'tit gars-là ! Il fallait toujours le protéger. C'est peut-être Ross qui a trouvé le moyen de l'épargner. Il s'en occupait de si près…

Mignonne avait baissé les yeux, devinant fort bien, par les fréquentes allusions de Jean-Baptiste auxquelles s'ajoutait l'aveu spontané de Mabel, que Thomas dit Tom, avait pu trouver un « allié » en la personne d'un haut placé ou d'un docteur pour être sauvé de l'armée. « Pas brave mais pas bête, le p'tit gars », pensa-t-elle. Elle savait, maintenant, de quel bois se chauffait ce garnement qui avait réussi à conquérir le mari de sa meilleure amie. À moins que ce fût l'inverse… Mais, « Dieu ait son âme », songea-t-elle en faisant son signe de croix, car Mabel sanglotait encore en regardant la petite photo, torse nu, de celui que le Ciel lui avait repris.

Le dimanche, lors de la messe, le curé fit prier les fidèles pour l'âme d'un paroissien, mort pour sa patrie. Et faisant l'éloge du disparu, il souligna le courage de sa veuve, madame

Ross Wood, face à la perte de son mari. Par politesse, Jean-Baptiste alluma un cierge pour le repos de l'âme du marin mort en mer, tandis que Mabel, inconsolable à la sortie de l'église, montrait la photo de son défunt mari à une jeune fille qui, dans sa naïveté, avait lancé : « Comme il était beau ! On dirait un de ces magnifiques athlètes du lancer du javelot comme ceux qu'on a pu voir dans le journal ! » Mabel pleura davantage, Jean-Baptiste soupira et Mignonne, compatissante, entraîna son amie par le bras avant que les commères ne l'entourent. Quelques semaines passèrent, on oublia le marin mort en mer, Jean-Baptiste et Mignonne cessèrent de parler de Ross Wood et de son jeune ami, Thomas, mais Mabel, ayant encore son mari au fond du cœur, avait fait ériger une pierre tombale au cimetière sur laquelle on pouvait lire : * 1880-1918 * *Ici repose Ross Wood, époux bien-aimé de Mabel Watson, mort à la guerre, par amour pour sa patrie.* Le curé avait sourcillé du fait qu'il n'y avait pas de dépouille, mais la veuve lui avait répliqué : « À défaut de son corps, j'ai fait enterrer toutes ses photos, sauf une, dans un petit cercueil de bois blond. » Ce que personne n'avait osé contester, Mabel ayant payé son lot.

Le 2 avril 1918, le maire Médéric Martin était reporté au pouvoir et, le 25 du même mois, un attentat diabolique avait été perpétré sur l'avenue des Érables alors qu'une mère de famille reçut un colis qui explosa lorsque sa fille l'ouvrit. L'incendie fit rage et on sauva de justesse la dame et les enfants. Les soupçons se portèrent sur le mari de la victime ciblée, avec qui elle ne vivait plus, mais on n'avait pas de preuves pour l'instant. Ce qui fit murmurer à Honoré Turin : « Est-ce possible, des gens pareils ? Se venger sur sa famille le jour où l'un des petits fait sa confirmation ! » Puis, il feuilleta vite les pages pour se rendre aux nouvelles sportives afin de s'éloigner de ce drame.

Accoutumé à sa servante Gérarde, qui faisait si bien la cuisine ainsi que sa lessive, il ne pensait plus à sa bru qu'il revoyait de temps en temps mais rarement. Il n'allait plus chez les Vinais, c'était plutôt Ubald qui venait visiter son grand-père. Toujours content de le revoir, le notaire lui donnait chaque fois de la menue monnaie pour qu'il puisse se payer des gâteries. Alice, lors de rencontres sur le parvis de l'église, s'informait de sa santé, mais jamais de Pit et encore moins de Mignonne. Vivant chez sa mère, toujours en guerre avec elle, la « grande et grosse » n'attendait que le jour où la vieille lèverait les pattes afin d'hériter de sa maison. Quelque peu courtisée par le boulanger, elle passait outre malgré son désir d'avoir… un homme ! Ce dernier, cheveux gris et ventru, avait la réputation d'avoir les doigts longs. Ce que madame Édouard « Pit » Turin rejetait haut la main.

Malgré son affection pour Mignonne, en dépit du fait qu'elle soit encore enceinte et sans songer au mal qu'il risquait de lui faire en agissant de la sorte, Honoré entra de nouveau en communication avec Guilmond, le veilleur de nuit, afin qu'il reprenne la mission qu'il lui avait confiée. Et ce, même si sa fille ne se questionnait plus à savoir avec qui Jean-Baptiste allait boire, quand il n'était pas à la taverne. Le notaire, cherchant sans cesse à démolir son gendre, n'eut donc aucun scrupule à remettre Guilmond sur la filature qu'il lui avait confiée quelques hivers plus tôt et qu'il avait interrompue au moment où les malheurs s'étaient abattus sur sa famille. Mais dans l'ombre, Guilmond avait quand même surveillé de près certaines allées et venues…

Au mois de mai, alors qu'Honoré se détendait avec le roman *La Débâcle*, d'Émile Zola, la sonnette de la porte le sortit de son évasion temporaire. Gérarde alla ouvrir, mais ne connaissait pas l'homme qui demandait à voir le notaire, si possible. C'était nul autre que Guilmond, le veilleur de nuit du clos de bois. Honoré, mine de rien, le fit passer dans son cabinet, s'assurant d'abord que personne ne l'avait vu entrer chez lui. Ce qui fit répondre à l'autre :

— Ne vous en faites pas, monsieur Turin, personne me connaît dans l'coin. Même dans ma paroisse, comme j'suis un nouveau venu, on m'remarque pas beaucoup encore. J'passe assez inaperçu…

— Vous n'avez pas mis trop de temps à me revenir, vous ! Étiez-vous déjà sur une piste ?

— Pantoute ! Ben… disons un peu. J'observais, j'travaille là, j'vois donc c'qui s'passe… Vous vouliez du concret, pas des racontars. Ça m'a tout d'même pris un bout d'temps avant d'en arriver avec de quoi d'solide en main ! Vot'gendre n'est pas né d'la dernière pluie. Y prend ses précautions en maudit, c'est moi qui vous l'dis !

— Bon, assoyez-vous, et dites-moi ce qui semble vous rendre si fier de vous.

— J'ai du *stock* pour vous, monsieur Turin ! J'voulais être sûr, mais j'avais vu clair ! Votre gendre a une blonde *steady*. Ç'a commencé banalement, elle répond au téléphone au clos, juste ça, car elle n'a pas d'instruction.

— Mais, parlez, voyons ! Qui est-elle ? Je la connais ?

— Non, j'en douterais. Son nom est Colombe Dumoulet, une fille facile à c'qu'on dit. Une fille de vingt-sept ans qui a été entretenue par le passé, mais pas aussi bien que par vot'gendre.

— Le salaud ! Tromper ma fille qu'il engrosse régulièrement ! Tromper la mère de ses enfants avec une grue ! Sa femme enceinte une fois de plus ! C'est pire que juste se saouler, ça ! C'est immonde ! Ça va être un dur coup pour elle !

— Vous n'allez quand même pas lui dire ça dans son état ! Pis c'est pas avec la Colombe que l'boss prend ses brosses…

Honoré, trop fier d'avoir enfin le motif pour se défaire de ce vaurien, ne retint pas la phrase du délateur et poursuivit, la tête ailleurs :

— Une fille de rien ? Une fille sans famille ?

— Non, elle a son père, elle vit avec lui sur la rue Saint-Zotique.

— Dans la maison paternelle ?

— Non, non, le vieux Mathias ne vaut pas une vieille cenne noire percée. Y fait l'jars devant le monde, mais y'est bourré de dettes pis y'a d'la misère à payer son loyer de trois pièces. C'est bien souvent Colombe qui paye le propriétaire. Parce que l'père Dumoulet, y boit comme un trou ! Y'a toujours sa caisse à côté d'son lit !

— Voilà qui doit attirer mon gendre ! La bière en plus de la fille !

— J'dirais qu'oui, parce que Jean-Baptiste crache pas dedans pis qu'la fille a des charmes… Faudrait pas croire que vot'gendre, y'est fait en bois ! J'les ai surpris à s'embrasser dans l'bureau du clos d'bois ! Y pensait que tout l'monde était parti, mais moi, j'étais déjà là, je r'tenais mon souffle. J'étais arrivé plus tôt que de coutume parce que veilleur de nuit…

— Oui, je connais votre emploi, ne m'en dites pas plus ! Ils se sont embrassés, vous disiez ? Seriez-vous prêt à le jurer ?

— Aie ! Minute ! J'travaille pour vous, pas pour la police ! J'peux l'jurer à vous, monsieur l'notaire, mais embarquez-moi pas dans une affaire publique. Moi, la cour pis les tribunaux…

— Pourriez-vous, au moins, le jurer devant ma fille ?

— Oui, j'pourrais, mais j'en ai pas envie, j'vais perdre ma job. Si vot'gendre apprenait que c'est moi qui l'dénonce de la sorte, j'me retrouverais l'cul sur la paille ! Aie ! Pas si vite !

— Je vous prierais de surveiller votre langage.

— Excusez-moi, monsieur le notaire, c'est la crainte pis l'énervement…

— Bon, ça va, tel que promis, je ne vous impliquerai pas. Donnez-moi vite l'adresse de cette Colombe Dumoulet, je me charge du reste.

Le mouchard s'exécuta et, prenant le papier, Honoré lui lança :

— Tenez, voici votre argent, et disparaissez de ma vue ! Ni vu ni connu !

Guilmond empocha les billets de banque, remit sa casquette et sortit la tête basse pour éviter que Gérarde, qui le reconduisait à la porte, puisse l'examiner de trop près et être en mesure, un jour, de l'identifier.

Le notaire Turin, fier de sa découverte, se frottant les mains d'aise, sans égard pour sa fille enceinte, n'avait qu'une idée en tête, se débarrasser de ce va-nu-pieds qu'il avait toujours détesté. Encore plus depuis que Jean-Baptiste était devenu… un parvenu ! C'était une obsession ! Sans même songer aux enfants qui allaient souffrir de sa démentielle accusation, il se rendit chez Mignonne deux jours plus tard et, la voyant se tenir le ventre à force de grossesses et de faiblesse, il ne trouva la compassion que de lui offrir de prendre une chaise. Sans ménagement, la fixant droit dans les yeux, il lui dit :

— Prends une bonne respiration, ma fille, j'ai à te parler. Et ce que j'ai à te dire n'est pas de tout repos.

Mignonne, étonnée, laissa sa popote de côté et, assise sur une chaise au siège de paille de la cuisine, lui demanda :

— Qu'est-ce qu'il y a ? T'as l'air soucieux… Gérarde s'en va ?

— Non, ma brave servante est très bien chez moi, elle travaille moins qu'au presbytère. Elle a du temps libre, elle lit même l'après-midi. Elle aime ma collection de Charles Dickens… Non, ce n'est pas pour moi que ça va mal, Mignonne, mais plutôt pour toi. Mais je crains de t'ébranler avec ce que je vais t'apprendre…

— Bien, ébranle-moi, j'suis habituée ! Qu'est-ce qui se passe ?

— C'est à propos de ton mari, mais c'est délicat, j'hésite…

— T'hésites ? Depuis quand ? Tu l'as toujours matraqué, papa ! Une fois de plus ne va pas le faire mourir…

— Non, c'est à toi que ça va faire de la peine, ma fille.

— Allez, parle, j'en ai vu d'autres ! Qu'est-ce qu'il a, Baptiste ?

— Bien… bien… il te trompe, Mignonne. Ton mari a une autre femme dans sa vie.

Interloquée, elle pensa un moment qu'il plaisantait, mais voyant son air sérieux, elle retrouva son souffle pour lui demander :

— Tu tiens ça d'qui, papa ? Baptiste, me tromper ? Allons donc ! J'suis la seule femme de sa vie ! Sa soie, comme il m'appelle !

— De belles paroles que tout ça, mais c'était avant que Colombe Dumoulet arrive dans les parages ! lança-t-il d'un ton sec.

— Colombe ? La p'tite Dumoulet ? Celle qui répond au téléphone de temps en temps ? Allons donc, une enfant…

— Une enfant ? Vingt-sept ans, Mignonne ! Pas si jeune que tu le penses ! Et fille facile, fille de joie qui en a eu bien d'autres avant ton Baptiste ! Je suis navré d'avoir à te dévoiler tout ça, mais voir ma fille trompée, voir mon gendre traîner le nom de ses enfants dans la boue, je ne l'accepte pas. C'est de source sûre que j'ai appris sa liaison, Mignonne, pas de la bavasse d'une commère ! Et ce n'est pas d'hier que ça dure selon mes déductions, Baptiste se rend chez elle depuis un bon bout de temps. Tu te demandais où il buvait quand il n'allait pas à la taverne ? Bien, c'est chez elle, avec son père, Mathias Dumoulet. Un ivrogne comme lui ! Un paria de la société qui ne travaille même pas. Y paraît même, ça, je l'ai su après, qu'il chique son tabac et avale sa salive. Il ne le crache même pas ! Pauvre, nécessiteux, c'est sa fille qui paye le loyer. Avec quel argent, tu penses ?

Mignonne, affaissée, la tête entre les mains, lui cria :

— Arrête, papa ! Va pas plus loin, j'attends un enfant, j'ai de la misère de ce temps-là ! Tu m'as dit c'que tu avais à m'dire ? Maintenant, va-t'en ! J'vais m'arranger avec Baptiste !

Le père, solennellement, se leva et lui déclara avant de partir :

— Ce ne sont pas des accusations en l'air, ma fille. La personne qui m'a tout révélé me l'a juré sur la Bible. Alors…

— Papa, va-t'en ! Tu m'as assez fait mal comme ça ! N'en dis pas plus, laisse-moi m'arranger avec le reste. C'est d'mon mari qu'il s'agit, pas de n'importe qui, pis moi, Bible ou pas, les langues sales, j'connais ça. Pit…

— Ne parle surtout pas de lui, il ne vaut pas plus cher que ton mari, ton frère ! Damnée famille ! Dieu merci, ta mère ne voit pas cela !

Mignonne était songeuse, elle avait le cœur gros. Se pouvait-il que son père ait raison, que son mari la trompe avec cette fille qu'il avait engagée, disait-il, parce qu'elle était dans la misère ? Une fille qu'elle n'avait aperçue qu'une fois et qu'elle n'avait pas trouvée jolie. Pas même de manières au téléphone parce que peu instruite. Elle lui avait répondu une fois ou deux lors d'appels, mais la supposée réceptionniste qu'elle était l'avait considérée comme la dernière venue, pas l'épouse du patron. Sans courtoisie, en lui disant que «Jean-Baptiste» la rappellerait en utilisant familièrement son prénom. Tout ça lui revenait en mémoire maintenant... Elle n'en avait pas parlé à son mari à ce moment-là, elle avait même oublié l'incident parce que trop occupée avec les enfants. Mais s'il fallait que ce soit vrai et que son «Baptiste» se soit amouraché de cette fille... Lui qui l'aimait tant, lui qui n'avait qu'elle dans son cœur, «sa soie», comme il l'avait qualifiée tant de fois.

Elle attendit qu'il rentre, qu'il soupe, que les enfants soient au lit, même si Bernadette, plus vieille, ne se couchait pas tellement tôt, pour affronter sèchement son mari. Dans la chambre, porte close et à voix basse le plus possible parce que le mur où était appuyé leur lit donnait sur la chambre de leur aînée qui aurait pu tout entendre :

— J'ai à te parler, Baptiste, pis c'est sérieux ! lui dit-elle.

— J'me doutais bien qu'y avait quelque chose qu'y allait pas, t'as été soucieuse toute la soirée. Pas ta grossesse...

— Non, ça va de ce côté-là, l'interrompit-elle. Mon père est venu me voir cet après-midi.

— Ah oui ? Puis ? Y'a des problèmes de santé ?

— Non, aucun, mais il m'a appris quelque chose qui m'a crevé l'cœur, Baptiste. Quelque chose qui t'concerne... Tu t'en doutes pas un peu ?

— Pantoute ! Qu'est-ce que c'est ? Y m'cherche encore des poux, ton père ?

— Pas cette fois ! Mais j'irai pas par quatre chemins, Baptiste ! Y paraît qu'tu m'trompes ! Avec la Colombe par-dessus l'marché !

Heureusement que l'acte d'accusation avait été lancé dans la noirceur, car Mignonne aurait pu voir que son mari avait pâli. Se sentant un pied dans la trappe, mais gardant toutefois son calme, il répondit :

— Qui ? Colombe ? La pauvre fille dans le besoin qui répond au téléphone de temps en temps ? C'est quoi cette histoire-là ?

— Écoute, Baptiste, mon père tient ça d'une source sûre. T'as même été vu avec elle, t'es allé chez elle, tu connais son père.

— Monsieur Dumoulet ? Bien sûr, c'est un client.

— Baptiste ! Dumoulet est un ivrogne ! Un paresseux ! Un bon à rien ! Personne l'appelle monsieur, ce fainéant-là ! Pis, éloigne-toi pas du sujet. T'es allé souvent chez lui, oui ou non ? Avec Colombe, oui ou non ?

— Mignonne, voyons… Comment peux-tu douter de moi comme ça… Ça m'désole, ça m'humilie… J'ai déjà été reconduire la p'tite un soir de pluie, son père m'a fait monter pour m'offrir une bière, pis rien d'plus. J'comprends pas, t'aimes mieux croire ton père…

— Là n'est pas la question, mais réponds-moi juste oui ou non, t'as-tu couché avec la Dumoulet, toi ?

— Mignonne ! Syncope ! Calv… Fais-moi pas sacrer ! Comment peux-tu ?

— Chut ! Pas si fort, Bernadette va tout entendre à côté.

— Ben non, ça dort comme une bûche, c't'enfant-là ! Dès qu'a s'couche ! A ronflait déjà quand j'suis passé devant sa chambre.

— T'as toujours pas répondu, mon homme.

— Répondre quoi ? C'est des médisances, tout ça ! Pis moi qui pensais qu't'avais confiance en moi ! Tu m'déçois, ma femme !

— J'ai confiance ! J'ai pas tout à fait cru l'père, je t'demande juste de m'rassurer pour que j'dorme sur mes deux oreilles.

— Ben, tu peux dormir en paix parce que c'est pas vrai, tout ça !

— Tu me l'jures, Baptiste ? Sur la tête de tes enfants ?

— Tu m'demandes de jurer, Mignonne ? Comme un fautif qui va en cour ? Tu devrais avoir honte de douter de ton mari. Tu devrais même t'en confesser… C'est péché c'que tu fais là !

À bout, épuisée, la jeune femme se mit à pleurer, et Jean-Baptiste, profitant de la situation, la serra contre lui :

— Allons, arrête de t'tracasser, c'est pas bon dans ton état. J'rentre chaque soir, Mignonne. Des fois, j'ai pris un coup, mais j'rentre quand même de bonne heure. Pis j'suis un bon père…

— Pour ça, oui, j'te reproche rien… murmura-t-elle dans ses sanglots.

— Ton père n'est pas correct de t'mettre à l'envers comme ça. Pis toi, t'as embarqué parce que t'es fragile, parce que t'as moins d'nerfs dans ton état. Oublie tout ça, ma soie. J'suis là, t'es dans mes bras, on vit bien, on s'aime, on s'comprend. Laisse pas ton père tenter d'mettre du désordre dans not'ménage.

— J'veux bien, mais j'aimerais que tu la renvoies, cette fille-là. Si c'est pas vrai, ça va au moins faire taire les mauvaises langues.

— Mignonne ! Elle a pas une cenne ! Pis c'que j'lui paye pour l'emploi temporaire, personne voudra d'une job comme ça ! Avec elle, on manque pas un *call* quand on sort pour aller manger. Y'a d'la compétition astheure, j'suis plus l'seul à vendre d'la planche dans l'quartier. T'en fais pas, j'vais trouver la langue de vipère qui colporte des choses comme ça à ton père. On va voir de quel bois j'me chauffe ! Ça va, maintenant ? Tiens, colle ton gros ventre contre moi, ça va t'apaiser, ma soie.

Le lendemain, se doutant fort bien de qui avait pu le calomnier ainsi auprès de son beau-père, il attendit jusqu'à six heures, une bière à la main, pour que Guilmond, le veilleur de nuit, se présente pour son quart de travail :

— Tiens ! Salut, boss ! Encore au poste ? Une longue journée…

— Écoute-moi bien, toi, prends pas la peine d'accrocher ta casquette, tu viens de perdre ta job ! Moi, des langues sales, j'en veux pas dans ma *shop* ! Tu r'pars comme t'es venu, t'auras l'argent que j'te dois à la fin du mois. En attendant, si t'es mal pris, tu retourneras voir mon beau-père, y va sûrement t'dédommager encore plus, lui !

Guilmond avait blêmi. Tournant sa casquette autour de ses pouces, il bégaya :

— Je… j'comprends pas, je, je…

— Cherche pas, tu sais c'que t'as fait ! Tu m'as sali aux yeux du notaire, tu lui as dit que Colombe pis moi…

— Jamais ! J'connais même pas l'notaire ! mentit-il.

— Ah non ? Lui t'connaît bien puisqu'il a dit à sa fille, ma femme, que c'était toi qui lui avais rapporté tous ces ragots !

Jean-Baptiste avait pris une chance en acculant au pied du mur le pauvre Guilmond qui, cerné, s'écria :

— Y m'avait juré de n'pas me mettre dans l'trouble, lui ! Y m'a menti ! Si j'avais su, j'aurais jamais accepté de t'épier…

Il se tut, mais trop tard. Jean-Baptiste reprit de plus belle :

— Il t'a payé pour ça, au moins ? Assez pour t'acheter une montre neuve à c'que j'vois ? Pis tu lui as rapporté n'importe quoi. Tu lui as dit que tu m'avais vu au lit avec Colombe… Où ça ?

— J'ai jamais dit ça, *boss* ! Jamais ! J'ai juste dit que j't'avais vu l'embrasser pis que t'allais chez elle boire avec son père !

— Bon, t'en as assez dit, remets tes claques, prends ta boîte à lunch, pis sors d'ici avant que j'te casse en deux, visage à deux faces ! Tu pourrais faire de la prison pour avoir tenté de briser mon ménage, mais j'vais t'épargner les menottes. Déguerpis, pis arrange-toi pour plus te r'trouver sur ma route, Guilmond, sinon j'réponds pas d'moi ! Pis change de quartier, l'vieux garçon, parce que pour une job dans l'coin tu vas être barré ! Personne n'engage des Judas dans leur commerce, pas même le curé pour épousseter les bancs d'église !

Guilmond n'attendit pas son reste et sortit sans ajouter le moindre mot. Apeuré mais en furie contre le notaire, il aurait voulu le revoir, lui dire sa façon de penser… Mais un notaire, c'était aussi un homme de loi. Et la parole d'Honoré Turin valait certes plus que la sienne. Dès lors, en chemin pour sa chambre louée, le mouchard comptait bien changer de quartier.

Le soir venu, afin de clore l'incident, Jean-Baptiste avait attendu qu'il soit tard avant de dire à Mignonne, à l'insu des enfants :

— Tout est réglé, j'ai découvert le fautif, il a tout avoué.

— Qui donc ?

— Guilmond, le veilleur de nuit, tu l'connais pas, tu l'as jamais vu. Mais c'est lui qui a colporté ces menteries à ton père. Dis pas à ton père que je l'ai démasqué, l'rapporteur, ça pourrait l'choquer. Pis, comme y m'aime pas, y va chercher autre chose pour nous diviser, y supporte mal que ça marche entre nous deux, y pense même pas aux enfants ! Mais qu'importe, y'est vieux, Mignonne, y'a sa goutte qui l'rend irritable… Fais comme si de rien n'était, pis si y t'reparle de ça, dis-lui pas pour Guilmond, change de sujet, ça va l'dérouter !

— Y s'est pas défendu plus que ça, le veilleur de nuit ?

— Pris au piège, y'a pas été capable. Y'a essayé, mais plus y s'défendait, plus y s'enfonçait dans'marde. Plus hypocrite que ça, ça s'peut pas ! Si tu l'avais déjà vu, t'aurais vite compris. Y'a les yeux comme deux trous de pisse dans la neige !

— Dans c'cas-là, j'en parlerai pas au père. J'veux pas que ça aille plus loin, c't'affaire-là !

— Pis, si lui t'en parle encore ?

— Crains pas, mon homme, j'vais l'remettre à sa place. J'vais lui dire de nous laisser tranquilles, qu'on n'est pas Pit pis Alice, nous autres !

Jean-Baptiste Rouet s'en était bien sorti. Habile, rusé, il avait su réduire à rien ou presque une accusation qui aurait pu causer sa perte. En faisant de sa femme sa complice, il écartait le beau-père de sa vie. Du moins, en partie. Mais il se promettait d'être plus vigilant à l'avenir, de ne pas rester au clos avec Colombe après les heures de fermeture, de ne pas s'éterniser chez Dumoulet à boire avec lui jusqu'à ce qu'il s'enivre. Il avait eu chaud, il avait sué. Jamais il n'aurait cru que son beau-père irait jusqu'à le faire épier pour le compromettre. Car, malgré ses infidélités passagères, il ne souhaitait pas que Mignonne, un jour, le regarde de travers. Il ne voulait pas… ne plus être aimé d'elle. Il l'adorait, « sa soie », mais la bière aidant, il faiblissait sans cesse devant les avances de Colombe qui, habituée aux hommes, savait par quel bout les prendre. Oui, il avait transpiré et, sorti vainqueur de ce grave malaise, il craignait néanmoins d'autres offensives de la part du notaire. Surtout auprès de sa fille. Mais comme Mignonne lui avait promis qu'elle allait le faire taire, Jean-Baptiste Rouet, rassuré, dormit comme un loir dans le lit conjugal cette nuit-là.

Deux jours plus tard, sans s'annoncer, Honoré Turin revenait chez sa fille discrètement, presque sur la pointe des pieds. Elle l'accueillit affectueusement, lui offrit une pointe de tarte aux pommes fraîchement sortie du four, ainsi qu'une tasse de thé. Il lui parla de la pluie et du beau temps, des plus récentes nouvelles à travers le monde, de la fin de la guerre qu'on prévoyait déjà, et voyant qu'elle ne faisait pas allusion à Jean-Baptiste qui la trompait, il se risqua :

— Et puis, sans vouloir être curieux, tu as parlé à ton mari au sujet de…

Mignonne l'interrompit brusquement pour lui répondre fermement :

— Oui, papa, et tout est réglé ! Ce sont des racontars ! Baptiste était furieux ! Il a mis la main au collet de celui qui t'avait menti et l'a foutu à la porte ! Puis, là, c'est derrière moi ! Colombe Dumoulet n'est qu'une pauvre fille dans la misère…

Outré, ne voulant pas passer pour le dindon de la farce, Honoré s'emporta et lui révéla ce que l'épieur lui avait rapporté :

— N'empêche qu'il les a vus s'embrasser, le supposé menteur ! Il n'est quand même pas aveugle, ce type-là !

Mignonne avait légèrement pâli. Une telle révélation lui alla droit au cœur. Retrouvant le souffle qu'elle avait retenu, elle répliqua :

— Écoute, papa, je t'aime, tu le sais, mais j'aime aussi mon mari. De tout mon être ! J'ai foi en lui, il a démenti ce dont tu l'accuses et je le crois. Or, à partir de maintenant, je ne veux plus en entendre parler ! J'attends un autre enfant et je sens que la délivrance ne sera pas facile. Alors, pour l'amour du ciel, ne viens pas chambarder ma quiétude. Surtout pas en tentant de briser mon ménage !

— Briser ton ménage ? Tu me crois capable d'une telle malveillance ? Je voulais juste t'ouvrir les yeux, ma fille. Tu préfères regarder dans le vide ? Tant pis pour toi, tant mieux pour lui ! Je retourne donc chez moi et je ne reviendrai pas à moins que tu ne me réclames, Mignonne ! Tu te contenteras de ton homme !

— Papa, s'il te plaît, pas sur ce ton ! Pas de menaces… Tu as fait épier mon mari et c'est impardonnable ! Tu l'as fait dans le seul but de nous séparer l'un de l'autre. Ce que tu tentes d'ailleurs de faire depuis le premier jour de notre union… Dieu seul sait pourquoi, et maman ne doit pas en être très fière. Et là, je suis à bout, je n'ai presque plus de forces, ne viens pas me mettre à terre avec d'autres allusions et ton intention de ne plus revenir… C'est du chantage !

Voyant une larme perler sur la joue de sa fille bien-aimée, Honoré s'en approcha, la prit dans ses bras et lui dit :

— Pardonne-moi, ma petite fille, je ne voulais pas te mettre à l'envers de la sorte. Je ne te reparlerai plus de rien, je te le promets, et je vais revenir manger de ta bonne tarte. Mais il n'était pas question de chantage, ta mère en est témoin. Qu'importe ! Je m'excuse de troubler ainsi ta grossesse, Mignonne. Toi, une si bonne femme, une si bonne mère. Et ne pas revenir me punirait énormément, je me sens si loin, si seul, sans la présence de mes petits-enfants.

L'été s'annonçait beau et chaud, l'école achevait et Bernadette, toujours aussi déterminée, envisageait de se retirer au couvent dès l'automne pour y faire son postulat. Malgré ses efforts pour plaire à ses parents, elle était revenue à la charge avec son choix d'entrer chez les Carmélites et, aidée du curé qui la secondait dans sa vocation, Mignonne et Jean-Baptiste avaient compris que leur aînée voulait se consacrer à la piété et non à l'enseignement. Résignés à la perdre, ils versèrent quelques larmes et Mignonne, apaisée, avait dit à son mari : « Au moins, le bon Dieu me la reprend vivante, celle-là, pas comme les autres. »

Pour se divertir, Mignonne, accompagnée de Mabel, se rendait parfois au cinéma où l'on présentait des films muets. Mignonne avait jeté son dévolu sur l'actrice Marion Davies alors que Mabel préférait la coquette Mary Pickford parce qu'elle était née en Ontario. Mais d'autres actrices se hissaient au sommet comme la pétillante Lillian Gish et la ténébreuse Theda Bara qui avait si bien incarné *Cleopatra* dans le film du même nom. Mignonne, observant aussi les beaux acteurs, avait un œil sur un nouveau venu, Warner Baxter, dont le nom au générique était, au début, exclu ou parmi les figurants. Mais elle sentait qu'il allait devenir une tête d'affiche, ce qui s'avéra le cas avec le temps. Jean-Baptiste les avait accompagnées une seule fois. Il avait détesté le cinéma muet. Au point de dire aux deux femmes en sortant : « C'est stupide, y faut lire c'qu'y s'passe, c'est écrit juste en anglais, pis moi, les joueurs de piano dans la salle pour accompagner les scènes, ça me tape sur les nerfs ! Non, franchement, j'aime mieux nos bonnes séances paroissiales. Ça parle au moins ! Pis on les voit avec de la couleur, les artistes d'ici, pas juste en noir et blanc ! »

En plus de la guerre mondiale avec ses bombes qui pleuvaient encore, une autre crainte s'était emparée du monde entier : la grippe espagnole. Son surnom venait du fait que seule l'Espagne, non impliquée dans la guerre qui sévissait, pouvait publier librement les informations relatives à cette pandémie. Le « virus père » ne fut identifié qu'à partir d'avril 1918, alors qu'il avait probablement sévi en Chine dès décembre 1917. À Seattle, aux États-Unis, on ne laissait pas monter dans les tramways les passagers non munis d'un masque. Une grippe sournoise et mortelle qui faisait des ravages sur son passage. En France, des soldats en mouraient avant même de se rendre au combat, ce qui affaiblissait de beaucoup les troupes. Comme on avait décelé quelques cas au Canada, ce fut la panique, et Mignonne, en bonne mère-poule, gardait ses petits sous son aile, pressant même Bernadette de rentrer au Carmel le plus tôt possible, pour être à l'abri du fléau. Mabel, plus détendue, l'avait rassurée :

— Ne t'en fais pas, Mignonne, garde ton calme, c'est quand même pas rendu dans la paroisse, cette grippe dont on exagère les effets. Et puis, cc n'est pas tout le monde qui en meurt...

— Si tu savais tout ce que mon père lit dans les journaux ! Ça tombe comme des mouches, Mabel ! Les enfants surtout !

On parlait de la fin plus que probable de la guerre, du retour des soldats, et Florence, fébrile, espérait retrouver son «Pit» avec tous ses membres, quoique fort inquiète : elle n'avait pas reçu de lettre de sa part depuis deux mois. Alice, chez sa mère avec Ubald, se préoccupait peu du sort de son mari. Il aurait pu revenir dans un cercueil ou sur un grabat que ça l'aurait laissée indifférente. Édouard «Pit» Turin n'était plus à elle mais à l'autre. Il était donc évident que, humiliée, elle ne souhaitait pas à «Flo» de le ravoir d'un seul morceau.

Mignonne qui s'acheminait vers la fin de sa grossesse souffrait de plus en plus de vives douleurs à l'abdomen. Au point de demander à son médecin : «Dites-moi pas que j'vais l'perdre encore, celui-là ?» Après un bref examen, il l'avait rassurée : «Non, madame Rouet, c'est juste qu'il est plus gros que les autres, ce bébé-là. On dirait qu'il est prêt à sortir et il vous reste encore un gros mois et demi. Ça ne va pas être facile, je vous préviens. Essayez de vous reposer un peu plus.» Comble de malheur, comme si elle n'avait pas assez de ses contractions précoces et de ses migraines, Mabel était venue la visiter un certain midi, soucieuse, alors que les enfants jouaient dehors et que Bernadette était à l'église.

— Qu'est-ce que t'as ? Le ciel t'est-tu tombé sur la tête, toi ?

— Non, Mignonne… mais je n'sais pas comment te l'dire. Tu es ma meilleure amie, je devrais peut-être garder ça pour moi, ne pas te faire de peine, mais d'un autre côté, tu es en droit de savoir.

— Vas-y ! Qu'est-ce que t'as à m'apprendre aujourd'hui ?

— Bien… c'est Baptiste, ton mari, Mignonne.

Cette dernière avait tressailli. Oh non ! Il ne fallait pas que ce soit encore cela !

— Ça me fait de la peine de te le dire, mais ton mari a une petite amie.

Faisant mine de rien, s'efforçant de respirer normalement, Mignonne alla au devant des coups :

— Colombe Dumoulet ? On me l'a déjà rapporté, Mabel, mais c'est juste des ragots. Baptiste m'a affirmé qu'il n'y avait rien entre elle et lui.

Pour ne pas perdre la face, Mabel ajouta plus timidement :

— Bien, c'est que j'les ai surpris, Mignonne. À l'angle de Saint-Zotique et Saint-Denis. Il la tenait par la taille, elle lui caressait la joue, puis il est monté dans un logement avec elle. Sans doute chez elle… Pas très discret, ton Baptiste. Jamais je ne t'aurais dit un seul mot si je ne l'avais pas vu de mes yeux !

Mignonne, assommée, constatant soudainement que son père avait raison et que Jean-Baptiste lui avait menti, se retint pour ne pas éclater en sanglots. Se contenant de peine et de misère, elle dit à son amie :

— Garde ça pour toi, Mabel, que personne ne le sache. Si c'est le cas, je vis la même chose que toi, sauf que Baptiste n'est pas, enfin, lui…

— Mais mon mari n'avait pas de femme dans sa vie... Il est juste parti.

Choquée de se sentir la seule cible d'une trahison, Mignonne répliqua vertement :

— Ben, voyons, réveille, Mabel ! Ton Ross s'était enfui avec Thomas ! Penses-tu qu'y avait besoin d'un faux neveu pour ses affaires ? Tout l'monde savait qu'ils s'aimaient, Ross et Tom, y'a juste toi qui l'savais pas ou qui faisais semblant d'l'ignorer ! Encore aujourd'hui... On est dans les mêmes beaux draps, toi pis moi ! Fallait bien que j'te l'dise un jour...

Mabel se mit à pleurer et, hoquetant, ne sut quoi répliquer.

— Excuse-moi, j'voulais pas t'faire de peine à c'point-là. Mabel. Ross est mort maintenant... Mais fallait qu'tu finisses par être au courant !

— Je m'en doutais, Mignonne, je t'ai même avoué récemment que je le savais, mais que je le cachais... J'avais trop honte pour en parler ouvertement, même à toi, ma meilleure amie. J'étais trop humiliée... J'ai préféré jouer les gourdes. Remarque que je n'ai jamais eu de preuves, que je ne les ai jamais surpris, mais l'évidence était là. Surtout de la part de Thomas, le lâche, le malappris ! Je ne parle pas contre Ross par respect pour sa mémoire. Tu vois, même disparu en mer, je porte encore son nom et j'ai toujours sa petite photo dans ma sacoche. J'étais venue te parler de toi et voilà que ça retombe sur moi... Je m'excuse pour ce que je t'ai dit au sujet de ton mari, j'aurais dû laisser ça mort.

— Non, t'as bien fait, mais si tu m'jures de garder ça entre nous, ça va pas faire de tort aux enfants. Moi, j'vais fermer les yeux, j'ai pas l'choix, j'suis sa femme, y m'fait vivre, pis avec l'enfant que j'porte... Qu'y fasse c'qu'y veut, Mabel ! Baptiste est comme tous les autres hommes ! Pis comme y'a des filles à la cuisse légère...

— Tu es bien indulgente, Mignonne, trop bonne, bonasse même. Moi, si j'étais toi, je le giflerais, je lui arracherais les yeux !

— Pauvre Mabel… C'est à Ross que t'aurais dû faire ça !

Certaine à n'en plus douter que son homme la trompait avec la grue de la paroisse, Mignonne en éprouva un vif chagrin. L'ayant habilement caché à son amie, elle se promettait bien de ne pas en parler à son père. Ce qui l'outrageait plus que l'affront, c'est que Baptiste lui avait menti en n'avouant pas sa liaison. Elle regrettait amèrement de ne pas l'avoir forcé à jurer. Sur la tête de Paul-Émile, leur fils mort et enterré ! Il s'était adroitement défilé, il avait détourné le sujet. Mais que faire maintenant ? Le semoncer ? Lui dire qu'il était coincé ? Trahir la confiance de Mabel ? Non ! Soumise, dépendante, sur le point d'être mère une fois de plus, madame Jean-Baptiste Rouet opta plutôt pour le mutisme, se promettant bien, cependant, d'être plus distante avec lui pour le devoir conjugal. Traînant son gros ventre et son petit François, elle avait emprunté le tramway en après-midi pour se rendre, à l'insu de son père, dans son ancienne église. Sur les lieux, alors que le petit s'agrippait aux bancs d'une rangée à l'autre pour essayer de marcher, Mignonne s'agenouilla devant la statue de Notre-Dame du Purgatoire et, regardant l'Enfant Jésus dans les bras de sa mère, une couronne de roses dans les mains, elle le pria de la déposer un jour sur la tête de Baptiste, de le faire monter au Ciel et de l'épargner ainsi du feu des pénitents, de ces flammes qu'on voyait au bas de la statue, peintes d'un rouge flamboyant.

La rentrée des classes apporta un certain répit à Mignonne, qui traversait une pénible fin de grossesse, sans doute la pire depuis son premier enfant. Joshua, avec ses onze ans, devenait un brave petit homme et Cécile, huit ans, douce et menue, le portrait de sa mère, était la préférée de Mabel, sa marraine, qui la choyait beaucoup. Le petit François, à un an et quelques semaines, faisait déjà ses premiers pas, mais retombé à quatre pattes, il grimpait partout et était si rapide qu'il fallait le rattraper constamment. C'était, à n'en point douter, celui qui essoufflait le plus Mignonne dans son état. Pleurnichard, bébé triste, voulant toujours se faire prendre, il n'était pas de tout repos pour sa mère qui, impatiente, le déposait souvent dans son parc à barreaux où il hurlait, ne pouvant en sortir. Lorsque Mabel rentrait de son travail, elle allait le promener avec Cécile, accrochée à son bras. Ce qui permettait à Mignonne de préparer le souper de Bernadette qui n'en avait plus pour longtemps à vivre sous leur toit.

C'est vers la mi-septembre que l'aînée des Rouet fit ses adieux à sa famille pour entrer au Carmel. Jean-Baptiste, peiné de perdre « sa précieuse », essuyait une larme, tandis que Mignonne, affaissée sur un banc alors que quelques postulantes défilaient, sanglotait dans son mouchoir. Le vicaire lui avait déclaré : « C'est sans doute l'appel de sainte Thérèse, madame Rouet. On a besoin d'âmes pures comme la sienne chez les Carmélites. Un jour, vous en serez fière, vous verrez. » Ce qui avait consolé quelque peu Mignonne qui, navrée de perdre sa fille aînée, sachant qu'elle ne la reverrait plus après la prise d'habit, déplorait aussi le fait que Bernadette quitte le toit au moment où elle avait le plus besoin d'elle. Avec un enfant dans les bras et un autre qui allait naître.

Malgré son peu de temps libre, en dépit de ses malaises, Mignonne s'était portée volontaire, avec Mabel, pour venir en aide aux familles frappées par la grippe espagnole. On avait dénoté cinq cas en ville, dont deux dans la paroisse de son père.

Jean-Baptiste, effaré, lui avait dit :

— Es-tu folle, Mignonne ? C'est contagieux ! T'es enceinte !

Elle l'avait regardé de haut et lui avait répondu avec aplomb :

— Le bon Dieu va protéger les bénévoles, mon homme, t'en fais pas. Beaucoup plus que les buveurs de bière de la rue Saint-Zotique !

Médusé, bouche bée, Jean-Baptiste venait de comprendre que sa femme était au courant de sa liaison avec Colombe et de ses fréquentes visites chez Mathias Dumoulet, le père de sa maîtresse. N'ajoutant rien, il tourna les talons et se demandait bien où elle avait pu, une fois de plus, apprendre ce qu'il essayait tant de lui cacher. Sûrement pas de Guilmond, il l'avait congédié et ce dernier avait changé de quartier. Mais de qui ? Pas de son père qui aurait eu bien de la misère à le faire épier, il était sans cesse sur ses gardes. Ou presque... Lui qui s'était pourtant promis d'être plus prudent. Il préféra ne pas se casser la tête et évita de questionner sa femme sur le sujet, de peur de s'incriminer lui-même. Mais ce qui l'angoissait, c'est qu'il avait fortement nié cette liaison, qu'il avait réussi à convaincre Mignonne de la fausseté de l'accusation, à la ranger de son côté et à l'éloigner quelque peu de son père. Mal à l'aise, sachant qu'il avait trahi sa confiance, il sortit et descendit la rue Drolet pour se rendre au travail, la tête basse, encore sous l'effet du regard méprisant de sa femme.

Le 10 octobre, on comptait cinquante-neuf décès de la grippe espagnole dans la métropole, auxquels s'ajoutaient trois cent quatre-vingt-dix-huit nouveaux cas. Sans antibiotiques, une personne sur deux était condamnée et les médicaments qu'on leur administrait ne faisaient qu'affaiblir les malades.

Ce qui surprenait, c'était que le virus s'attaquait aux jeunes adultes, la génération normalement la plus résistante. Cette grippe espagnole allait faire, tout au long de sa durée, plus de treize mille victimes au Québec dont trois mille à Montréal. De là, l'interdiction formelle donnée à Mignonne par Jean-Baptiste et le médecin, dès le début de la rapide contagion, de venir en aide aux malades, et l'ordre catégorique de se tenir loin du virus, surtout dans son état. Mabel persista dans son dévouement auprès des affligés, mais se vit interdire la porte des Rouet jusqu'à la fin des ravages pour éviter de contaminer la famille. Ce terrible fléau qui s'ajoutait à la guerre tua vingt millions de personnes de par le monde. Elle fut la plus désastreuse de toutes les pandémies, et certains personnages célèbres, tels le poète français Guillaume Apollinaire, le dramaturge français Edmond Rostand et le joueur de hockey anglais Joe Hall, en furent victimes.

C'est plus tard que prévu, à la fin octobre, que Mignonne sentit les premières douleurs lui percer le ventre. Affolée, sans Mabel qui ne pouvait s'en approcher, elle demanda l'aide d'une voisine jusqu'à ce que Jean-Baptiste et le médecin arrivent sur les lieux. Étendue sur son lit, souffrant terriblement, le souffle coupé, les sueurs au front, elle s'agrippait au bras de son mari au point de l'arracher. La voisine, voyant que l'accouchement allait être difficile, la laissa aux soins du médecin et retourna chez elle vaquer à ses occupations. Le notaire, averti par Joshua au bout du fil de la délivrance imminente de l'enfant, arriva en trombe avec sa servante, Gérarde qui, sans avoir eu d'enfants, faisait preuve de sang-froid face à de telles situations. Elle avait jadis aidé sa sœur à mettre son fils unique au monde. Bien entourée, son petit François chez une autre voisine, Joshua et Cécile au second étage, Mignonne endura le martyre pour délivrer enfin, entre les déchirures et le sang qu'on épongeait au fur et à mesure, un gros bébé de sexe féminin qui mit du temps à faire jaillir son premier pleur. Jean-Baptiste regardait l'enfant et, jetant un œil au docteur, semblait attendre un verdict de sa part. La petite, pas jolie, difforme de corps, était née avec ce qu'on appelait communément une tête d'eau. Hydrocéphale ! Le médecin n'eut d'autre choix que d'en aviser la mère qui, après avoir tant souffert, éclata en larmes en pressant la petite sur son cœur. Jean-Baptiste, perplexe devant le fait mais attentif, se fit expliquer par le médecin que, lorsque les ventricules se dilataient, une pression s'installait dans le cerveau, le comprimant parfois contre le crâne. Chez le nourrisson, ce phénomène avait pour conséquences d'accroître le volume de la tête. Une fois que les os du crâne étaient complètement soudés, d'autres effets sérieux pouvaient survenir. L'écoutant déballer ce qu'elle ne comprenait pas, mais fort inquiète, Mignonne cria à son père avec le peu de forces qu'il lui restait : « Papa, va vite au presbytère, reviens avec le vicaire. Je veux qu'on la baptise tout de suite, cette enfant-là ! J'ai peur qu'elle ne survive pas ! » Le notaire s'empressa de s'y rendre et revint avec le prêtre qui baptisa l'enfant des prénoms de Marie, Gérarde, Marguerite. Parce que la vieille servante, sans s'y attendre, fit office de marraine alors que le notaire devenait le parrain de sa petite-fille. Calmée, rassurée, pressant son enfant sur son sein, Mignonne lui chuchota : « Je veux te garder, je veux t'aimer, mais si le bon Dieu ne le veut pas, tu n'iras pas dans les limbes, ma petite, mais avec les deux Raphaël, Paul-Émile et… » Puis, elle s'endormit d'épuisement alors que Gérarde, compatissante, lui retirait l'enfant des bras pour l'emmitoufler dans une couverture de laine.

Trois jours plus tard, comme si son court destin avait été tracé d'avance, la petite Marguerite rendait l'âme dans les bras de sa mère. Le mauvais fonctionnement du cerveau lui avait occasionné une proéminence du cuir chevelu et, de là, une fièvre et des vomissements qui eurent raison de son cœur encore faible. Quoique meurtrie, Mignonne pleura moins la mort de cette enfant. Elle savait que, vivante, sa fille allait être difforme, infirme, malheureuse et sans doute peu intelligente. Un lourd fardeau dont la Vierge Marie l'avait épargnée. Jean-Baptiste ne pleura pas, satisfait que sa fille ait été baptisée et heureux qu'elle soit décédée avant la froidure alors que la terre était encore humide. Marguerite Rouet fut, dès le lendemain, ensevelie avec les deux Raphaël, Paul-Émile, et sa grand-mère Marie-Louise. Devant l'œil inquiet de son grand-père et parrain, Honoré Turin, qui se demandait encore une fois s'il allait rester une place pour lui, avec ce petit cercueil qu'on avait comprimé contre celui de Paul-Émile. De retour à la maison, vêtue de noir, les yeux rougis, Mignonne avait dit à son mari :

— C'est fini, Baptiste ! J'veux plus d'autres enfants ! J'ai fait ma part !

— Heu… j'comprends… j'vais faire attention, ma soie… j'vais…

— Non, plus que ça, Baptiste ! Chacun son côté du lit pour un bout d'temps ! Voilà qui devrait régler deux problèmes du même coup !

Secoué par l'allusion, il comprit que sa relation avec Colombe était aussi mise à partie. Sentant sa femme forte ce jour-là, il lui répondit :

— Tout c'que tu voudras, Mignonne. Par amour pour toi, ma femme.

Le fixant dans le blanc des yeux, le regard dur, elle répliqua avec quelques trémolos dans la voix :

— Et puis, m'faire une petite avec une tête d'eau, infirme, difforme, dont, mère de Jésus merci, le Ciel m'a épargnée, tu penses pas que ça peut être, par rapport à toi, une punition du bon Dieu ? Penses-y un peu !

Et c'est ainsi qu'au crépuscule de l'année 1918, après huit grossesses à terme, une fausse couche et quatre enfants vivants, madame Jean-Baptiste Rouet, âgée de trente-trois ans, mettait fin à ses maternités successives. Avec l'accord forcé de son mari et la bénédiction de la Vierge Marie.

Le 9 novembre, malgré tous les déboires de la famille, Honoré Turin se permettait encore d'être un tantinet bourru. *La Presse* qu'il achetait régulièrement était haussée d'un « sou » l'exemplaire. Ce qui avait fait sourire Mignonne qui avait dit à son père :

— Serais-tu devenu avare ? Tant de nouvelles pour deux cennes !

— Ce n'est pas ça, mais tu vas voir, tout va augmenter l'année prochaine, le lait et le pain aussi ! Fallait que ce soit *La Presse* qui donne le coup d'envoi ! C'est ça qui me choque !

Mais, bonheur intense, le 11 novembre 1918, l'Allemagne, vaincue, se livrait. Ce qui signifiait la fin de la guerre à part quelques combats qui allaient persister ici et là, mais pour un court délai. C'était le délire et l'enthousiasme partout ! En Angleterre, en Italie, au Canada, aux États-Unis et ailleurs, on attendait le retour des soldats. Du moins, ceux qui avaient survécu. Or, quelle ne fut pas la joie de la famille Turin de voir descendre du train Édouard, dit « Pit », avec tous ses morceaux, sans la moindre égratignure ! Son père l'étreignit de soulagement et Mignonne pleura dans ses bras. On parlait partout des survivants sans omettre de se pencher sur la douleur de ceux qui avaient perdu un être cher à la guerre. On comptait pas loin de soixante mille soldats tués et cent soixante-douze mille grièvement ou légèrement blessés. Mais l'heure était à l'euphorie, la guerre était finie… ou presque! Cherchant des yeux, Pit n'avait vu ni Alice ni son fils sur le quai de la gare. Regardant son père, ce dernier lui dit: «Ne les cherche pas, ils ne viendront pas.» Mais plus loin, légèrement dissimulée, Florence lui sourit lorsqu'il croisa son regard. Courant jusqu'à elle, se foutant de l'opinion des gens, il la souleva de terre, l'appuya contre lui et l'embrassa passionnément. Le notaire, gêné par la situation, se rendait compte que plusieurs personnes se posaient des questions. Mignonne, plus réceptive, lui avait murmuré: «Laisse faire, papa, tôt ou tard, y vont tous finir par savoir. Y vont si bien ensemble. J'serais pas surprise de les voir s'installer chez toi comme si elle était sa femme.» Le notaire, encore sur ses gardes, avait répliqué: «Mais ça ne se fait pas, Mignonne…» Pour toute réponse, elle les désigna du doigt alors qu'ils s'étreignaient et ajouta: «Regarde comme ils forment un beau couple. Pit a repris sa taille d'antan, il a dû mal manger dans l'armée, il n'a jamais été aussi beau, et que dire de Flo… Vois comme ils s'aiment, papa! Ils sont si heureux! As-tu déjà vu ton fils avec un tel sourire au temps de la grande et grosse?» Honoré Turin, décontenancé, les regarda encore, mais n'ajouta rien. Parce qu'au fond de son cœur, sans avoir le courage de l'avouer à sa fille, il l'aimait bien, Florence Bourdin.

Chapitre 9

L'Europe se relevait péniblement de la Première Guerre mondiale. Cependant, la paix était encore troublée par plusieurs conflits territoriaux, comme la guerre civile en Russie. Le mécontentement était, de plus, généralisé dans plusieurs pays aux prises avec des grèves générales ; même les diamantaires arrêtèrent de travailler. Au Clos Rouet, les affaires qui avaient été à la baisse reprenaient graduellement et, au fur et à mesure que la grippe espagnole s'étiolait, les gens, le cœur rempli d'espoir, recommençaient à bâtir les maisons dont ils avaient rêvé ou à rénover de planches neuves leurs bâtiments fort négligés le temps des hostilités.

Mabel Watson qui portait encore le nom de madame veuve Ross Wood était venue rendre visite à Mignonne, un soir, pour lui dire abruptement :

— Je crois que je ne vais pas renouveler mon bail, Mignonne. Ça me fait de la peine, mais je vais retourner vivre en Ontario. Mon frère Patrick, qui ne me donnait plus de nouvelles depuis des années, a réussi à me retracer et il me supplie maintenant de faire la paix et d'aller vivre auprès de lui. Il est marié, sa femme s'appelle Mary Frances et ils ont deux enfants, une fille et un garçon, Leslie et Danny. C'est ma seule famille, tout ce qui me reste depuis que mon mari est parti à tout jamais.

— Où ça, en Ontario ? Loin d'ici ?

— À Hamilton. Loin, si on veut, mais avec le train…

— Je ne peux pas croire que je vais te perdre, Mabel, tu es ma seule amie. Qu'est-ce que je vais devenir sans toi ?

— Et moi donc ! Tout sera à recommencer là-bas. Mais il faut suivre son destin, Mignonne. J'ai peut-être une chance de refaire ma vie en Ontario. Ici, je n'y pense même pas. Je vais laisser la pierre tombale de Ross pour quelque temps, puis je vais demander qu'on l'enlève. De toute façon, il n'y a rien en dessous qu'un paquet de photos jaunies, le corps de Ross étant disparu en mer… Puis-je te donner le bout de terrain que j'avais acheté ? Il pourra peut-être servir…

— Ne parle pas de la mort, Mabel, on se remet à peine de la guerre ! On est des survivants, même du virus de la grippe qui nous a épargnés. Pit est revenu sans blessures… Oh ! Mon Dieu, que j'ai haï ces années-là ! Avec ma petite Marguerite en plus…

— Ne ressasse rien, Mignonne, tu viens de le dire, on a survécu à tout ça. Mais, chose certaine, je vais t'écrire souvent et si tu as le temps de me répondre…

— Je fais des fautes, mon père me le reproche.

— Ça n'a pas d'importance, c'est le cœur qui compte.

— Donc, tu pars, c'est décidé ? J'peux pas l'croire ! J'vais être si seule…

— Mais non, pas avec les enfants que tu as et qui grandissent. Et puis… tu as Baptiste.

En cette année 1919, début d'accalmie, on déplora le décès de Sir Wilfrid Laurier, le premier francophone à être devenu premier ministre du Canada. Puis, pendant qu'à Paris on édifiait le musée Rodin, le pont de Québec était inauguré par le prince de Galles. Aux États-Unis, c'était le début de la prohibition de l'alcool et, ici, le travail de nuit dans les usines et les manufactures était désormais interdit aux femmes. Pour le bonheur des dames, les robes se portaient maintenant en bas du genou, à dix pouces du sol. De plus, on valorisait les petites poitrines et les bas se portaient beiges, le jour ; blancs, le soir. Quant aux cheveux, la mode les voulait courts, mais Mignonne avait refusé de faire couper sa longue et belle crinière qu'elle remontait en chignon. D'un journal à l'autre, Honoré pouvait lire et annoncer à sa fille que Picasso avait peint *Pierrot et Harlequin*, et Monet, *Nymphéas*. Ce qui ne la dérangeait guère, elle n'aimait pas les toiles abstraites du premier qu'elle trouvait sans émotion. Côté littérature, André Gide publia *La Symphonie pastorale* que le notaire voulait se procurer à tout prix, même s'il préférait Jean Giraudoux comme auteur qui, lui, venait d'écrire *Elpénor*. La ville de Los Angeles avait droit au premier grand concert orchestré alors qu'en Europe on était en pâmoison devant une nouvelle musique : le jazz. « Une infamie ! » selon monsieur Turin qui, équipé d'un gramophone dernier cri, écoutait la musique de Chopin, son compositeur favori. Aux États-Unis, on ouvrait le premier cinéma climatisé alors qu'à Hollywood on ne parlait que de Charlie Chaplin, l'idole de l'heure. À la boxe, Jack Dempsey devenait champion du monde des poids lourds et, toujours aux États-Unis, un débat entourait les courses de lévriers, d'où l'appellation *Greyhound* qui devait survivre au temps. Le pain avait grimpé à dix cents, le timbre était passé à trois cents et le manteau de castor d'Alaska se vendait cinquante « piastres », ce qui n'était pas dans les cordes de Jean-Baptiste Rouet, qui aurait aimé choyer sa femme.

Ainsi allait la vie et, année après année, les calendriers se décrochaient des murs jusqu'à ce qu'on épingle en janvier celui de 1932. Que de grands pas, que de progrès dans ce monde qui croissait vers le succès. Que de joies, que de peines, que d'émotions et de surprises au fil des ans pour M. et Mme Jean-Baptiste Rouet qui accusaient maintenant treize ans de plus. Lui, quarante-neuf ans ; elle, quarante-six ; et pas d'autres enfants, tel que convenu entre les époux et la Vierge Marie. Que d'hivers, que d'étés, que de souvenirs… brièvement effleurés par Mignonne dans le résumé de ces années.

Regardant les moineaux de sa fenêtre, la tête appuyée sur le coussin de la chaise berçante du vivoir, suivant des yeux le chat du voisin sauter d'une clôture à l'autre, Mignonne ferma les paupières et vit, de son cœur de mère, les touchantes images de ces années écoulées entre 1919 et 1932 surgir une à une pour mieux les revivre, en se remémorant, parfois avec un soupir, les bons et les mauvais souvenirs. Elle revoyait ses enfants s'en donner à cœur joie chaque été au bain Laviolette où le notaire les emmenait pour les rafraîchir. Sauf François, encore larmoyant, toujours accroché aux jupes de sa mère et qui ne voulait rien savoir des genoux de son père ni des bras tendus de son grand-père. En 1921, sombre nouvelle dans le faubourg à m'lasse, madame Vinais, mère d'Alice, avait succombé à une embolie pulmonaire. On avait fait son éloge en chaire, mais personne n'avait la larme à l'œil, pas même sa fille. Trop heureuse de pouvoir enfin l'enterrer, Alice avait joué le rôle du deuil profond, vêtue de noir de la tête aux pieds et arborant un chapeau avec voile de tulle enfoncé jusqu'aux oreilles. Ubald, de plus en plus jeune homme, avait accepté les condoléances des badauds, en leur disant : « Mémère n'avait plus de santé. Elle ne mangeait que de la soupane le matin et un petit bol de patates pilées le soir. Faut dire qu'elle n'avait plus de dents !» Alice l'avait exposée, mais que deux jours, prétendant que sa mère n'avait plus de parenté, sauf une cousine éloignée qui n'allait pas se déranger. Elle avait hâte de la mettre en terre par-dessus son père, d'hériter de la maison et des économies fort appréciables de la vieille qui, par avarice, laissait un bon bas de laine derrière elle. Pit ne se présenta pas pour lui offrir ses condoléances. Il n'avait pas revu Alice ni Ubald depuis son retour de la guerre. Honoré, à ce moment-là, avait invité son fils à partager sa maison avec sa dulcinée, mais à la condition d'occuper deux chambres séparées. Pit, insulté, lui avait répondu du haut de ses presque six pieds :

— Voyons, l'père ! On forme un couple, Flo pis moi ! Y'a plus d'Alice dans ma vie !

— Mais elle est encore ta femme, mon fils, et même si elle ne l'était plus légalement, Florence ne serait pas en droit de partager ta chambre sans le jonc au doigt.

Constatant que son père était encore sur ses principes, Pit avait refusé d'emménager sur la rue de Champlain avec sa bien-aimée, préférant de beaucoup le petit logis qu'ils avaient loué dans une paroisse éloignée, sous le nom de M. et Mme Édouard Turin, sans qu'on leur demande leur certificat de mariage, vu leur âge raisonnable. Honoré, mécontent de les perdre, alla s'enquérir auprès de sa bru à savoir si, avec son aide sur le plan juridique, elle accepterait de se séparer légalement de son fils, ou de faire annuler leur union en invoquant un mariage blanc.

— Voyons, monsieur Turin ! On a un enfant ! Et puis, si c'est pour la Florence que vous plaidez, vous perdez votre temps ! Pour vot'fils aussi parce qu'il devra me passer sur le corps avant ! Jamais y sera libre, l'écœurant !

Mabel était retournée vivre en Ontario et elle avait terriblement manqué à Mignonne les premiers temps. Madame veuve Ross Wood lui écrivait souvent, lui parlait de sa petite ville de quelque dix mille habitants, de son frère Patrick, de sa belle-sœur Mary Frances, avec laquelle elle s'entendait plus ou moins, de sa nièce Leslie et de son neveu Danny, tous deux déjà grands et fort aimables envers elle. Mabel lui parla aussi de la maison de Patrick, pas tellement vaste, où elle se sentait mal à l'aise. Dans une lettre suivante, elle lui disait avoir quitté la maison de son frère et être maintenant chez elle, dans un logement aéré qu'elle avait enjolivé de ses économies. De plus, elle avait trouvé un emploi de secrétaire chez un avocat de la place, avec un assez bon salaire. Beaucoup plus que ce qu'elle gagnait à Montréal. Mignonne, quant à elle, lui répondait tant bien que mal, avec ses fautes d'orthographe. Un jour, elle demanda à son père de corriger sa lettre et, choqué par les nombreuses fautes, le notaire s'était écrié : « Si tu avais étudié plus longtemps aussi ! Si tu avais choisi de devenir institutrice ! Mais non, il fallait que tu te maries avec cet abruti à dix-sept ans ! J'aurais dû t'en empêcher, ma fille ! Il est anormal qu'une fille de notaire soit si peu instruite ! » Ce fut la dernière lettre que Mignonne lui fit lire. D'autant plus que Mabel comprenait fort bien ses phrases avec tous les verbes à l'infinitif. Lors d'un échange, Mignonne avait demandé à son amie si elle avait rencontré quelqu'un, si elle avait un œil sur un Ontarien de l'endroit. Mabel, deux semaines plus tard, lui avait répondu, après avoir pris de ses nouvelles, par un long paragraphe à la fin de sa lettre : *Je n'ai pas rencontré, je ne cherche pas, ça ne m'intéresse pas, Mignonne. J'ai encore, au fond du cœur, le souvenir de Ross, le seul homme que j'ai aimé. Je sais ce que tu vas penser, mais laisse-moi ajouter que je vais toujours l'aimer malgré ce qui est arrivé. J'étais au courant pour Thomas et lui, aussi bien te le dire maintenant, je les avais même surpris quand le jeune habitait avec nous. Je n'étais pas naïve, tu sais, mais j'ai joué le jeu pour que mon mari ne soit pas montré du doigt. J'ai vécu de beaux jours et de merveilleuses nuits avec Ross… Jusqu'à ce que Tom arrive. Mais ce que j'ai vécu ne s'oublie pas. Je l'ai aimé comme une damnée et je l'aime encore. Je vais l'aimer jusqu'au dernier jour de ma vie et aucun autre homme ne prendra sa place dans mon lit. Il était si beau, si grand, si ardent… Il sentait si bon, ses dents étaient si blanches, ses bras si musclés… Bon, j'arrête. Et toi ?…* Elle avait replié la lettre, c'était peine perdue. Jamais Mabel ne s'enlèverait cet homme de la tête. Il y avait donc de ces amours qui perduraient au-delà des affres et des offenses, disait-on ? Mignonne soupirait…

Le 22 décembre 1922, Mabel avait pris le train afin de passer les Fêtes avec son amie et sa famille. Après s'être jetées dans les bras l'une de l'autre, elles allèrent manger dans un petit restaurant alors que Jean-Baptiste les attendait à la maison avec les enfants. Mabel avait engraissé, juste ce qu'il fallait pour qu'elle soit plus pulpeuse, plus alléchante pour les candidats. Elle expliquait :

— Mary Frances fait bien à manger et elle n'arrête pas de m'inviter. C'est elle qui m'a fait prendre du poids, la coquine ! Mais ils sont si fins pour moi. C'est comme si Patrick voulait rattraper les années qui nous ont éloignés l'un de l'autre. Et toi ?

— Quoi, moi ? Rien de particulier, les enfants grandissent…

— Mignonne ! Je t'ai ouvert mon cœur dans une lettre, ne deviens pas distante avec moi, épargne-moi le silence, je t'en prie !

— Tu veux savoir comment ça s'passe entre Baptiste et moi ?

— Bien, si c'est pas indiscret… C'est quand même moi qui suis à l'origine de la brouille entre vous deux.

— Alors, rien de changé, Mabel, il la voit toujours, la Colombe. Je l'sais, mais j'préfère garder ça mort. Y m'approche pas souvent, j'te l'jure, j'le punis de cette façon. Moi, un homme qui rentre saoul et qui veut coller sa femme après avoir fait la chose avec sa grue, non merci ! Je l'repousse du pied !

— Sans qu'il se choque ?

— Il grogne un peu, mais ivre comme il l'est, il s'endort dessus.

— Tu n'as jamais envisagé la séparation ? Moi, savoir que mon mari couche avec une autre…

— Mabel ! T'es mal placée pour me dire ça, toi !

— Oui, mais il est parti, le mien, il s'est enfui avant que j'agisse…

— Tu n'en aurais rien fait, tu l'aimais trop, tu l'aimes encore !

— Et toi, si je comprends bien, tu es dans le même état d'esprit que moi ?

— Non, moi, Mabel, je l'ai marié pour le meilleur et pour le pire.

Mabel se montra ravie de revoir Jean-Baptiste et s'empressa de serrer les enfants contre elle. À Joshua, grand garçon de quinze ans, elle avait offert une montre-bracelet. À Cécile, douze ans révolus, sa préférée, un nécessaire pour peindre à l'huile, et à François, cinq ans, qui ne voulait pas s'approcher d'elle, un ourson de peluche pour dormir avec lui. Jean-Baptiste hérita d'une cravate à la mode et Mignonne reçut, pour sa part, une belle jupe paysanne avec des oiseaux de toutes les couleurs. Pour ne pas être en reste, en plus de la recevoir telle une reine, Jean-Baptiste et Mignonne lui offrirent un joli loquet d'argent sur chaîne, dans lequel on pouvait glisser un portrait. Sans doute celui de Ross, on s'en doutait.

En 1924, Bernadette Rouet avait prononcé ses vœux perpétuels au Carmel. De postulante jusqu'à novice, après les études requises et l'observation de sa foi et de sa vocation, on l'avait admise à prendre l'habit des Carmélites, à se prosterner à plat ventre sous les yeux rougis de ses parents et à devenir ainsi Sœur Bernadette, la première à joindre la communauté avec ce prénom. Mignonne et Jean-Baptiste étaient, quoique fiers, très attristés. Dès les grilles refermées sur eux, ils savaient qu'ils ne la reverraient plus jamais. Mais Mignonne, plus dévote que son mari, se sentait privilégiée d'avoir été choisie pour donner sa fille en mariage au bon Dieu.

L'année suivante devait être triste pour Mignonne. Son père, de plus en plus malade à cause de la goutte, était entré à l'hôpital. Depuis quelques jours, le notaire était à bout de souffle et l'on craignait qu'il ait de l'eau sur les poumons. Seul dans une petite chambre blanche et propre, aux bons soins des religieuses-infirmières, sœur Ignace et sœur Joseph, il fit demander sa fille auprès de lui. Qu'elle seule, pas son fils ni son gendre. Mignonne s'y présenta le jour même et fut étonnée de voir son père si pâle, si moribond. Un mois plus tôt, rien ne laissait présager la grave maladie, selon Gérarde, qui lui avait dit : « Votre père était pétant de santé, madame Rouet ! À part ses jambes, tout l'reste allait bien. » Soupirant, la dévouée servante avait ajouté : « C'est sournois, la maladie, jamais ça n'avertit. » Mignonne avait tiré une chaise de bois et s'était approchée du lit de son père qui se réveilla lorsqu'il sentit une présence :

— C'est gentil à toi d'être venue, ma fille. Je ne voulais pas que le bon Dieu me reprenne sans t'avoir dit que je t'aime.

— Papa! Parle pas d'la sorte! Tu vas t'en sortir, c'est juste un mal passager. Ménage ton souffle, force-toi pas pour parler, laisse-moi seulement te tenir la main.

Honoré avait souri, puis, lui demandant de le soulever davantage sur son oreiller, il lui dit sans trop la regarder:

— Tu sais, je n'ai pas toujours été correct avec Baptiste. Dans le fond, c'est un bon gars. Il a ses défauts, qui n'en a pas, mais il t'a toujours bien fait vivre ainsi que les enfants. Pour un orphelin avec une enfance troublée, il n'a quand même pas mal tourné.

Mignonne, émue, sentit ses yeux s'embuer:

— Pourquoi ne pas le lui dire toi-même, papa?

— Non, ça me gêne, je suis trop fier, c'est mon plus gros péché. J'espère que le Seigneur ne va pas m'en tenir rigueur de l'autre côté. Mais ce soir, dis à ton mari que je m'excuse du tort que j'ai pu lui causer. Dis-lui que je lui demande pardon de l'avoir toujours bafoué alors qu'il était un brave garçon. Demande-lui de ne pas m'en vouloir…

Honoré Turin se mit à tousser et Mignonne le fit taire. Sœur Ignace intervint, demandant à la dame d'écourter sa visite, de le laisser se reposer, mais Mignonne, la main dans celle de son père, insista pour dix minutes de plus, pas davantage. Son père serra fortement sa main dans la sienne et lui dit à l'insu de la religieuse qui n'était pas très loin:

— Tu m'as donné de grandes joies, ma petite fille, tu as toujours pris soin de moi… Dieu merci, ce n'est pas Pit qui l'aurait fait…

— Rabaisse-le pas, papa. Pit a fait un mauvais mariage, il est allé à la guerre…

— Oui, je sais, mais je parle d'avant tout ça… Ton frère n'a jamais été près de moi, il m'a toujours tenu tête. Nous n'étions pas sur la même longueur d'onde, tandis que toi…

— Pourquoi n'est-il pas là ? Il va en être fâché, papa.

— Je voulais te voir seule, Mignonne, te dire ce que j'avais sur le cœur, sans lui. Je lui demanderai de venir demain. Pour le peu que je l'intéresse, celui-là…

— Pit n'est quand même pas un sans-cœur, papa. Il t'aime.

— Oui, il m'aime… Je me demande bien comment, mais si tu le dis… Tu sais, je vais aller rejoindre ta mère et nous serons deux à veiller sur Paul-Émile, Marguerite et tes archanges dans la terre fraîche. Je prendrai grand soin d'eux, Mignonne, je vais prendre la relève de ta mère qui doit être épuisée avec quatre enfants à surveiller…

Les larmes aux yeux, Mignonne se retenait pour ne pas éclater en sanglots. Elle, si sensible, si fragile, avec ce père agonisant qu'elle aimait tant. Elle lui passa la main dans sa crinière blanche, épongea son front, y déposa un baiser et, dès que le notaire se remit à tousser, elle se leva avant d'être réprimandée. Elle n'avait pas vu le temps passer… Sœur Joseph entra, fronça les sourcils, et Mignonne, debout près du lit, lui signifia qu'elle allait partir. La main de son père dans la sienne, elle murmura :

— Dors bien, papa, je reviendrai demain matin, avant Pit.

Il acquiesça d'un signe de tête et la regarda partir avec un affectueux sourire. De retour à la maison, dans les bras de son mari, elle lui fit part du repentir de son père, et Jean-Baptiste, ébranlé, lui accorda vite son pardon. Néanmoins, à deux heures du matin, alors que les chats rôdaient dans les ruelles, le téléphone réveilla brusquement Mignonne. C'était l'hôpital. Son père venait de mourir, noyé dans l'eau de ses poumons.

Le notaire fut exposé durant trois jours, et la parenté, cousins éloignés inclus, se déplaça pour lui rendre un dernier hommage. Des gerbes, couronnes et corbeilles de fleurs ornaient le grand salon de la maison. Plusieurs de ces arrangements floraux entouraient le cercueil de chêne alors que d'autres, plus petits, plus discrets, étaient disposés ici et là jusque dans l'entrée. Mignonne, toute de noir vêtue, le mouchoir de dentelle à la main, accueillait les visiteurs ; Jean-Baptiste causait avec les vieux amis du notaire, les enfants Rouet étaient sagement assis dans des fauteuils de cuir alors que Pit et Florence, malgré les regards réprobateurs, acceptaient les condoléances de ceux qui osaient s'en approcher. Ubald était venu rejoindre son père pour la journée, mais s'abstint d'adresser la parole à Florence sur les recommandations de sa mère. Pit s'apprêtait à lui signifier d'être au moins poli lorsque Florence, le retenant par le bras, lui murmura : « N'insiste pas » quand elle se rendit compte que le jeune homme fuyait même son regard. Alice s'informa auprès de Mignonne par le biais du téléphone, afin de savoir quand Pit serait pas là. Et surtout… elle ! Mignonne l'avisa que son frère et Florence allaient s'absenter à compter de six heures le même soir, qu'ils avaient choisi ce moment-là pour s'esquiver et aller souper. C'est donc durant ces heures d'absence que madame Édouard Turin, séparée de son mari au vu et au su de la paroisse, entra pour s'agenouiller devant la dépouille de son beau-père. Elle se releva, offrit ses condoléances à Mignonne, salua furtivement Jean-Baptiste et repartit telle qu'elle était venue. En coup de vent ! Rien de plus, côté respect, pour celui qui n'avait pas réussi à séparer son fils… de l'autre !

Les funérailles furent grandioses. Honoré Turin était un notable, un homme très en vue et respecté des pauvres gens qu'il avait maintes fois conseillés gratuitement. À l'église Sainte-Brigide-de-Kildare, on avait sonné le glas plus longtemps que de coutume. Ce qui avait ajouté à la profonde tristesse que ressentait Mignonne. Mabel avait téléphoné pour lui offrir ses condoléances après que Jean-Baptiste l'eut avisée de la mort de son beau-père. Puis, le long cortège se mit en marche et, sur le parcours, on pouvait distinguer des paroissiens qui essuyaient une larme. Enfin, entre les prières et l'encens, le cercueil fut descendu dans la fosse et placé presque à côté de celui de Marie-Louise, séparé par la petite Marguerite. On réinstalla ensuite, par-dessus celui de l'épouse, les deux petits Raphaël et, sur celui d'Honoré, le cercueil de Paul-Émile, défraîchi comme les autres par le temps. Voilà, tout était tel que souhaité par Honoré, il n'y avait plus une seule place de disponible dans cette brèche du cimetière, mais, à la vue du remue-ménage des cercueils de ses enfants, Mignonne, affaiblie par la douleur, s'était évanouie.

Une semaine plus tard, chez le notaire d'Honoré Turin, ce fut la stupeur lorsque le digne confrère du défunt fit part des legs de leur père en ce qui concernait ses biens. Il laissait sa maison de la rue de Champlain ainsi que tous ses meubles à sa fille Mignonne. Pit avait regardé son beau-frère Jean-Baptiste, aussi présent, et ce dernier avait baissé les yeux. De plus, fort à l'aise, il léguait une forte somme à sa fille afin de la partager entre ses enfants. À son fils, Édouard, il laissait une somme de cinq mille dollars. Que cela! Il léguait aussi à son petit-fils, Ubald Turin, la somme de mille dollars pour que le jeune homme s'instruise et fasse honneur au nom qu'il portait. Puis un don de trois cents dollars à Gérarde, pour ses bons soins, et un autre, plus généreux, à la paroisse dont il était marguillier. Mignonne, après la lecture du testament, avait dit à son frère :

— T'en fais pas, Pit, on va vendre la maison et se partager l'argent. C'est injuste qu'elle me revienne.

259

Pit l'interrompit pour lui répondre brusquement :

— J'en veux pas, d'son argent, Mignonne ! Vends-la, pis sers-toi d'l'argent pour tes enfants. J'veux même pas d'son cinq mille piastres, j'vais l'donner à Ubald, ça va l'aider pas mal plus que le p'tit montant que l'père lui a laissé ! J'suis capable de gagner ma vie. J'ai de l'argent, pis Flo aussi !

Incommodée, Mignonne lui répliqua :

— Écoute, Pit, faut pas t'en prendre à moi ! J'y suis pour rien ! On a déjà une maison, nous autres. Si tu veux habiter celle du père, tu peux la garder, j'y tiens pas, moi.

Constatant qu'elle était sur le point de pleurer, Pit la serra dans ses bras pour la réconforter et lui dire plus calmement :

— Non, non, Mignonne, j't'en veux pas, pis à Baptiste non plus. C'est le testament du père, vous n'y êtes pour rien. Fais comme j'te dis, on va rester proches pour autant, on va se visiter souvent… Pis, un jour j'vais réussir de moi-même, sans l'argent du père, pis y va voir de l'autre côté que son fils n'était pas un raté.

Quelques jours s'écoulèrent et Ubald reçut le fabuleux montant de son père qui s'ajoutait à son héritage, et il en resta bouche bée. Mais Alice, quoique fière de ce don pour son fils, s'imaginait que son mari se partageait le «motton» avec «la gueuse à Bourdin !» La maison fut rapidement vendue à un notable qui en avait versé le gros prix. Meublée en plus ! Mignonne et son mari empochèrent la somme, ce qui les rangea à l'abri de toute intempérie monétaire et qui allait aussi profiter aux enfants de plus en plus grands. Gérarde quitta le quartier avec regret et alla s'installer avec sa sœur, maintenant atteinte de cécité. Avec ses derniers gages et trois cents «piastres» inattendues dans sa sacoche de cuir tressé. Alice, maintenant seule de la famille dans le faubourg à m'lasse, s'ennuyait de ne plus pouvoir calomnier qui que ce soit de son entourage. Mignonne, éloignée d'elle, Pit et Florence, déménagés elle ne savait où, il ne lui restait qu'Ubald qui, majeur, souhaitait poursuivre ses études en droit et habiter ailleurs que chez sa mère. Devant le fait quasi accompli, Alice se mit à regarder autour d'elle et, se sentant reluquée par l'horloger du quartier, s'engagea à s'y intéresser. D'une invitation à une sortie, madame Édouard Turin, qui préférait qu'on l'appelle madame Vinais, avait à nouveau un homme dans sa vie. Éphrem, vieux garçon endurci, ridé, les oreilles en portes de grange, âgé de soixante-trois ans! Le deuxième en lice de la paroisse, plusieurs années après Pit, à s'être laissé prendre dans les filets de «la grande et grosse!»

Les années défilèrent et un soir de juillet 1928, après avoir bu comme de coutume chez Colombe, Jean-Baptiste rentra abattu par sa journée et dit à sa femme :

— J'pense que j'vais vendre le clos d'bois, Mignonne. Ça n'marche plus rondement pis on n'arrête pas d'avoir de la compétition. Faut quasiment donner l'*stock* pour faire des affaires! J'tiens pas à t'faire perdre l'argent qu'ton père t'a laissé en l'investissant continuellement. C'est aussi l'argent des enfants…

Mignonne l'avait laissé parler sans l'interrompre, puis, voyant qu'il arrivait au bout de son souffle et qu'il titubait légèrement, lui répondit :

— Tu t'occupes pas de ton commerce comme tu devrais, Baptiste! T'achètes rien de nouveau, t'évolues pas, c'est pour ça qu'les clients vont ailleurs. T'as des employés d'surplus qui s'tournent les pouces… Pis tu bois trop, mon homme! On peut pas faire marcher un clos avec les yeux dans'graisse de bines!

— J'te trouve dure, j'y mets tout mon cœur.

— Ça, c'était avant, Baptiste, au commencement ! Mais tu vas pas vendre pour autant, j'vais m'en occuper du clos d'bois, moi, pis tu vas voir que ça va bouger ! J'suis forte en chiffres !

— Voyons donc ! Une femme à la tête d'un commerce ! C'est pas un magasin d'chapeaux, un clos ! Qu'est-ce que les gens vont dire ?

— C'qu'y voudront ! Mais attends un peu, j'le ferai pas marcher toute seule, le clos, j'vais juste y mettre mon nez. Tu seras encore le *boss*, crains pas ! Pis y'a Joshua qui pourrait tranquillement prendre la relève.

— Joshua ? Voyons donc ! Y'a sûrement d'autres ambitions…

Décidée, Mignonne se leva, alla chercher Joshua qui furetait dans les outils de la remise et lui demanda de venir au salon quelques minutes :

— Qu'est-ce qu'il y a ? Tiens ! T'es rentré, papa ?

— Oui, j'viens d'arriver, pis ta mère en a une bonne à t'raconter !

Joshua regarda sa mère qui, le fixant, lui demanda fermement :

— Ça t'tenterait-tu de prendre la charge du clos d'bois avec moi, mon gars ?

— Ben, oui, n'importe quand… Mais, papa, lui ?

— Y sera encore là, de nom, mais on aura un bon ménage à faire, toi pis moi. Et j'suis certaine que les clients r'viendront vite avec nous deux pour les recevoir. Ton père sera encore le *boss*, c'est sûr, moi, j'prendrai rien côté monétaire, mais, pour toi, y'aura un salaire.

— J'demande pas mieux, moi, j'aime les affaires.

— Tu voulais pas aller aux hautes études ? lui demanda son père.

— J'y ai pensé, mais y'a rien qui m'intéresse là. J'voulais commencer à m'chercher une job, mais si j'en ai une à bout d'bras…

— Écoute, Mignonne, j'veux bien qu'tu t'occupes du commerce avec Joshua, pis que t'essaies de l'remonter, mais si d'ici trois mois y'a rien qui bouge, j'vends l'bois bon marché, j'liquide les fioritures, pis j'ferme ! J'suis encore en âge d'avoir une job au port.

— Ça va, mon homme, va t'coucher, j'me rends compte que t'as déjà mangé, à roter comme tu l'fais. Pis comme la bière, ça nourrit aussi… Dès lundi, après que François va être parti à l'école, j'vais aller rejoindre Joshua au clos pis on va relever nos manches ensemble. Chose certaine, j'te veux pas dans nos jambes, Baptiste ! T'auras juste à nous r'garder aller pis tu vas voir que moi pis ton gars, on va l'remettre debout, ce clos d'bois-là !

Le lundi, tel que prévu, Joshua s'était rendu au travail avec son père et, une heure plus tard, Mignonne faisait son entrée. Jean-Baptiste Rouet, réunissant les employés, leur avait dit : «C'est désormais ma femme qui va gérer le clos et mon fils va la seconder. Vous aurez donc à vous rapporter à elle, plus à moi.» Les employés se regardèrent, et certains, perplexes, se doutaient bien qu'il y aurait des congédiements. À l'heure du dîner, sans penser plus loin que le bout de son nez, Jean-Baptiste sortit pour aller manger au restaurant avec un employé de longue date. Pas renseignée sur la situation, pas même avisée par un coup de fil de la part de son présumé amant, Colombe Dumoulet se pointa pour répondre au téléphone et, ayant franchi le seuil, face à face avec Mignonne, elle se fit dire :

— Nous n'aurons plus besoin de vos services. C'est moi qui suis en charge maintenant. Mon mari vous fera suivre votre argent s'il vous en doit.

Les poings sur les hanches, Colombe la défia pour lui dire :

— Je veux entendre ça de Jean-Baptiste, pas de vous, madame !

— Ah oui ? Ben, tu lui demanderas des comptes ce soir quand il ira se saouler avec ton père ! D'ici là, tu sors d'ici et j'aime mieux te prévenir, tu vas perdre ton temps avec lui, tu r'mettras pas les pieds au clos ! Pis, lâche mon mari ! Tu devrais avoir honte ! Un père de famille !

— Mon œil ! C'est un ivrogne pareil comme mon père et si j'fais des choses avec lui, c'est parce qu'y m'paye ! J'ai pas une maudite cenne, moi ! Pas de job ! Ça fait que j'vends mes charmes à lui comme à d'autres ! Les hommes ont tous les doigts longs ! Des tâteux d'cuisses, pis d'fesses ! Pensez-vous qu'y pense à ses enfants, vot'mari, quand y r'monte sa main sous ma jupe ? Pis c'est pas mon amant, y pue ! C'est juste un cochon comme les autres ! Y paye, y prend, pis y sacre son camp !

Indignée, secouée par le grossier tableau que la fille de joie lui brossait, Mignonne s'emporta et lui cria :

— Sors d'ici ! Pis, r'viens plus ! Ça prend une salope pour se laisser tâter pour de l'argent ! Y'a pourtant des jobs honnêtes partout ! T'as jamais pensé à être *waitress* dans un restaurant ? J'suppose que tu sais pas compter ? Pis, va au diable, fais c'que tu voudras, mais laisse mon mari tranquille !

— Facile, t'as juste à l'garder chez toi pis à lui donner c'que j'lui donne, Mignonne !

— Appelle-moi pas par mon prénom, pis décampe ! Effrontée à part ça !

Avant que madame Rouet réagisse, qu'elle la secoue, la pousse ou la gifle, Colombe avait tourné les talons, déterminée à ne pas perdre Jean-Baptiste comme « client » pour autant.

264

Lui qui, depuis si longtemps, selon elle, aveuglé par ses bas instincts, se croyait son unique amant.

Mignonne avait dû congédier quatre autres employés, mais elle avait épargné ceux qui avaient des enfants. Face à la compétition, étudiant le marché, elle renouvela son bois, laissant aller à bas prix celui qui avait trop de fentes ou de nœuds. Peu à peu, la clientèle revint, heureuse de se faire servir par une femme qui connaissait son affaire. Avec Jean-Baptiste, il n'y avait jamais eu de réductions, tandis qu'avec elle, selon les quantités, elle acceptait de *bargainer* pour éviter que le client se rende ailleurs bénéficier d'un plus bas prix. Les profits regrimpèrent et, trois mois plus tard, Jean-Baptiste Rouet était fort surpris de constater qu'il était le marchand le plus couru des environs. Tout ça, grâce à sa femme qui dirigeait de main de maître l'entreprise familiale. Parce que, si Mignonne accordait des remises à des clients à grosses commandes, elle en obtenait, de son côté, des forestiers qui lui livraient la marchandise. Ce que Jean-Baptiste n'avait jamais songé à faire. De plus, quelques jeunes femmes du quartier, célibataires ou pas, venaient acheter des lanières de bois ou n'importe quoi, dans l'espoir d'être servies par Joshua qui, à vingt et un ans, avec sa superbe crinière, ses yeux noirs et son corps musclé, faisait habilement tourner les têtes !

La prospérité de son commerce n'arrêta pas Jean-Baptiste d'aller prendre un coup avec le père Dumoulet. Plus souvent qu'à son tour, il va sans dire, pour rentrer de plus en plus tard à la maison. Pourtant, Colombe lui avait fait une scène terrible après son altercation avec Mignonne. Elle l'avait engueulé comme du poisson pourri de ne pas l'avoir avertie que sa femme prenait les guides du clos et qu'elle allait perdre son emploi. Il l'avait calmée en lui disant : « J'étais pas encore dégrisé d'la veille, ma muse. » Un terme qu'il n'aurait pas fallu que Mignonne entende, elle qui la traitait de grue. Mais, écoutant le compte rendu que lui fit Colombe de sa « chicane » avec sa femme, Jean-Baptiste comprit que Mignonne savait tout et qu'elle ne lui pardonnerait rien. Non seulement le fait de boire avec l'ivrogne notoire, mais qu'il partageait, en outre, le lit de sa fille. Pas régulièrement parce que lorsque saoul… Mais Colombe profitait de ses largesses tout autant, allant jusqu'à exiger de lui le double, depuis que sa femme l'avait mise à la porte. Jean-Baptiste payait, croyant qu'ainsi il la choyait, en se doutant bien, chaque fois, qu'avant ou après lui, un autre s'était payé le corps de sa « maîtresse ». Soucieux tout de même de la réaction de Mignonne après sa vive confrontation avec Colombe, il était déterminé à s'excuser, à lui demander pardon, à lui promettre de ne plus jamais la revoir, mais, le soir venu et les soirs d'après, pas un mot de la part de l'épouse bernée. Que des discours sur les affaires, sur le rendement de la journée. Mais, d'un autre côté, plus de mots tendres, plus de rapprochements, plus de devoir conjugal… Parce que le cœur de Mignonne, blessé, s'était entièrement refermé. Sans que rien ne paraisse, sans que Cécile et François ne s'en doutent, sans même que Joshua le sache. Or, privé des plaisirs de la chair, rejeté des bras de sa femme, sans son amour, sans ses caresses, trop lâche pour implorer sa clémence, Jean-Baptiste Rouet n'eut d'autre choix que de poursuivre sa liaison avec Colombe Dumoulet.

Un an plus tard, le Clos Rouet était si prospère que Mignonne jugea qu'il était temps de vendre avant que d'autres concurrents plus opulents, s'amenant des États-Unis, viennent lui ravir sa clientèle. Jean-Baptiste protesta, mais comme c'était elle qui, avec brio et une partie de son héritage investie, menait la barque depuis longtemps déjà, il ne put que s'incliner, tout en lui demandant, penaud :

— Qu'est-ce que j'vais faire après, Mignonne ? J'ai déjà quarante-huit ans...

— Écoute, Baptiste, si t'étais potable pour le port l'an dernier, tu devrais l'être encore cette année. Sans parler du domaine de la construction où t'as du talent.

— Ben, là... Y m'manque un doigt ! On va m'trouver plus *slow* qu'les autres. Le port, ça s'peut, mais quand t'as été habitué à être ton propre *boss*...

— Veux-tu qu'on ouvre un magasin général ? À moins que j'parte une boutique de couture, pis que j'vende du prêt-à-porter en même temps ? C'est pas les idées qui m'manquent...

— Non, ma femme, t'as fait ta part en remontant le clos d'bois. C'est moi qui dois faire vivre ma famille, pas toi.

— Oui, j'sais, mais avec l'héritage de mon père... J'ai même pas touché à l'argent d'la maison vendue encore !

— Garde-le pour nos vieux jours, Mignonne, ou pour sortir les enfants du trou quand y seront mal pris. Oui, t'as raison, j'vais r'tourner au port, y vont m'reprendre, c'est sûr. Parce que dans la construction, hormis le doigt qui m'manque, j'pourrais peut-être, mais j'ai pas l'coup d'marteau aussi habile que Joshua. C'est lui qui devrait aller dans c'milieu-là !

— T'étais bien au port, t'avais un bon salaire, pis là, avec ton expérience comme *boss*, on va pas t'repartir au bas d'l'échelle.

— Non, j'en douterais, y cherchent des chefs de groupe, des *managers*. Pis comme j'suis un ancien pis que l'grand *boss* m'aimait bien...

Jean-Baptiste Rouet vendit enfin son clos de bois avec un généreux profit négocié par sa femme. Joshua se dénicha un emploi dans la construction et Mignonne, épuisée par tous les efforts, retourna à ses chaudrons. Le grand *boss* du port reprit Jean-Baptiste sans hésiter, il avait besoin d'un homme à la main ferme pour mettre au pas les nouveaux venus, les jeunes, surtout, peu vaillants et turbulents. Mais il le prévint : «*No beer on the job, or…*» L'ayant interrompu, Jean-Baptiste lui répondit qu'il ne buvait plus, qu'il avait le foie engorgé. Avec son ancien emploi en main, bien rémunéré, Jean-Baptiste Rouet avait repris son habitude d'antan, la taverne du coin après le travail. Ce qui voulait dire qu'il avait espacé ses visites chez le père Dumoulet et que, par le fait même, il voyait de moins en moins Colombe. S'apitoyant sur son sort, elle réussissait quand même à lui arracher de l'argent pour des services qu'elle ne lui rendait que très occasionnellement. À titre d'«amant officiel», lui avait-elle dit, alors qu'il se plaignait de la faire presque vivre de cette façon. Constatant qu'il semblait vouloir s'éloigner d'elle, Colombe, qui prenait de l'âge, lui avait lancé un soir :

— Si tu comptes me quitter, Jean-Baptiste, tu t'mets un doigt dans l'œil ! J'vais m'ouvrir la trappe à ta femme !

— Ça changerait rien, elle sait déjà que toi pis moi…

— Ben, à tes enfants alors !

— Fais ça, pis t'es pas moins qu'morte, Colombe Dumoulet ! J'ai d'la patience, mais rends-moi pas au boutte, j'réponds de rien !

— Correct, pas à tes enfants. J'suis pas une garce, mais j'te jure, Jean-Baptiste, que si tu m'laisses tomber comme une vieille chaussette, j'vas l'écrire pis aller l'clouer sur une planche du mur de l'épicier !

— Ben, tu feras ça ! Y vont rire de toi parce que tout l'monde sait, les hommes surtout, que t'en as ben d'autres dans ton lit ! Prends-moi pas pour un cave, Colombe ! J'joue à l'amant, mais j'sais depuis l'commencement qu'après moi ils sont en rang d'oignons les suivants ! Donc, pas d'jeu avec moi pis range tes menaces dans ta sacoche ! J'ai pas l'intention de t'laisser, mais j'travaille au port astheure, c'est pas dans l'quartier, ça ! Pis j'ai des *chums* qui aiment qu'on parle entre hommes à la taverne. Quand j'aurai l'temps, j'viendrai t'voir, mais ça va être moins fréquent, comprends-tu ?

— Dans c'cas-là, blâme-moi pas si y'en a d'autres qui…

— Ben non, fais comme avant, Colombe, fais comme depuis l'temps, pis passe-les un après l'autre, ça va t'faire plus d'argent !

L'année 1931 allait remettre la famille en deuil. Au cours de l'été, en plein mois d'août, Ubald, le fils de Pit et Alice, avait perdu la vie à l'âge de vingt-six ans. Une mort accidentelle et tragique. Parti avec des amis se baigner dans le fleuve, ne sachant pas nager ou à peine, sans « tripe » de pneu de sauvetage, il s'était un peu trop aventuré et fut emporté par le courant. Ses amis, impuissants, le regardèrent couler, remonter puis recouler et disparaître de leur vue dans un remous. Ce fut la catastrophe ! D'autant plus qu'il était défendu de se baigner à cet endroit que plusieurs téméraires avaient découvert. Ubald, sans doute pour épater les copains, lui qui n'en avait pas beaucoup, les avait suivis jusqu'à ce bord de l'eau interdit où, chaque année, on déplorait une noyade. Ce fut un choc terrible pour Alice. Son fils unique, sa seule raison de vivre, lui était brutalement enlevé. Quelques mois avant de faire ses premiers pas dans le droit, lui, le plus instruit de la famille, disait-elle. Tous furent consternés ! Ubald Turin était un jeune homme très apprécié de ses collègues. Pas tout à fait beau garçon, il était quand même charmant et fréquentait depuis un an, Sophie, une gentille demoiselle de la paroisse. La fille d'un haut fonctionnaire, un homme en vue. Ils avaient projeté de se marier dès qu'Ubald ouvrirait son cabinet ou qu'il décrocherait un emploi dans un bureau d'avocats. Ce qui ne devait pas tarder. Il va sans dire que la jeune fille, éperdument amoureuse, fut inconsolable de la perte de celui qu'elle attendait. Pit fut averti dès le lendemain par Mignonne qui, l'ayant appris d'Alice, réussit à l'atteindre. Il en fut bouleversé, Florence aussi, mais il n'en laissa rien paraître. Quoique, au fond de son cœur, il regrettait amèrement de ne pas avoir été présent pour ce garçon qui avait grandi sans lui, sans son appui, sans son affection et sans le moindre compliment quand il avait appris qu'il venait de graduer. Il s'en voulait profondément d'avoir manqué à ce point son rôle de père. Ce que Florence lui reprochait depuis tant d'années, mais en vain. On n'avait pas encore retrouvé le corps et, songeur, il pensait à sa femme qui, sans doute effondrée, n'avait personne pour la soutenir dans cette épreuve, sinon Éphrem, son vieil amant, celui qu'elle appelait « sa béquille ! ».

On repêcha finalement le corps près d'un barrage non loin, accroché à des branches sous l'eau. Alice exposa la dépouille dans son salon, mais refusa catégoriquement qu'on ouvre le cercueil tellement son fils était méconnaissable. On respecta sa demande et elle déposa, dans un amas de fleurs sur le cercueil de bronze, la plus belle photo de graduation d'Ubald alors qu'un sourire illuminait son visage. Incapable de faire face à Alice seul, Pit demanda à Mignonne, Jean-Baptiste et Joshua de l'accompagner. Cécile et François iraient prier sur la dépouille de leur cousin le lendemain. Voyant son mari entrer, la tête penchée, le front crispé, Alice s'en approcha et lui dit :

— Le bon Dieu me l'a repris, Pit… Je n'avais que lui !

— Courage, Alice, moi aussi je perds un fils.

Il s'agenouilla avec Mignonne, ils firent une courte prière puis, se relevant pour céder la place à Jean-Baptiste et Joshua, Mignonne pressa sa belle-sœur contre elle en lui disant :

— C'est terrible, Alice ! C'est atroce pour une mère d'enterrer un enfant ! Je sais c'que j'dis, j'en ai perdu plusieurs ! Et tu te souviens ? Nous les attendions en même temps, nos deux garçons : toi, Ubald, moi, Paul-Émile. Et nous les avons perdus toutes les deux. Le Ciel nous les a repris…

— Une chance que t'as du cœur, Mignonne, mais ça n'semble pas être de famille, Pit n'a même pas versé une larme encore.

Prévoyant une attaque du genre, Pit, juste à côté, lui répondit :

— Y'en a qui pleurent en silence, Alice, dans leurs prières. Y'a pas qu'les larmes apparentes qui comptent, y'a les sentiments aussi. Ubald était mon seul fils…

— Que tu n'aimais même pas, Édouard Turin ! Que tu ne vantais jamais ! Que tu n'appelais même pas ! Y'a juste ton père pis moi qui l'avons aimé, ce p'tit gars-là ! Ton père qui l'a jamais abandonné, lui ! Y'a même eu un héritage ! Pis y'a sa future qui l'aimait ! Sophie ! La p'tite avec des lunettes assise près des cartes mortuaires. Tu t'en es même pas approchée ! Elle est inconsolable, ils avaient des projets…

Embarrassé, baissant le ton, Pit se mit en frais de lui rafraîchir la mémoire, malgré les protestations de Mignonne :

— Je lui ai donné mon héritage, Alice. En entier ! Tout c'que l'père m'avait laissé ! Alors, viens pas m'dire que j'l'aimais pas, mon fils !

— Oui, c'est vrai que tu lui as donné cet argent, mais c'était pas par générosité mais par fierté ! Pour ne rien garder de ton père qui t'avait déshérité ! Pis tu t'es jamais occupé d'Ubald quand y'était p'tit ! Pas même une marque de tendresse ! Tu l'ignorais ! Tu couraillais…

Elle allait ajouter des propos haineux lorsque Mignonne la secoua :

— Alice ! Pour l'amour du ciel ! Ton fils est sur les planches !

Secouée, retrouvant ses esprits, Alice regarda Mignonne qui lui murmura :

— On ne règle pas ses comptes devant tout l'monde… Va te reposer, reviens quand tu seras calmée. Ça n'a pas d'bons sens une scène pareille. Pas devant Ubald qui sommeille et qui te reprocherait peut-être…

À ces mots, Alice, le visage enfoui dans un grand mouchoir, quitta le salon pour regagner sa chambre, suivie d'une voisine. Mignonne, mal à l'aise, s'adressant aux gens, leur demanda d'être indulgents, allant jusqu'à leur expliquer qu'après un tel drame il était normal de piquer une crise de nerfs. Pit, malmené, humilié, releva la tête pour ajouter :

— Et ça n'arrange pas les choses quand un couple est séparé. Mais, Dieu ait son âme, je l'aimais bien mon fils. J'étais très fier de lui.

Ce qui eut pour effet de faire fondre en larmes, une fois de plus, Sophie, l'amie de cœur du défunt. Pendant qu'on s'affairait autour d'elle, Pit accepta les condoléances de quelques parents et paroissiens, pour ensuite s'esquiver avec Jean-Baptiste, laissant Mignonne et Joshua sur place avant qu'Alice revienne l'invectiver encore avec de reproches durs et amers.

Le lendemain, Pit s'arrangea pour être au salon quand Alice s'en absentait. Il en avait été convenu ainsi pour ne pas que la discorde éclate de nouveau au sein du couple. Mignonne était revenue avec Cécile et François qui, comme Joshua, connaissaient à peine leur cousin Ubald, fils de l'oncle Pit. Parce que la tante Alice n'avait jamais laissé son fils aller fêter chez les Rouet quand on l'invitait. Elle lui faisait des scènes et le jeune homme, coincé, était contraint de passer les festivités avec elle.

D'où l'éloignement graduel d'avec son père qu'il ne voyait que très rarement, et ce, sans sa concubine que sa mère lui avait appris à détester autant qu'elle. En ce deuxième jour de recueillement, des gens étaient venus de partout; on avait fait état de la noyade dans les journaux afin de mettre d'autres jeunes gens en garde. Le jour des funérailles, l'église Sainte-Brigide-de-Kildare était remplie, car tous les étudiants qui avaient gradué avec Ubald étaient venus assister à l'enterrement de celui qui, hélas, ne porterait pas la toge des avocats. Alice pleura durant le discours du curé, assise au premier banc avec Sophie, d'un côté, Éphrem, de l'autre. Pit, dans le premier banc de la droite de l'allée, était accompagné de la famille Rouet au complet. Derrière eux, Gérarde, qui avait connu le jeune disparu quand il rendait visite au notaire, s'était déplacée en compagnie de sa sœur aveugle, pour assister au service. Pit avait tenté de faire enterrer son fils dans un lot acheté à côté de celui des Turin puisqu'il portait leur nom, mais Alice lui avait sèchement répondu : « Non, tes parents ont assez de petits-enfants avec eux ! Ubald sera enterré avec mon père et ma mère ! Dans la fosse des Vinais ! Ma mère en a pris soin jusqu'à son dernier souffle ! Elle veillera sur lui ! » Pit ne s'objecta pas et Ubald fut porté en terre sous le regard triste de sa mère, les pleurs de Sophie, qui venait de perdre son futur époux, et le sang-froid de son père qui ne versa aucune larme, mais dont l'émoi se lisait dans ses yeux. La terre couverte de fleurs, tous se dispersèrent, mais Pit, sensible ce jour-là, voulut offrir à celle qui était encore sa femme quelques mots d'encouragement. Mal lui en prit, car elle lui répondit brusquement : « Je n'ai pas besoin de ton appui ! J'ai Éphrem dans ma vie ! Et puis, elle est où, ta chérie ? Elle n'a pas d'cœur au ventre, la Bourdin ? À moins qu'la mort d'Ubald la soulage ! Ça va lui en faire un d'moins dans les jambes, la truie ! »

Que de mois, que de jours... Des joies, des peines, des efforts et du courage. Dieu merci, la santé était à l'honneur chez les Rouet, même si Jean-Baptiste, faible du foie et pour cause, s'en tirait encore avec une pilule contre la bile. 1932 ! Belle année, certes, mais engouffrée dans les débris du krach de 1929 qui se faisait encore sentir, et de la crise économique qui n'avait épargné personne. L'Amérique, quelque peu relevée, affichait un taux de chômage de vingt-quatre pour cent et, en Allemagne, les nazis avaient profité de la situation pour accroître leur pouvoir. Les Rouet, sans commerce, argent à l'abri, n'avaient rien eu à craindre de cette noirceur. Jean-Baptiste avait gardé « sa job » au port, Joshua avait perdu la sienne dans la construction, qu'importe, ils avaient tout ce qu'il fallait à la maison. Dans *La Presse*, on pouvait lire que Franklin Delano Roosevelt avait remplacé Alfred Smith à la tête du Parti démocrate de New York, ce qui devait l'amener à devenir président des États-Unis lors de l'élection qui suivit. Dans les sciences, cette même année, c'était la découverte de la vitamine D. En littérature, François Mauriac publiait *Le Nœud de vipères* et, à New York, on inaugurait le Radio City Music Hall. Au cinéma français, le film *À nous la liberté*, de René Clair, attirait les foules, tandis qu'à Hollywood, c'était *Shanghai Express*, avec Marlene Dietrich, celle qui avait popularisé le béret, qui obtenait la faveur du public. L'actrice Joan Crawford se hissait au sommet des grandes stars alors que le paquet de cigarettes, au grand dam de Joshua, était monté à vingt cents ! Au baseball, Babe Ruth, chez les Yankees, était l'idole de l'heure et, au hockey, les Maple Leafs de Toronto remportaient la coupe Stanley.

Chez M. et Mme Jean-Baptiste Rouet, tout était au beau fixe en ce Noël qu'on fêtait religieusement et paisiblement. Joshua, le « tombeur de femmes » avait eu vingt-cinq ans ;

Cécile, «le portrait tout craché de sa mère», vingt-deux; et François, le benjamin, «qui ne pleurnichait plus», quinze. Jean-Baptiste avait atteint ses cinquante ans; Mignonne affichait ses quarante-sept ans. À la messe de minuit, on avait prié pour Bernadette qui, au Carmel, avait sûrement prié pour eux. Pit et Florence, inséparables amoureux, célébraient quelque part ensemble. De Hamilton, en Ontario, Mabel avait fait parvenir sa carte de Noël à toute la famille. Avec des poinsettias de soie pour Mignonne et Jean-Baptiste, des boucles d'oreilles d'argent pour Cécile, un cendrier de table pour Joshua et des gants de cuir souple pour François. En signant «Amicalement, Mabel», et non: madame veuve Ross Wood. Pour une fois!

Chapitre 10

François, excité, était entré en trombe pour demander à ses parents :

— Avez-vous vu la nouvelle propriétaire de l'autre bord d'la rue à trois maisons d'ici ?

Mignonne, à ses chaudrons, lui répondit :

— Oui, elle m'a même saluée il y a quelques jours, mais je ne la connais pas encore. Tu sais qui elle est, toi ?

— Ben, j'ai su par un gars de l'école qu'elle s'appelle madame Ferdinand Damien pis qu'elle vit là avec personne d'autre. C'est drôle qu'une personne seule achète une maison.

— Pourquoi ? questionna Jean-Baptiste. Si elle en a les moyens ! Pis, comme on sait rien d'elle, ça ne nous regarde pas, fiston. Ça s'peut-tu être agité comme ça ?

— Vous l'avez pas vue ? Elle est toujours maquillée ! Jour et nuit ! Elle a le visage plein de crème beige, les lèvres rouges, le tour des yeux noirs, les paupières mauves... C'est affreux !

— Oui, j'ai remarqué qu'elle se maquille beaucoup, mais ça change quoi ? Si elle aime ça être peinturée, elle...

— C'est pas ça, maman, c'est c'que j'ai appris qui m'a fait sursauter ! Vous savez pas pourquoi elle se maquille comme ça, vous autres ? Moi, je l'sais !

— Ben, dis-nous-le, fiston ! s'impatienta le père.

— Y paraît qu'elle est maquillée vingt-quatre heures sur vingt-quatre, qu'elle n'enlève jamais rien et qu'elle ajoute ce qui s'évapore !

— Ben, voyons donc, François ! l'interrompit sa mère. Il faut qu'elle se lave de temps en temps, sinon ça tournerait en croûte !

— Ça doit lui arriver, mais pas souvent, et le matin sûrement, parce qu'elle ne veut pas qu'on la voie sans ses artifices.

— Pourquoi ? Le sais-tu ou pas ? insista le père.

— Parce que la nuit, si la maison prenait en feu, elle ne voudrait pas que les pompiers la voient au naturel.

— Encore là, pourquoi ? Et d'où tiens-tu ça, toi ?

— De Gervais, un gars de ma classe, sa mère connaît la bonne femme !

— François ! Pas la bonne femme ! Un peu de politesse ! lui cria sa mère. On dit la dame quand on parle d'une personne respectable.

— Ta mère a raison, fiston, mais j'attends encore la réponse.

— Gervais m'a dit qu'elle avait une tache de vin sur la joue qui montait jusqu'au sourcil. C'est ça qu'elle cache de la sorte. Elle ne veut pas que personne voie son infirmité.

— Un bien grand mot, soupira Mignonne. Pauvre femme, c'est d'valeur, elle est pourtant jolie. Mais j'imagine que les complexes, c'est quelque chose qui s'guérit pas. C'est bien triste ! Mais répète pas ça à personne, toi ! S'il fallait qu'elle apprenne que tout l'monde sait… Au fait, comment a-t-il appris ça, ton copain d'école ?

— Ben, c'est sa mère qui l'a connue quand elle était jeune
et que tout l'monde la pointait du doigt. Dans ce temps-là, elle
restait au naturel, mais depuis son mariage…

— Elle a un mari, oui ou non? C'est embrouillé, ton
histoire!

— Elle en avait un, elle porte encore son nom, mais paraît
qu'il est mort… Gervais sait pas comment, mais accidentellement. Elle n'a même pas eu l'temps d'avoir des enfants. En
tout cas, c'est pas drôle pour elle, car la nouvelle se répand.

— Oui, surtout avec des p'tits verrats qui ont une grande
gueule! répliqua Jean-Baptiste.

— Papa! C'est d'moi qu'tu parles? J'l'ai dit juste à vous
deux!

— Mais ton copain d'l'école s'fait aller la trappe, lui! Tu
devrais lui dire de s'la fermer par charité pour cette femme-là!
S'il fallait que l'bruit se répande pis qu'elle apprenne que ça
vient d'ici!

— T'as pas à craindre, c'est la mère de Gervais qui s'fait
aller la jacasse partout! Parce qu'elle a essayé de renouer avec
madame Damien pis qu'elle s'est fait virer d'bord, en s'faisant
dire qu'elle était trop commère. Mais… paraît qu'c'est une
drôle de femme, la nouvelle arrivée d'la rue.

— Ben, ça nous r'garde pas, pis tiens-toi loin d'elle,
Mignonne. Ça pourrait être une mauvaise fréquentation pour
toi, cette femme-là.

— Comme ça l'est pour toi avec celle de la rue Saint-
Zotique, Baptiste?

Cécile Rouet, pour sa part, était de plus en plus jolie au fil
des ans. Courtisée par bon nombre de jeunes hommes du quartier, elle souriait, s'en amusait; elle attendait «le sien» qu'elle
n'avait pas encore trouvé. Belle comme sa mère l'était à son âge,

sinon plus, elle était d'une extrême féminité et les enfants auxquels elle enseignait la regardaient bouche bée, chaque matin,
quand elle arrivait dans la classe avec une nouvelle coiffure et
des toilettes diverses. Pas tout à fait indifférente aux garçons, elle
avait accepté le cinéma avec le fils de l'épicier, pas davantage ;
elle avait même fréquenté durant six mois Frédéric, un futur psychologue qui, malheureusement, semblait trop empressé « physiquement » avant même qu'il soit question de mariage. Aussi
subtil et suave était-il, elle le laissa tomber pour un cultivateur
bien élevé mais peu instruit. Si peu, qu'il signait son nom en
lettres carrées dans ses cartes de souhaits. Puis, aucun autre
jusqu'en décembre 1933, où elle annonçait enfin à sa mère :

— J'ai accepté d'aller réveillonner chez Gustave De Foy.

— Le directeur de l'école, Cécile ? Le vieux garçon ?

— Moi, je préfère dire « le célibataire », maman. Gustave
n'a jamais trouvé la perle rare. Faut croire que j'en suis peut-
être une puisqu'il m'invite.

— Ben, voyons donc, dis-moi pas qu't'es intéressée ! Y'a
deux fois ton âge !

— Non, Gustave a quarante-trois ans et j'en ai vingt-trois.
Juste vingt ans de plus que moi. Et bel homme, conviens-en !
Éduqué, instruit, une maison à lui…

— J'sais pas c'que ton père va dire de ça, Cécile !

— Papa ? Rien de plus que toi ! Et puis, je vais juste
réveillonner, je ne m'en vais pas me marier. Il a encore sa
mère qui vit avec lui et d'autres personnes de sa parenté vont
être là aussi. Pourquoi vous inquiéter pour moi, papa et toi ?
Je suis en âge de savoir ce que je fais, non ? Et souviens-toi,
maman, quand tu as épousé papa à dix-sept ans, ton père était
loin d'être…

— Oui, oui, je sais, l'interrompit Mignonne, mais c'était
une autre époque, une autre histoire…

Cécile sourit et ajouta sur un ton presque narquois :

— Toutes les histoires se ressemblent, maman. Et puis, à vrai dire, il ne me déplaît pas, monsieur le directeur.

L'année 1934 se leva alors que 1933, ensevelie sous la neige de décembre, s'éclipsait avec les souvenirs de tout un chacun. Le réveillon avait certes porté fruit puisque, dès janvier, Cécile avait annoncé à ses parents :

— Gustave m'a demandée en mariage et j'ai accepté.

Mignonne et Jean-Baptiste se regardèrent, et le paternel lui demanda :

— Es-tu bien sûre de ton affaire, toi ? Tu l'connais à peine…

— Je le connais depuis un an, papa, c'est de se fréquenter régulièrement qui est soudain. Gustave De Foy est un homme pour moi.

— Pas mal vieux, y'a presque l'âge de ta mère…

— Tout de même ! N'exagère pas ! Tu veux mon bonheur, oui ou non ?

— Ben sûr, ma fille, pis à ton âge, t'as pas besoin de permission.

— Non, je sais, mais j'aimerais mieux l'épouser avec votre consentement à tous les deux. Ça fait plus sérieux. Gustave compte venir te demander ma main. Tu ne dis rien, maman ?

— Ben, est-ce qu'il veut des enfants à son âge, ton prétendant ?

— Absolument ! Pas une chaîne, c'est sûr, mais on prendra ce que le bon Dieu nous donnera. Gustave n'a que quarante-trois ans, ce n'est pas un vieillard que j'épouse. En bonne forme, fort, instruit…

— Oui, j'sais, je l'ai aperçu une fois ou deux… l'interrompit son père. C'est vrai qu'un homme de cet âge-là, c'est pas encore tout à fait vieux… Pis, avec l'emploi qu'il a, une tête sur les épaules, je ne crains pas.

— Moi non plus, Cécile, ajouta sa mère. L'important, c'est que tu l'aimes !

— Oui, je l'aime. Autant que tu aimais papa quand tu l'as épousé.

Mignonne et Jean-Baptiste se regardèrent de travers. Parce que, depuis Colombe dont les enfants ne savaient rien, les sentiments de leur mère à l'égard de leur père avaient beaucoup diminué.

— Nous avons convenu de la date du mariage, maman.

— Ah oui ? Déjà ? Et ce sera quand ?

— Le 18 août prochain. J'aurai alors vingt-quatre ans révolus et Gustave, dont l'anniversaire est le 29 juillet, aura fêté ses quarante-quatre ans. Vous aurez donc tout le temps requis pour vous y préparer.

— Et vous comptez habiter où ? questionna le père.

— Chez lui, voyons ! Avec sa vieille mère !

— Ben, tout c'que j'espère, ma fille, c'est qu't'auras plus d'chance avec ta belle-mère que j'en ai eu avec mon beau-père !

Les Blackhawks de Chicago avaient remporté la coupe Stanley et Jean-Baptiste avait perdu un gros « trente sous » dans sa gageure. Aux États-Unis, la chanson *Blue Moon* était sur toutes les lèvres alors qu'en France c'était *Un amour comme le nôtre* qui se démarquait et que Mignonne fredonnait machinalement, sans penser à son mari pour autant. Les vedettes américaines les plus en vogue étaient Clark Gable, Mae West et Bing Crosby tandis qu'en Europe, Michel Simon et Fernandel signaient des piles d'autographes. Dans le domaine de la mode, les femmes portaient le chapeau sur le côté à la Jean Harlow, ce qui ne plaisait pas du tout à Cécile. Mais le lancement de la bande dessinée de Dell Comics à dix cents la copie avait attiré plus d'un jeune, dont François Rouet. 1934 était aussi l'année de la naissance des quintuplées Dionne, à Corbeil en Ontario. Un événement qui fit le tour du monde et, en un tour de main, celles qu'on appelait « les jumelles Dionne », cinq bébés de même sexe, devenaient on ne peut plus célèbres. Côté littérature, l'écrivain Julien Green publiait *Le Visionnaire* que Gustave De Foy se promettait d'acheter. L'Italie allait gagner la Coupe du monde au soccer, mais Mignonne, faisant fi ou presque de toutes ces nouvelles, se préoccupait davantage du bonheur de ses enfants. Encore assez à l'aise avec l'héritage de son père, l'argent de la vente du clos et le salaire régulier de Baptiste, elle avait quand même ce côté écureuil qui la faisait enfouir dans la cave plusieurs « piastres », en cas d'épreuves ou de désastres. Pit et Florence, en ménage sous le même toit, attendaient patiemment que « la grande et grosse » lève les pattes. Ce qui ne semblait pas demain la veille. Alice avait une constitution robuste. En couple avec Éphrem, son vieil amant chevrotant, elle refusait encore de divorcer de Pit pour que la Florence… *ne le puisse posséder*, comme on disait au Seigneur dans la prière *Mon Dieu, je vous donne mon cœur*.

Le 5 mars, le froid excessif et la neige avaient causé une grave inondation à Montréal après l'éclatement d'une conduite d'eau souterraine de vingt-quatre pouces sur la rue Craig. Quatre pieds d'eau s'étendaient de la rue Chenneville jusqu'au square Victoria. Ce qui empêcha Jean-Baptiste de se rendre au port ce jour-là. Mignonne, pour sa part, n'avait qu'une idée en tête : le mariage de Cécile. Elle aurait certes préféré, intérieurement, que sa fille épouse Frédéric, le jeune et futur psychologue aux cheveux noirs bouclés ; elle ne comprenait pas encore pourquoi Cécile avait rompu avec lui. Parce que, discrète, cette dernière ne lui avait jamais dit que le beau jeune homme avait la main… baladeuse ! Gustave De Foy était pourtant un homme bien ; il avait même apporté des fleurs à madame Rouet le jour où il était venu demander la main de Cécile à son père. Il avait belle allure, la moustache bien taillée ; il était très instruit, trop même, ça la gênait. Avec son maintien, sa pipe, sa veste et sa montre de poche en or, il lui faisait penser à l'acteur Fredric March, beau et austère, et, aux côtés de sa fille, il pouvait passer pour son père. Mais puisque Cécile l'aimait… De ses doigts de fée, Mignonne avait entrepris la confection de la robe de mariée de sa fille, d'après un croquis puisé dans un magazine des États-Unis. Que de la soie sous des appliqués de dentelle avec manches bouffantes ! Et un long voile de dentelle accroché à un diadème de perles. Le tout d'une grande élégance, empreint d'une sage décence. Dans sa dignité, Cécile n'allait porter qu'une minuscule perle à chaque lobe d'oreille et tenir, de sa main gantée, un bouquet de roses blanches enjolivé d'un ruban rose, pour s'appareiller au soupçon de rouge à lèvres rosé qu'elle allait appliquer. Mignonne en avait aussi profité pour se tailler une jolie robe de chiffon beige, piquée de délicates feuilles d'un vert tendre. Avec un joli chapeau cloche des mêmes tons. Après tout, le mariage aurait lieu au mois d'août. Il lui fallait être estivale, légère, même si la mère du marié, beaucoup plus âgée, avait opté, selon Cécile, pour une toilette teintée de mauve et de gris. Avec un chapeau gris à plumes mauves ! Heureuse pour sa fille, sa presque fille unique, Mignonne en soupirait, car Bernadette, au Carmel, n'existait dorénavant que pour le Dieu du Ciel.

Joshua Rouet, bel homme de vingt-sept ans, toujours célibataire et travaillant dans la construction, avait enfin rencontré celle qu'il appelait « la femme de sa vie ». Sa première amie sérieuse ! Il avait certes fréquenté des filles du quartier, mais sans lendemain, sans attachement, sans intérêt soutenu. Que pour la bagatelle, lui qui, tel un taon vorace, s'ébattait… d'une fleur à l'autre ! Mais Dorine Berge, c'était autre chose. Dès qu'il l'avait vue, nouvelle venue dans le quartier, il en était tombé amoureux. Pourtant, mademoiselle Berge, septième d'une famille de onze enfants, n'avait rien d'une vamp de cinéma. Maigre, plus grande que lui, les joues creuses, les yeux gris, les cheveux noirs et raides, elle était du genre qui, habituellement, ne plaisait pas aux garçons. Et preuve était que Joshua était le premier gars à s'intéresser à elle. Sans courbes, le buste plat, les mains longues et osseuses… On ne comprenait pas ! Elle était certes aimable, mais elle avait la manie de bâiller souvent sans mettre la main devant la bouche. Le matin comme le soir, même l'après-midi ! Dorine bâillait constamment, et sa mère disait à qui voulait l'entendre que c'était là une maladie. Même si ses frères et ses sœurs avaient pour leurs dires que c'était plutôt de la paresse puisque Dorine pouvait dormir quinze heures d'affilée et faire ensuite une sieste l'après-midi. Ce qu'elle tentait par tous les moyens de cacher à Joshua, même si parfois, au cinéma, elle s'endormait sur son épaule, que le film soit bon ou pas. Lui, épris, croyait que c'était là un geste de tendresse, d'affection, car Dorine ne privait guère ce bellâtre de ses attentions, allant jusqu'à se permettre d'avoir la cuisse légère pour ne pas le perdre. « Joshua Rouet avec la grande Berge ! Elle a deux ans de plus que lui ! » s'exclamaient les filles des alentours. « Un si beau gars avec un manche à balai ! » reprenaient en chœur les envieuses. Mais Joshua aimait Dorine. Il l'avait présentée à ses parents et, après leur départ, Jean-Baptiste avait dit à Mignonne : « Y'a pas l'œil aussi affilé que moi dans l'temps ! N'est-ce pas, ma femme ? » Ce qui avait fait sourire Mignonne tout en le rappelant à l'ordre.

Le 11 juillet, c'était l'inauguration officielle du pont Honoré-Mercier qui reliait LaSalle à Caughnawaga. Le premier ministre, l'honorable Louis-Alexandre Taschereau, était présent ainsi que plusieurs haut placés. Jean-Baptiste n'assista pas à la cérémonie, mais Gustave, le futur mari de Cécile, était au premier rang parmi les invités. Le samedi 18 août se présenta enfin, et c'est au bras de son père que Cécile Rouet franchissait le seuil de l'église Saint-Édouard afin de devenir madame Gustave De Foy dans l'heure qui suivrait. Très jolie et romantique dans sa robe de soie et de dentelle, elle avait elle aussi remonté ses cheveux en chignon, ce qui la faisait ressembler davantage à sa mère. Le bouquet de roses entre les mains, elle rejoignit son futur époux et, regardant sa mère, elle vit cette dernière essuyer quelques larmes. Mignonne se revoyait alors que, jadis, c'était elle qui allait rejoindre Jean-Baptiste. Émue, elle contemplait sa fille, puis ses yeux se posèrent sur la statue de la Vierge à qui elle murmura : « Faites qu'elle soit heureuse, sainte mère de Dieu ! » Puis, s'agenouillant, elle écouta Gustave et Cécile prononcer leurs vœux, se jurer fidélité et amour, et s'échanger les anneaux d'or que l'enfant de chœur gardait sur un coussin de satin. Cécile Rouet, dès lors, n'était plus que madame Gustave De Foy. Tout comme sa mère et tant d'autres femmes depuis le temps, elle avait troqué son nom contre celui de son mari. À tout jamais ! Prénom inclus ! Ce que personne encore ne contestait, mais que Mignonne ne prisait guère.

La mère du marié, au bras de son frère qui avait servi de père à Gustave, affichait un doux sourire. Heureuse de voir son fils épouser une institutrice, on sentait, dans son regard, qu'elle allait accueillir Cécile comme une fille. Ce qui rassurait Mignonne qui n'aurait pas accepté qu'il en soit autrement. Le marié avait sa parenté : sa mère, oncles et tantes, cousins et cousines ; et la mariée, la sienne : ses parents, Joshua et Dorine,

François, l'oncle Édouard et Florence, en plus de collègues de travail mutuels et de quelques amis. Le banquet qui suivit chez les De Foy fut digne de ceux d'un grand hôtel. Gustave n'avait rien ménagé pour que son mariage soit grandiose et à l'image de celle qu'il aimait. Tous avaient pu se réunir dans le grand jardin meublé de tables, de fauteuils de bois blanc et de balançoires pour causer plus librement. Jean-Baptiste, qui aurait dû assumer les frais de la réception, étant le père de la mariée, fut quelque peu offusqué de voir son gendre lui ravir en sorte ce privilège, mais Mignonne lui fit comprendre qu'ils n'avaient pas le jardin requis, que leur maison était plus modeste que celle des De Foy et qu'il allait économiser en laissant « monsieur le directeur » payer pour que sa femme soit traitée telle une reine. À la hauteur de son diadème ! Jean-Baptiste avait baissé les bras devant le fait et s'était loué un habit de grande cérémonie. Veston à queue-de-pie, tuyau de castor, nœud papillon… Et Mignonne, plus que belle dans sa toilette exclusive, suscitait les regards d'un des oncles du marié qui, l'œil averti, la trouvait fort jolie.

On sabla le champagne, on but du vin de qualité, on servit de la bière au père de la mariée, et Cécile, souriante, trancha la première pointe de son imposant gâteau de noces. Puis, le portrait traditionnel et, en fin de soirée, le train qui allait les conduire dans une auberge huppée de la Nouvelle-Angleterre où la lune de miel allait se dérouler. Mabel, qui avait reçu un faire-part avait dû, hélas, décliner l'invitation. Son frère était à l'hôpital pour y subir une délicate intervention. Elle ne pouvait le quitter, sa belle-sœur, Mary Frances, étant désemparée. Elle s'excusa mille fois de ne pouvoir être là et partager le bonheur de sa « préférée ». Mais, comme Cécile était, de plus, sa filleule, elle lui fit parvenir par le courrier du train un énorme vase de cristal de roche qui arriva sans une égratignure et dont Gustave fut enchanté. De retour à la maison après ce long « cérémonial », Jean-Baptiste, qui s'était fait un devoir de ne pas trop boire, s'était vite départi de son habit encombrant pour se retrouver dans ses *overalls* et ses pantoufles, une bière à la main. Sa femme, encore sous le coup de l'émotion, vantait la réception ainsi que la tenue vestimentaire des invités. Ce à quoi son mari répliqua :

— La prochaine fois, ma femme, offre-toi donc pour coudre une robe à Dorine.

— Oui, je sais, elle n'était pas endimanchée...

— Pas endimanchée ? Elle avait l'air d'la chienne à Jacques, syncope ! Pas même de fard à joues, mal peignée... Je m'demande bien c'que Joshua lui trouve ! Lui, si beau ; elle...

— N'en dis pas plus, Baptiste, il l'aime. Elle doit avoir des qualités.

— Ça, j'en doute pas ! Avec ses yeux crasses pis ses doigts longs ! C'qui n'a pas empêché not'fils de noter le numéro de téléphone d'une cousine de Gustave. J'l'ai vu de mes propres yeux, le torrieux ! Une blonde assez grassette !

— T'exagères encore... Dorine l'aurait pas laissé faire...

— Elle ? Voyons donc ! A bâillait, a dormait presque, pendant que ça s'passait !

Le 31 août, jamais Montréal n'avait vu un rassemblement comme celui organisé par *La Presse*. À partir de trois heures de l'après-midi jusqu'au soir, le parc Lafontaine avait été envahi de tous côtés par le bon peuple, heureux d'assister au couronnement de la commémoration du quatrième centenaire du Canada par le feu d'artifice qui suivrait. Toutes les avenues conduisant au parc étaient noires de monde. Toute circulation était devenue impossible par les rues Rachel, Papineau et Sherbrooke. Le soir, à neuf heures, trois cent mille personnes étaient rassemblées, dont M. et Mme Gustave De Foy, Joshua et Dorine, François et des amis. Des gens de tous âges, des septuagénaires, des adolescents, des pères et mères avec leurs enfants… et les dignitaires ! Lorsque les sept bombes d'artifice déchirèrent le ciel, ce fut l'euphorie ! Suivies d'un feu roulant de cartouches détonnantes, de feux de Bengale, de chandelles romaines, pièces qui furent talonnées de divers arrangements, tous aussi admirés les uns que les autres. Les gens furent impressionnés par les éclairs de toutes les couleurs et émus par les reproductions de la croix du Mont-Royal et l'effigie de Jacques Cartier. Une soirée inoubliable pour les Montréalais, sauf pour Jean-Baptiste et Mignonne qui, fuyant les foules, avaient préféré en écouter la description à la radio. Joshua rentra tard, François aussi, mais sans faire de bruit ; leurs parents dormaient déjà.

En septembre, Mignonne recevait une longue lettre de son amie, Mabel Watson, qui se faisait encore appeler madame veuve Ross Wood à Hamilton. Après avoir donné des nouvelles de la santé de son frère qui s'améliorait, elle indiquait à Mignonne que son désir était de revenir vivre à Montréal, que la vie en Ontario ne lui plaisait pas et qu'elle ne s'entendait guère avec sa belle-sœur, Mary Frances. Bref, le cœur n'y était plus et elle avait la nostalgie de la paroisse Saint-Édouard, de la famille Rouet et de Cécile, sa filleule, dont elle avait malheureusement raté le mariage. Le soir même, Mignonne en discuta avec Jean-Baptiste qui lui dit que l'un des logements du haut de sa maison rue Saint-Denis serait libre en mai de l'année suivante. Celui du troisième étage, juste au-dessus de l'ancien logis de Mabel. Dans une réponse à son amie, Mignonne la renseigna sur cette possibilité, mais la veuve lui répondit qu'elle aurait préféré déménager avant les Fêtes et priait Mignonne de regarder ailleurs, quitte à faire l'acquisition d'une modeste maison avec ses économies, ayant au moins le *cash down* à sa disposition. Jean-Baptiste s'informa un peu partout et la chance sourit à Mabel, car une petite maison de plain-pied, sans étage, l'une des plus anciennes du quartier, était à vendre sur la rue Alma. Il y avait certes des réparations à faire, un grand ménage à effectuer, mais, comme Jean-Baptiste l'assurait que la charpente était solide, Mabel l'acheta les yeux fermés. Avec l'appui du mari de sa meilleure amie qui l'obtint même à rabais, vu que les vieux qui la possédaient souhaitaient s'en défaire rapidement. *Baptiste l'a eue pour une bouchée de pain !* lui écrivit Mignonne. *Viens vite, j'vais t'aider à la renipper, on va être ensemble à longueur de journée ! Pis, ça fait si longtemps que j'suis pas allée au cinéma...* Mabel s'occupa de la transaction avec sa banque et fit part ensuite de son geste à son frère. Ce dernier, décontenancé, mécontent et contrarié, la menaça encore une fois de ne plus jamais lui reparler si elle partait. Mais l'Irlandaise, tenace, lui apprit qu'elle déménageait en octobre en ajoutant de ne pas s'en faire si elle décédait avant lui, que ses héritiers étaient Leslie et Danny, sa nièce et son neveu qu'elle aimait bien. Ce qui atténua quelque peu l'humeur de Patrick, quoique sa femme, sous l'effet du choc, ait traité sa belle-sœur de déserteuse, même si elle ne pouvait la souffrir. Mabel, heureuse, apaisée, dormit bien cette nuit-là. Elle allait retrouver, une fois de plus, le quartier où Ross l'avait « tant aimée » !

Quelques jours plus tard, alors que Mignonne lavait ses chaudrons, Jean-Baptiste la pria d'enlever son tablier et de le rejoindre au salon ; il avait à lui parler. Intriguée, elle obéit, s'essuya les mains et vint prendre place sur un fauteuil en face de lui. Constatant qu'il était troublé, voire intimidé, elle lui demanda :

— Qu'est-ce qu'il y a, mon homme ? T'es pas malade, au moins ?

— Non, la santé est bonne, c'est le moral qui est bas. J'ai attendu que Joshua et François partent avant de te parler.

— Me parler de quoi ? Tu sembles soucieux, t'as le front plissé.

— Écoute, Mignonne, ce que j'ai à te dire, c'est pas facile, c'est même gênant de t'parler d'ça…

— Ben, on n'avancera pas si tu regardes le tapis au lieu d'moi !

— C'que j'veux, c'que j'souhaite, Mignonne, c'est que toi pis moi, ça revienne comme avant. Comme un vrai couple…

Mignonne fit mine de se lever et son mari la retint par le bras :

— Non, t'en va pas, écoute-moi, c'est fini, elle pis moi ! T'entendras plus jamais parler de Colombe par qui qu'ce soit. Fini que j'te dis, pis ça fait déjà dix jours que j'ai pas mis les pieds là ! Finies les cuites avec son père ! Ma bière, astheure, c'est à la taverne que j'la bois. Pis, à vrai dire, pour c'qui s'passait entre elle pis moi…

— Épargne-moi les détails, Baptiste ! Quoi qu'y s'passait, tu m'trompais, pis ça, j'suis pas à veille de l'oublier. Une fille de joie… Quand j'y pense…

— T'as dit l'mot, ma femme : une fille de joie, une fille de rien, une fille à tout l'monde… C'est toi que j'aime, aucune autre, Mignonne.

— Pourquoi alors ? Penses-tu qu'c'est pas humiliant pour une femme ?

— Oui, j'sais, mais j'étais saoul chaque fois, j'avais pas toute ma tête… Maudite bière ! J'sais que j'suis pas loin d'être un ivrogne, mais j'suis pas un mauvais yable, Mignonne ! J'ai fait c'que j'ai pu avec ma vie pas mal tordue, mais r'garde où j'me suis rendu ! Pas trop mal pour un gars qui sait pas d'où y vient. Là, j'bois moins, une bière par ci, une bière par là, mais pas de cuites ! T'as dû remarquer que j'rentrais plus en titubant le soir ?

— Oui, depuis un bout d'temps…

— C'est parce que j'combats mon vice, ma femme. Pour toi ! Pour qu'on redevienne comme avant, toi pis moi. J'sais que j't'ai fait d'la peine, mais c'était pas d'ma faute, j'm'en rendais même pas compte ! Mais là, avec tout c'que j'ai laissé tomber pis l'bon sens que j'ai retrouvé…

— Tu peux m'jurer que tu la reverras plus, Baptiste ?

— Sur la tête de qui tu voudras, Mignonne !

— Alors, jure-le-moi sur la tête de Paul-Émile, notre petit gars enterré.

Ému, une larme coincée dans un cil, Jean-Baptiste murmura :

— J'te l'jure sur la tête de Paul-Émile, notre petit gars adoré. Que l'bon Dieu m'foudroie si c'que j'dis là, c'est pas la vérité.

Mignonne, remuée, les yeux embués, lui prit la main et lui dit :

— Puisque c'est comme ça, ce sera comme avant, mon homme. On va repartir là où on a laissé, mais faudra plus jamais en reparler. Ni toi ni moi. On tourne la page, c'est terminé.

Jean-Baptiste Rouet laissa échapper un long soupir de soulagement et, se penchant, déposa un baiser sur la joue de sa bien-aimée.

— Merci, Mignonne, merci ma soie… T'es la meilleure des femmes.

Comme par hasard, le lendemain de son vif repentir, Jean-Baptiste recevait une lettre d'un notaire de la Nouvelle-Écosse. Un document formel lui annonçant qu'il héritait d'une somme de quatre mille dollars de Winifred Taillon, décédée et enterrée depuis un mois. Pour obtenir ladite somme, il fallait cependant qu'un notaire de son choix communique avec lui, car l'argent ne serait remis qu'à un homme de loi qui, par la suite, le rendrait à l'héritier. Jean-Baptiste s'empressa de consulter le vieux notaire, ami de son défunt beau-père, qui accepta de s'occuper de son cas sans lui charger la moindre «cenne». Par respect pour Mignonne, la fille de son plus grand ami. Le notaire en question se permit même un appel «longue distance» afin d'avoir plus de détails sur l'avoir de la défunte. C'est ainsi qu'il put apprendre à Jean-Baptiste que mademoiselle Taillon avait dû vendre sa maison, il y a une dizaine d'années pour assurer sa subsistance. Passablement âgée, quatre-vingt-six ans révolus, elle avait rendu l'âme dans une résidence tenue par des religieuses qui hébergeaient les vieilles personnes sans parenté. Pour le prix d'une pension alimentaire qu'elle leur versait mensuellement. Or, au moment du décès, les frais de son notaire prélevés ainsi que ceux de l'enterrement, il ne lui restait que quatre mille dollars et quelques «sous» à la banque. On en fit donc un compte rond et le notaire de Jean-Baptiste lui remit, dix jours plus tard, la somme qui lui revenait de droit. En refusant tout dédommagement, lui qui était cossu et qui n'avait guère besoin d'un pourboire. Le mandat bancaire entre les mains, Jean-Baptiste avait demandé à Mignonne :

— Tu aimerais t'acheter quelque chose de spécial avec cet argent, ma femme? Des vêtements neufs, des bijoux, des gâteries?

— Non, je n'ai besoin de rien… Place-le, fais-en ce que tu voudras, c'est ton héritage cette fois, pas le mien.

— N'empêche qu'elle a tenu parole, la Winifred. Les Rouet, frère et sœur, ont dû l'accueillir à bras ouverts de l'autre côté, pour ce beau geste de sa part. Elle m'aimait bien, tu sais, elle m'a tenu sur les fonts baptismaux quand on m'a donné mon nom. Tiens ! Pour la remercier, je vais lui faire chanter trois messes pour le repos de son âme. Pis j'vais allumer trois lampions, les plus gros, devant la statue de sainte Thérèse. Toutes les femmes l'aiment, cette petite sainte-là ! Pis comme elle est maintenant à côté d'elle…

— Pis l'argent, qu'est-ce que tu comptes en faire, Baptiste ?

— J'sais pas si t'es d'accord avec moi, ma femme, mais j'aimerais bien le partager entre Joshua et François. Ils en ont plus d'besoin qu'nous autres, tu trouves pas ? Ça pourrait leur donner un coup d'main dans leurs projets. J'en laisserais bien à Cécile, mais avec l'avoir de son mari, j'pense pas…

— Non, Cécile est fort à l'aise, t'en fais pas. Gustave en a d'côté comme ça s'peut pas, en plus d'la résidence qui va lui revenir pis l'argent d'sa mère. Les garçons sont plus démunis, eux, surtout Joshua qui va peut-être finir par se marier…

— Pas avec la…

— R'commence pas, Baptiste ! Avec qui y voudra ! Ce s'ra son choix !

— Bon, on leur annonce dès qu'ils rentrent la somme d'argent qui les attend. C'qui devrait les faire tomber su'l cul !

— Quel langage, Baptiste ! T'aurais pu dire… su'l derrière !

Le soir, alors qu'ils soupaient en famille, le paternel en profita pour annoncer à ses garçons qu'ils étaient plus riches de deux mille « piastres » chacun, et Joshua, tel que prédit par son père, faillit tomber su'l… Le portefeuille peu garni, dépensier, il épuisait ses payes au fur et à mesure avec Dorine et… d'autres ! Jean-Baptiste lui ordonna de placer cet argent, de ne pas s'en servir, de le garder en cas de besoin. François, plus sérieux, plus à l'image de sa mère, avait déjà calculé son affaire. Quelques « piastres » pour les cadeaux des Fêtes et le reste de côté, bien protégé, pour ses études, pour son avenir. Ce qui fit grandement plaisir à Mignonne. Deux garçons comblés, grâce à la générosité et à la parole donnée d'une femme dont ils avaient à peine entendu parler. Sans penser, toutefois, qu'avec la mort de Winifred Taillon, la dernière bienfaitrice de l'île du Cap-Breton, les premières années de vie de leur père s'effaçaient du sable des rives de la Nouvelle-Écosse.

Mabel arriva avec ses bagages au début d'octobre. Mignonne, heureuse de la revoir, se jeta dans ses bras dès qu'elle descendit du train.

— Comme tu es belle ! T'as pas changé d'un brin !

— Oh ! non, j'ai grossi, regarde mon tour de taille, Mignonne ! C'est plutôt toi qui ne change pas. Toujours mince après toutes tes maternités ! C'est peut-être ce que j'aurais dû faire !

Elles éclatèrent de rire, sautèrent dans un taxi avec les valises et, en cours de route, Mignonne lui demanda :

— Que vas-tu faire pour les meubles ? La maison est vide, tu sais !

— J'ai fait suivre ceux que j'avais, ça devrait arriver d'ici trois ou quatre jours. Pour ce qui manquera, on ira ensemble dans les *pawn shops* de la rue Craig. On trouvera des *bargains* et, après, on les fera encore baisser !

— D'accord, mais d'ici à ce que tes meubles arrivent, j'te garde chez moi. Pas question d'aller à l'hôtel ! J'ai d'la place, la chambre de Cécile est vide.

— Qu'est-ce qui arrive avec les hommes que ton mari a engagés ? Ont-ils commencé la peinture de la chambre et des autres pièces ?

— Commencé ? Tout est terminé, Mabel ! J'ai choisi les couleurs, j'espère que ça t'plaira ! Finalement, y va juste rester les prélarts pis la tapisserie du salon à choisir.

— T'es fine, c'est pas possible ! Et je suis certaine que c'est beau ! T'as toujours eu du goût, Mignonne ! Pour coudre comme tu le fais !

— Merci, mais j'ai hâte que tu vois ta maison. C'est très joli pour une femme seule. Y'a même d'la place pour deux !

— Commence pas, toi ! Pas d'hommes, plus d'hommes dans ma vie. J'ai eu Ross, et un homme comme lui, ça ne se remplace pas. Il était si beau, si séduisant… Tiens ! C'est moi qui recommence à t'embêter avec ça ! Je porte encore son nom, tu sais.

— Tu n'as pas été courtisée à Hamilton ? Une belle femme comme toi !

— Bien sûr que j'ai eu des prétendants ! De tous les genres ! Des veufs, des divorcés avec des enfants… C'est mon frère qui me les trouvait sans arrêt ! Mais aucun ne m'a intéressée. Trop gros, trop vieux, mauvaise haleine, dents cariées, gros ventre, pattes croches…

Mabel éclata de rire pour ensuite ajouter :

— Tu sais, après mon mari, pas facile de trouver un homme comme lui. Je regarde les acteurs et je te jure que Ross était plus attirant qu'eux.

Mignonne ne releva pas la remarque. Elle venait de se rendre compte que Mabel avait tout oublié de l'abandon et de la trahison. Pour un garçon ! Le chauffeur de taxi fit un détour par la rue Alma et, apercevant la coquette maison qui était sienne, Mabel s'écria :

— Oh ! Comme c'est beau ! Je suis certaine que je vais être heureuse ici !

Le lendemain, à la clarté du jour, les deux femmes s'empressèrent de se rendre à pied à la nouvelle maison de Mabel et, avant d'entrer, cette dernière remarqua le gros érable sur son petit terrain ainsi que le lilas qui allait refleurir au printemps. Puis, à l'arrière, une balançoire accrochée à une grosse branche d'un autre arbre que le vieux avait installée pour sa petite-fille quand elle était jeune et qu'il n'avait jamais enlevée depuis.

— Ça fait romantique, tu ne trouves pas ?

Mignonne acquiesça d'un signe de tête et, une fois à l'intérieur, Mabel fut agréablement surprise par la beauté et la clarté des pièces. Un grand salon, un joli boudoir, une cuisine convenable, une chambre à coucher assez vaste et une toilette. Juste ce qu'il lui fallait, et le tout, fraîchement repeint de couleurs tendres.

— Comme tu as eu du goût, Mignonne ! J'adore le vert de la cuisine, j'aime le mauve de la chambre… Tiens ! Un prélart blanc ici, un autre beige là, et le tour sera joué. Et une tapisserie fleurie de roses jaunes pour le salon, ce qui ira très bien avec le mobilier rembourré brun qui va suivre.

Elles bavardèrent, ébauchèrent des plans et rentrèrent pour le dîner. Mabel qui avait vu les garçons avait dit à Mignonne :

— Ton Joshua est beau comme un cœur ! Du genre à faire des conquêtes !

Puis, pour ne pas qu'il l'entende de sa chambre, elle avait murmuré, parlant du plus jeune :

— François, lui, avec son air plus sage, dégage un tel *sex appeal*… Encore un an ou deux et il ne donnera pas sa place, celui-là !

Mignonne fronça les sourcils et Mabel éclata d'un rire sonore qui fit sursauter Jean-Baptiste. Retirée dans sa chambre, « madame Wood » n'entendit pas ce que les fils avaient à dire :

— Elle est pas mal époustouflante ! lança Joshua.

— C'est pas l'cas, moi j'la trouve énervante ! ajouta François.

Jean-Baptiste mit un doigt sur sa bouche, commandant la discrétion, et Mignonne, mécontente, serrait les lèvres.

Le 12 octobre, en lisant *La Presse*, Jean-Baptiste raconta à Mignonne qui préparait le café :

— Violette Nozières va être guillotinée à Paris.

— Qui ?

— Tu te souviens de cette jeune Française de dix-huit ans qui a empoisonné ses parents, mais dont la mère avait été réanimée à temps ? Elle a été trouvée coupable et condamnée à la guillotine, mais puisqu'il n'y a pas eu d'exécution du genre depuis quarante ans, on croit plutôt qu'elle va être emprisonnée à vie. C'est ce que son avocat prévoit. En plus, comme elle est mineure, elle va être confinée dans une maison de délinquants.

— Baptiste ! Arrête ! Tu me fais penser à mon père ! Que des mauvaises nouvelles ! Pauvre fille, elle n'avait sans doute pas toute sa tête !

— Aimerais-tu mieux que j'te parle de Donald Duck, le canard des *cartoons* de journaux qui va faire ses débuts au cinéma ?

— Tu t'penses drôle, Baptiste Rouet ? Vite, mange ton gruau, avale ton café pis file ! J'ai du ménage à faire, moi !

— Avec Joshua qui dort jusqu'à dix heures ?

— T'en fais pas, j'vais l'réveiller, ce flanc mou-là ! On dirait qu'y est en train d'attraper la maladie d'la Dorine, lui !

Un peu plus tard, Mabel s'était rendue chez Cécile avec Mignonne, pour faire la connaissance du mari de sa filleule et leur remettre, en main propre, un second cadeau de noces. Très bien accueillie par la nouvelle mariée qu'elle trouvait ravissante, elle fut aussi séduite par la distinction de son mari qui s'excusa de l'absence de sa mère, sortie avec une amie. Cécile, heureuse de la revoir, délia les ficelles de la boîte pour y découvrir une superbe nappe de soie avec, au centre et aux quatre coins, des losanges de dentelle, ce qui allait rehausser de beaucoup le vase de cristal qu'elle leur avait fait parvenir de Hamilton. Gustave De Foy, en homme courtois, lui avait fait le baisemain, et Cécile, guindée et de plus en plus raffinée, leur avait offert le thé dans des tasses de porcelaine importées d'Angleterre. Ravie de retrouver sa «préférée», Mabel n'en remarqua pas moins que Cécile avait changé. De la jeune fille espiègle, presque frivole qu'elle avait quittée, elle retrouvait une jeune femme émancipée, sérieuse, un tantinet précieuse. Élevée d'un cran ou deux, ou trois, quoi! À cause de lui qui, plus âgé, plus affecté, s'évertuait à en faire une dame de qualité. Elle préférait le théâtre au cinéma, lisait de la poésie, écoutait la musique de Vivaldi, ne portait que des bijoux en or dix-huit carats... Bref, elle avait changé au point que Mabel, mal à l'aise, presque gênée, tenait sa tasse de thé comme elle, du pouce et de l'index... avec l'auriculaire en l'air! Mignonne, toutefois, faisant fi des «simagrées» de sa fille et de son gendre, restait elle-même en buvant son thé à pleine main et en croquant son biscuit en se foutant du bruit. En cours de route, au retour, Mabel dit à son amie:

— Elle a changé, Cécile... Sans doute le fait d'avoir un homme plus vieux...

— Oui, c'était pas tout à fait mon choix, monsieur De Foy, mais elle l'aimait! Alors, majeure en plus...

— Remarque qu'il paraît bien et qu'il a beaucoup de classe. Moi, en avoir eu un semblable à Hamilton...

— Il aurait été parfait pour toi, il est de ton âge, Mabel!

— Plus je le regardais, plus je trouvais qu'il ressemblait à Fredric March.

— Tiens ! Toi aussi ! Moi aussi, j'l'ai comparé à lui. Réservé, digne, comme l'autre dans ses films…

— Oui, quoique Ross, avec son sourire et son corps d'athlète était, je le regrette, beaucoup mieux que ton gendre et l'acteur trop sérieux !

Le temps des Fêtes s'écoula agréablement entre les maisons où l'on célébrait. À Noël, c'est Cécile qui invita toute la famille à son réveillon. Gustave avait tout préparé avec brio, sans oublier la bière préférée de son beau-père. Des cendriers sur pied étaient à côté de chaque fauteuil ou presque. Pour les cigares de Jean-Baptiste, les cigarettes de Joshua et pour sa pipe à lui, tabac au rhum, rien de moins. François ne fumait pas, il avait le tabac en horreur. Madame De Foy, mère, était d'une bienveillance extrême à l'égard des invités et s'efforça de rendre Mignonne à l'aise quoique cette dernière, peu habituée à un tel cérémonial, ne sût trop comment se comporter à table, ce qui n'était pas le cas de son mari qui fouillait dans le plat de cornichons sans se servir de l'ustensile. Joshua, vêtu comme un roi, eau de toilette sur les poignets et dans le cou, avait fière allure. À son bras, Dorine Berge, habillée bien simplement, une robe de taffetas jaune, un peu de fard à joues, les cheveux frisés au fer, aucun bijou. Cécile était de toute beauté, Gustave était séduisant, Mabel était ravissante dans une robe de velours rouge et Mignonne, très élégante dans un ensemble vert avec dentelle blanche au collet et aux manches. Jean-Baptiste, comme de coutume, les souliers bien cirés, portait son complet trois pièces ; et François, son habit du dimanche. On s'amusa ferme jusqu'aux petites heures, mais on déplora l'absence d'Édouard et de Florence qui avaient décliné l'invitation, ayant déjà quelque chose en vue. Joli prétexte, ils n'avaient rien à faire, mais Pit préférait passer la nuit à deux tout doucement, malgré les objections de Florence, plutôt qu'entendre les grands discours de Gustave « le directeur », qu'il trouvait snob et raseur.

Au Jour de l'an, c'est chez les Rouet que la famille se réunit et, après la bénédiction paternelle, on passa à table pour se gaver des bonnes tourtières et du ragoût de pattes de cochon de Mignonne suivis des tartes au sucre qu'elle réussissait à merveille. On s'échangeait des vœux, on se souhaitait de la santé, le paradis à la fin de ses jours… Pit et Florence avaient fait un saut en après-midi, mais, cette fois-là sans mentir pour se défiler, ils avaient accepté une autre invitation pour la soirée. Pit but une bière ou deux avec Jean-Baptiste, Florence se permit un doigt de rhum blanc pendant que Gustave De Foy trempait ses lèvres dans un vin rouge pas tout à fait de qualité. Pas importé des vignobles de France comme les siens ! Cécile était fort en beauté et madame De Foy mère, très terre à terre, avait fortement apprécié le souper traditionnel de Mignonne. Joshua partit tôt, Dorine « s'endormait », et François, même si Mabel l'énervait, passa la soirée à parler avec elle de musique et de cinéma. Pour ensuite avoir droit à la description détaillée de feu Ross, l'éternel bien-aimé de la veuve. Plus bas en ville, dans la paroisse Sainte-Brigide-de-Kildare, « la grande et grosse » qui portait encore légalement le nom de madame Édouard Turin, loin de la famille à laquelle elle n'appartenait plus, accueillait le Nouvel An avec Éphrem, son amant tremblotant.

D'heureux événements allaient ravir monsieur et madame Jean-Baptiste Rouet en 1935. Le premier surtout, puisque Cécile leur annonçait qu'elle était enceinte. Le second, aussi heureux devait-il être, allait néanmoins décevoir Jean-Baptiste qui avait sourcillé : Joshua leur annonçait qu'il allait

épouser Dorine Berge, « la grande qui dormait tout le temps ».
Mignonne, plus indulgente, disait qu'elle allait lui faire une
bonne épouse, mais Jean-Baptiste lui avait répondu : « J'comprends pas qu'un beau grand gars comme ça se soit entiché
d'une échalote ! » Ce qui n'était guère gentil, mais, sans utiliser
de quolibet, Mabel était de son avis. Elle trouvait Joshua si
beau avec ses cheveux noirs, son regard enjôleur, ses épaules
carrées et ses jambes droites. Musclé en plus comme tous les
gars de la construction, il aurait pu choisir entre toutes les filles
du quartier. Mais Dorine Berge ? Pourquoi ? Peu jolie et malade
en plus puisque le sommeil l'envahissait constamment. Jean-
Baptiste était allé jusqu'à dire à son fils : « Coudon ! Elle a-tu
été piquée par la mouche tsé-tsé, ta future ? Tu devrais la faire
examiner avant d'la marier ! » Mais le beau Joshua, qui s'en
allait sur ses vingt-huit ans, lui avait rétorqué : « Laisse faire,
le père, c'est moi qui la marie, pas toi ! Pis j'préfère avoir une
femme qui dort qu'une femme qui sort ! Arrête de la dénigrer,
elle a d'autres qualités ! » Jean-Baptiste marmonna, bougonna,
et Mignonne le rappela à l'ordre d'un regard sévère. Pour elle,
Dorine était une bonne personne. Puisque Joshua l'aimait telle
qu'elle était, c'était certes qu'il regardait le cœur avant la phy-
sionomie d'une femme. « On va se marier le 6 juillet, avait
annoncé Joshua à sa mère. Quatre jours après ma fête. C'est
Dorine qui a choisi la date. De son côté, elle aura eu ses trente
ans à ce moment-là. Pour elle, il était temps ! » Jean-Baptiste
qui ne disait rien songeait en son for intérieur : « Ben oui, c'est
mieux une femme qui dort… Parce que pendant ce temps-là,
c'est l'homme qui sort ! C'est ça qui va l'arranger, lui ! Y va
avoir une femme pour le torcher, pis quand elle va aller s'coucher, y va aller en voir d'autres pour les sauter ! Syncope ! Fallait juste y penser ! » Mignonne, sans aucune arrière-pensée de
la sorte, avait proposé à son fils : « Je lui confectionnerai sa robe

de mariée si elle le veut, et Mabel viendra la coiffer et la grimer un peu le matin même.» Joshua, fort aise de la complicité de sa mère, l'avait remerciée : «C'est sûr qu'elle va accepter! Dorine se demandait par où commencer. Pis c'est pas ses parents qui vont l'aider, y tirent le diable par la queue pour arriver! Mais on fera rien d'grand, maman, une robe simple, un petit voile… Ça va être intime, notre mariage, pas même de banquet après, sinon c'est moi qui devrai l'payer!»

Chez les De Foy, tout marchait comme sur des roulettes. Cécile prenait du poids, mais sa grossesse se déroulait bien. Son mari, évidemment, la traitait «aux p'tits oignons» et sa belle-mère, discrète, était impatiente de devenir grand-mère. Hélas, aux premiers jours de mai, on retrouva madame De Foy mère inanimée dans sa chaise berçante, sa laine et ses broches à tricoter par terre. La tête de côté, on aurait pu jurer qu'elle sommeillait. Passablement âgée, elle était morte comme un poussin sans que personne ne s'y attende. Son cœur avait cessé de battre avant même qu'elle puisse porter la main à sa poitrine. Elle s'était éteinte en douceur, ce qui faisait dire aux commères du quartier qu'elle avait eu «une belle mort». Mais Cécile avait été secouée, c'était elle qui l'avait découverte en rentrant d'une course chez l'épicier. Quand elle était sortie, sa belle-mère tricotait déjà un bonnet blanc pour son premier petit-enfant. Gustave, alarmé, gardant son sang-froid, avait néanmoins eu peur que, sous l'effet de la commotion, Cécile perde le bébé qu'elle portait. Bref, le bouleversement de sa femme l'affectait beaucoup plus que le décès de sa mère. Gustave refusa d'exposer la défunte dans le salon de leur demeure. Il eut recours à une résidence funéraire, il ne voulait pas que la mort de sa mère perturbe l'état de son épouse. Il craignait que la maison ne fasse peur à Cécile, mais il n'en fut rien, car, remise du léger choc subi, la future maman poursuivit sa grossesse sans la moindre complication. La mère de Gustave fut enterrée avec son défunt mari et, cartes de remerciements postées, la vie reprit son cours. Mais la carte reçue avait fait sourciller Mignonne. On pouvait y lire sous la photo de la défunte : *À la douce mémoire de madame Octavien De Foy, épouse de feu Octavien De Foy, décédée à Montréal le 2 mai 1935, à l'âge de 77 ans, 3 mois, 12 jours. R.I.P.* Relisant le texte, Mignonne avait dit à Jean-Baptiste : «Tiens ! Une autre qui n'avait pas de nom à elle !» Téléphonant à Cécile, elle apprit que sa belle-mère était née Rosalie Simon, mais, hélas, c'était madame Octavien De Foy qui avait perdu la vie. Pit, qui avait également reçu la carte de remerciements, avait dit à Florence : «Regarde comme il fait chier, le directeur ! Y'a fait inscrire, après son âge, les mois et les jours qu'elle a vécus ! Y manque juste les heures !»

C'est le jeudi 20 juin, en début de matinée, que Cécile donna naissance prématurément à une fille de quatre livres et sept onces. Levée au petit jour alors que les premières douleurs se faisaient sentir, Gustave l'avait fait conduire à l'hôpital en ambulance. Se tenant à son chevet, lui prenant la main, elle n'émit qu'un cri et se mordit ensuite les lèvres ; l'enfant était née dans la chambre d'attente, sans que le docteur soit là, alors que l'infirmière arrivait. C'est cette dernière qui se chargea de couper le cordon ombilical et la petite, frêle, avec une jolie frimousse, démontra néanmoins qu'elle avait de bons poumons. On en prit soin comme d'une poupée et Cécile, la larme à l'œil, s'était excusée à son mari :

— Je regrette de t'avoir mis dans tous tes états, Gustave, je ne l'attendais que dans un mois et demi, peut-être un peu plus. Elle a devancé l'horloge…

Lui épongeant le front, il lui avait répondu :

— Tu n'as pas trop mal, mon amour ? Ne pense pas à moi, je n'ai fait que mon devoir d'époux et de père, c'est toi qui lui as donné la vie.

— Non, je n'ai pas eu si mal finalement… Juste une crampe, puis elle est sortie. Comme si la petite ne voulait pas me faire souffrir. Voilà pourquoi elle s'est pointée si vite.

— Et en santé, le médecin me l'a assuré ! Surprenant pour un si petit bébé.

Durant la journée, Cécile reçut la visite de ses parents et, le soir, Joshua et Dorine étaient venus la voir avec François. L'oncle Édouard et Florence lui avaient fait parvenir de jolies fleurs, car Pit ne voulait en aucun cas rencontrer « le directeur ».

— Trop cérémonieux, celui-là ! avait-il lancé à Florence, qui déplorait ce manque de courtoisie.

Jean-Baptiste et Mignonne se sentirent honorés lorsque leur gendre leur demanda d'être parrain et marraine de leur fille. Comme porteuse, Cécile avait choisi Mabel, qui en fut ravie. La petite fut baptisée : Marie, Mignonne, Marquise, un prénom qu'affectionnait Cécile depuis qu'elle l'avait découvert dans un roman d'amour. Et ce n'était pas Gustave qui allait la contredire ; le prénom, qui se prononçait si bien avec De Foy, était teinté d'une touche de noblesse. De toute façon, les désirs de sa femme étaient des ordres. Dès lors, monsieur et madame Rouet étaient grands-parents ! « Ce qui donne un coup d'vieux ! » grommela Jean-Baptiste alors que Mignonne s'exclamait : « Quelle grâce du bon Dieu ! Quel enchantement ! Une enfant à bercer tendrement… » Mabel, généreuse comme de coutume, avait offert à la petite un magnifique médaillon en or dix-huit carats, sur chaîne, avec ses initiales gravées. Joshua, Dorine et François s'étaient pour leur part cotisés pour

305

lui acheter une jolie couverture de laine rose avec de la frange et des pompons.

Le 6 juillet se pointa et c'est en ce samedi matin de plein été que Joshua Rouet allait prendre pour épouse Dorine Berge, en l'église Saint-Édouard. La veille, la future mariée avait dormi toute la journée et, après un bon souper, s'était recouchée pour la nuit afin de vivre son mariage sans... bâiller ! Mignonne lui avait confectionné une jolie robe longue de chiffon avec jupon de soie et ceinturon avec appliques de roses blanches. Sur sa tête, au chignon adroitement coiffé par Mabel, on avait déposé un petit caluron duquel pendait une légère voilette. Mabel lui avait prêté son collier et ses boucles d'oreilles de perles et l'avait maquillée légèrement, juste assez pour la rendre attrayante. Joshua, dans un beau complet noir avec chemise blanche et nœud papillon gris, était superbe. Il s'était aspergé d'une eau de toilette populaire et, passant près de lui, Mabel lui avait dit : « Dieu que tu es beau ! Et comme tu sens bon ! » Jean-Baptiste, ayant conclu que ni son fils ni la famille de la mariée n'avaient d'argent pour un banquet, en fit préparer un chez lui. Joshua aurait certes pu se servir de son héritage, mais le paternel avait sommé ses deux garçons de placer cet argent qu'ils ne pouvaient encaisser pour le moment.

Comme les convives allaient être nombreux avec la grande famille des Berge en comptant les conjoints et conjointes, les oncles et tantes, les cousins et cousines, le buffet était d'importance, mais rien de trop élaboré. Des amuse-gueules, des fromages sur biscuits, des roulés de foie gras, des petits pains avec des œufs farcis, des sandwiches au jambon haché, des céleris, radis, concombres et oignons marinés dans des plats et des pâtisseries diverses sans crème fouettée mais glacées de chocolat et de gelée de fraise qui firent le bonheur de ceux et celles qui avaient la dent sucrée. Sans parler de la bière qu'il fit entrer à la caisse, sachant que les membres de la famille de Dorine en étaient des adeptes, et quelques bouteilles de vin rouge et blanc pour les invités plus raffinés. Cécile et Gustave avaient confié la garde de leur petite Marquise à une Dame de Sainte-Anne de la paroisse. Pit et Florence étaient venus endimanchés et François, à presque dix-huit ans, avait invité une fille de la rue voisine pour l'accompagner. Jolie, élégante, mais pas son genre. La famille Berge se multipliait de plus en plus, des parents éloignés arrivaient sans invitation avec un cadeau de noces quelconque dans un sac ou sous le bras. Mignonne, faisant le tour de la parenté de sa bru, entendit une tante ou une cousine dire à une autre : « J'pensais jamais qu'a s'dénicherait un mari, la Dorine ! J'me demande bien quand elle a trouvé l'temps, elle dort comme une bûche à longueur de journée ! » Et l'autre de lui répondre : « Pis pas n'importe qui ! As-tu vu l'beau mâle qu'elle a pogné, la nièce ? À trente ans ! Pis pas belle, on s'entend ? »

Tous rentrèrent chez eux et les mariés, changés, lui dans un complet marine, elle dans un costume beige avec blouse brune, montèrent à bord d'un autobus qui les conduirait aux États. Pas loin, juste de l'autre bord des lignes, dans un motel à bon marché. Aussitôt assis dans l'un des derniers bancs, Joshua dénoua sa cravate et, se tournant vers Dorine, lui demanda :

— Contente ? Ç'a été un beau mariage ! Le père n'a pas lésiné sur l'argent !

Aucune réponse. Appuyée sur son épaule, Dorine dormait à poings fermés.

L'automne 1935 n'apporta rien de spécial dans la famille Rouet. Pour le peu de nouvelles qu'on avait du Carmel... On savait par la mère supérieure que Bernadette allait bien, que sa santé était bonne et qu'elle priait pour les siens, à travers ses dévotions pour les opprimés du monde entier. Gustave et Cécile s'entendaient à merveille. Lui dirigeait toujours l'école où il était en poste, et elle, loin du tumulte des élèves, se consacrait à sa petite Marquise dans le calme le plus absolu de son imposante résidence de pierres. Joshua et Dorine, revenus de leur court voyage de noces, avaient repris leur travail. Lui, dans la construction ; elle, dans une confiserie à temps partiel, seulement en après-midi, incapable de se lever le matin. Rien à l'horizon côté progéniture pour l'instant, les nouveaux mariés ne sortaient guère et pour cause. Une fois par semaine pour un souper chez les Rouet, une fois par mois pour visiter les Berge, sans rester à souper vu le nombre de personnes à table. Joshua venait parfois se réfugier chez ses parents, jaser avec son père, boire une bière avec lui parce que Dorine était au lit :

— L'as-tu fait examiner, ta femme ? C'est pas normal de dormir comme ça à son âge ! Y'a sûrement quelque chose de travers avec elle !

Secouant la tête, Joshua répondait :

— Le docteur l'a vue, le spécialiste aussi. Pour eux, y'a rien qui cloche, elle est juste fatiguée. Elle est grande mais pas forte, ma femme. Trop longtemps debout, ses jambes tremblent.

— Ça s'comprend ! s'écria Jean-Baptiste, elle est toujours couchée ! Des jambes qui bougent pas, ça s'ankylose, le sang circule pas… Donc, une fois debout, ça claque, c'est certain !

Mignonne, affairée à cuire des tartes, cria :

— Baptiste ! Lâche-la ! Débarque de sur son dos, la pauvre… C'est pas d'sa faute !

— Ça, je l'sais, mais c'est pas d'not'faute non plus ! C'est juste que moi, avec une femme comme ça, j'pousserais à tour de bras pour qu'on trouve ce qu'elle a ! S'y fallait qu'ça soit d'l'anémie !

Joshua, haussant les épaules, avala une gorgée de sa bière et, s'adressant à son père comme si de rien n'était, lança :

— J'me demande bien qui va gagner la coupe Stanley, c't'année !

Pit et Florence avaient planifié un voyage pour le temps des Fêtes afin d'éviter la rencontre de famille, surtout celle du «directeur». Pit, que Flo qualifiait de bourru, avait acheté deux billets de train afin d'aller célébrer, à deux, dans un hôtel de luxe de Toronto. Florence, bénéficiant des privilèges requis, réussit à obtenir à bon prix une chambre dans un hôtel prestigieux. Au nom de M. et Mme Édouard Turin. Loin des ennuis du passé, toujours employé de la poissonnerie, Pit n'entendait plus parler d'Alice, celle qui portait encore, hélas, son nom. Ni par les amis ni par la famille puisque «la grande et grosse» avait rompu tout lien avec eux. Jean-Baptiste l'avait aperçue sur la rue Sainte-Catherine, mais, le reconnaissant de loin, elle avait pressé le pas et changé de côté de trottoir pour éviter d'avoir à le saluer. Pit, dans ses moments tendres, rassurait encore sa Florence :

— Crains pas, Flo, aussitôt qu'elle va crever, tu vas devenir ma femme !

Celle-ci, plus indulgente, lui répondait :

— Voyons, Pit, parle pas comme ça ! On peut fort bien partir avant elle, toi et moi ! Et puis j'lui souhaite pas de mourir, quand même, j'aimerais juste qu'elle accepte de te libérer.

— Non, ça, elle ne le fera jamais ! Elle me l'a juré en pleine face !

— Alors, on risque de crever avant elle, pour employer ton terme.

— Ben, si c'est l'cas, Flo, on pourra écrire dans nos mémoires que le couple le plus en amour sur terre n'a jamais eu l'bonheur de se marier.

Florence le regarda, lui prit la main, la serra dans la sienne et murmura :

— Si tu savais comme je t'aime, Pit Turin !

Mardi 3 décembre 1935, et Mignonne, revenant du bureau de poste, avait une lettre à la main. Une lettre recommandée dont elle avait signé la feuille d'envoi pour l'obtenir :

— Tiens ! Regarde, Baptiste, ça vient de l'Ontario.

— De l'Ontario ? J'connais personne là-bas… Y'avait juste Mabel, pis elle est maintenant par ici. De qui ça peut bien être ?

— Ouvre-la, tu vas l'savoir, c'est étampé : Kingston. Tu connais ça, toi ?

— Non, pis pas d'adresse de retour…

Jean-Baptiste décacheta l'enveloppe et, à l'intérieur, sur une feuille blanche avec une bordure jaune, il put lire :

Monsieur Rouet,

Je devrais dire Jean-Baptiste parce que je sais que c'est le prénom qu'on t'a donné quand on t'a baptisé. Bien pensé de leur part puisque tu es né le 24 juin 1882, à l'heure du souper. Je me présente, je suis Marie-Jeanne Dugué de mon nom de fille et je suis ta mère. J'imagine ta surprise après toutes ces années, mais je n'ai pas envie de mourir sans te revoir pour t'expliquer ce qui est arrivé quand tu es venu au monde.

Si tu acceptes de me rencontrer, tu apprendras tout de ton passé. Je ne suis pas la femme la plus instruite, mais j'ai appris à bien écrire chez les sœurs dans ma jeunesse.

Tu as un demi-frère, Jean-Baptiste, il s'appelle Lionel Dugué, il porte mon nom, je t'expliquerai. Lionel a dix ans de moins que toi, je l'ai eu sur le tard.

Je t'ai retrouvé sans peine, mon fils, j'avais suivi à la trace ton parcours. Je ne voulais pas te perdre de vue, côté cœur. J'aimerais te rencontrer au moins une fois, Jean-Baptiste, une seule si tu veux bien. Je suis vieille, ma santé est moins bonne qu'avant, mais je peux faire le trajet en train jusqu'à Montréal si ça te convient.

Laisseras-tu ta vieille mère te serrer sur son cœur?

J'ai beaucoup à me faire pardonner, mais tout dépend de toi maintenant.

Je m'en remets à ta bonne volonté, mon fils.

Ta mère,

Marie-Jeanne Dugué

Jean-Baptiste avait lu la lettre à haute voix, le ton oscillant parfois, alors que Mignonne en frissonnait. Ahuri un moment, il retrouva vite ses esprits, ferma le poing et la lettre se froissa dans sa main.

— Baptiste! Voyons! Son adresse est-elle en bas?

— Oui, tout est là, mais qu'importe… On va faire comme si on n'avait rien reçu, ma femme.

— C'est… c'est ta mère, mon homme.

— Non, ma mère, c'est Clémentine Rouet, celle qui m'a recueilli, celle qui m'a donné son nom et celle qui ne m'aurait jamais abandonné si elle avait vécu plus longtemps.

Mignonne ne disait rien, regardait par terre et relevant les yeux sur la lettre en boule qui traînait sur la table:

— J'peux la relire, mon homme? Tu me l'permets?

— Oui, si tu y tiens, mais brûle-la ensuite, Mignonne, j'voudrais pas que François tombe dessus. Et puis, cette femme est peut-être une profiteuse? Qui nous dit que c'qu'elle écrit est vrai?

— Écoute, Baptiste, après tant d'années… Le jour et l'heure de ta naissance indiqués…

— Ben, si c'est vrai, trop tard ! J'suis un Rouet, pas un bâtard ! Jette-la, sa maudite lettre ! Qu'elle aille au diable, la bonne femme… Ça s'peut-tu ? M'arriver comme ça, cinquante ans plus tard, pis m'dire qu'elle est ma mère !

— C'est peut-être sa conscience qui s'en charge… On sait pas pourquoi elle t'a abandonné, elle avait peut-être pas l'choix… Tu sais, j't'ai jamais parlé d'ton passé, j'ai juste écouté c'que t'en avais dit à mon père avant qu'on s'marie, mais j't'ai jamais questionné sur ta mère adoptive, la maîtresse de piano. J'ai toujours gardé ça mort parce que t'as jamais fait un pas pour en parler. Mais là, avec une lettre de ta vraie mère, j'serais curieuse de savoir d'où tu viens, moi ! T'es mon mari, pas un étranger ! T'es l'père de nos enfants… Si seulement tu voulais la rencontrer, j'irais avec toi. N'importe où, mais t'en aurais le cœur net ! T'as sûrement un père quelque part… Vivant ou mort ! A te l'dirait, Baptiste, avec qui elle t'a fait, la Marie-Jeanne ! Maintenant qu'on sait exactement quand t'es né !

Mignonne plaidait encore lorsque Jean-Baptiste se leva brusquement pour répliquer :

— Non, Mignonne, j'veux rien savoir de mon passé, j'veux rien savoir de cette femme-là, qu'a soit ma mère ou pas ! J'garde en mémoire le souvenir de Clémentine Rouet pis, si les enfants veulent savoir d'où j'viens, y'auront qu'à grimper dans l'arbre généalogique des Rouet ! C'est l'nom que le prêtre m'a donné, c'est l'nom que j'ai toujours porté. Pis j'garde le respect d'mes racines : Clémentine, pis son frère ! Sans eux, j'aurais pas d'nom, j'aurais pas d'sang ! Pis cette femme-là, qu'a soit ma mère ou pas, a m'a abandonné, Mignonne. Pis ça, j'suis pas capable d'y pardonner !

Chapitre 11

À la fin de janvier 1936, les chevaux faisaient place au progrès à l'île Sainte-Hélène puisque les deux derniers utilisés par la brigade des incendies de Montréal venaient d'être remplacés par le nouveau fourgon à boyaux de la caserne 40. Le maire de la ville, Camillien Houde, s'était déplacé pour donner un cachet particulier à l'événement, et ce, malgré la froidure. De son côté, Mabel insistait pour que Mignonne la suive plus souvent au cinéma où la chaleur des bancs de velours faisait oublier l'hiver. Sans compter qu'elle ne manquait aucun film de Gary Cooper, son préféré qu'elle trouvait si beau, quoique Ross… Mais comme son plus récent film, *The Wedding Night*, était à l'affiche, elle tira Mignonne par la manche pour qu'elle l'accompagne. Ce que madame Rouet fit sans en avoir vraiment envie ce jour-là.

Elle avait autre chose à faire, Mignonne. La lettre qu'elle avait défroissée et conservée la tenaillait grandement. Deux mois s'étaient presque écoulés et son mari n'en avait jamais reparlé. Elle se demandait comment la pauvre vieille avait pu passer les Fêtes, sans aucun signe de vie du fils qu'elle souhaitait retrouver.

Toutefois, en sortant du cinéma, attablée dans un restaurant avec Mabel pour une pointe de tarte aux noix, cette dernière la sortit de son marasme en lui demandant :

— Et puis ? À ton goût, Gary Cooper ? Bel homme, non ?

— Heu, oui… Quoique le film… Mais c'est vrai que ton mari lui ressemblait, surtout sur ton portrait de noces, Mabel.

— Oui, Ross avait des yeux tendres comme lui, sa carrure… Tu sais, j'ai jamais digéré tout ce qu'on a pu dire de lui.

— De qui ? De ton mari ? Tu parles de quoi ?

— Bien, que Ross et Tom… On a avancé des choses, mais rien n'a jamais été prouvé. C'est pas catholique de salir ainsi un homme !

— T'en fais pas, Mabel, c'étaient juste des racontars. Personne n'a jamais eu de preuves, t'as raison… Y parlaient tous à travers leur chapeau… Ah ! Les mauvaises langues !

— Pauvre Ross, il en aura souffert sans le savoir de toutes ces médisances ! Tom était comme un fils pour lui. Et s'il y en a une qui peut affirmer que Ross était plein d'amour pour sa femme, c'est bien moi ! J'étais la seule qui comptait pour lui, la seule qu'il aimait. Jour et nuit !

— Je n'en doute pas, Mabel, l'évidence vient de toi, tu sais.

Se sentant épaulée, Mabel pressa le bras de son amie avec gratitude. Sans repenser à se demander pourquoi Ross l'avait alors quittée. Et sans se rendre compte que Mignonne la rassurait par compassion. La sentant encore déchirée entre le doute et la vérité, refusant d'admettre ce qu'elle avait déjà avoué, elle était navrée de la voir ainsi se torturer.

Constatant que tout semblait avoir sombré dans l'oubli concernant Marie-Jeanne Dugué, Mignonne, alors qu'elle était seule avec son mari, revint sur le sujet :

— Baptiste ! Je te connais, tu sais ! Tu as encore la lettre dans la tête et tu fais mine de ne pas t'en rappeler. Écoute ! Il faut faire quelque chose ! On ne peut pas laisser cette pauvre femme dans l'indifférence la plus totale. Sa lettre est arrivée enregistrée ! Si tu veux pas la voir, c'est de tes affaires, mais écris-lui au moins, dis-lui, laisse-la pas s'morfondre comme ça à son âge ! C'est ta mère, Baptiste, pas une étrangère !

— Tu viens juste de dire le mot, Mignonne : une étrangère ! J'la connais pas, cette femme-là et j'tiens pas à la connaître. Si elle est ma mère comme elle le prétend, c'était à elle de s'présenter ben avant ! Elle dit qu'elle m'a suivi à la trace ? Alors, où est-ce qu'elle était pendant qu'j'étais à l'orphelinat ? Qu'est-ce qu'elle a fait quand on m'a trimballé d'une maison à l'autre ? Pourquoi elle est pas revenue me chercher dans c'temps-là ? C'est ça une mère, selon toi, Mignonne ? C'est ça avoir du cœur ? Là, tout ce qu'elle veut, c'est de partir la conscience tranquille, avec rien à s'reprocher quand elle va arriver d'l'autre bord. Ben, c'est l'bon Dieu qui aura à la juger !

— Parle pas comme ça, Baptiste, ça pourrait t'retomber su'l'nez ! T'as pas l'âme tout à fait en paix, toi non plus… Tu m'saisis ?

— Mignonne, j't'ai demandé pardon ! Tu me l'as accordé !

— Oui, pis c'est probablement c'que ta vraie mère tente de faire de son côté !

Quelques jours s'écoulèrent et, après mûre réflexion, Jean-Baptiste Rouet avait dit à son épouse :

— Je crois que tu as raison au sujet de la vieille, ma femme, je vais lui écrire et lui proposer de la rencontrer. Ça va l'apaiser et ça va m'permettre d'en avoir le cœur net. Mais j'veux pas que t'en parles aux enfants ni à Pit. J'veux qu'ça reste entre nous, Mignonne, c'est personnel.

— J'suis contente de ta décision, mon homme, mais de là à être personnel… Si cette femme est réellement ta mère, elle est aussi la grand-mère de nos enfants. Cécile pourrait nous aider…

— Non, surtout pas elle ! Pas avec la grande gueule à son mari ! Je l'vois d'ici en train d'remonter mon arbre généalogique, celui-là ! Je l'aime bien, Gustave, mais on dirait qu'après lui…

— Parle pas comme ça, il est bien bon pour Cécile, il la porte sur la main, pis il aime sa p'tite comme ça s'peut pas ! C'est un bon gars…

— Qu'importe, parles-en pas à personne, pas pour le moment. J'veux pas avoir toute la famille dans mon passé. C'est mort et enterré pour moi tout ça. Y savent d'où j'viens, y connaissent l'histoire de Clémentine.

— Si peu, tu leur parles même pas d'elle, Baptiste ! Pis à moi, t'en fais l'éloge à tout casser ! Tu leur as dit qu'c'était une bonne samaritaine, mais elle a fait plus que de t'trouver, mademoiselle Rouet, elle t'a adopté !

— Oui, pis ça, y l'savent ! J'leur ai rien caché ! J'leur ai pas toujours parlé quand t'étais là, ma femme. Mais j'répondais aux questions qu'y m'posaient. Surtout François, l'fouineur de la famille ! Bernadette connaissait tout d'la découverte dans l'portique de l'école de musique. Dommage qu'elle soit pas là pour te l'dire, mais les enfants savent d'où j'viens et d'où j'ai décroché mon prénom pis mon nom d'famille. Ils ont entendu parler de Saint-Pierre-et-Miquelon.

— Même Joshua ?

— Oui, lui aussi, mais comme y'est moins curieux qu'les autres, y s'est juste informé du nécessaire, y'est pas entré dans les détails. Y'est comme moi, celui-là, y garde tout en dedans…

— Un peu trop ! Y'est pas discret, y'est cachottier, c'est pas pareil ! Mais t'as raison, y'a d'son père dans l'corps, celui-là !

Voyant qu'elle semblait vouloir revenir sur ce qu'elle avait promis d'oublier, Jean-Baptiste lui répondit comme s'il n'avait pas saisi l'allusion :

— C'est sa nature, dérange-le pas. Ça l'empêche pas d'être un bon gars… Mais là, on s'éloigne du sujet, ma femme. Tu veux bien lui écrire à cette personne ? Parce que moi, les lettres…

— Ben, j'fais des fautes, Baptiste ! Tu l'sais, t'es meilleur que moi en français. Pis, comme elle écrit bien, elle, j'voudrais pas qu'elle me juge comme une femme pas instruite. Imagine ! La fille d'un notaire qui connaît pas sa grammaire !

— Ça, c'est c'que ton père t'a toujours reproché, ma femme, mais tu pouvais pas étudier pis faire des enfants en même temps. Tu t'es mariée à dix-sept ans, Mignonne… C'est moi qui t'ai mis des bâtons dans les roues.

— Parlons plus d'ça, c'est du passé. Mais écris-lui toi-même, parle un peu avec ton cœur, c'est quand même ta mère.

— Ça, on verra, mais pour l'instant, j'vais lui écrire bien poliment. On va la rencontrer, mais c'est elle qui va s'déplacer. Moi, j'sais pas où c'est, sa ville en Ontario, pis j'veux pas l'demander à Mabel. De toute façon, elle a dit qu'elle allait venir, elle nous a pas demandé d'y aller. Alors, j'écris, tu relis, tu m'dis si c'est correct pis on malle la lettre. Ensuite, on attendra qu'elle se manifeste. Qui sait, elle a peut-être changé d'idée à l'heure qu'il est. L'hiver est *rough* de c'temps-là ! Pis si elle a un ballot d'années sul'dos, ça s'peut qu'elle attende à l'été pour se montrer l'bout du nez.

C'est donc en février 1936 que Marie-Jeanne Dugué, de Kingston, en Ontario, reçut enfin une réponse à sa lettre. Une missive que Mignonne avait relue deux fois avant de dire à son mari : «Pour l'amour de Dieu, Baptiste ! Sois au moins charitable, ajoute un bon sentiment ou deux et commence avec un *Chère madame* et non juste *Madame*.» Il grommela, recommença sa courte lettre, la mit dans l'enveloppe et Mignonne s'empressa de la poster avant qu'il ne change d'idée. C'est donc une enveloppe verte avec une feuille de même couleur, écrite à l'encre noire, que l'octogénaire avait entre les mains ce jour-là. Émue, la main tremblante, elle l'ouvrit pour y lire :

Chère madame,

En réponse à votre lettre, j'aimerais vous dire que, ma femme et moi, nous serions intéressés à vous rencontrer. Je m'excuse du retard apporté à vous répondre, mais il me fallait y penser sérieusement. Il y a longtemps que j'ai laissé mon passé derrière moi. Comme ça semble important pour vous de me voir au moins une fois, comme vous dites, nous pourrions vous accueillir à la gare du train et vous inviter à manger dans un restaurant pas loin. Nous ne pouvons pas vous héberger, nous sommes à l'étroit. Est-ce qu'il est possible pour vous de faire l'aller et le retour dans la même journée ? Peut-être que oui si vous êtes accompagnée. Alors, décidez du jour et de l'heure et nous irons vous attendre à votre arrivée. J'espère que notre décision à ma femme et à moi vous conviendra. Nous attendrons votre réponse.
Avec respect,
Jean-Baptiste Rouet

Mignonne avait fouillé dans le dictionnaire afin que les mots soient écrits correctement. Pour le temps des verbes, elle se fiait à son mari. Il ne semblait pas y avoir de fautes selon elle, sauf les virgules manquantes ou placées aux mauvais endroits, mais c'était convenable. Elle aurait souhaité que Jean-Baptiste soit plus chaleureux, mais elle se retint de peur qu'il froisse la lettre pour ne plus la recommencer. Elle aurait aussi aimé lui offrir l'hospitalité, la maison étant assez grande, mais devant les sourcils froncés de son mari, elle avait préféré ne pas insister et se taire. Il avait fait un grand pas en signant la lettre et c'est tout ce qui comptait pour elle. Le soir venu, étendu sur son lit, une bière sur sa table de nuit, Jean-Baptiste jonglait. Il avait beau jouer les cœurs durs, il était quand même intrigué, désireux de connaître sa vraie mère. Pour savoir au moins d'où il venait, apprendre qui était son père et pourquoi il avait été abandonné dans un portique. Mignonne aurait souhaité que Cécile se joigne à eux. À cause de son instruction et de sa mémoire vive. Jean-Baptiste et elle s'étaient appliqués pour écrire sans fautes, mais elle savait qu'ils seraient mal à l'aise tous deux devant la dame. Son mari s'y opposa fermement : « Cécile n'a pas d'affaires là ! C'est ma mère, pas la sienne ! On lui dira après comment ça s'est passé. Ensemble, on est capables de s'débrouiller, ma femme. »

Marie-Jeanne Dugué s'empressa de répondre aux Rouet, leur annonçant qu'elle arriverait le mercredi 26 février, à dix heures du matin, si cela leur convenait. De cette façon, ils auraient le temps de jaser longuement puisque le train repartait pour Kingston à cinq heures de l'après-midi. Elle avait ajouté :

Kingston n'est pas aussi loin que vous le pensez. Je vais venir seule, j'en suis encore capable. Mon fils Lionel va me déposer à la gare et m'y attendre au retour. J'ai hâte de vous connaître tous les deux. Merci à toi, mon fils, d'accepter de me rencontrer. Le bon Dieu te rendra cette générosité.

Je t'embrasse,
Ta mère,
Marie-Jeanne Dugué

Jean-Baptiste maugréa un peu sur le *Je t'embrasse* et dit ensuite à Mignonne :

— J'espère qu'elle se voit pas déjà dans la famille, elle ! On la connaît même pas. Moi, les familiarités…

— Allons, mon homme, c'est normal pour une mère.

— Commence pas, toi ! Pis à part ça, on va être avec elle toute la journée d'après son horaire. Pour la job, y'a rien là, mais qu'est-ce qu'on va dire aux enfants ? Cécile appelle à chaque jour…

— Ben, la vérité, Baptiste ! On n'est pas pour mentir à nos propres enfants ! On va leur dire c'qui s'passe, mais on va leur demander d'rester à l'écart de tout ça, de respecter ton choix. Laisse-moi ça, mon homme, j'm'en charge.

— J'vois déjà la Cécile pis son mari tenter de s'fourrer l'nez…

— Non, non, y vont s'plier, crains pas. Gustave a du savoir-vivre.

— Bon, fais c'que tu voudras, mais demande-leur de pas m'en parler avant qu'on la rencontre, cette femme-là. On n'est pas encore certains qu'ce soit la bonne personne.

— On va respecter ça, Baptiste, compte sur moi. Même Mabel qui sait rester discrète quand il le faut.

— Tu vas pas lui dire à elle aussi ?

— J'ai pas l'choix, elle est avec moi à longueur de journée de c'temps-là. Si j'lui dis pas, elle va m'chercher, elle va appeler de tous côtés.

— Bon… Si tu savais comme j'ai hâte d'en avoir fini avec cette histoire-là ! Ça tient presque pas debout !

— Arrête de t'en faire, ça va juste tirer les choses au clair. Pis, hier, j'ai allumé un lampion devant la statue d'la Sainte Vierge pour que ça s'passe bien.

Jean-Baptiste soupira, s'alluma un cigare et, les pieds sur son tabouret, il feuilleta *La Presse*. Jongleur, inquiet, voire anxieux.

Le train était entré en gare avec quelques minutes de retard. Madame Dugué, dans un dernier mot avant de partir, leur avait dit qu'elle porterait un manteau de mouton de Perse noir, un chapeau de feutre gris et un gros sac à main en cuir noir. Qu'elle était assez corpulente et qu'elle se déplaçait avec une canne. Ce qui fut facile à repérer lorsque le contrôleur aida une dame à descendre du second wagon, pas loin d'où se tenaient les Rouet. Elle avança lentement en boitant légèrement. En droite ligne vers eux qui, surpris, se demandaient comment elle pourrait les reconnaître sans description. Mignonne savait, cependant, qu'un cœur de mère se trompait rarement. Ils s'avancèrent à leur tour vers elle et, apercevant Jean-Baptiste de près, la vieille dame, émue, chancela, et Mignonne, la larme à l'œil, s'avança vers elle :

— Prenez mon bras, regardez, il y a des bancs pas loin, on va pouvoir s'y reposer un peu.

La dame, sourire aux lèvres, empoigna la main que Jean-Baptiste lui tendait :

— Heureux de vous rencontrer, madame.

— Toi ! Mon p'tit gars ! Après tout ce temps… Dieu, merci, tu es là !

— Vous avez fait bon voyage ? lui demanda Mignonne.

— Oui, madame, les pieds au chaud dans mes bottines doublées et le cœur bien confortable sous ma veste de laine.

Ils sortirent, Jean-Baptiste l'aida à monter dans sa voiture encore enneigée et, pendant qu'il dégivrait la lunette arrière avec son grattoir, la visiteuse dit à Mignonne :

— Je l'ai reconnu tout de suite. À cause de ses cheveux roux mêlés de gris et de sa petite moustache. Il ressemble tellement à son père...

Mignonne, peu à l'aise, remuée par la rencontre, regardait la vieille dame avec compassion. Elle s'imaginait à sa place et en avait les larmes aux yeux. Comme il devait être difficile pour une mère de retrouver son enfant après cinquante ans ! Moment heureux sans doute, mais comme son cœur devait battre fort dans sa poitrine ! Avoir devant elle celui à qui elle avait donné la vie. Ce bébé qu'elle avait enfanté pour ensuite l'abandonner... Sans doute obligée ! Madame Dugué, corpulente à souhaits, retrouvait lentement son souffle :

— Vous savez, madame, l'effort est plus grand à quatre-vingt-quatre ans. Les jambes sont plus molles, le cœur bat plus vite, on respire moins bien... On a beaucoup plus d'années derrière que devant !

— Vous m'apparaissez encore très résistante, lui répondit Mignonne. Rares sont les mères qui se rendent à votre âge. Avec toutes les maladies incurables... Moi, je n'ai plus la mienne, elle est partie très jeune.

— Dans ce cas, je ne retrouverai pas seulement un fils mais une fille en plus. J'ai le cœur assez grand pour deux, vous savez.

Jean-Baptiste avait pris place au volant et les femmes s'étaient tues. Il y avait un surplus de voitures dans les rues, dont certaines prises dans la neige de la veille. Les charrues n'avaient pas encore déblayé les avenues. Mais on se rendit sans trop de peine dans un restaurant du centre-ville et, les voyant entrer si tôt, l'hôtesse leur demanda si c'était pour le déjeuner ou le dîner.

— Les deux, répondit Jean-Baptiste. On va être ici long-temps. Donnez-nous un coin tranquille. Tiens ! La table au fond près du calorifère, pas celle près de la fenêtre, le froid va traverser. Pis on va manger tout ce que vous aurez à nous proposer !

Mignonne avait aidé madame Dugué à retirer son manteau de mouton et l'avait suspendu à la patère, juste en dessous du sien. La vieille avait insisté pour garder son chapeau alors que Jean-Baptiste et sa femme s'étaient libérés de tout ce qui les encombrait. On commanda du café, des crêpes avec du sirop, du gruau chaud pour lui, des tartines à la mélasse, bref, une table bien garnie avec, en plus, quelques fruits dans un bol transparent. Jean-Baptiste, face à cette femme, sa mère, était fort embarrassé. Le constatant, l'octogénaire le rassura :

— Tu n'as rien à dire, mon gars, c'est moi qui vas parler. Si tu veux m'interrompre en chemin, gêne-toi pas. Vous non plus, madame.

— Je vous en prie, appelez-moi Mignonne, ce sera moins solennel.

— Mignonne… Quel joli prénom, vous portez là ! On n'aurait pu mieux choisir ! Gracieuse comme vous l'êtes, déli-cate, élégante…

Mignonne, intimidée, sourit, la remercia, et la dame, regar-dant son fils, lui déclara :

— Ne crains rien, tu es très bien, toi aussi, mon fils. Je t'aurais reconnu à travers un régiment, tu es le portrait tout craché de ton père !

— Oui, mais j'viens d'où ? J'suis qui, finalement ? J'ai…

— Pas si vite, Baptiste, laisse-la parler ! Elle t'a demandé d'écouter.

La vieille dame avait souri de l'intervention de Mignonne et avait ajouté :

— Ta femme a raison, laisse-moi te raconter. Si tu savais comme ça va me soulager. J'attends ce moment depuis tant d'années. En 1882, l'année de ta naissance, j'étais domestique chez un banquier de Saint-Pierre-et-Miquelon. J'étais orpheline, seule dans la vie, je ne savais pas d'où je venais moi non plus, je ne l'ai jamais su. Ce sont les sœurs qui m'ont recueillie et qui m'ont prénommée Marie-Jeanne. Puis deux d'entre elles se sont consultées et m'ont fait baptiser du nom de Dugué, qu'elles avaient choisi au hasard. Mon parcours a été le tien, Jean-Baptiste, les couvents, les maisons privées, domestique ou femme de ménage, servante à la semaine, mais les sœurs m'avaient bien éduquée et instruite. J'aurais pu prendre le voile, mais je n'en avais pas la vocation.

Mignonne intervint pour lui dire :

— Notre plus vieille est religieuse… Chez les Carmélites… Bernadette…

— Mignonne, syncope, rentre pas toute la famille dans la conversation, on n'en finira pas ! Laisse-la parler, garde ça pour après !

Madame Dugué, relevant la tête, poursuivit :

— Je vais sauter des étapes, Jean-Baptiste, ce serait trop long. Toujours est-il qu'à trente ans, je me suis retrouvée chez ce banquier comme domestique, mais il ne me voulait que pour six mois seulement, le temps alloué en terre étrangère. J'étais Canadienne, c'était compliqué… Or, un soir de congé, je m'étais rendue dans un petit café afin d'y boire une limonade. Tout à coup, cinq marins sont entrés. Des Anglais pour la plupart, c'est ce que je croyais. Il n'y en avait qu'un qui baragouinait un peu le français. Et c'est lui qui m'a demandé s'il pouvait s'asseoir à ma table. J'étais rondelette mais jolie.

Je n'étais pas aussi jeune que lui, il avait, selon moi, vingt-cinq ans. Le soir, il m'avoua en avoir vingt-quatre, mais il disait aimer les femmes plus vieilles que lui. Or, moi qui n'avais jamais eu de prétendant, pas même de cavalier jusque-là, je suis tombée sous le charme, je ne m'en cache pas. J'avais sans doute envie d'un homme depuis longtemps et « v'là-tu-pas », comme on disait dans le temps, qu'un beau matelot aux cheveux roux s'intéressait à moi. Il m'a fait danser, il m'a fait boire du gros gin avec du citron et, quand les autres sont partis, il est resté, lui. Il leur a même fait signe de ne pas l'attendre. On a bu, on a jasé, il ne détestait pas la boisson forte, mais il préférait la bière brune. Une bouteille n'attendait pas l'autre ! Il était très beau, pas très grand mais costaud, un beau sourire, et moi, j'étais naïve. Il savait que j'étais domestique, que je ne pouvais pas l'inviter chez moi, alors dans son ébriété et les effets du gin qui se faisaient sentir de mon côté, il m'a demandé de le suivre dans un endroit qu'il connaissait. C'était près du port, pas loin de leur bateau. C'est là qu'il m'a embrassée et j'ai cru m'évanouir. C'était la première fois qu'un homme m'embrassait, et comme j'ai eu le malheur de le lui dire, il a recommencé dix fois avant de m'entraîner dans un petit bouge que je n'avais jamais vu. Il a payé pour une chambrette et je l'ai suivi, encore sous l'effet de ses baisers.

Prenant son verre d'eau pour retrouver sa salive, elle regarda Mignonne et lui demanda :

— Vous êtes certaine que je ne vous scandalise pas ? C'est pas facile de se livrer ainsi… Ce qui suit risque de vous choquer.

Mignonne n'eut pas le temps de répondre que Jean-Baptiste lui rétorquait :

— Non, ça la choquera pas, on en a vu d'autres ! Continuez !

Se rendant compte que «Baptiste», comme l'appelait sa femme, était plus froid, plus distant, sans doute juste intéressé à connaître son père, elle coupa court aux précisions et lui dit :

— Et ce qui devait arriver arriva. C'était la première fois. Je ne dirais pas que c'était de l'amour, mais avec ce que j'avais bu, et lui, ses bières une par-dessus l'autre... Il m'a avoué être Irlandais. Oui, Jean-Baptiste, ton père était un Irlandais. Son prénom était Liam, c'est tout ce que j'ai su ce soir-là. Après... la chose, il s'est empressé de partir en me disant qu'il reviendrait au même petit café le lendemain soir, qu'on allait se revoir, s'aimer... Dieu que j'étais innocente pour une fille de trente ans ! Mais, sans expérience des hommes, faisant confiance au premier venu, je pensais avoir trouvé celui qui me sortirait de mon humble condition. Le lendemain soir, Liam n'était pas là. Il n'est jamais revenu et le bateau est reparti sans un mot de sa part. Fort heureusement, la serveuse du café avait dessiné un petit croquis de nous deux pendant qu'on dansait. Comme ça ! Sans nous le demander, c'était un *side line* pour elle. Le soir, avant qu'on parte, elle m'avait dit : «Si vous voulez le dessin, revenez le chercher, ça vous coûtera pas cher.» La semaine suivante, j'y suis retournée, mais j'ai fait ça en vitesse. Elle avait le croquis, c'était d'une ressemblance parfaite. Il souriait, il m'enlaçait, il était fou, il était saoul. Tu veux le voir, Jean-Baptiste ?

Déposant sa tasse, il jeta un coup d'œil à sa femme et murmura :

— Pourquoi pas ?

Madame Dugué ouvrit son grand sac à main et en sortit un papier roulé encerclé d'un ruban. Un papier rude et jauni sur lequel on pouvait voir un couple danser. La serveuse avait certes du talent, car la jeune femme aux rondeurs parfaites

326

avait les mêmes traits que sa vieille mère en face de lui. Son partenaire, plus petit qu'elle, l'air coquin, le sourire en coin, avait belle allure. Jean-Baptiste crut se reconnaître en lui, surtout par sa carrure et son cou solide. Mignonne, regardant le dessin s'écria :

— C'est Baptiste en peinture quand je l'ai connu ! Aussi beau, aussi charmeur !

Son mari avait esquissé, pour la première fois, un léger sourire, et sa mère, éberluée, s'était exclamée :

— Mon Dieu ! J'ai l'impression que c'est lui quand tu souris ainsi !

Reprenant son air sérieux, d'un ton grave, Jean-Baptiste lui demanda :

— Vous avez su son nom de famille ?

— Oui, beaucoup plus tard. Je l'ai appris par un débardeur, un Canadien de souche, qui avait la liste des noms de tous les matelots à bord des bateaux. Quand je lui ai décrit ton père, le petit rouquin, et que je lui ai dit qu'il se prénommait Liam, il s'est écrié : « Connolly ! L'Irlandais ! Le coureur de jupons ! Bien sûr que j'le connais, c'était son dernier voyage ici. Pourquoi vous m'demandez ça ? Vous avez eu des ennuis avec lui ? » J'lui ai menti, bien sûr, j'lui ai dit qu'il avait fréquenté ma cousine et il s'est exclamé : « Ben, dites-lui de pas l'attendre, y r'viendra plus. Pis, y'a des filles dans tous les ports, le p'tit sacripant ! Pis, comme y boit plus souvent qu'y mange, dites à votre cousine que c'est pas une grosse perte pour elle. Y'a ben d'autres filles qui l'cherchent, le p'tit rouquin ! Pas mauvais gars mais hardi avec toutes ! »

Sans relever la remarque, Mignonne venait de comprendre de qui Baptiste avait hérité son vice de lever autant le coude. Encore heureux qu'il n'ait eu que Colombe pour le détourner de ses principes, ç'aurait pu être pire !

Sachant maintenant d'où il venait, qui était son père et aussi que, dans ses veines, coulait du sang irlandais, il posa une dernière question :

— Avant de passer à vous, dites-moi, vous l'avez retracé au cours des ans ? Vivait-il au Canada ou dans son pays d'origine ?

— Oui, j'ai retrouvé sa trace, mais seulement trente-cinq ans plus tard. Avec des démarches un peu partout, l'aide des ambassades et d'une amie qui s'intéressait à la généalogie. On a pu retrouver dans nos démarches un certain Liam Connolly, Irlandais de souche mais vivant à Terre-Neuve. Le même âge, la même description physique, marié et divorcé, pas d'enfants, mais décédé depuis quelques années. Dans la cinquantaine. D'une maladie du foie qu'on ne décrivait pas. De toute façon, c'était bien lui, c'était ton père, Jean-Baptiste. Lui n'a jamais su qu'il avait un fils quelque part, peut-être en avait-il d'autres ailleurs, mais toi, tu sais maintenant qui est ton père. Comme tu n'as pas porté son nom, tu n'as que son sang. Et le mien… Penses-tu qu'on pourrait manger un peu ? J'ai un petit creux…

Jean-Baptiste s'excusa, fit signe à la serveuse et commanda pour elle le macaroni au fromage avec deux tranches de pain. Mignonne opta pour une salade au saumon, et lui, le pâté de porc avec patates pilées. Sans oublier les breuvages qui allaient suivre. Madame Dugué, voyant que tout se déroulait bien, se croyait à l'abri des reproches, mais elle ne connaissait pas son fils. Il avait été courtois, poli, il savait qui était son père, il ne pouvait lui en vouloir, le marin n'avait jamais su qu'il avait procréé. Mais face à elle, Jean-Baptiste en avait assez gros sur le cœur. Elle avala plusieurs bouchées, mangea son pain et, rassasiée, reprit :

— C'est là que je me suis retrouvée enceinte ! À trente ans ! Imaginez ma stupeur ! Remarquez que ça m'a pris trois mois avant de m'en rendre compte. Je n'avais pas mes règles, mais je ne m'inquiétais pas, ça m'était déjà arrivé de sauter quatre mois, j'étais irrégulière de ce côté-là. Et comme je n'avais aucun signe avant-coureur, pas de maux de cœur, rien, je ne m'en rendais pas compte.

Mignonne l'interrompit pour lui dire :

— Mon Dieu ! Moi, j'avais des nausées dès les premiers jours. À chaque grossesse !

— Mignonne ! lança fortement Jean-Baptiste.

Elle venait de comprendre qu'avec de telles balivernes, il était en colère qu'elle se soit encore immiscée dans les profonds aveux de sa mère. Elle reprit sa tasse, baissa les yeux, et Marie-Jeanne Dugué de poursuivre :

— Sauf que j'engraissais ! J'étais ronde, bien sûr, mais pas grosse, et là, je le devenais. C'est en parlant de mon embonpoint soudain à la couturière qu'elle m'avait demandé en riant : « Vous ne seriez pas enceinte, mademoiselle Dugué ? » En plaisantant, bien entendu, parce que je n'avais pas la réputation d'une fille dévergondée. Sauf que moi, je commençais à comprendre que ce poids ne me venait pas du fait de trop manger. J'ai caché mon état à mon employeur jusqu'à ce que j'en sois à six mois de grossesse, et là, après une dure corvée sur les planchers à cirer, j'ai perdu connaissance. Le docteur est venu et m'a annoncé devant le banquier et sa femme : « Vous êtes enceinte, ma fille, vous attendez un enfant et c'est pas mal avancé ! » J'ai failli m'évanouir de honte ! Je me doutais de plus en plus de mon état, ça grouillait en dedans. Sans avoir été mère, même si j'étais sotte, je connaissais la bougeotte d'un enfant dans le ventre de sa mère. Quand même ! À l'âge que j'avais ! J'aurais dû m'en douter bien avant, mais, pour ça, fallait repasser, les sœurs ne m'avaient pas instruite sur ce plan-là ! Mes patrons, offensés, m'ont donné trois jours pour faire ma valise et quitter leur maison. Sans pitié, sans compassion ! Et sans argent, sauf les quelques gages qu'ils me devaient. Désespérée, j'ai songé, je l'avoue, à aller me jeter à l'eau au bout du quai. Mais le forgeron et sa femme, de braves gens, des âmes charitables, ont accepté de m'héberger en me disant qu'on ne laissait pas « un chien » à la rue. La nouvelle de ma grossesse ne se répandit pas, le banquier restait discret, craignant sans doute de passer pour l'auteur de ce forfait. Je me suis rendue à terme chez le forgeron, je payais mon gîte et ma nourriture en aidant sa femme avec cinq enfants à sa charge. Mais c'était du bon monde… Comme du bon pain ! Quand je t'ai mis au monde, c'est elle qui m'a aidée, mais je n'ai eu aucun embêtement lors de l'accouchement, aucune complication par la suite, on n'a même pas eu besoin du docteur. Je leur avais demandé de garder ça pour eux, que je comptais partir dans trois semaines avec le bébé pour aller m'installer au Nouveau-Brunswick chez ma sœur. Une sœur que je n'avais pas. Et c'est là, d'un jour à l'autre, que mon plan s'est ébauché. Je voulais m'en aller, quitter les îles, mais seule, pas avec un bébé dans les bras. Je cherchais un moyen et j'ai pensé à mademoiselle Rouet qui, passablement à l'aise, prendrait sûrement soin d'un petit si je l'en implorais dans une lettre. Je suis donc allée, la veille de mon départ, te déposer dans le portique de son école de musique, sachant qu'elle te trouverait le matin. Je t'avais bien nourri, tu dormais à poings fermés, c'était l'été… J'avais le cœur serré, mais je n'ai pas regardé derrière moi quand j'ai pris le bateau cette nuit-là. J'ai misé sur ma chance pour que ça ne s'ébruite pas. Je savais les Rouet discrets et bons et, par bonheur, ils ne connaissaient pas le forgeron, peut-être de vue mais pas plus. Ils habitaient loin les uns des autres. J'ai su, un peu plus tard, que Clémentine t'avait adopté et qu'elle avait quitté les îles pour que tu sois baptisé au Canada…

Jean-Baptiste l'interrompit brusquement :

— Pourquoi m'avoir abandonné, madame ?

Surprise, constatant qu'il avait froncé les sourcils, elle répondit :

— Bien… pour ne pas te traîner dans ma misère.

— Quelle misère ? Vous aviez trente ans, pas dix-sept, j'étais votre enfant, vous auriez pu vous débrouiller avec moi ! Personne ne vous a conseillé de vous défaire de moi ! Vous n'aviez donc pas de cœur ?

Mignonne voulut saisir le bras de son mari, mais il s'en dégagea pour poursuivre :

— Jamais j'aurais fait une chose pareille, moi ! Ma femme non plus ! On ne met pas un enfant au monde pour le laisser dans un portique comme si c'était un chien ! Le forgeron avait eu plus de compassion pour vous, il vous avait dit qu'on ne laissait pas un chien à la rue ! Vous ne vous en êtes pas souvenue au moment où, rendue dans le portique, sans savoir ce qui m'arriverait, vous avez refermé la porte ? Un enfant, on le garde, on en prend soin, on lui donne son nom ! Vous n'auriez pas été la première à faire preuve d'un tel courage ! Chanceux d'être tombé sur une bonne personne : Clémentine Rouet est celle qui m'a sauvé !

— Mais c'est moi ta mère, Jean-Baptiste, pas elle !

— Non, je regrette, mais c'est elle, ma mère : celle qui m'a fait faire mes premiers pas, celle qui m'a fait sourire, celle qui m'aurait gardé sous son aile protectrice toute sa vie si Dieu ne me l'avait pas enlevée. Vous, madame, vous m'avez mis au monde. Que ça ! Parce qu'un marin m'avait foutu dans votre ventre ! Pas même un enfant désiré, un enfant qui s'est formé en vous par accident. Et vous n'en avez pas souffert ! Pas même en accouchant ! Vous m'avez eu comme une chatte, pis ensuite, bon débarras !

331

Le ton avait monté, la serveuse regardait la vieille dame qui s'était mise à pleurer. Dans son défoulement, Jean-Baptiste s'était efforcé de bien parler afin que chaque mot soit bien saisi par celle qu'il foudroyait ainsi. Mignonne, alarmée, avait dit à son mari :

— Ça suffit, Baptiste ! Elle est âgée, elle s'est dérangée jusqu'ici pour te voir. Sois pas aussi brutal, fais preuve d'indulgence. Saint François Xavier ne sera pas fier de toi s'il voit...

— Qu'il aille au diable, lui ! C'est pas l'temps des statues... J'règle mes comptes !

Puis, regardant Marie-Jeanne Dugué droit dans les yeux, il ajouta :

— J'y peux rien, mais j'arrive pas à vous comprendre, madame. Vous dites m'avoir suivi à la trace ? Où étiez-vous pendant que j'moisissais dans les orphelinats ? Qu'avez-vous fait pour votre p'tit gars pendant qu'il se faisait battre dans une maison où on l'avait placé, pis tripoter dans une autre ? Vous étiez en train de faire un autre enfant, madame Dugué ? Mon demi-frère ? Vous trouvez ça normal, vous, que votre enfant subisse le même sort que vous aviez eu dans votre enfance ? Est-ce qu'on fait des enfants pour qu'y passent par où on a passé ? Ç'a pas été mon cas, madame ! Vous me suiviez des yeux, dites-vous ? De loin en maudit ! Parce que pendant qu'on vous dorlotait, j'crevais presque de faim dans des chambres louées bon marché. Pis, c'que vous savez pas, c'est que j'ai eu juste une fois un gâteau d'fête dans ma jeunesse, pis c'est pas vous qui me l'avez donné !

Pas une seule fois, il ne l'avait appelée maman. Pas un seul geste pour lui effleurer la main. Jean-Baptiste Rouet, enfant élevé presque tout seul, n'avait aucun besoin d'une mère. Surtout pas cinquante ans plus tard ! Cinquante ans trop tard...

Mignonne avait sursauté quand, dans sa rage, il avait ajouté avoir été « tripoté ». Un passage de sa vie d'enfant qu'il n'avait jamais dévoilé. Sans doute honteux du fait, comme s'il en avait été responsable. Mais il l'avait crié à sa mère, car elle seule, en ce temps-là, aurait pu le sauver de ces actes répugnants. Marie-Jeanne Dugué, ébranlée, bouche bée, lui marmonna :

— Non, je n'étais pas en train de faire un autre enfant pendant que tu te morfondais à l'orphelinat, Jean-Baptiste. J'ai eu Lionel dix ans plus tard, à quarante ans. Je te suivais à la trace, c'est une façon de parler, car je perdais parfois la piste. Je n'ai pas revendiqué mon droit de mère, car il m'aurait fallu le prouver. J'ai pensé te reprendre, aller te chercher, mais je n'avais rien pour attester quoi que ce soit, tu étais, légalement, le fils de feue Clémentine Rouet. Seuls le forgeron et sa femme savaient que j'avais accouché, mais ils me croyaient partie avec toi. J'étais sans ressources, je n'avais aucun moyen de te ravoir à moi et j'étais sans le sou, je travaillais pour ma pitance chez la vieille mère d'un prêtre. Ne me blâme pas, ne me jette pas la pierre, j'ai pensé à toi toute ma vie. Un cœur de mère ne se referme pas ainsi, demande à ta femme. Et ne me juge pas, Jean-Baptiste, laisse ça au bon Dieu si j'ai gravement péché. Il sait que j'en ai arraché, Lui ! Ce que je sens, c'est que j'aurais dû ne pas revenir dans ta vie, te laisser en paix avec tes souvenirs enterrés. J'ai eu tort, je le sais, mais c'est mon cœur qui m'a fait t'écrire. Mon vieux cœur de mère, juste avant qu'il ne s'arrête. Vous comprenez, Mignonne ? Suis-je vraiment si condamnable ?

Mignonne s'essuyait les yeux en silence. Elle aurait voulu prendre la main de la vieille dame et la serrer dans la sienne. Mais il y avait Baptiste et son tourment, Baptiste et sa douleur, et, entre les deux, le cœur à l'envers, elle se sentait impuissante. Sentant un lourd silence s'installer, Marie-Jeanne regarda Mignonne et lui demanda :

— Vous m'avez mentionné brièvement que vous aviez une fille qui était religieuse. Avez-vous d'autres enfants ?

— Oui, à part Bernadette, nous avons Cécile qui est mariée, Joshua qui est marié aussi et François qui habite encore à la maison. Et Baptiste et moi, nous sommes devenus grands-parents de la petite de Cécile.

— Ah ! Comme c'est beau ! Vous devez avoir une grande maison ? Non, ça me revient, vous m'avez écrit être à l'étroit…

Jean-Baptiste, voyant que la conversation tournait en rond, lui dit :

— Écoutez, on devrait peut-être retourner à la gare et boire un dernier café là-bas. Le vent s'élève… S'y fallait qu'y s'remette à neiger…

— Comme tu voudras, mon fils. On pourra parler de Lionel en cours de route, je t'expliquerai ce qui est arrivé dans son cas.

Le temps était sombre et les rues déjà embourbées avec les tramways qui n'avançaient pas. Le long du parcours, assise sur la banquette arrière avec Mignonne, elle lui dit pour que son fils l'entende :

— Vous savez, j'ai gagné ma croûte de peine et de misère. J'ai fait des ménages, j'ai vendu de la laine dans un magasin, j'ai même été caissière dans un cinéma. Rien pour devenir riche, j'étais souvent au bout de ma dernière cenne.

— Pourquoi être allée vivre en Ontario, madame Dugué ?

— Par pur hasard, on cherchait des servantes dans ce coin-là et ça payait plus qu'à Montréal ou ailleurs. Je suis donc arrivée à Kingston et je n'en suis jamais repartie. C'est là que, deux ans plus tard, j'ai eu Lionel.

— Vous… vous étiez mariée ? risqua Mignonne.

— Non, pas même en couple. Je travaillais dans une maison privée, et un voyageur de commerce qui vendait des produits domestiques venait souvent à la maison. Un soir, il m'a invitée à sortir et j'ai accepté à l'insu de mes patrons. Nous sommes allés au théâtre et, d'une sortie à une autre, il a réussi à me séduire en me faisant miroiter le mariage. Mais quand il a su que j'étais enceinte de lui, il a pris ses distances, il refusait de s'engager et encore moins de reconnaître la paternité de l'enfant que je portais. Puis il a disparu, mais plus lâchement que le premier parce qu'il savait qu'il allait être père, lui. J'étais désemparée, je ne savais plus à quel saint me vouer, mais mes patrons, compréhensifs, ne m'ont pas congédiée. Ils m'ont même gardée avec l'enfant que j'ai fait baptiser à mon nom. J'ai changé souvent d'emploi par la suite, mais Lionel a toujours suivi.

De son rétroviseur, Jean-Baptiste ne put s'empêcher de lancer :

— Plus chanceux qu'moi, il n'a pas été abandonné, lui !

Mignonne, mal à l'aise, ne savait que dire. Marie-Jeanne Dugué, défaite, ne sut quoi lui répliquer. Sentant qu'elles étaient bouche bée, embarrassé à son tour, Jean-Baptiste rompit le silence en disant :

— Tiens ! Nous voilà arrivés ! J'vous l'avais dit, y r'commence à neiger !

Elles prirent place à une petite table d'un restaurant de la gare et, après avoir commandé du thé et des biscuits au gingembre, Jean-Baptiste, regardant sa mère, lui dit :

— Je sens que la tournure de la conversation n'est pas ce que vous espériez, madame Dugué, mais c'est pas d'ma faute, j'ressens presque rien.

— Baptiste ! Pour l'amour du ciel, retiens-toi, c'est ta mère !

— Non, Mignonne, laissez-le parler. Ce que j'attends maintenant de lui, c'est sa franchise. Je voulais le retrouver, c'est fait. Je ne veux pas le forcer...

— Je regrette, madame, mais j'suis incapable de renouer avec mon passé. Peut-être que plus tôt, dans l'temps, mais là, avec les trois quarts de ma vie écoulés…

— Tu as ta femme, ta famille, ta vie. Cela te suffit, n'est-ce pas ?

— À vrai dire, oui ! J'ai été considéré comme un bâtard durant tant d'années… Même mon beau-père me traitait de la sorte au début. Pis là, presque à ma pension, pas tout à fait en forme après avoir tant travaillé, vous m'arrivez et il faudrait que je retourne en arrière, que j'efface tout, que j'oublie mon enfance malheureuse… Ma famille, c'est celle que j'ai créée, madame Dugué, pas celle d'où je viens !

— Je sens que le fait de retrouver ta mère ne te chavire pas, Jean-Baptiste. Pas une seule fois tu m'as appelée maman depuis ce matin.

— J'en suis incapable ! Ce serait ridicule… J'pensais en avoir eu une avec Clémentine Rouet, mais quand j'ai appris que j'avais été adopté, j'ai compris que j'avais juste un nom, celui qu'elle m'avait donné. En la perdant, je perdais mon seul soutien. Quand on m'a dit que c'était pas ma vraie mère qu'on avait enterrée, j'ai pleuré comme un veau. Et quand j'ai su que j'avais été abandonné, j'ai jamais voulu savoir qui m'avait mis au monde. Vous m'avez relancé,moi, je l'aurais jamais fait. Même si on m'avait dit où vous étiez.

— Tu m'en veux à ce point-là, Jean-Baptiste ?

— Je ne vous en veux pas, je ne vous connais pas. J'ai accepté de vous rencontrer sur l'insistance de ma femme. Moi, honnêtement, je n'y tenais pas. Je m'excuse si je vous fais d'la peine, madame, mais j'suis franc. J'dis c'que j'pense, j'suis pas hypocrite.

— Ce qui n'est pas un défaut mais une grande qualité.

— Votre Lionel, il a une femme et des enfants ?

— Oui, sa femme, Lauréanne et leurs quatre enfants, trois filles et un garçon que j'adore ! C'est avec eux que j'habite.

— Vous voyez ? Votre vie est comblée. Inutile de trop en demander.

— Une chose, Jean-Baptiste, une seule… Peux-tu me pardonner ?

— Mais… je n'ai rien à vous pardonner.

— Peux-tu me pardonner de t'avoir abandonné à ta naissance ? Juste ça, mon fils, ce qui me permettrait de partir l'âme en paix.

— Ben… C'est pas plutôt au bon Dieu de faire ça ?

— Baptiste ! implora Mignonne. Sois humain, mon homme, pense à ta propre éternité. Ta mère est venue jusqu'à toi pour obtenir ton pardon. Fais-la pas mendier ! Tu as un cœur, non ?

— Bon, si c'est important pour vous, je vous pardonne, maman.

À ces mots, la vieille dame fondit en larmes et Mignonne, bouleversée, s'essuyait les yeux de sa manche. Il l'avait enfin appelée « maman ». Sans s'en rendre compte, sans l'avoir cherché. Jean-Baptiste, ému de son aveu soudain, ne sachant plus quoi dire, regarda sa mère et ajouta tout bas :

— En autant que vous ayez la santé… Vous avez tout c'qui faut pour repartir ? Le train va être en gare dans vingt minutes.

Ils se levèrent et la vieille, appuyée sur sa canne, lui demanda :

— Est-ce que tu veux connaître ton demi-frère, Jean-Baptiste ?

— Heu… pas vraiment, on n'aurait rien à s'dire, lui pis moi. Est-ce que c'était son intention ?

— Non, il n'en a pas parlé, je te demandais ça tout bonnement.

— Vous voyez bien qu'y a des choses qui se raccommodent pas. Surtout quand on n'a jamais vu les gens. C'est comme pour vous, si vous n'étiez pas ma mère, j'me sentirais avec une pure étrangère.

— Le père de votre Lionel, il est encore en vie, madame Dugué ? demanda Mignonne.

— Non, je n'ai pas pensé vous le dire, mais il est mort depuis quelques années. On l'a appris par la famille qui m'avait hébergée. Il n'a jamais cherché à revoir son gars…

Puis, regardant Mignonne, elle ajouta en soupirant :

— Pas facile ma vie, ma fille : pas de parents, pas de chance, pas d'époux, pas de retrouvailles… Quand on est née pour un p'tit pain…

— Vous repartez quand même apaisée ? lui demanda Jean-Baptiste.

— Oui, si on veut. Le cœur allégé, au moins. Ton pardon…

— N'en parlons plus, c'est fait, ça vous a soulagée, pis moi, le fait d'savoir d'où j'viens, ça m'a contenté.

— Penses-tu qu'on va se revoir, Jean-Baptiste ?

— Heu… j'sais pas. On n'habite pas trop près de Kingston, c'est loin… j'peux pas dire… Vous nous aviez dit dans la lettre : qu'une fois, une seule fois…

— C'est correct, j'ai compris, mon p'tit gars. Je repars avec au moins la joie de t'avoir retrouvé. Pour le reste, on verra, on va au moins s'échanger une carte de Noël, si Mignonne le veut bien.

— Bien sûr, madame Dugué ! J'les fais toutes à la main, les miennes !

La vieille dame se leva et, se dirigeant vers le train au bras de sa bru, elle se retourna et demanda à son fils qui suivait :

338

— Est-ce que je peux au moins t'embrasser, Jean-Baptiste ?

Troublé, regardant Mignonne qui, des yeux, insistait, il s'avança. Marie-Jeanne Dugué, laissant sa canne de côté, le prit dans ses bras et l'embrassa sur la joue en le serrant fortement, émue de le tenir contre elle ; Jean-Baptiste pouvait entendre battre son cœur à tout rompre sous son manteau de fourrure. Se dégageant tout doucement, le fils l'entendit lui murmurer à l'oreille :

— Merci de m'avoir pardonné, mon gars. Ça m'a vraiment délivrée.

— Y'a pas d'quoi, répondit-il, en regardant par terre.

Marie-Jeanne embrassa Mignonne en lui recommandant de prendre soin de son fils et en ajoutant pour qu'il l'entende :

— Faites tout ce que je n'ai pas su faire, Mignonne ! Continuez de l'aimer, c'est un brave homme que je vous ai donné sans le savoir. Puis, comme vous êtes si bonne… Je n'aurai plus à le suivre à la trace maintenant. Je vous le laisse et, cette fois-là, je suis certaine que le bon Dieu ne m'en voudra pas. Remarquez que je savais depuis longtemps qu'il était entre bonnes mains… À défaut d'une mère, le Seigneur lui a donné une femme exemplaire.

Jean-Baptiste s'empressa de la reconduire jusqu'au wagon qui la ramènerait chez elle, sans toutefois, dans ses adieux, prononcer de nouveau le nom de « maman ». Il s'en était gardé pour ne pas la bouleverser, pour ne pas la voir pleurer. Car, dans son cœur, malgré sa franchise, sa froideur et ses rudes manières, Jean-Baptiste Rouet n'était pas mécontent d'avoir retrouvé sa mère.

De retour au bercail, alors que Joshua et Dorine les attendaient avec François, le paternel s'empressa de clore le sujet en disant qu'il n'avait rien à leur raconter. Cécile, au bout du fil, plus insistante, avait demandé à sa mère :

— Et puis, comment se sont déroulées les retrouvailles, maman ? Comment est-elle ?

— Belle allure, âgée mais encore solide malgré sa canne. Une journée bien éprouvante, ma fille. J'ai les yeux rougis, ton père est secoué.

— Est-ce qu'il… Est-ce que papa…

— Oui, ton père lui a pardonné de l'avoir abandonné. C'est une absolution qu'elle était venue chercher, la pauvre femme. Mais elle a un autre fils qui, lui, a quatre enfants. Elle n'est pas solitaire, elle a sa famille.

— Et nous, maman, ses petits-enfants ? A-t-elle exprimé le désir de nous connaître ?

— Heu… non, pas vraiment. Elle n'est venue que pour son fils.

— Je veux bien croire, mais elle est même arrière-grand-mère. Lui avez-vous parlé de Marquise, votre petite-fille adorée ?

— Elle a su que nous avions des enfants, je vous ai tous nommés, elle a même appris que nous étions grands-parents, mais ce n'était que par curiosité de sa part. Vous rencontrer ne semblait pas faire partie de ses intentions, Cécile. Elle est repartie heureuse, épuisée, mais, avec dans son cœur, le pardon qu'elle a quasiment mendié. Ton père n'a pas été tendre avec elle. Il a été dur par moments, plus souple parfois… C'qui compte, c'est qu'il a pu libérer tout c'qu'y retenait au fond d'son cœur depuis si longtemps. Mais je ne peux entrer dans les détails, il veut que ça reste mort, qu'on n'en parle plus. Tu le connais, non ? Quand il devient autoritaire…

— Tout de même !

Au lit avec son mari alors qu'elle se remettait de cette exténuante journée, Mignonne lui demanda :

— Sérieusement, Baptiste, es-tu content de la tournure des événements ? Ça s'est bien passé, non ?

— Oui, assez bien, mais, sans le lui reprocher, j'ai remarqué que ma mère n'avait pas l'instinct maternel qu'elle prétendait avoir face à l'enfant qu'elle retrouvait. J'veux pas la mettre en doute, mais j'crois pas qu'elle m'ait suivi à la trace. Elle m'a retrouvé par je ne sais trop quel moyen, mais elle ne m'a pas nommé une seule famille qui m'a abrité étant jeune.

— À son âge, peut-être que la mémoire…

— Non, elle se souvient de tout ce qu'elle a vécu. C'qui lui échappe, c'est ce qu'elle n'a pas vu, ce qu'elle n'a pas su.

— Tu l'as sentie sincère quand elle t'a serré dans ses bras ?

— Oui, sur le coup, mais, après, c'était comme si la lumière s'éteignait. Elle a sa vie, tu sais. Un autre fils, des petits-enfants. Elle est venue se faire pardonner, Mignonne. Elle est venue pour elle, pas pour moi. Elle est venue chercher c'qui lui manquait pour monter au Ciel sans qu'on ait à prier Notre-Dame du Purgatoire pour elle !

— Je te sens dur, mon homme, je te trouve sévère avec elle. Moi, elle m'a fait pleurer plusieurs fois…

— Parce que tu es sensible, ma soie, parce que tu n'observes pas autant que moi.

— Baptiste ! Elle est venue aussi pour toi, elle ne t'a pas quitté d'une semelle ! Elle te regardait les yeux remplis d'émoi !

— Pas sûr de ça, moi… Elle n'a même pas remarqué qu'il me manquait un doigt !

Ayant eu vent de la rencontre par Mignonne, Mabel n'était pas tout à fait d'accord avec elle. Les retrouvailles, pas tout à fait réussies, ne regardaient que Jean-Baptiste :

— C'est lui qui doit avoir des frémissements, Mignonne, pas toi. S'il ne ressent presque rien, on ne peut pas le forcer.

— Oui, j'sais bien, mais cette pauvre vieille faisait pitié. C'est un enfant quelle retrouvait, j'avais le cœur gros.

— Jean-Baptiste lui a tout de même pardonné. Puis, elle a une autre famille. Attends, tu vas voir si elle va écrire. Elle a votre adresse ? Donc, si elle n'a pas fini de se vider le cœur, elle va le faire dans une autre lettre, tu ne crois pas ?

— Oui, t'as raison, Mabel, j'avais pas pensé à ça. Elle peut aussi correspondre avec moi, j'suis sa bru, elle a semblé m'aimer… On verra bien, mais faut que j'laisse Jean-Baptiste en paix avec ça. Il sait maintenant d'où y vient, pis ça lui suffit. J'vais avertir les enfants de ne pas l'ennuyer, d'attendre pour voir si leur grand-mère va se manifester. C'est Cécile qui est la plus difficile à convaincre. Elle veut tout régler, celle-là ! Une vraie maîtresse d'école !

Heureuse à l'excès d'apprendre que Jean-Baptiste avait dans les veines du sang irlandais tout comme elle, Mabel, le soir venu, avait dit à Joshua qu'elle avait rencontré avec sa femme par hasard :

— Voilà pourquoi tu es si beau, Josh ! Irlandais de souche ! Quelle joie !

Dorine, réveillée pour une fois, avait rétorqué à son mari par la suite :

— Est-ce qu'elle te court après, cette femme-là ? Elle est pleine de compliments !

Joshua, ravi de la jalousie soudaine de sa femme, lui avait répondu en riant :

— Voyons ! Elle a l'âge de ma mère ! Mais bien tournée, tu trouves pas ?

— Dans son jeune temps, peut-être, mais là, avec ses rondeurs... Pis pourquoi elle t'appelle Josh ? Ça fait plus irlandais, plus anglais ?

— Arrête, Dorine, c'est la meilleure amie de ma mère. Madame Wood est une charmante personne, elle nous connaît depuis qu'on est tout p'tits !

Flatté du fait que Dorine soit possessive, il allait devoir néanmoins s'en méfier et être plus effacé, plus discret, faire comme si de rien n'était... D'autant plus qu'il la trompait régulièrement avec la première venue, jamais la même, quand elle dormait. Sans le savoir, Joshua Rouet avait du Connolly dans les veines!

Le printemps s'écoula, l'été suivit et les Rouet n'entendirent plus parler de Marie-Jeanne Dugué, la mère de Jean-Baptiste. À croire qu'elle n'était venue que pour obtenir son pardon. Mignonne dut avouer que son mari avait eu bonne intuition et qu'il se trompait très rarement sur les intentions des gens. Amoureux comme naguère, le couple avait repris la vie conjugale sans que Mignonne y mette la moindre barrière. Elle savait qu'elle ne serait plus mère, son médecin l'en avait assurée après un examen suivi d'une légère intervention préventive, il y a quelques années, ce qui avait provoqué chez elle un «retour d'âge» inattendu. Jean-Baptiste buvait un peu moins, son foie s'en réjouissait, mais il n'avait pas déposé la bouteille pour autant. Mignonne, hélas, ne pouvait plus rien dire. D'après les propos de sa belle-mère, le vice était héréditaire. Cécile venait souvent à la maison avec sa petite Marquise qui, sur les genoux de son grand-père, s'endormait dès qu'il lui fredonnait une chanson. Joshua, bon travailleur dans la construction, y allait d'heures supplémentaires. Son but ? Quitter le logis qu'il habitait et qui appartenait à son père, rue Saint-Denis, et

343

acheter une maison flambant neuve du constructeur qui l'employait. De son côté, Dorine travaillait de moins en moins et dormait de plus en plus. Ce qui permettait à son très volage mari de courir les jupons, de séduire de jolies demoiselles et de rentrer, comblé, retrouver sa femme sur l'oreiller. Une femme qui ne se réveillait même pas à l'odeur du parfum des autres qui se répandait et qui lui entrait directement… dans les narines !

À la fin août, le maire de Montréal, Camillien Houde, démissionnait de son poste à la grande consternation de ses citoyens. On voulut l'influencer à rester, mais sa décision semblait irrévocable. Lors d'un discours pour expliquer son geste, il avait déclaré que lui et Maurice Duplessis, premier ministre du Québec, n'étaient pas sur la même longueur d'onde. Jean-Baptiste, refermant le journal, avait dit à sa femme :

— Tu vois ? La politique, d'un à l'autre, c'est du pareil au même !

— Moi, je l'aimais bien ce gros maire-là !

— Lui ou un autre, ça va pas faire baisser nos taxes municipales, Mignonne. Pas plus que nos impôts au gouvernement avec l'autre snoreau !

En décembre, tel que convenu, Mignonne s'empressa de faire parvenir une jolie carte de Noël faite à la main à Marie-Jeanne Dugué, à Kingston. À l'intérieur, elle lui offrait les bons souhaits de sa famille entière, l'affection de Baptiste et les câlins de Marquise, son arrière-petite-fille, dans le but de l'attendrir. Une semaine plus tard, une enveloppe non cachetée arriva chez les Rouet. L'ouvrant, Mignonne y découvrit une carte sans apparat avec une bougie et des feuilles de houx et, à l'intérieur, imprimé : *Bons Vœux pour Noël et la Nouvelle*

Année. C'était simplement signé : Marie-Jeanne Dugué. Rien de plus, rien de moins. Bouche bée, elle remit la carte à son mari qui lui dit : « Tu vois ? Juste une politesse. Pas même un sentiment ni un mot écrit de sa main. Juste son nom, ma femme. Pourtant, cette fois, j'souhaitais m'être trompé sur elle… Mais, là… »

Mignonne, déçue, la tête basse, se demandait aussi pourquoi elle n'avait pas écrit depuis leur rencontre. Ne serait-ce que pour les remercier, se rapprocher… Relevant la tête, elle regarda son homme et laissa échapper un long soupir de désappointement. Elle venait de comprendre.

Noël et ses préparatifs, le souper aurait lieu chez les Rouet cette fois. Avec tous les membres de la famille, Mabel incluse, évidemment. Pit et Florence avaient accepté de se joindre à eux. Sur les recommandations de Flo, le « grognon » avait promis de ne pas être exécrable à l'endroit de Gustave, le mari de Cécile ; de tenter de s'en faire un ami, du moins pour la journée. Ce que Pit promit en… rouspétant. Joshua, vingt-neuf ans, séduisant, allait être là avec Dorine après que cette dernière eut fait le tour du cadran. François, qui avait fêté en août ses dix-neuf ans, s'était acheté un complet ainsi qu'une cravate. Ayant finalement troqué les études contre le travail, devenu commis dans un magasin de chaussures, il pouvait se permettre, une fois par année, un habit neuf. Fait curieux cependant, depuis un certain temps, il était loin d'être le même, le benjamin de la famille. Il avait changé d'attitude, il était plus enjoué, moins renfermé.

Mignonne, à l'affût du moindre changement chez chacun de ses enfants, en avait parlé à Jean-Baptiste, qui lui avait dit :

— Il peut lui arriver d'être content ! Il n'a pas le sourire facile celui-là ni le charme de Joshua, mais avec la mine réjouie qu'il affiche, il doit y avoir un peu d'bonheur derrière ça.

— Le problème, c'est qu'il garde tout en dedans, Baptiste ! Pas moyen de rien tirer d'lui ! Le mutisme total ! Même avec moi ! Comme si le chat lui avait mangé la langue !

— Rappelle-toi comme il était fouineur ! Il parlait trop avant, souviens-toi d'la femme avec sa tache de vin… En vieillissant, il a compris, il a changé, il garde tout pour lui. Vient un temps où les enfants n'ont plus besoin d'nos conseils pis d'nos bons sentiments… Y s'prennent en main.

— C'est ça qu'j'aime moins…

— Bah, laisse-le tranquille. C'est un bon p'tit gars, c'est tout c'qui compte. Y nous cause aucun ennui. Cesse de t'en faire pour lui.

Pourtant, le 22 décembre au soir, alors qu'il était en compagnie de ses parents, le jeune homme de peu de mots, le muet ou presque, s'était approché d'eux pendant qu'ils écoutaient la radio dans le vivoir :

— Pourquoi tu restes planté là ? T'as besoin de quelque chose ? lui demanda son père.

— Non, j'ai besoin de rien, mais j'ai quelque chose à vous dire.

— Ben, parle, on t'écoute, mon gars !

— J'vou… j'voulais que vous sachiez que j'serai pas seul pour le souper de Noël. J'ai maintenant une amie.

Mignonne, plus que ravie, s'exclama :

— Enfin ! On la connaît ? Une fille du coin ?

— Oui, si on veut, mais de la paroisse voisine. Je l'ai rencontrée au magasin. Elle est d'mon âge pis pas mal fine.

— Ben, j'ai hâte de la connaître ! Jolie en plus, j'imagine ?

— À mes yeux, oui, sauf pour un détail…

— Un détail… Que veux-tu dire ?

— J'voudrais pas qu'vous la jugiez pis qu'on commence à la regarder de travers. Faudrait prévenir tout l'monde…

— Prévenir… Les prévenir de quoi ? questionna Jean-Baptiste.

— Ben, c'est que, c'est qu'elle…

— Arrête de tourner autour du pot, François, tu nous tiens en haleine, ta mère pis moi. C'est que… c'est qu'elle… Ça veut dire quoi, ça ?

— C'est qu'elle est chauve, papa.

Chapitre 12

L'année 1937 s'était amenée avec une surprenante nouvelle pour les paroissiens du faubourg à m'lasse. Dès le
septième jour du premier mois, madame Édouard Turin,
née Alice Vinais, « la grande et grosse », la femme de
Pit, était morte subitement alors qu'elle s'en allait sur ses
cinquante-deux ans. D'un coup sec, chez elle, pendant qu'Éphrem
était absent ! Elle souffrait d'angine depuis un certain temps, elle
prenait certes des médicaments, mais son médecin avait craint
que, tôt ou tard, l'infarctus ne la surprenne. Ce qu'Alice n'avait
jamais pris en considération, alléguant que sa mère avait toujours
fait de l'angine et qu'elle était morte passablement vieille. Quand
elle avait des démangeaisons aux gencives suivies d'essouffle-
ment, Éphrem lui donnait une pilule et le mal se dissipait. Donc,
morte subitement, sans avoir de testament en faveur d'Éphrem
ou d'une cousine qu'elle aimait bien. Or, toujours légalement
mariée à Édouard Turin, c'est donc Pit qui, en tête de lice dans
la succession, hérita de tout ce qu'elle possédait : maison, meubles, bijoux et son argent. Ce qui fit grogner les gens au salon
mortuaire. Éphrem, sans aucune retenue, clamait à qui voulait
l'entendre : « C'est assez pour qu'elle se r'tourne dans sa tombe !

Imaginez ! Pit Turin, son héritier ! » Mais il en fut ainsi même si Pit eut à défrayer le coût des funérailles, sans toutefois y assister. Éphrem fut vite évincé de la demeure qu'il habitait avec feue Alice Vinais, et la maison, meubles inclus, fut vendue rapidement. Surpris de la rondelette somme que sa femme possédait, Pit renfloua son compte en banque, acheta la poissonnerie qui l'employait et qui était à vendre, devenant ainsi « l'homme d'affaires », le fils accompli que son père avait tant souhaité. Il regardait là-haut et se disait en lui-même : « J'ai réussi, non ? Pis sans ton argent, l'père ! Avec l'héritage de mon sacrifice ! » Devenu plus riche soudainement, il offrit à Florence un beau voyage en Europe, rien de moins. Ils étaient parmi les privilégiés du quartier, à part monsieur le curé et quelques notables, à faire un si beau voyage, et les premiers de la famille à voir Paris, au grand dam de Cécile et Gustave. Ce qui les fit monter d'un cran dans le cœur du « directeur » qui considérait maintenant « l'oncle Édouard » comme un homme plus… intéressant ! En promettant à Cécile, bien sûr, qu'ils seraient les suivants à visiter la France, Versailles et la Conciergerie où la reine Marie-Antoinette avait vécu ses derniers jours, dès que la petite serait en âge d'être gardée. Florence apprécia son voyage, d'autant plus qu'elle avait pu voir, en personne sur scène, Tino Rossi interpréter ses succès, entre autres le plus récent, *Marinella*. Mais, dans son cœur, une déception s'installait. Pit, maintenant libre de tout lien, veuf en bonne et due forme, ne lui parlait plus du mariage qu'il lui avait fait miroiter depuis ses vingt ans. La sentant acquise, heureux de vivre ainsi en concubins, il lui avait même dit en cours de route : « C'est vrai qu'on s'entend bien, Flo ! Jamais de chicane ! Les couples mariés sont toujours en train d'chiâler ! Ça risque pas d'nous arriver ! »

Mais avant ce triste événement, le temps des Fêtes s'était déroulé gaiement chez les Rouet. Après l'aveu spontané de François au sujet de la fille qu'il aimait, il avait ajouté que son nom était Nicolette Doiron et qu'elle avait de belles manières. Mais Jean-Baptiste, intrigué par le fait qu'elle était chauve, était revenu sur le sujet :

— Tu veux dire quoi par « chauve », mon gars ? C'est un accident ?

— Non, c'est une maladie, c'est de l'alopécie diffuse, c'est héréditaire dans sa famille. Sa mère et sa sœur aînée, Léonore, sont comme Nicolette. Mais c'est rien d'contagieux, craignez pas ! Pis ça l'empêche pas d'être belle !

Mignonne et Jean-Baptiste se regardaient sans rien dire. Finalement, la mère se risqua à demander à son fils :

— Comme tu sembles bien renseigné et que c'est d'famille, cette maladie-là, ça veut-tu dire qu'elles sont nées comme ça ? Les cheveux tombent-ils ?

— Non, ce n'est pas une simple calvitie, répondit François, fier d'être si bien informé sur le sujet. Sa sœur et elle sont nées sans cheveux, sans sourcils, sans cils, sans poil nulle part ! Et sans ongles !

— Coudon ! Mais ça vient d'où, c'maladie-là ? C'est la première fois qu'j'entends parler d'ça ! répliqua Jean-Baptiste.

— Ben, on l'sait pas encore… Une carence en fer ? Un trouble de la glande thyroïde ? J'sais-tu, moi ? J'suis pas docteur !

— Pis son père, lui ?

— Ben, il est mort, son père. Paraît qu'il en avait du poil, lui, ça vient du coté d'sa mère. Mais, cassez-vous pas la tête, ça va même pas paraître. Nicolette porte une perruque, des cils et des ongles rapportés.

— Des faux ongles ?

— Oui, ça vient des États-Unis… Pour les sourcils, avec un coup d'crayon ou d'pinceau fin… En tout cas, vous allez voir, elle est aussi belle que l'actrice Jean Harlow !

— J'veux bien croire, François, mais supposons qu'tu la maries un jour, ça veut-tu dire que vos enfants…

— Aie ! On n'en est pas encore là ! Mais si ça venait, oui ça s'pourrait qu'les enfants soient comme ça. Mais c'est pas une infirmité, papa, c'est juste une maladie qu'on connaît pas et qui n'engendre rien d'autre. Y'a plein d'hommes chauves…

— C'est pas pareil, ça, mon gars, c'est juste des crânes dégarnis. Pis un homme pas d'cheveux et une femme semblable, ça s'compare pas.

— De toute façon, je la fréquente et je l'ai invitée à Noël. Vous allez voir, vous allez l'aimer. J'voudrais juste que vous l'disiez aux autres pour pas qu'elle se sente dévisagée. Passez le mot et demandez-leur d'être discrets. Faudrait pas que Nicolette se sente observée au point de se mettre à pleurer. C'est déjà pas facile pour elle…

— Compte sur moi, lui répondit sa mère, j'vais tous les avertir pis on va bien l'accueillir, ton amie de cœur. On sait vivre !

François s'était retiré ; il partit même rejoindre sa Nicolette dans la paroisse voisine. Restés seuls, Mignonne et Jean-Baptiste se regardaient. N'en pouvant plus, ce dernier lança à sa femme :

— Ça s'peut-tu ? Une future bru qui souffre d'une drôle de maladie, pis Joshua qui a une femme qui dort tout l'temps ! Pas chanceux, nos gars ! Ils auraient pu r'garder ailleurs !

— Ce sont quand même de bonnes personnes, mon homme.

— Syncope ! J'veux ben croire, mais y'auraient pu les choisir en santé ! Ça fera pas des enfants forts !

Le souper de Noël fut un succès chez les Rouet. Tous étaient là, en forme. Pit se forçait pour causer avec Gustave, et Cécile aidait sa mère pendant que la petite Marquise était sur les genoux de son grand-père. Joshua, habillé de neuf, cigarette au coin de la lèvre, était tellement beau que Mabel, une fois de plus, lui en fit le compliment devant sa femme qui sourcilla. Dorine, mal coiffée sous son bonnet de laine, avait à peine un peu de rouge sur les lèvres et portait une robe de chiffon rouge déjà froissée, sans élégance, sans raffinement. Et, comme de coutume, aucun bijou. Lorsque François fit son entrée avec Nicolette, toutes les têtes se tournèrent en sa direction. Tous savaient, tous l'attendaient ! Mais la jeune fille était si belle que même Jean-Baptiste en resta bouche bée. Une jolie perruque blonde, les cils en place, les sourcils dessinés, les faux ongles d'un rouge lustré, une robe de dentelle d'un vert tendre, trois rangs de perles au cou, elle était, en effet, aussi séduisante que Jean Harlow. Seule Dorine ne la regarda pas ! Bien élevée, mademoiselle Doiron était arrivée avec des chocolats aux cerises pour madame Rouet et des cigares pour monsieur. Gustave engagea la conversation et apprit qu'elle enseignait la religion et le français dans une école privée pour jeunes filles à l'aise. Dans l'ouest de la ville, là où les gens avaient le plus d'argent. Ce qui ne l'empêcha pas de plaire par sa simplicité, de remarquer Cécile plus tard. Bien tournée, élégante, Joshua lorgnait la nouvelle venue du coin de l'œil, mais elle, après lui avoir été présentée, ne s'en occupa pas ou presque de la soirée. Ce qui déçut le don Juan qui partit le premier avec sa femme. Passé neuf heures, Dorine leur bâillait tous en plein visage !

Le lendemain, Mignonne avait dit à Jean-Baptiste :

— Quelle bonne petite fille que cette mademoiselle Doiron !

— Oui, instruite, avec de bonnes manières, c'est vrai ! Pis ça paraît même pas l'problème qu'elle a ! Dommage que ça s'guérisse pas !

En février 1937, Cécile et Gustave étaient allés aux glissoires du parc du Mont-Royal avec Nicolette et François. Il y avait trois sillons dont un très court pour les tout-petits. Ils s'en donnèrent à cœur joie et Marquise poussait des cris aigus quand elle descendait la plus petite côte dans les bras de son père. Le site était bondé de monde, sans compter que la patinoire attirait aussi des couples. Les femmes, vêtues de robes de velours rouge garni de fourrure blanche, tourbillonnaient comme si elles avaient été des championnes olympiques comme Sonja Henie qui devenait, peu à peu, vedette de l'écran à Hollywood. Mabel qui adorait toujours le cinéma insistait pour que Mignonne la suive, surtout quand un nouveau film avec Gary Cooper arrivait en salle. Ce qui n'empêchait pas son amie de lui rétorquer que le nouveau venu, Tyrone Power, qu'elles avaient vu dans *Lloyd's of London,* était plus à son goût avec ses traits parfaits. Sans être portée à regarder les autres hommes, Mignonne avait encore l'œil averti lorsqu'elle voyait un mâle séduisant au cinéma. Tout comme chez le marchand général quand elle était servie par Elzéar… qui n'était pas piqué des vers !

En mars, fier de son coup, Joshua vint annoncer à ses parents que Dorine, enfin, attendait un enfant. Il semblait fou de joie, et Jean-Baptiste et Mignonne s'étaient retenus de sourire lorsque leur fils avait ajouté : « Le docteur veut qu'elle se repose et qu'elle ne fasse pas d'efforts pour les cinq premiers mois ! » Mignonne l'embrassa, Jean-Baptiste le félicita et lui murmura à l'oreille : « Sois plus souvent chez toi… Tu vas être père. Tu comprends c'que j'veux dire ? » Joshua n'insista pas et rentra chez lui le soir venu. Mais, comme Dorine dormait et semblait partie dans ses rêves pour la nuit, il sortit un magazine offrant un catalogue, qu'il avait fait venir de Paris par l'entremise d'un ami. Un petit catalogue « spécialisé » dans lequel mademoiselle Marcelle Lapompe offrait ses prix d'amour aux hommes : « Trois francs pour une minette bout à bout, et un franc soixante pour une branlette », suivis d'autres prix pour des services de qualité. Il va sans dire que le nom de la dame en était un d'emprunt, adapté pour son commerce, mais comme on n'avait encore rien de semblable à Montréal, d'autant plus qu'il y avait des photos à l'appui, Joshua, dans sa quête de sexualité, tuait sagement le temps à la maison comme son père le lui avait recommandé. Et pendant qu'il fantasmait alors que sa femme dormait, sa mère, elle, priait la Vierge pour que le bébé que sa bru portait soit en bonne santé.

Mignonne et Mabel, en plus du cinéma, aimaient bien aller magasiner certaines fins de semaine. Sur la rue Mont-Royal, là où les aubaines étaient les plus en vue. Ce qui permit à madame Rouet de s'acheter deux *dusters*, qu'on traduisait par cache-poussière, en imitation de *corduroy*, à deux dollars chacun. Mabel, plus coquette ce jour-là, trouva un magnifique chapeau de feutre vert orné de plumes d'oie, pour quatre dollars seulement. Puis des chemisiers, des bas de soie, bref, tout ce qui était à rabais. Mignonne avait même trouvé des chaussettes de laine pour Jean-Baptiste au prix du « deux pour un » selon le magasin, pour se débarrasser du *stock*. Les manteaux de printemps arrivaient déjà, il leur fallait de la place pour les étaler à la vue des passantes. Ce qui permit à Mignonne de s'acheter un manteau d'hiver avec un collet de renard pour la moitié du prix courant. Elles rentrèrent les bras chargés et Jean-Baptiste, les apercevant, s'écria : « Avez-vous acheté l'magasin ? À c'compte-là, l'héritage de ton père va fondre, Mignonne ! » Ce qui avait fait rire Mabel qui, sans mari, sans argent tombé du ciel, avait dépensé autant qu'elle.

François, toujours amoureux de sa belle Nicolette, passait ses soirées chez elle. Il aimait madame Doiron et il s'entendait bien avec Léonore, la sœur aînée de sa bien-aimée qui, moins jolie que la cadette, n'avait pas encore trouvé de cavalier. Rentrant chez lui en sifflant, son père lui demanda :

— T'as passé une bonne soirée ? T'es plus l'même depuis qu't'es en amour, toi !

— Comment ça ?

— Ben, t'as d'l'allure, t'as plus la tête entre les deux jambes, tu parles, tu souris, on dirait que cette fille-là t'a sorti d'ta coquille !

— Peut-être bien ! Avant, c'est qu'j'avais rien à dire ! Et puis, écoute bien ça, maman ! Chez les Doiron, les deux filles se partagent un œuf chaque matin !

— Une omelette, tu veux dire…

— Non, un œuf ! Léonore mange le blanc ; Nicolette, le jaune ! C'est ainsi depuis qu'elles sont petites, m'a dit leur mère.

— Une façon comme une autre, pas de perte dans ce cas-là.

François regagna sa chambre, et Jean-Baptiste, se tournant vers sa femme, lui marmonna :

— Du bien drôle de monde, ces gens-là ! On dirait qu'y vivent différemment ! J'espère qu'y sait où y s'en va, not'gars !

— Baptiste ! Mêle-toi pas d'ça !

Quatre mois s'étaient écoulés depuis le début de la grossesse de Dorine, qui semblait craindre de ne pas rendre son bébé à terme. Toujours au lit ou presque, elle disait parfois à Joshua:

— Tu m'fais jamais l'amour… Tu m'cajoles même plus…

Lui, mal à l'aise, lui avait répondu:

— C'est qu'j'ai peur pour le p'tit, Dorine. S'y fallait qu'un effort… Le docteur nous a prévenus…

Laissant échapper un soupir, elle lui embrassa l'épaule en lui demandant:

— Tu sens bon… As-tu changé d'lotion?

Ce qui le fit regarder ailleurs, sachant très bien, lui, d'où venait la suave odeur, et ce, malgré les murmures de son père que le petit «catalogue» avait dissipés avec ses pages de nudité qui l'avait… rallumé!

Au début de mai, alors que le temps devenait clément et que le soleil se pointait plus souvent, Joshua s'était levé tôt, encore à la noirceur, pour se laver, se raser et aller travailler. Dorine, comme d'habitude dans un profond sommeil, n'avait pas bougé d'un orteil. Joshua déjeuna et, avant de partir alors que le jour se levait, jetant un coup d'œil dans la chambre, trouva étrange que sa femme qui, de coutume, dormait sur le côté, soit couchée sur le dos, la langue sur la lèvre inférieure et les yeux grands ouverts fixant le plafond. S'approchant d'elle, il la regarda et lui murmura: «Dorine, tu es réveillée? De si bonne heure?» Inerte, sa femme ne répondait pas. S'assoyant sur le bord du lit, lui prenant la main, il se rendit compte qu'elle était tiède et sans réflexe: «Dorine, Dorine, dors-tu les yeux ouverts?» lui cria-t-il. Aucune réponse: sa femme ne bougeait pas. Il lui passa la main sur le front devenu froid. Apeuré, il se releva, la regarda et se pencha de nouveau pour écouter son cœur battre dans sa poitrine. Rien ! Pas une seule cadence ! Même le pouls ne répondait pas. Effaré, il appela le docteur qui arriva à vive allure, pas rasé, pas peigné. Se précipitant dans la chambre, il tenta par tous les moyens de la réanimer, mais Dorine, madame Joshua Rouet, était morte dans un dernier bout de sommeil du petit matin. Avec, dans le ventre, un enfant qui ne verrait jamais le jour. Désemparé, Joshua avertit ses parents qui n'en croyaient pas leurs oreilles. Mignonne se mit à trembler, puis à pleurer, et Jean-Baptiste, effondré, fit une prière à saint François Xavier. Mignonne, plus consternée que son mari, avait crié tout haut : «Coudon, ça va-tu être encore l'année de la mortalité ? Alice en premier et là, Dorine... Pis comme on dit : "Jamais deux sans trois"... Soyez indulgente, mère de Jésus !»

On essaya de savoir par tous les moyens de quelle maladie avait pu souffrir Dorine pour dormir ainsi et en mourir. Les spécialistes se consultaient, se grattaient la tête, avançaient la probabilité d'une anémie pernicieuse, et ce, même si ses globules rouges, selon son médecin traitant, n'avaient jamais accusé de carence. Bref, on était perplexes, on songeait à une autopsie, mais Joshua, accablé, refusa qu'on mette en charpie le corps de sa femme pour trouver la source du mal qui l'avait emportée. Surtout avec un fœtus dans son ventre. Il voulait qu'elle repose en paix, intacte, avec l'enfant qu'elle portait. D'autant plus que la vieille mère de Dorine avait dit aux spécialistes : «On savait qu'a vivrait pas vieille ! Quand elle était p'tite, le docteur nous avait dit qu'elle branlait dans l'manche, cette enfant-là !» Personne n'insista, la médecine referma son livre et madame Joshua Rouet fut enterrée avec le bébé mort dans son ventre, dans la fosse de sa famille où deux de ses frères reposaient déjà. Joshua, déçu mais libre comme l'air, regrettait beaucoup plus la perte de son enfant que celle de sa femme. Après les funérailles, il avait dit à son père : « Moi qui comptais perpétuer le nom des Rouet… » Jean-Baptiste, serein, lui avait répondu : « T'en fais pas, mon gars, y reste François. » Joshua, éberlué, avait rétorqué : « Ça veut pas dire que j'me r'marierai pas, l'père ! J'suis encore jeune ! » Un élan de fierté qui lui valut de la part du paternel : « Avec qui, mon gars ? Avec laquelle des vingt-cinq filles avec qui tu trompais ta femme ? »

L'année s'écoula, fort heureusement, sans une autre épreuve de la sorte. Mignonne en était soulagée, car deux décès en moins de douze mois l'avaient bouleversée. Surtout celui de sa bru qu'elle aimait bien et qui aurait peut-être donné enfin à Jean-Baptiste le petit-fils qui allait porter son nom : « Pauvre Dorine ! À peine trente-deux ans et déjà au cimetière ! Dieu que l'espérance de vie n'est pas longue, mon homme », s'était-elle exclamée à Jean-Baptiste après le décès de leur bru. « Nous sommes chanceux de vivre aussi longtemps et en santé », avait-elle ajouté en faisant son signe de croix. Monsieur Rouet, plus calme, lui avait répondu : « C'est aussi une question d'hérédité : ton père a vécu vieux et, regarde ma mère, elle est encore debout, même avec une canne, à quatre-vingt-quatre ans ! » Mignonne avait soupiré avant de répondre : « Oui, des exceptions. Ma pauvre mère est partie bien jeune, elle, la première dans la fosse… » Jean-Baptiste, encore sous le coup de l'émotion et irrité par la tournure de la conversation, lui répliqua : « Ne remonte pas plus loin dans tes souvenirs, ma femme, sinon tu vas te rendre jusqu'à Paul-Émile, Marguerite, pis nos deux archanges ! Pis à soir, avec le temps d'chien qui fait dehors, ça m'prendrait pas grand-chose pour brailler d'rage. »

Janvier 1938, ses froids, ses neiges abondantes, sa lenteur et, à force de regarder l'hiver de sa fenêtre, Mignonne vit venir le printemps. Mabel Watson qui, peu à peu, délaissait le nom de madame veuve Ross Wood, avait maintenant un emploi comme secrétaire chez le vieux notaire, ami intime de feu Honoré Turin. Ne pouvant vivre de ses économies plus longuement, Jean-Baptiste l'avait aidée à se placer chez celui qui l'avait conseillé face au testament de sa défunte marraine. Mais dès que la fin de semaine se pointait, c'est chez Mignonne qu'elle se réfugiait. Ensemble, elles épluchaient les catalogues de mode, les magazines d'artistes comme le *Photoplay* que Mabel achetait pour y trouver des photos de Gary Cooper, et *La Presse*, pour les nouvelles locales et les ventes à rabais des grands magasins. Joshua, veuf depuis l'an dernier, de plus en plus mâle avec ses trente ans, était venu prendre le café avec elles un certain matin. Mabel, encore séduisante à l'approche de la cinquantaine, s'efforçait d'être gentille avec celui qui était devenu son « favori » depuis que Cécile, sa « préférée », lui avait été ravie par Gustave. Enjoué ce jour-là, Joshua avait dit à sa mère :

— Tu penses pas que, Mabel pis moi, on ferait un beau couple, maman ?

Croyant qu'il plaisantait une fois de plus, sa mère lui répondit :

— Ah ! Seigneur ! Qu'est-ce qu'y faut pas entendre !

— Non, j'suis sérieux ! Regarde comme elle est belle ! Jeune d'allure !

Mabel, devant le compliment, avait rougi telle une enfant et, avant qu'il se rende trop loin, avait répliqué :

— Voyons ! Joshua ! Vilain enjôleur ! J'ai presque l'âge de ta mère ! Tu es gentil de me dire tout ça, mais il y a plein de belles filles de vingt ans qui attendent un gars comme toi dans le quartier.

— Des jeunes demoiselles ? Non merci, pas pour moi !
J'suis davantage attiré par les femmes mûres, celles qui savent
c'que c'est, un homme !

— Joshua ! Arrête de niaiser ! C'est manquer d'respect à
notre invitée, c'que tu dis là ! Finis ton café pis fous l'camp travailler ! Mabel et moi, on a des tartes à faire pis une sortie après
l'dîner. Tu l'embêtes, tu vois pas ? Tu la rends mal à l'aise...

Joshua se leva, replaça ses bretelles sur sa chemise à carreaux et, souriant, poussa la porte, non sans ajouter :

— Les tartes pis le magasinage, j'comprends ! Mais y'a
aussi les soirées, non ? Mabel s'ennuie le soir, pis moi aussi.

Cette fois, sans rougir, la veuve avait baissé les yeux. Joshua
étant parti, Mignonne, déposant les tasses dans l'évier, avait
dit à son amie :

— Il est incroyable, celui-là ! *No wonder* qu'il ne se trouve
pas une autre femme, il leur fait toutes la cour en même
temps. Ah ! Le sacripant ! Même à toi, Mabel ! Faut avoir du
cran !

Mabel acquiesça d'un signe de tête en riant, mais au fond
d'elle-même, malgré son âge, elle n'était pas certaine d'avoir
envie de fermer les yeux sur un Joshua Rouet, beau comme un
dieu. Elle, si sensible à la beauté physique des hommes.

En septembre 1938, alors que tout était encore paisible chez
les Rouet, une lettre leur parvint un beau matin avec le cachet
de Kingston, Ontario. Jean-Baptiste avait froncé les sourcils
pour dire à Mignonne :

— Tiens ! C'est la mère Dugué qui revient à la charge.
Pourtant, depuis sa première réponse à notre carte de Noël,
plus rien d'elle.

— Faut dire que c'est toi, mon homme, qui n'as pas voulu
que j'lui en envoie une autre l'année suivante.

361

— Pis ? Elle aurait pu le faire, elle, non ? Juste répondre, ça dénote pas d'intérêt, c'est une formule de politesse. Bon, voyons c'qu'elle veut à présent :

Jean-Baptiste lut la lettre qui semblait passablement courte et, avant de la remettre à Mignonne, pour lui éviter la surprise, il lui dit d'un ton sec :

— Ma mère est morte !

Ce qui évita l'étonnement, bien entendu, mais qui provoqua un choc. Mignonne, secouée, s'empara de la feuille jaune pour y lire :

Jean-Baptiste,
Premièrement, notre mère est morte. On l'a enterrée, ça fait deux jours.
Deuxièmement, dis-moi si tu as envie qu'on se rencontre.
Ton demi-frère,
Lionel

Mignonne, remuée par la mort de sa belle-mère, regardait son mari qui n'avait aucune expression sur le visage. S'emparant d'un crayon à mine rouge, il inscrivit sous le « *Premièrement* » : *Nos condoléances.* Et sous le « *Deuxièmement* » : *Non.* Il signa *M. et Mme Jean-Baptiste Rouet*, remit la lettre dans l'enveloppe, copia l'adresse de retour sur une plus grande enveloppe, y inséra la plus petite et, remettant le tout à Mignonne, il lui dit :

— T'iras maller ça après-midi !

Puis, il se prépara à se rendre à son travail. Sa femme, le retenant par le bras lui dit :

— Baptiste ! Ça t'fait même pas d'peine ! C'est ta mère qui est partie !

— Dieu ait son âme, Mignonne ! Ma mère, dans mon cœur, c'était Clémentine Rouet, celle qui m'a recueilli et qui m'a donné son nom que je suis fier de porter. Elle, je la pleure encore, même si je l'ai peu connue. L'autre, la Marie-Jeanne Dugué, elle m'a juste fait sortir de son ventre pour m'abandonner. J'suis pas capable de la pleurer, j'te l'répète pour la dernière fois, Mignonne, j'ai beau m'forcer, j'ressens rien pour elle. J'suis sûr qu'elle m'a jamais cherché avant, pas même aimé… Elle voulait s'faire pardonner ? C'est fait ! Elle est arrivée de l'autre côté sans rien sur la conscience ? Tant mieux ! À moins que le bon Dieu soit pas aussi miséricordieux que j'l'ai été. Mais j'vais quand même lui faire brûler un lampion par respect. Pis l'autre, le demi-frère, j'veux pas l'rencontrer. Ma famille, c'est celle qu'on a faite ensemble, ma soie, pas celle que j'connais pas.

Jean-Baptiste sortit et Mignonne téléphona à Cécile pour lui faire part de la mort de sa grand-mère à Kingston. D'abord peinée, Cécile écouta ce que sa mère lui racontait sur le comportement de son père et lui répondit :

— Tu sais, on ne peut pas trop le blâmer, maman. Sa mère ne lui a même pas écrit depuis son départ. Elle n'a que répondu à ta carte de Noël, sans plus. Elle ne s'est même pas souciée de nous, ses petits-enfants. Comment papa peut-il pleurer une mère qui ne l'a même pas ému ? Elle n'a pas su toucher son cœur… Pour ce qui est de son père, l'Irlandais, à quoi bon ! Ce dernier est mort sans savoir qu'il avait engendré un garçon ! Alors, sa famille, en Irlande où ailleurs, qu'est-ce que tu veux que ça change pour nous autres ? Ils ne savent même pas qu'on existe ! Et qui sait s'il a de la descendance, des neveux ou des nièces, ce Connolly. Il est mort sans enfants légitimes…

— Oui, ça, j'le comprends, mais Lionel, son demi-frère, semblait prêt à le rencontrer, à le connaître.

— Encore là, maman, qui sait ce que ça aurait pu donner ? Papa a vécu toute sa vie en orphelin, en fils unique et adopté des

Rouet. Comme son intuition est forte, moi, je lui fais confiance. Papa sent à des lieues ce qui pourrait lui nuire. Non, ferme le chapitre, maman. Nous allons prier pour le repos de son âme et lui faire chanter une messe dans ma paroisse. Tiens ! Nous la ferons chanter pour les âmes des fidèles défunts dont elle fait maintenant partie.

— Ben, tu viens de me mettre à l'aise, ma fille. Moi, j'ai tendance à être trop molle, trop bonne, comme le dit souvent ton père.

— Pas bonne, maman, bonasse !

L'automne se poursuivit, l'hiver se pointa dès la fin de novembre avec ses bourrasques de neige, et Mignonne, comme de coutume, préparait ses pâtés de porc pour les Fêtes. Invitant Florence et Pit par téléphone, la concubine de son frère lui répondit :

— Pit est sorti, mais je réponds pour deux, Mignonne. Nous irons à ton souper, ça nous fera plaisir de voir les enfants.

Profitant du moment, Mignonne lui avoua :

— Tu sais, je ne t'en ai pas encore parlé, Flo, mais je trouve ça inacceptable que mon frère t'ait pas encore épousée. Alice est morte, il te l'avait juré…

— Non, pas juré, seulement promis, Mignonne. Et puis, ne t'en fais pas, notre couple va bien comme c'est là. Nous sortons, nous voyageons, nous allons au restaurant, au cinéma…

— J'veux bien croire, Flo, mais tu voulais tellement devenir sa femme ! T'as attendu toutes ces années-là…

— Laisse faire, ça viendra peut-être un jour… Qui sait s'il n'en aura pas envie ? Pour l'instant, ça n'semble pas être une priorité pour lui.

— Allons, tu pourrais quand même le bardasser un peu, non ?

— Oui, mais j'ai peur de le perdre si j'agis ainsi. Pit est impulsif, il n'aime pas se sentir au pied du mur. Il est à prendre avec des pincettes. Tu le connais ton frère, pourtant…

— Tellement qu'à ta place, je serais plus insistante. Lui non plus y'aimerait pas t'perdre, Flo ! S'y fallait que t'en rencontres un autre, tu es belle femme…

— Jamais ! Je ne me laisserai jamais approcher par un autre. Jamais !

— Voyons, pourquoi ? Ça pourrait l'secouer…

— Non, ce serait trop risqué, et puis je l'aime, Mignonne. Passionnément ! Je vais attendre sa demande jusqu'à la fin de mes jours, s'il le faut. Par amour ! Pit Turin est ce que j'ai de plus cher dans ma vie !

Le souper de Noël fut, une fois de plus, réussi. Jean-Baptiste noya ses déboires de l'année dans la bière alors que son gendre, Gustave, levait son verre de vin à la santé de tous ceux qui étaient présents. Pit et Florence, plus fortunés qu'avant, étaient arrivés les bras chargés de cadeaux et Cécile, très en beauté, avait habillé sa fille Marquise comme la petite Shirley Temple dont l'étoile brillait au cinéma. Mabel était très élégante dans une robe de velours beige et ses pierreries au cou et aux lobes d'oreilles. François, bien vêtu, était venu avec Nicolette, dont la perruque bien coiffée ne bougeait pas d'un poil. Attrayante, souriante, elle était néanmoins plus discrète ce soir-là. Peu jasante, comme si un malentendu régnait au sein de sa famille ou entre elle et son chevalier servant. Mignonne, à qui rien n'échappait, avait remarqué les sillons qu'elle affichait au front, son air songeur, son allure distante avec à peu près tout le monde, sauf avec la petite Marquise qui venait souvent s'asseoir sur ses genoux. Joshua, élégant, frais rasé, moustache bien taillée, dents blanches, carrure superbe, était arrivé seul. Très volubile, on sentait qu'il avait fait depuis longtemps le deuil de sa Dorine endormie à tout jamais. Rôdant autour de Mabel, il l'invita à danser une valse que Mignonne faisait tourner sur le gramophone. Intimidée, Mabel accepta tout de même pour le seul fait de revivre, dans les bras de Joshua qui avait maintenant l'âge de Ross autrefois, la joie d'être étreinte par une poigne ferme qui lui rappelait celle de son bien-aimé avant qu'il ne s'enfuie… Aussi pour humer son eau de toilette et sentir, dans ses tripes, le corps à corps brûlant… de son mari d'antan.

Le 28 décembre, alors que Mabel, seule à la maison, recousait le bord d'un napperon défait, on sonna à sa porte de la rue Alma. Surprise, intriguée, celle qui n'attendait personne regarda d'abord par la fente du rideau de l'entrée et reconnut Joshua, tout souriant, qui semblait grelotter de froid dans son coupe-vent noir, rien sur la tête, pantalon négligé de toile beige, les mains dans les poches. Elle lui ouvrit, le pressa d'entrer sans retirer ses bottes de cuir et lui conseilla d'aller se réchauffer près du poêle à bois de la cuisine. Enfin à l'aise, les cheveux presque séchés par la chaleur qui se dégageait du tuyau, il lui dit :

— J'espère que j'dérange pas, Mabel. Je m'en allais chez moi, mais comme il fait un frette noir, j'ai pensé arrêter pour me déglacer les veines en passant.

— T'as bien fait, mais tu devrais t'habiller plus chaudement, Josh ! Un gros manteau d'hiver, un capot de poil, un foulard de laine…

— Bah ! Ça fait habitant, ces choses-là ! Est-ce que Gary Cooper porte ça dans ses films que tu aimes tant ?

— Voyons donc ! Il n'y a pas d'hiver, là où il tourne ses films. La Californie, ce n'est pas le Canada, mon grand !

Elle l'avait appelé « mon grand », ce qui lui plut énormément.

— T'aurais pas un p'tit remontant pour me réchauffer ?

— Un bon café, peut-être ? Avec un soupçon de cognac ?

— Oublie l'café, mais j'dis pas non pour le cognac. En autant qu'tu m'accompagnes, Mabel.

— Non, pas pour moi, je ne dormirai pas de la nuit, ça me garde réveillée, le cognac. Moi, c'est tôt le matin que j'en prends un peu comme tonique.

— Juste un, Mabel, juste un pour que j'boive pas seul. C'est l'temps des Fêtes pis j'viens si peu souvent… À vrai dire, j'me rappelle pas être venu ici encore. Oui, pour peinturer les plafonds…

— Avant que j'arrive, c'est possible, parce que ta dernière visite officielle remonte au temps où j'habitais rue Saint-Denis, le logis à côté du tien présentement. Tu étais plus jeune, tu vivais encore avec tes parents.

— J'ai bien grandi depuis… Dis-moi, est-ce que l'froid a réussi à geler mon eau d'toilette ?

Innocemment, Mabel se rapprocha de lui, huma son cou et lui répondit :

— Non, Josh, ça sent encore aussi bon, mais de plus près maintenant, à cause du vent qui t'a sifflé dans le cou.

Assis à la table de la cuisine, elle au bout, lui au milieu, ils levèrent leur verre à leur santé mutuelle, ainsi qu'à l'An nouveau qui venait. Puis, mine de rien, Joshua frôla le genou de Mabel de son mollet musclé. Faisant comme si de rien n'était, il sentit qu'elle avait frissonné. Ne voulant pas être trop audacieux, il la questionna sur son frère, sur Hamilton, et c'est elle qui l'interrompit en lui disant : « Ne me fais pas revivre de mauvais souvenirs », tout en versant encore, sans s'en rendre compte, du cognac dans les deux verres. Cette fois, constatant que Mabel avait avalé de bonnes gorgées, Joshua s'arrangea pour lui effleurer l'avant-bras du sien, en s'excusant :

— Oh ! Pardon ! J'ai failli te faire renverser ton verre.

— Non, non, ça va ! lui répondit-elle, en rougissant.

Elle se leva pour préparer le café malgré le fait qu'il n'en voulait pas et, durant ce court moment, habile, Joshua avait défait les deux premiers boutons de sa chemise de laine à carreaux beiges et noirs. Juste assez pour qu'elle se rende compte qu'il ne portait rien de chaud en dessous et qu'il avait la poitrine velue. Ayant déjà ingurgité un verre ou deux avant de se rendre chez elle, Joshua, sans gêne, lui demanda :

— T'as pas de musique ? Pas de gramophone ?

— Bien sûr que j'ai tout ça ! Qu'est-ce que tu veux entendre ? De la musique du temps des Fêtes ?

— Non, surtout pas, ça joue à longueur de journée à la radio. Ben… j'sais pas, quelque chose d'un orchestre. Rien de bruyant…

Mabel se leva et déposa sur son appareil un soixante-dix-huit tours d'une douce mélodie. Un disque des États-Unis, un orchestre peu connu.

Ravi, Joshua se leva et, lui prenant la main, lui demanda :

— Vous dansez, madame Watson ?

— Josh ! Pour l'amour ! On dirait que tu me fais la cour !

— Allons donc, c'est presque le Jour de l'an. J'me sens pas mal seul. J'aimerais tellement danser avec toi. Contre toi…

Naïve quoique flattée, Mabel se leva et sentit la main chaude du mâle de la construction dans la sienne. Une main rude mais si solide qu'elle endura la poigne ferme autour de ses doigts délicats. Il la serra contre lui et, sentant les effets de l'alcool lui monter à la tête, Mabel se laissa emporter en humant son cou, sans omettre d'appuyer sa tête sur son épaule. Puis, alors que le disque recommençait sur un geste rapide du séducteur, il fit en sorte que sa jambe se glisse entre celles de sa partenaire. Les yeux mi-clos, Mabel Watson s'imaginait, tout comme naguère, dans les bras de celui qu'elle avait tant aimé. Au point de laisser Joshua lui palper, de la main qui encerclait sa taille, ses hanches, ses reins, ses...

Sursautant, constatant que ce n'était pas son Ross d'antan mais le fils de son amie qui l'amadouait ainsi, elle s'en dégagea :

— Va-t'en, Josh ! J'ai cru pour un instant que c'était...

— Vraiment ? questionna-t-il, en laissant glisser sa main brûlante dans le creux de sa blouse de soie.

Sidérée, figée mais fragilisée par l'étau qui se fermait sur son sein, elle s'abstint de le repousser, de se défendre et, privée d'un contact physique depuis tant d'années, elle ne détourna pas la tête quand il se pencha pour l'embrasser. Longuement, goulûment, comme seul un mâle viril pouvait le faire. Et, à son grand étonnement, mieux que Ross Wood dans le temps. Hypnotisée par le charme de celui qui ne reculait devant rien, elle n'eut que la force de lui murmurer alors qu'il poussait la porte de sa chambre sans lui laisser la main :

— Josh ! Ça ne se fait pas... J'ai presque cinquante ans...

— Et puis après ? Tu es plus désirable que les femmes de trente ans, Mabel. Je suis veuf, je suis libre, toi aussi, j'ai presque trente-deux ans... Il n'y a que nous ici. J'ai envie de toi, je, je...

Elle lui avait mis la main sur la bouche alors qu'il la déshabillait. Puis, sans retenue, à une vitesse folle, d'un geste brusque sans même qu'elle puisse s'en rendre compte, il se départit de tout ce qu'il avait sur lui, sous-vêtements inclus. Joshua, déchaîné, se rua sur son corps alors qu'elle, d'une main quelque peu hasardeuse, laissait glisser ses doigts sur son torse musclé, en descendant instinctivement... Haletante, s'emparant de ce qui la fit geindre en peu de temps, elle ferma les yeux dans un soupir inqualifiable. Puis, graduellement, impudiquement, il devint l'amant subtil dont toute femme raffolait… assouvie ! Il l'embrassait, lui massait le ventre et, sans qu'elle résiste, dans un état second, il lui refit l'amour avec délicatesse, avec ardeur, avec justesse, ce qui ne lui était jamais arrivé avec Ross. Pour cause !

Allongés l'un contre l'autre, Mabel pleurait. Étonné, Joshua lui demanda si elle versait des larmes de joie ou de chagrin :

— Je pleure de honte, Josh ! Jamais je n'aurais dû t'ouvrir ma porte ! Imagine si ta mère apprenait ce qui s'est passé ce soir… Je ne pourrai plus jamais regarder tes parents en face. Je vais retourner en Ontario ! Pourquoi m'as-tu fait ça, Josh ?

— Parce que tu en avais envie, Mabel. Depuis longtemps. Avec moi ou un autre. Tu n'es pas faite de marbre. Ma mère a ses ébats, elle, pas toi. Te souviens-tu seulement de la dernière fois ?

— Non, c'est trop loin… Mais pourquoi avec toi ? Ç'aurait pu être avec un autre, je n'en aurais aucun remords, mais toi, le fils de Mignonne, mon neveu ou presque…

— Non, arrête ton discours, on n'a aucun lien de parenté, toi et moi. On avait envie l'un de l'autre, c'est fait. Et ça restera entre nous, je te l'promets. Jusqu'à la fin d'nos jours, Mabel !

— Je ne sais pas comment je pourrai te regarder sans rougir désormais.

— Il faudra t'y habituer… Moi, j'saurai l'faire, Mabel. Je vais partir maintenant, mais dis-moi, au moins, que je ne t'ai pas déshonorée.

— Non, je me suis donnée… Voilà ma honte !

— Honte de quoi ? D'avoir aimé ? D'avoir fait l'amour comme tu l'as toujours désiré ? T'es quand même plus une enfant...

— Tu me jures que personne n'en saura rien, Josh ? Aucun de tes amis ? Avec un verre de trop...

— Allons, crains pas, c'est moi qu'on blâmerait, pas toi. J'ai une réputation dans le quartier, tandis que toi...

— Il va me falloir m'en confesser. Ce que j'ai fait est un péché.

— Si tu fais ça, tu risques d'être mal vue. Par le vicaire d'abord, et par les autres si le secret est mal gardé. Allons, arrête de jouer les prudes, Mabel, tu as frémi comme une chatte, tu t'accrochais à moi. Viens pas m'dire que t'as pas aimé c'qu'on a fait ensemble ! Pis c'était loin d'être une faute grave. Tout d'même, à presque cinquante ans, comme tu dis...

— Chut ! Pas un mot de plus, ne me rends pas plus repentante. Va-t'en, Josh, et ne reviens plus sonner chez moi.

— Tu n'as pas à t'inquiéter, je ne reviendrai pas, Mabel. D'ici un an, je compte me remarier. Le temps passe...

Déçue de cet aveu malgré son attitude sévère face à lui, Mabel lui remit son coupe-vent et lui ouvrit la porte. Il la retint du pied pour lui dire, un sourire en coin :

— J'espère que t'as passé un bon moment.

Elle referma la porte. Dans le noir ou presque, assise à la table de la cuisine, elle ne pouvait comprendre comment elle avait pu se laisser prendre. Elle, en pleine maturité, avec le fils de Mignonne et Jean-Baptiste ! Un gars qu'elle avait vu grandir ! Le cœur plein de remords, elle noya son désarroi dans deux autres verres de cognac. Puis, longeant le mur, elle se glissa dans son lit où l'odeur de l'impudeur s'y était imprégnée. Malgré elle, les yeux embués, elle se mit à revivre les instants où le corps de Joshua s'allongeait sur le sien, sa bouche sur ses lèvres, ses muscles fermes sur ses seins, son membre dur dans sa main frêle… La tête enfouie dans l'oreiller, elle sanglotait. Parce qu'elle savait, il le lui avait dit, qu'il ne reviendrait plus. Et voilà qu'elle pleurait, non de honte mais de déchirement. Joshua allait vite oublier cet appel de la chair dans les bras d'une autre, puis d'une autre. Et c'est sans doute ce qui lui faisait le plus mal, seule dans ses draps encore humides. Parce qu'elle l'aimait.

Chapitre 13

En 1939, les vedettes américaines les plus populaires de l'écran étaient, chez les femmes : Ginger Rogers et Shirley Temple ; chez les hommes : Fred Astaire, Robert Taylor et... Gary Cooper ! Ce dernier, encore en lice, fit certes la joie de Mabel. Dans les maisons, on chantait *Y'a d'la joie*, de Charles Trenet, et Gustave, pendant que Cécile lisait les philosophes, était plongé dans *La Nausée*, de Jean-Paul Sartre, qu'il aimait plus ou moins. Au loin, cependant, pesait la menace d'une Seconde Guerre mondiale. Adolf Hitler, poussé par son narcissisme, voulait faire de l'Allemagne la nation la plus forte, en éliminant tous les Juifs de la terre, même ceux d'origine lointaine. La Pologne tremblait déjà, la France s'inquiétait sérieusement et les autres pays gardaient l'œil ouvert.

Chez les Rouet, dès le mois de mars, une bien triste nouvelle : le Carmel, par une lettre de la mère supérieure, avisait Jean-Baptiste et Mignonne que leur fille, sœur Bernadette, avait rendu son âme à Dieu et qu'elle avait été inhumée avec ses sœurs dans le cimetière réservé aux Carmélites. Ce fut un dur coup pour Jean-Baptiste et une tristesse infinie pour Mignonne qui, malgré l'espoir que gardait son cœur de mère, n'avait jamais revu sa fille. Cécile, apprenant la nouvelle, avait dit à ses parents : « Elle est sans doute morte de malnutrition, de trop d'abstinence : on les y force dans les couvents ! » On s'était toutefois abstenu, dans la missive, d'en dévoiler la cause. Bernadette Rouet s'était éteinte avant d'avoir trente-six ans. On lui fit chanter des messes, on pria beaucoup pour elle et Mignonne la confia aux bons soins de la Vierge Marie en lui disant : « Donnez-lui son auréole, mère de Jésus, c'est une petite sainte que vous avez reçue. » Jean-Baptiste était le plus affecté de la famille. Il se souvenait de sa « précieuse », son aînée, son adorée qu'il avait bercée avec tendresse lorsqu'elle était enfant. Une petite fille si sage, si belle, si coquette. Il essuyait une larme en se rappelant le jour où elle avait manifesté le désir d'entrer au Carmel. Elle, si séduisante, elle qui aurait pu faire un mariage grandiose... Il se souvenait de s'être emporté pour ensuite lâcher prise. Mais, en ce soir de profond chagrin, devant un portrait de sa petite Bernadette tenant sa poupée, les cheveux en boudins retenus par des boucles roses, sa petite robe à froufrous, il ne put s'empêcher de lui dire : « Pourquoi t'es allée t'enfermer ? Si t'étais restée avec nous autres, tu serais peut-être encore en vie. » Puis, regardant le crucifix, il marmonna : « Y nous arrache tout c'qui nous donne, Lui ! » Mignonne, plus soumise, n'aurait guère apprécié sa révolte contre la volonté de Dieu, mais Jean-Baptiste, isolé dans le vivoir, seul avec son chagrin, ne dégageait que la rage de son pauvre état d'âme. Son cœur de père n'avait pas oublié celle qui, la première, lui avait enfin prouvé qu'il avait une famille. Partie ! Si jeune encore ! Comme sainte Thérèse, comme tant d'autres... Il pleurait, il soupirait... Non, il n'était pas normal pour Jean-Baptiste Rouet qu'on enterre sa Bernadette avant lui.

Le mois suivant, Mabel Watson, ex-madame Ross Wood, vint voir Mignonne un matin pour lui annoncer :

— J'ai une mauvaise nouvelle, ma douce amie, je retourne vivre à Hamilton.

— Comment ça ? Qu'est-ce qui s'passe ?

— Mon frère me réclame, il est malade, sa femme est incapable d'en prendre soin. Je me dois d'être auprès de lui.

— Mabel ! Ta maison, ici ! Tes amis ! Ton emploi ! Notre famille ! Moi ! Tu vas quitter tout ça pour retourner là-bas où t'étais pas heureuse ?

— Oui, je n'ai pas le choix, Mignonne, il le faut. Je n'ai qu'un frère, qu'une seule famille.

— Tu pourrais aller le seconder pour quelque temps, il a deux grands enfants pour en prendre soin, pas seulement sa femme. Tu pourrais louer ou fermer ta petite maison pour les mois que tu passerais là.

— Non, je préfère la vendre. Je vais demander à Jean-Baptiste de me trouver un acheteur et, par la suite, nous allons tout régler chez le notaire où je travaille. À Hamilton, je ne louerai qu'un logement, je suis seule, je n'ai pas besoin d'une maison. Et la vente va m'aider, j'ai un pressant besoin d'argent, mentit-elle.

— Tu pourrais emprunter ! Baptiste et moi pourrions t'aider ? Combien ?

— Non, c'est délicat, c'est personnel, c'est pour mon frère, mentit-elle une fois de plus.

Ne voulant pas s'immiscer dans ses affaires de famille, Mignonne, sceptique, ne put s'empêcher d'ajouter :

— C'est drôle ce départ soudain... T'es certaine que tu m'caches rien, toi ?

— Mignonne ! Voyons ! Qu'aurais-je à te cacher ? Je te confie tout ! Je viens de te dire que mon frère avait besoin de moi ! Mets-tu ma parole en doute ?

— Non, non, c'est que ça m'a causé un choc, excuse-moi si j'divague.

— Il n'y a pas de quoi. Je te comprends, je t'ai annoncé mon départ si brusquement, j'aurais pu être plus délicate… Mais à quoi bon, et tu sais, Mignonne, j'ai réfléchi et si j'ai une chance de refaire ma vie, comme tu dis, ça va être là-bas, pas ici.

— Pour ça, t'as raison ! Parmi les anglophones, tu seras sans doute plus à l'aise. Et ta famille est là, après tout… Quand on avance en âge… Mais ça m'fait d'la peine, tu peux pas savoir comment !

— Moi aussi, Mignonne, mais fais-moi pas pleurer, j'suis déjà triste juste d'y penser. Et puis, tu viendras me visiter. Avec ton mari en plus ! Il est temps que vous sortiez tous les deux.

— On n'est jamais allés nulle part, Baptiste et moi. Avec les enfants…

— Bien là, tu viendras, Mignonne, et ensuite, je viendrai à mon tour. Je ne serai pas au bout du monde. Avec le train…

— Tu comptes partir quand ?

— Le plus tôt possible. Mon neveu va me trouver un logement et je vais louer un camion pour les meubles que j'emporterai. Le reste, je le vendrai. Comme je l'ai fait la première fois que je suis partie.

Mignonne la serra sur son cœur et toutes deux versèrent des larmes sur l'épaule de l'autre. Mabel finit par feindre un sourire et se retira doucement, comme elle était venue. Sans lui avouer, bien entendu, que son départ précipité était dû au fait qu'elle avait couché avec… son fils ! Son écart de conduite l'avait minée au point de la plonger dans une humiliation constante. Elle devait partir, s'éloigner de celui qu'elle aimait en silence.

À son retour, le soir, Jean-Baptiste fut navré de la décision de Mabel, tout en comprenant le geste altruiste qu'elle posait.

— T'auras plus d'compagne de cinéma, ma soie, ça va t'manquer.

— T'en fais pas pour les sorties, Cécile est là. Non, c'est mon amie, ma confidente qui va me manquer. Tu sais, entre femmes du même âge…

— Oui, j'sais, mais y'en a d'autres dans l'quartier. Si tu regardais…

— Non, la plupart sont des commères et quand j'en croise une qui a d'l'allure, elle me raconte ses maladies. Non, j'ai Cécile, j'ai mes fils, je t'ai toi, Baptiste, ça m'suffit, j'suis comblée.

— Dieu que t'es fine ! Plus l'temps passe, plus j't'aime, ma femme. Saint François Xavier a dû faire sa part pour que j'trouve deux perles sur mon chemin : Clémentine Rouet, pis toi, Mignonne Turin !

Elle se leva, l'embrassa et lui murmura :

— Moi aussi, j't'aime, mon homme. J'te l'dis pas souvent, on dirait qu'c'est plus gênant en vieillissant, mais dans l'fond d'mon cœur, y'a juste une place pour un sentiment d'la sorte et tu l'occupes depuis trente-six ans, Baptiste Rouet !

Lorsque Joshua avait appris que Mabel retournait vivre à Hamilton, il s'était senti quelque peu embarrassé. Pas bête, il se doutait bien que leur inconvenante relation en était la cause. Pour lui, c'était déjà du passé, mais il n'avait pas songé que pour elle… D'un autre côté, il s'en voulait d'être allé sonner à sa porte, de l'avoir incitée à faire l'amour, de l'avoir gagnée… Lui, plutôt habitué à voir les femmes lui tomber dans les bras. Or, mal à l'aise de se sentir impliqué, il tentait de s'absoudre de toute faute en se disant : « Je l'ai quand même pas violée ! Elle savait ce qu'elle faisait. Pis, c'était pas un combat, elle semblait aimer ça… » Mais, tout de même, la voir partir à cause de quelques heures d'ébats l'accablait d'un certain repentir. En plus d'une peur soudaine. S'il fallait qu'avant son départ Mabel avoue à sa mère avoir été victime de son fils ? Victime consentante, certes, mais s'il fallait qu'elle utilise ce terme qui viendrait aux oreilles de son père ? À cause de quelques verres de cognac et d'un abandon quasi forcé ? Joshua se sentait mal et, voulant être rassuré sur les intentions de sa proie d'un soir, décida de se rendre chez elle. En plein jour, cette fois ! Un dimanche ! Pour ne pas qu'elle s'imagine… Lui qui en avait déjà une autre dans sa mire pour le soir même.

L'apercevant à sa porte, Mabel s'empressa de lui ouvrir et de lui dire :

— Entre vite ! S'il fallait qu'on te voit chez moi !

— Ben, quoi ? J'suis pas recherché par la police !

— Non, je sais Josh, mais ne me fais pas dire ce que tu comprends fort bien. Tu veux un café ? J'en ai du frais fait !

— Oui, avec plaisir, répondit-il, avec un sourire qui le rendait triomphant.

Mabel n'osait le regarder, car Joshua, avec ce qu'elle qualifiait d'infâme, la troublait encore. Agitée, presque sautillante, elle réussit à lui tendre la tasse en prenant place en face de lui, prête à l'affronter.

— Tu t'en vas ? Tu retournes à Hamilton ?

— Oui, mon frère est malade. Il a besoin de moi. Je vends et…

— Non, tu mens, Mabel ! Tu ne retournerais pas là-bas pour lui, tu t'enfuis, tu te sauves de moi, tu veux aller m'oublier. Tu…

— Peut-être, Josh ! l'interrompit-elle. Je pars, qu'est-ce que ça va changer pour toi ? Je m'en vais vivre ailleurs…

— Pourquoi ? J'suis pas un mufle ! J't'aurais pas embêtée !

— Je sais, tu me l'as promis et moi, je t'ai aussi assuré que ça resterait entre nous.

— Alors, pourquoi partir ? Ma mère va être bien seule sans toi.

— Josh ! Tu ne comprends pas, tu ne saisis pas !

— Ben, oui, j'comprends ! T'as eu peur que j'revienne. J't'avais pourtant dit, Mabel, même juré… Tiens ! Tu l'sais pas encore, mais j'vais m'remarier, j'ai trouvé la fille pour moi. On s'aime, pis elle est belle à croquer ! Elle vient à peine d'arriver dans l'quartier, elle a vingt-trois ans, tu vas la trouver fine, c'est tout l'contraire de la Dorine.

Mabel s'était levée d'un bond pour aller ranger ses tasses. Si brusquement que Joshua en était resté perplexe. Elle n'aurait pas voulu qu'il se rende compte du dard au cœur qu'il venait de lui planter en lui annonçant son amour pour une autre. Elle en avait frémi de tout son être. Non pas qu'elle croyait qu'il avait des sentiments pour elle, il était volage, allait à tire-d'aile d'une fille à l'autre. C'était son cœur qui avait été incapable d'accepter l'aveu avec ce qu'elle ressentait pour lui. Son faible cœur encore meurtri… Sans se faire d'illusions, sachant fort bien que leur lien n'avait été qu'une occasion, elle ne pouvait s'empêcher de l'aimer, de vouloir égoïstement le garder. Aussi insensé pouvait être le désir. Et ce, même physiquement puisque c'était elle qui en avait joui, non lui. Joshua se leva, s'approcha d'elle, voulut lui mettre les mains sur les épaules, comme pour l'apaiser, mais elle fit un pas de côté.

— Ne me touche pas ! Va-t'en, Josh !

— Mabel ! J'suis pas un dévoyé ! J'étais ton préféré…

Se retenant de lui avouer qu'elle était à deux pas de lui céder, attirée par l'odeur de sa peau, elle préféra laisser l'homme, qui la tentait encore, dans la confusion la plus totale. Parce que Joshua, croyant qu'elle agissait par peur, n'avait pas l'intuition voulue pour saisir qu'elle était éprise de lui. Musclé, beau à damner, la chemise entrouverte, le sourire éclatant, allongé de nouveau sur sa chaise, les chevilles croisées l'une sur l'autre, les mains derrière la nuque, il lui demanda :

— Est-ce qu'il va falloir que je sorte par en arrière pour ne pas te compromettre, Mabel ?

Le regardant avec une lueur dans les yeux qu'il ne distingua pas, elle lui répondit :

— Mais non, Josh, par en avant. Et puis je vais revenir de temps en temps. Tu auras peut-être des enfants à ce moment-là.

— Ça s'peut ! Muriel en voudrait au moins deux !

— Tu… tu comptes vraiment la marier, celle-là ?

— Ben, peut-être… Ça va dépendre de l'autre, à soir.

Consternée, sentant qu'il n'y avait rien à faire avec cette bête de sexe sur deux pattes, Mabel le pria de s'en aller, prétextant qu'elle devait se rendre chez la coiffeuse.

Il se releva, s'étira, lui sourit, la regarda dans les yeux et lui demanda :

— J'peux t'embrasser dans l'cou avant d'partir, Mabel ?

— Non… pars, Josh. On aura l'occasion de se revoir avant mon départ.

Il sortit, elle referma et, appuyée contre la porte, elle laissa échapper un soupir de soulagement. Elle avait refusé cette marque d'affection, de peur d'avoir envie de l'homme qui la troublait. Par crainte de succomber dès le premier contact de ses lèvres sur sa nuque.

Jean-Baptiste travaillait toujours au port, mais ses forces n'étaient plus ce qu'elles étaient. Il avait une lourde tâche sur les bras avec les débardeurs qui menaçaient de faire une autre grève. Le soir venu, il s'arrêtait encore à la taverne avec des

collègues et des copains d'antan, mais il y restait moins longtemps. De retour à la maison, cependant, il ne se privait pas de
petites bouteilles de bière qu'il ingurgitait à longueur de soirée.
Pour ensuite tenter de soulager son foie avec de la graine de
lin dans de l'eau chaude. Mignonne avait beau le mettre en
garde, son mari lui répondait : « Bah ! C'est mon seul plaisir, ma
femme. Pis c'est pas pire que toi avec tes palettes de chocolat.
Ça aussi, ça engorge le foie. »

En moins de temps qu'il n'en avait fallu pour le dire,
Mabel avait plié bagages et, installée à Hamilton avec ses
meubles qui suivaient, elle était soulagée d'avoir laissé derrière elle la honte qu'elle ressentait face à Mignonne, la
mère de son « amant » d'un soir, ainsi que les « moments
charnels » qu'elle avait constamment souhaité revivre avec
lui dans son amour démentiel. Ce dernier, tel que convenu
avec elle, n'était pas revenu lui faire ses adieux le jour de
son départ, ni la veille. Il craignait un esclandre de la part de
Mabel qu'il sentait fragile et vulnérable. Il avait hâte qu'elle
parte, qu'elle disparaisse de sa vue, afin de pouvoir poursuivre
sa vie de « mâle » sans qu'une « proie » d'un soir s'accroche
à ses pieds, prête à recommencer. Mabel, de retour à Hamilton, avait eu du mal à expliquer à son frère la raison de son
retour précipité. « Le mal du pays », lui avait-elle avoué… La
même raison qu'elle lui avait donnée avant son départ pour
Montréal. Patrick l'accueillit à bras ouverts quoique sa femme,
Mary Frances, qui n'appréciait guère sa belle-sœur, fût plutôt
froide envers elle. Son neveu Danny, fier de la revoir, allait
certes profiter de ses largesses, mais sa nièce Leslie, sans doute
influencée par sa mère, était restée distante tout en demeurant
polie. Sans être tout à fait heureuse à Hamilton, Mabel se sentait à l'abri des sentiments qui l'avaient poussée à commettre

des bêtises. Éloignée de «Josh», elle oublierait plus rapidement l'envoûtement dont elle avait été victime. Sans songer
au cognac aidant, évidemment ! Or, loin de lui, à des lieues
du quartier de son «infamie», elle savait qu'elle allait oublier
peu à peu l'homme dont elle avait encore l'odeur de la peau
imprégnée dans la sienne. Avec le temps, avec un prétendant
si l'occasion se présentait, avec n'importe quoi, n'importe
qui, sauf lui ! Mignonne lui avait déjà écrit deux lettres, lui
parlant de Jean-Baptiste et de ses enfants, de Cécile surtout,
un peu de François, mais rien sur Joshua pour le moment.
Jusqu'à ce qu'elle lui écrive en mai pour lui annoncer que
Jean-Baptiste avait vendu sa petite maison de la rue Alma et
que l'acquéreur n'était nul autre que Joshua qui allait l'habiter
avec Muriel, sa fiancée qu'il comptait épouser prochainement.
Cette fois, malgré l'atténuation dont le temps l'avait gratifiée
face à «l'incident», Mabel sentit une certaine révolte monter
en elle. Comment pouvait-il acheter la maison dans laquelle
il l'avait séduite ? Elle avait peine à les imaginer dans son
ancienne chambre à coucher, lui et sa Muriel ! La même chambre… après elle ! En furie, elle lui jeta tous les sorts de la terre
et voulut presque refuser l'offre d'achat de Joshua, mais elle
se retint, craignant d'avoir à avouer «sa faute» à sa meilleure
amie. Dès ce jour, toutefois, elle se mit à le haïr autant qu'elle
avait pu l'aimer. De rage, de mépris et de jalousie ! Parce que
sa seconde femme, la Muriel, allait l'avoir tout à elle ! De noires pensées dont Mabel Watson se confessa sans entrer dans
les détails le jour suivant. En récitant, comme pénitence, deux
rosaires, pour avoir osé souhaiter du mal à celui qui, pourtant,
lui avait fait tant de bien. Celui qui, aussi beau que son défunt
mari, l'avait fait se sentir femme, ce que l'autre n'avait pas
réussi. C'était là, le drame !

En juillet 1939, Joshua Rouet, veuf, épousait dans l'intimité Muriel Dubord, pour le meilleur et pour le pire. Lui, à l'orée de ses trente-deux ans ; elle, dans la candeur de ses vingt-trois ans. Belle à outrance, sculptée comme une déesse, Muriel était certes la plus jolie fille du quartier. Les gens se demandaient ce qu'elle avait pu trouver à cet homme plus âgé, veuf de surcroît. Certaines mégères prétendaient qu'elle se mariait obligée, d'autres commères y allaient de «L'amour est aveugle». Ce qui avait fait répliquer à une jeune femme de la paroisse : «Aveugle ? Joshua Rouet est beau comme un dieu ! Ouvrez-vous les yeux !» Plusieurs de ses flammes d'un soir furent déçues de ne pas avoir été l'heureuse élue et quelques femmes mariées allaient regretter, on s'en doutait, ses visites d'après-midi… planifiées ! Joshua semblait vouloir se caser, devenir sérieux, avoir des enfants, tenter d'être fidèle. Ce qui devrait s'avérer facile avec une telle femme entre les mains et quelque peu… l'aide de Dieu !

Mignonne était vêtue de bleu, Jean-Baptiste d'un complet gris. La mariée était en blanc, mais discrète dans une robe trois quarts avec dentelle à la taille, et coiffée d'un joli chapeau de paille blanc d'Italie orné de rubans pêches comme ses gants et son léger bouquet de roses. Lui, même complet noir qu'à son premier mariage, avait tout de même troqué son nœud papillon gris contre un bourgogne, cette fois. Peu de monde, la stricte parenté, un goûter chez les parents de la mariée et, le soir venu, M. et Mme Joshua Rouet partaient pour la Nouvelle-Angleterre pour un petit voyage de noces. Ce qui faisait plus chic que de dire qu'ils allaient dans le Maine ou pas tellement plus loin. Mabel, pour ne pas attirer l'attention sur son absence malgré l'invitation reçue, avait fait parvenir aux futurs mariés une figurine de porcelaine de Chine, avec un seul mot : *Félicitations*. En espérant que la figurine, qui représentait une dame en robe du soir, assise sur un banc, cheveux au vent et un éventail à la main, ne se brise pas dans le transport et que la jeune mariée ne la laisse pas tomber par mégarde. Malheureuse à Hamilton, sans aucun prétendant à l'horizon, elle se demandait de quel verbe on pouvait qualifier le sentiment qui fait qu'on aime et qu'on hait en même temps !

Mignonne, ayant encore sur le cœur le fait que son frère Pit n'ait pas épousé Florence, l'invita à passer la voir alors que Jean-Baptiste était à son travail, en prétextant un papier notarié oublié. Il se pointa pour le dîner, avisant sa sœur qu'il était pressé, qu'il avait des affaires à brasser. À table devant sa soupe, il lui demanda :

— De quels papiers parlais-tu ? Quel notaire ?

— Aucun, Pit. J'ai cherché un moyen de t'attirer ici, je m'en excuse, j'vais même me confesser de mon mensonge.

— Allons, un pieux mensonge... Qu'est-ce qui ne va pas, Mignonne ?

— Ben, toi...

— Moi ? Qu'est-ce que tu veux dire ?

Prenant une grande respiration, Mignonne lui défila d'un trait :

— Oui, toi ! Je ne comprends pas que tu n'aies pas encore épousé Flo ! T'as plus d'excuses, Pit, t'es veuf pis tu la fais languir encore. C'est pas correct ! Ça lui fait d'la peine !

— Bon, bon, la famille encore fourrée dans ma vie privée...

— C'est pas la question, mais Flo est une bonne fille ! Elle t'attend depuis vingt-cinq ans, même plus ! Pis toi, tu la laisses se morfondre ! T'as pourtant pas d'empêchement. Pourquoi ne pas lui faire plaisir ? Elle est...

— Écoute, j't'arrête, Mignonne ! Flo pis moi, on forme déjà un couple pis ça va bien comme c'est là ! Elle ne m'parle plus de mariage, elle semble s'accommoder…

— Elle a pas l'choix, elle se trouve peut-être trop vieille pour te quitter quoique moi, à sa place… Viens pas m'dire que ça t'ferait pas peur si elle décidait de s'en aller ! Ça prendrait-tu ça, Pit, pour que tu la maries ? T'es trop sûr de toi ! Quand elle va en avoir assez d'attendre…

— Parles-tu pour elle ou pour toi, Mignonne ? Flo est quand même pas venue se plaindre…

— Non, c'est pas son genre, mais entre femmes, on s'comprend juste à s'regarder. Moi, j'trouve qu'a fait pitié.

— Aie ! J'la maltraite pas ! J'la porte sur la main !

— Oui, j'sais, mais on dirait que tu l'aimes moins.

— Pas vrai, j'l'aime comme au premier jour et c'est comme ça que j'veux qu'ça reste ! Une fois mariés, les couples se déchirent ! Tu sais, quand t'es trop sûr l'un de l'autre.

— Ben, voyons donc ! Pas après toutes ces années ! Flo a toujours été un ange, a changerait pas pour autant ! Pis l'fait de porter ton nom légalement… Pense à elle, Pit, pas juste à toi ! Elle a des émotions, elle ! C'est ta compagne, pas une servante ! Tu le lui avais promis ! Si tu la considères comme ta femme, pourquoi qu't'en fais pas ton épouse devant Dieu et les hommes ? Elle n'a jamais regardé ailleurs, c'est une bonne personne, elle n'a que toi…

— Ça, j'l'ai compris, pis c'est pour ça qu'elle va hériter de tout c'que j'ai si j'pars en premier. J'ai tout mis à son nom.

— Que t'as la tête dure ! Ça lui donne pas l'jonc de ton vivant, ça ! C'est pas ton argent qu'elle veut, Flo, c'est ton nom !

Pit, ayant terminé son pâté chinois, refusa le dessert et se leva de table en disant à sa grande sœur :

— Faut que j'parte, j'ai un vendeur de poissons à rencontrer…

— J'espère, au moins, Pit, que tout c'qu'on s'est dit va pas s'évaporer dans'brume !

— Non, non… j'vais y penser !

Cécile était venue visiter sa mère avec sa petite Marquise, qui grandissait en sagesse et en beauté. Mignonne, regardant l'enfant, dit à sa fille :

— Elle est gracieuse, ta p'tite, elle semble aimer les fanfreluches. J'pense que j'vais lui faire une robe avec un jupon à baleines.

— Elle en serait ravie, maman, elle va croire qu'elle est une princesse. Là, ce que nous voulons pour elle, Gustave et moi, c'est qu'elle devienne ballerine. Dès qu'elle sera en âge, nous allons l'inscrire dans une bonne école.

— Faudrait quand même attendre pis voir si ça lui tente, ma fille.

— Tu devrais la voir pivoter sur elle-même quand Gustave fait tourner *Casse-Noisettes*, de Tchaïkovski ! Elle tire même sa révérence !

— Dis donc, ça vous tente pas d'en avoir d'autres, Gustave et toi ? Une enfant unique, c'est triste… A risque de s'ennuyer plus tard. Moi, j'ai vu ça avec la grande et grosse qui n'avait pas d'sœurs ni d'frères. Sa mère la couvait tellement qu'Alice avait d'la misère à s'faire des amies.

— Non, les temps changent, Gustave et moi voulons voyager, visiter le monde avec le temps. Une vie à trois, c'est confortable, maman.

— Oui, mais égoïste, ma fille. Juste un enfant, c'est pas une famille, ça ! Pis, comme t'en es capable… Imagine si j'avais pensé comme toi !

— Maman ! Tu deviens indiscrète, c'est notre vie, notre ménage…

— T'as raison, j'm'excuse, répondit Mignonne en rougissant. C'est sans doute parce que j'en ai eu une *gang* que j'pense autrement.

— Oui, et sans compter tous les chagrins que tu as vécus en les perdant, maman. Il ne t'en reste que trois, maintenant.

— Oui, j'sais, j'ai versé bien des larmes, mais j'me rappelle aussi des joies avec chacun. De toute façon, ton mari a aussi son mot à dire.

— Dans tout, c'est évident, et pour ce qui est d'avoir d'autres enfants, c'est le fleuve de la vie qui décidera de cela, maman.

Et Cécile, menue, jolie, le portrait de sa mère sauf pour sa destinée, se leva et s'empressa de rentrer, voyant déjà sa fille unique, dans quelques années, être applaudie dans un ballet de Tchaïkovski !

Quelques mois s'étaient envolés, l'été s'apprêtait à céder sa place à l'automne et, au loin, l'avenir était incertain avec la menace de la Seconde Guerre qui planait. Jean-Baptiste lisait le journal, écoutait les nouvelles à la radio et s'inquiétait pour ses deux fils, tous deux en âge… Fermant les yeux, il n'osait y penser et n'alarmait pas sa douce moitié avec ce qu'il entendait. Pourtant, l'Europe dominait largement le monde avec trois régimes totalitaires : l'Allemagne hitlérienne, la Russie stalinienne et l'Italie fasciste. Le 1er septembre, les troupes allemandes envahissaient la Pologne ; et le 3, la France et l'Angleterre déclaraient la guerre à l'Allemagne. Ce n'était que le début… Ce qui terrifia Mignonne, qui écrivit à Mabel : « J'espère que ça se rendra pas ici ! Je me sens si perdue depuis que tu es partie. Et mon pauvre Joshua s'inquiète. François n'en parle pas, lui, et en outre, ça semble aller mal avec sa Nicolette. J'ose pas le questionner. »

Non, ça n'allait plus entre Nicolette et François, et ce, depuis le temps des Fêtes dernier alors qu'on sentait que tout était en train de se gâcher. Leur dernière sortie ensemble, aux yeux de la famille, avait été au mariage de Muriel et Joshua. Depuis, elle n'était pas revenue chez les Rouet. Or, à la fin de septembre, malgré le malaise qui n'était pas encore évident, François lui proposa d'aller dîner au restaurant, pour ensuite faire une promenade au parc Lafontaine. Elle accepta, mais, dès le repas terminé durant lequel ils n'avaient guère échangé, il sentit qu'elle avait quelque chose sur le cœur, qu'elle était même troublée. Déambulant les allées du parc, ils dénichèrent un banc plus en retrait et, côte à côte, sans être dérangés par qui que ce soit, elle s'attendait à des questions de sa part, mais, comme toujours, renfermé, mal à l'aise, François restait muet comme une carpe. Elle, ne pouvant se contenir davantage, lui marmonna :

— Tu sais que ça ne va plus… Pourquoi ne rien dire, François ?

La tête baissée, jouant avec un bout de branche dans un nid de fourmis, il lui répondit :

— Parce que je préfère que ça vienne de toi, Nicolette. De mon côté, rien n'a changé. C'est toi qui se distance, qui s'éloigne…

— Bon, puisque nous en sommes là, aussi bien te le dire, j'aimerais rompre, François. En douceur, avec autant d'élégance que lorsque tout a commencé.

— Pourquoi ? Tu ne m'aimes plus ?

— Je… je t'aime bien, mais je ne suis plus amoureuse de toi, François. Ce n'est pas facile à dire, mais je me suis rendu compte, au fil des mois, que tu n'étais pas le garçon pour moi.

— Parce que j'suis pas assez instruit ? Pas à ta hauteur ?

— Ne sois pas agressif, je t'en prie. Là n'est pas la question. Tu as de grandes qualités, tu es gentil, mais tu es trop introverti, trop isolé en toi, pas assez ouvert. Tu es un homme de peu de mots, nous allons nous ennuyer ensemble. Je suis volubile, tu es paisible, je suis à l'affût de tout ; toi, de rien. Nous n'avons aucune compatibilité.

— Mais je t'aime, moi, Nicolette !

— À ta façon, je le sais, mais ne me rends pas la tâche plus difficile. Je t'ai dit que tu avais de belles qualités. Tu m'as d'ailleurs acceptée avec ma maladie…

— Ce n'est pas une maladie, juste une façon d'être. Différente…

— Peut-être et je t'en remercie, mais ton aveuglement face à la soi-disant différence ne fait pas l'unanimité. Je sens que ton père…

— Qu'est-ce qu'il a, mon père ? Il t'accepte telle que tu es !

— Non, François, je le sens, mon intuition ne me trompe pas. Ton père est courtois, certes, mais il m'a toujours regardée de travers. Comme si le fait d'avoir un jour des petits-enfants chauves…

— Ça, c'est ton imagination ! Papa n'a jamais parlé de toi !

— Tu vois ? C'est ce qui m'inquiète. Son silence face à moi, face à nous. Ta mère m'ouvrait grand les bras, mais lui… De toute façon, ce n'est qu'une remarque sans importance, ce n'est pas à cause de ton père que ça se termine entre nous. Ça me fait de la peine…

— D'la peine ! D'la peine ! Tu me plantes là sans même une larme et tu m'dis que ça t'fait d'la peine ? J'parle pas assez !

J'suis trop renfermé ! Ben, quoi ? On arrête d'aimer pour ça ?
T'en aurais pas rencontré un autre, par hasard ?

La jeune fille baissa la tête et, la relevant, lui répondit :

— Oui, j'ai rencontré quelqu'un, François, mais je n'ai pas
accepté de le fréquenter avant d'avoir rompu avec toi.

Dardé en plein cœur, François lui demanda :

— Un gars de ton rang ? Plus vieux ? Plus instruit ?

— Quel rang ? Je suis une fille simple et tu le sais. J'ai
rencontré un professeur, là où j'enseigne, ce qui ne veut pas
dire…

— Ça remonte à quand ?

— En fin de saison l'année dernière, mais le lien s'est
tissé très lentement, à l'insu l'un de l'autre. Et ce n'est que
récemment que nous avons compris qu'il y avait entre
nous…

— Va pas plus loin ! Tu vois ? Un professeur ! J'ai tout compris, Nicolette ! Et dire que j'étais sur le point de te demander
en mariage. Toute une claque !

— Ne le prends pas de cette façon, François. Tu n'as que
vingt-deux ans, tu en rencontreras une autre plus apte à te comprendre, lui dit-elle, en posant sa main sur son bras.

S'en dégageant brusquement, il lui rétorqua :

— Je n'ai pas besoin de toi pour planifier ma vie ! Tente pas
de m'consoler en m'disant qu'une autre… Tu m'aimes plus,
Nicolette ? J'ai compris ! On n'a plus rien à s'dire !

— Mais je t'aime bien…

— Non ! Des « je t'aime bien », on dit ça aux amis, pas à
celui qu'on aime avec son cœur.

— Bien, voilà ! J'aurais souhaité qu'on reste des amis…

— Pas moi ! Tu me quittes ? Pars avec ma peine sur la
conscience ! Va faire ta vie avec l'autre. Y doit être, comment
tu dis déjà… Volubile ! Oui, y doit être « volubile », lui !

— François ! gémit-elle. J'aurais souhaité que ça se termine en toute dignité.

— Pas capable, Nicolette, j'ai le cœur percé, c'est pas toi qui es rejetée, c'est moi. Toi, t'auras pas d'peine d'amour, t'en aimes déjà un autre, pis c'est à s'demander si tu m'as seulement aimé.

Constatant qu'une larme glissait sur sa joue, François ajouta :

— Non, pas ça, Nicolette ! Pas le jeu du chagrin par une larme ou deux. C'est fini ? Tant pis ! Tu vois ? J'suis pas toujours « introverti » comme tu dis ! Et pas du genre à être giflé et à tendre l'autre joue ! Pars, va-t'en, rentre chez toi à pied, j'irai de mon côté. Pis, qui sait, j'réussirai peut-être à t'oublier un brin avec la guerre qui s'en vient.

Il se leva, elle tenta de le retenir par le bras en lui disant :

— François... Pas comme ça...

Mais il s'en libéra, plus délicatement cette fois, pour emprunter l'allée sans même se retourner. Avec les yeux embués, humilié, le cœur déchiré d'avoir été cruellement rejeté par celle qu'il avait tant aimée.

Ce n'est qu'au début d'octobre, après une discrète inquisition de sa mère, que François lui avoua ne plus fréquenter Nicolette Doiron. Feignant l'étonnement parce qu'elle s'en doutait bien, sa mère lui demanda :

— Qu'est-il arrivé ? Une querelle d'amoureux ? Toi, pourtant si doux...

— Non, pas de querelle, maman, c'est elle qui m'a laissé tomber. Pour un autre. Elle s'est amourachée d'un professeur.

— Comme c'est triste... Mais, d'un autre côté, tu sais, mieux vaut une rupture qu'un mauvais mariage. Je l'aimais bien, cette jeune fille-là, mais peut-être que vous n'étiez pas faits l'un pour l'autre. Pense à ton oncle Pit avec sa première femme.

— Ça s'rapproche même pas, je l'ai toujours respectée, Nicolette. Pis j'l'aimais, moi, c'était pas comme mon oncle avec la grande et grosse. C'est juste qu'elle me trouvait trop renfermé, pas assez « volubile », qu'on n'avait pas de « compatibilité » pour te refiler les mots qu'elle est allée chercher dans l'dictionnaire. Mais ça m'fait d'la peine parce que j'l'aimais beaucoup, j'étais même prêt à la fiancer…

— Écoute, mon gars, tu vas en rencontrer d'autres, t'as l'temps, regarde comment ton frère a déniché sa deuxième femme.

— J'suis pas Joshua, moi ! J'cours pas tous les jupons ! J'couche pas avec la première venue pour ensuite passer à une autre ! Compare-moi pas à lui !

— C'est pas c'que j'fais, mais sans être comme lui, tu pourrais regarder ailleurs, avoir l'œil ouvert. Y'a pas juste Nicolette Doiron dans l'quartier. Sois aux aguets, t'es beau garçon, t'as tout c'qu'y faut pour plaire.

— Non, j'ai rien ! J'suis même pas instruit, pis j'suis trop calme, pas assez grouillant ! Elle m'a dit tout ça avant de m'dire qu'elle avait un professeur dans l'œil. Non, j'ai eu ma chance et j'l'ai perdue. Pis j'vais aller vivre ma peine d'amour à la guerre, j'lâche tout, j'm'enrôle dans l'armée, j'attendrai pas qu'y viennent me chercher.

— Parle pas comme ça, François, tu m'crèves le cœur ! J'ai déjà perdu assez d'enfants, mets-moi pas tout à l'envers avec tes idées de guerre ! Bonne Vierge Marie, dites-lui qu'on fait pas des choses comme ça à sa mère !

Le soir venu, alors que François dans sa déception doublée d'une humiliation imaginait déjà l'obus ou la grenade qui lui ferait sauter la tête pour oublier celle qu'il aimait, Mignonne, désemparée, confiait à Jean-Baptiste le tourment de leur benjamin qui, meurtri, semblait sombrer dans un découragement déplorable. Ce dernier, haussant les épaules, lui répondit : « C'est vrai qu'il n'est pas dégourdi, not'p'tit dernier. Toujours replié, pogné dans sa coquille… D'un autre côté, la Nicolette n'était sans doute pas la sienne. On trouve pas toujours du premier coup ! » Puis, plongé dans son journal, il n'avait pas ajouté tout haut ce qu'il pensait tout bas. En son for intérieur, il se sentait soulagé de ne plus avoir à songer qu'il aurait des petits-enfants chauves. Tout comme la mort de Dorine l'avait délivré de la pensée qu'elle puisse accoucher d'un enfant qui dormirait tout le temps.

Depuis le 10 septembre 1939, le Canada était entré librement en guerre, ce qui avait fait sursauter toutes les mères qui, à genoux, imploraient le Seigneur de ne pas leur ravir leurs fils. Tel que décidé, François Rouet, de son plein gré, s'enrôla afin de faire son service militaire et défendre sa patrie. Sa mère eut beau le supplier, son père tenter de l'en dissuader, « l'introverti » qu'il était parti avec un régiment : le képi sur la tête, Nicolette dans le cœur. Avec le souhait de ne plus revenir, n'ayant foi en aucun avenir. Mignonne versa toutes les larmes de son corps, pria la mère de Jésus et lui fit brûler des dizaines de lampions pour qu'elle lui assure la survie de son fils. À ce jour, le Ciel lui en avait trop repris, lui disait-elle. Jean-Baptiste, pour sa part, se rendit après le travail devant la statue de saint François Xavier, afin de l'implorer de veiller sur son fils en lui disant : « Il porte la moitié de votre prénom, vous savez ». Il fit aussi brûler des cierges pour tous les volontaires et paya le vicaire pour faire chanter une messe pour les âmes des fidèles défunts de toutes ces guerres inutiles. Joshua, de son côté, venant d'apprendre qu'il serait père, n'avait pas été appelé sous les drapeaux. La conscription n'était pas à l'ordre du jour, mais, préparé au cas où le service obligatoire surviendrait, il avait sans scrupule côtoyé un médecin véreux qui, en échange de « faveurs intimes », lui avait signé un papier attestant une anomalie incurable à un rein. Ce qui le garderait loin des canons, des grenades et de tout bataillon.

Le temps des Fêtes fut sobre en cette année où la joie avait fait place à la peur. Chez les Rouet, on se rendit à la messe de minuit et, le lendemain, pour le souper traditionnel, Cécile s'amena avec Gustave et leur future « ballerine », Joshua arriva avec sa femme enceinte, et Pit se joignit à eux avec Florence le temps d'un échange de cadeaux. On causa, on fit tourner de la musique en sourdine, mais rien d'enlevant pour un soir d'habitude exubérant. De Hamilton, Mabel Watson avait fait parvenir une carte en anglais imprimée *Best Wishes* et signée *Votre amie au loin*. Rien de plus. Une carte adressée à M. et Mme Jean-Baptiste Rouet. Sans le moindre post-scriptum à l'intérieur pour les enfants et la petite Marquise. Jean-Baptiste ne se priva pas de sa bière pour autant, Pit s'en déboucha une bouteille, Joshua préféra boire du vin avec Florence, Cécile et Gustave se joignirent à eux, et Mignonne, peu portée sur l'alcool, ainsi que Muriel, sa bru enceinte, se contentèrent d'un jus de fruits pressé le matin même.

D'une tombée de neige à une pluie de grésil, 1940 se leva, effaçant derrière elle les joies et les peines des années anciennes. Malgré l'hiver et la guerre qui sévissait en Europe, *La Presse* parlait du Jardin botanique de Montréal qui faisait l'envie de Toronto et qui était visité chaque année par des milliers d'Américains. Mignonne s'inquiétait beaucoup plus de François que du reste du monde entier. Il était dans l'armée, il s'exposait à être envoyé outre-mer où il risquerait sa vie… Et son cœur de mère se déchirait alors que Jean-Baptiste prônait sa bravoure, ignorant que son fils n'était entré dans l'armée que pour consumer une peine d'amour.

Le printemps s'écoulait tout doucement et Mignonne, toujours à l'affût de nouvelles de son amie Mabel, était de plus en plus étonnée de constater qu'elle répondait de plus en plus brièvement, sans enthousiasme, allant jusqu'à ne plus s'informer d'elle et de sa famille. Elle aurait voulu lui téléphoner, se renseigner sur sa santé, mais Baptiste lui avait dit: «Un appel longue distance en Ontario, ça va coûter cher en syncope! Demande-lui donc une fois pour toutes ce qu'elle a dans l'derrière, elle! T'es pas pour te mettre à ses pieds si elle ne veut plus converser. Tu parles d'une drôle de femme!» Mignonne était peinée. Qu'avait-elle pu faire ou dire pour se mériter ainsi le quasi-mutisme de sa meilleure amie? Elle avait beau se creuser les «méninges», elle ne parvenait pas à se rappeler une phrase ou un mot qui aurait pu l'offenser. Elle laissa le temps passer, lui posta une carte pour lui souhaiter de *Joyeuses Pâques*, mais ne reçut rien en retour. De plus en plus inquiète, elle plaça un appel avec l'aide de l'opératrice sans en avertir Jean-Baptiste, mais cette dernière lui apprit que le numéro demandé avait été changé, que l'ancienne ligne était débranchée et que la nouvelle était «privée». Ce qui vexa Mignonne qui, à partir de ce jour, décida de ne plus se soucier d'elle. Car, s'il était arrivé quelque chose de grave à Mabel, son frère se serait empressé de l'en aviser. Elle recevait donc son courrier et ses cartes, mais elle avait décidé de ne plus leur donner suite. Pourquoi? Seul Dieu le savait… Parce que Mignonne, désarmée, ne savait que penser et que Jean-Baptiste, aussi perspicace pouvait-il être, ne se doutait pas un instant que Mabel Watson avait décidé de rompre brusquement toute correspondance à cause de leur fils, Joshua.

Mabel, seule dans son logement de Hamilton, ne s'entendait toujours pas avec sa belle-sœur, Mary Frances. Ayant jeté son dévolu sur son neveu Danny, elle le choyait de son avoir, ce qu'il ne dédaignait pas. Mais encore coincée dans sa conscience avec sa faute, encore broyée dans son cœur avec l'amour, elle en voulait à celui qui l'avait ainsi détruite. Encore plus depuis qu'elle avait appris qu'il allait être père et que cette autre l'avait dans son lit. Tout à elle ! La jalousie encore ancrée, Mabel déraisonnait. Au point qu'elle ne savait plus qui elle était. On aurait pu croire qu'elle souffrait de neurasthénie. Fréquentée par un veuf des environs depuis peu, Irlandais d'origine et ami de son frère, elle envisageait une nouvelle vie, mais, pour ce faire, il lui fallait guérir de «l'autre», mettre son passé au rancart, Mignonne incluse. Il lui était pénible, atroce, de s'éloigner ainsi de sa meilleure amie, mais c'était la seule issue. Que faire d'autre ? Certes pas lui avouer que Joshua et elle… Ce «Josh» qui la torturait encore le soir venu lorsque, seule, elle se tortillait dans son lit. Son odeur d'homme, son beau visage mal rasé, ses bras musclés, son regard profond… C'était pire que sa déception avec Ross, c'était comme si Josh l'avait quittée après leur première «nuit de noces». Deux merveilleux hommes dans son passé. L'un qui, incapable de l'aimer, l'avait abandonnée ; l'autre qui l'avait trop aimée. Que physiquement mais trop ! Au point de la marquer à tout jamais. Mabel avait donc choisi de s'éloigner des Rouet, de brûler les pages d'une grande partie de sa vie et d'effacer de sa mémoire les visages de Mignonne, Jean-Baptiste, Cécile et les autres. En espérant que le vent souffle jusque dans le désert celui de Joshua. Coupant les ponts peu à peu, avec regret, sans la moindre explication, elle en vint à faire le vide et à s'accrocher à un avenir incertain avec celui qui allait être sa bouée. Ne recevant plus, à son tour, de nouvelles de Mignonne, elle comprit qu'elle l'avait blessée

et en pleura toute une nuit. Mais le mal était fait. Un mal…
pour un bien ! La plaie se refermerait, se cicatrisait. Avec le
temps, tout allait s'effacer : Montréal, la rue Alma, les Rouet
et… Joshua ! Désespérée, elle épousa William « Bill » Walrath
et se promit de ne plus jamais quitter l'Ontario. Délivrée de
son passé, guérie de son fol amour, selon elle, Mabel se sentit
même pardonnée d'avoir, avec Josh, osé pécher… Si faute, il
y avait.

Juin prit forme avec les vivaces en fleurs et la promesse
du soleil d'être présent. Le 12 de ce mois, conduite d'urgence
à l'hôpital, Muriel donna naissance à un gros garçon de dix
livres qui lui déchira le bas du ventre. Un terrible accouchement pour un premier enfant, mais Joshua, pleurant de joie en
l'embrassant dans le cou, lui avait dit : « Tu vas voir, ma mie,
on va l'aimer comme des fous, c't'enfant-là ! » Muriel, presque
rétablie, avait dit à son beau-père : « Vous l'avez, votre petit
Rouet ! Il va le perpétuer, votre nom, mon garçon ! Il semble
fort comme un bœuf ! » Jean-Baptiste, heureux de voir sa descendance assurée, songeait à Clémentine qui, de là-haut, était
sûrement ravie de ne pas voir le nom de ses ancêtres s'éteindre
graduellement. Car seuls Joshua et François pouvaient continuer la lignée. Jusqu'à ce jour ! Joshua, fier d'être père, se
promettait d'être à la maison chaque soir, de veiller sur son
petit, de ne pas quitter sa femme d'une semelle. Il se jurait
même de lui donner un petit frère ! Ce que Muriel ne contestait pas puisque sa maternité ne lui avait enlevé ni sa grâce ni
sa beauté. Svelte, élégante, elle était encore du genre à faire
tourner les têtes. L'enfant avait été baptisé Joseph, Étienne,
Jean-Jacques Rouet, deux prénoms d'apôtres combinés ! Ce
qui avait fait plaisir à Mignonne. Le parrain était le frère de
Muriel ; la marraine, l'épouse de celui-ci, propriétaire d'une

confiserie. Devant « le fait accompli », devant la beauté encore intacte de Muriel, les femmes qui tournaient autour de Joshua, sans compter celles qui avaient partagé son lit, se dispersèrent une à une. Parce que, poussant le carrosse de son enfant avec sa femme à son bras, l'amant d'hier n'était devenu qu'un père… passablement ennuyant ! Encore beau, moins… provocant !

En ce mois de juin 1940, les Allemands étaient à Paris, c'était le début de l'occupation. Le 21 juin, Hitler posait ses conditions avant de conclure l'armistice : ne pas reprendre les armes ni aider la Grande-Bretagne. Le 12 juillet, des agents de la police provinciale, conjointement avec la Gendarmerie royale du Canada, mettaient au jour un nid de propagande nazie en plein Montréal. Ce qui avait fait frémir Mignonne, qui avait dit à son mari : « Ça y est ! Ils sont ici ! Ils vont prendre tous nos biens ! Ils vont brûler nos maisons ! » Jean-Baptiste la rassura et finit par lui faire entendre raison, ce qui n'empêcha pas sa femme de faire une neuvaine à sainte Thérèse, une carmélite comme feue Bernadette, pour que cesse la guerre. Le 10 septembre, le palais de Buckingham était la cible des bombes allemandes, et François, volontaire d'un embarquement à un autre, s'était fracturé la cheville et le pied gauches à de multiples endroits en sautant par-dessus un taillis pour atterrir sur une énorme pierre dissimulée sous un amas de branches. Transporté à l'hôpital le plus près, on lui prodigua les premiers soins et on le retourna chez lui, la jambe dans le plâtre, une paire de béquilles pour le soutenir. Mignonne en prit soin comme s'il s'agissait d'un nouveau-né. Son « p'tit dernier », son mal-aimé, enfin de retour auprès d'elle. Comptant reprendre le service dès sa guérison, François ne se doutait pas qu'il allait rester « boiteux » après cet accident plus grave qu'on ne le croyait. Il était allé à la rencontre de l'obus qui lui ferait perdre la vie et oublier ainsi sa Nicolette ; il revenait blessé, handicapé, incapable d'y retourner, avec, hélas, toujours Nicolette en tête. Sa guerre était finie. Son champ de bataille se limiterait désormais à la cour arrière de sa demeure, car aucune autre fille ne faisait battre son cœur. Introverti de plus en plus, rabougri avec le temps, il allait se consacrer au bien-être des orphelins de la guerre, un travail social qu'il n'allait jamais quitter.

À la mi-octobre, alors que les feuilles tombaient, Jean-Baptiste Rouet, constatant que Mignonne était triste, défaite, anxieuse, lui proposa :

— Ça te dirait de faire un petit voyage avec moi, ma soie ?

— Un voyage ? Où ça ?

— Pas loin, à Burlington, aux États-Unis. Juste toi pis moi. Pour se changer les idées, voir un peu de pays. Le paysage est beau en c'temps-ci de l'année.

— J'peux pas laisser François tout seul… Sa jambe…

— Y va s'débrouiller, crains pas, c'est plus un enfant. Arrête de l'couver, Mignonne, tu vas en faire un arriéré. Juste une semaine…

— Ben, on n'est pas loin d'novembre, ça va pas être chaud. Pis l'argent, Baptiste ? Ça coûte cher un voyage aux États !

— Ben non, on en a d'côté, faut en profiter, ma femme. Une p'tite semaine dans une belle auberge. Traités aux p'tits oignons !

— J'suis pas d'la haute, moi ! J'ai pas les robes pour ça !

— J'te parle pas de Paris, syncope, juste de Burlington ! On va faire le voyage en train. Fais-le pour moi, j'ai besoin d'changer d'air, l'hiver va être long ensuite, ajouta-t-il pour la convaincre.

— Ben, si ça peut t'faire du bien, on va y aller, Baptiste. C'est vrai qu'tu mérites un changement. Faut qu'j'arrête de penser juste aux enfants, t'es là toi aussi, mon homme.

— T'es bien fine, Mignonne, pis on va peut-être rencontrer du bon monde pour jouer aux cartes le soir, avoir un peu d'*fun*!

— Correct, mais j't'avertis : pas trop d'bière, Baptiste ! Le docteur l'a dit !

Le 25 octobre, Mignonne préparait les bagages pour leur petit voyage lorsque Muriel, Joshua et leur dodu Jean-Jacques vinrent lui rendre visite. En bonne grand-mère, Mignonne cajolait le bébé qui lui souriait déjà. Regardant sa bru, elle lui dit :

— On va bien s'entendre moi pis lui, j'ai toujours eu de meilleurs rapports avec les gars qu'avec les filles. J'peux au moins les bardasser !

Muriel éclata de rire et lui répondit :

— Dans c'cas là, j'viendrai vous l'porter souvent, madame Rouet ! Moi, j'aurais préféré catiner une petite fille.

Joshua, assis dans la chaise berçante, les jambes allongées grand ouvertes, la chemise de *corduroy* déboutonnée, lui rétorqua :

— Ben, t'en auras une fille, ma mie ! On n'a pas fini d'faire de beaux enfants, toi pis moi !

François, attiré par le bruit, sortant de sa chambre, avait salué la visite et embrassé le bébé sur la joue.

— Ça marche, le p'tit frère ? Ça s'replace, la blessure de guerre ?

— Heu… non, pas tout à fait. J'fais des pas sans béquilles, c'est sûr, mais j'boite. J'ai l'impression que ça va m'laisser des séquelles, c'te cassure-là !

— On peut rien faire ? Ça s'opère pas ? questionna Muriel.

— Non, ça s'replace tout seul ou pas. Dans mon cas, ça peut r'prendre, mais si c'est mal pris, pas résistant, ça va m'laisser infirme.

— Vois pas tout en noir, François, sois plus confiant, ajouta sa mère.

— Confiant… confiant… Faut quand même être réaliste, j'invente rien, c'est l'spécialiste qui me l'a dit ! Pis ça m'regarde !

Voyant que ça risquait de tourner au vinaigre, que son jeune frère était facilement irritable, Joshua rhabilla le petit et embrassa sa mère tout en lui souhaitant un bon voyage.

— Vous partez demain, madame Rouet ? lui demanda Muriel.

— Oui, assez d'bonne heure. C'est un bon bout à travers champs, mais j'ai préparé tout c'qu'y fallait pour qu'on mange à not'faim dans l'train. Ton père a hâte de s'en aller, y'est fatigué, y file pas de c'temps-là. Ça va l'ravigoter de changer d'air !

Ils l'embrassèrent, elle caressa son petit-fils et, ouvrant la porte, ils saluèrent François qui leur répondit par un bref signe de tête. Seule avec lui alors que la visite était partie, Mignonne, mécontente, lui dit :

— T'aurais pu être plus aimable avec eux autres, c'est pas d'leur faute…

— Non, mais c'est quand même pas lui qui s'est enrôlé, l'frère ! Y'a préféré s'faire signer un papier par un docteur même pas qualifié ! Quelqu'un qu'y connaissait même pas ! J'gagerais qu'c'est un vétérinaire !

— Non, c'était un docteur avec son diplôme. Une connaissance d'un gars d'la construction qu'y traite régulièrement. Pis t'avais qu'à faire comme lui ! T'étais pas obligé d'y aller, toi non plus !

— N'empêche qu'y aurait pu faire comme moi pour sauver la patrie, lui aussi !

Exaspérée, choquée, Mignonne lui rétorqua d'un trait :

— T'es pas allé sauver la patrie, François, tu t'es juste sauvé de ta p'tite amie ! Parce qu'elle t'avait quitté ! T'appelles ça avoir du courage, toi, aller à la guerre pis chercher un obus pour disparaître ? T'appelles ça un soldat, toi, un gars qui s'pousse outre-mer parce qu'une fille ne l'aime plus ? Pis, pour finir le plat, y'aurait-tu fallu qu'Joshua revienne estropié comme toi pour que ça fasse ton affaire ?

Le lendemain, Cécile et Gustave s'étaient offerts d'aller reconduire le couple à la gare d'où partait le train pour les États-Unis. Tous les voyageurs montaient déjà à bord et Jean-Baptiste, impatient, avait dit à sa femme : « Dépêche-toi d'embrasser la p'tite, sinon on sera pas assis ensemble si j'embarque pas tout d'suite ! » Mignonne parlait encore avec sa fille, et Jean-Baptiste, s'emparant des bagages à main, monta vite réserver la place de Mignonne à côté de lui. Un siège qu'une grosse dame avait tenté de prendre, mais il lui avait dit d'un ton rude qu'il était réservé. Mignonne monta enfin, rejoignit son mari et salua Cécile, Gustave et la petite par la fenêtre alors que le train se mettait en marche avec ses voyageurs à bord. Le voyage fut long pour Mignonne, mais agréable pour Jean-Baptiste qui n'en revenait pas de voir de si beaux coloris d'automne le long du parcours. Ils traversèrent les douanes américaines et, peu de temps après, débarquèrent à Burlington où une vieille Ford noire qui faisait la navette entre la gare et l'auberge les attendait. Arrivés sur les lieux, ils furent accueillis avec amabilité par une dame âgée qui ne parlait que l'anglais. Jean-Baptiste baragouina du mieux qu'il put mais Mignonne, grâce à tous les films américains qu'elle avait vus avec Mabel, put la comprendre suffisamment pour se débrouiller avec elle. Les joueurs de cartes se faisant rares, ils s'accommodèrent d'un vieux couple qui adorait se promener, se rendre sur la *Main Street* pour magasiner, se régaler de pâtisseries et revenir à l'auberge jouer aux dames à deux contre deux. Le temps était superbe, leur chambre très propre et les repas succulents quoi- que gras. Jean-Baptiste, voulant en avoir pour son argent, se bourra la panse et se gava de tous les desserts. Le soir, se chauf- fant devant le feu de foyer, il se détendait en se débouchant une, deux ou trois bières, malgré les regards réprobateurs de sa douce moitié qui, ensuite, lui chuchotait : « D'la bière par-des- sus d'la crème fouettée ! Viens pas t'plaindre si tu digères pas ! C'est pas d'santé, c'que tu fais là ! » Lui, narquois, lui répon- dait : « Ben, on est en vacances, pis on a juste une vie à vivre ! J'suis pas venu jusqu'ici pour me priver, syncope ! » Durant la journée, avec une bonne veste de laine, ils pouvaient jouer au croquet avec le vieux couple. Jean-Baptiste en profita aussi pour s'acheter des cigares qui étaient moins chers aux États- Unis qu'à Montréal. Mignonne, plus économe, plus avertie, fit néanmoins bonne provision de balles de laine, de tissus, de feutre, de plumes, bref, tout pour ses tricots et sa couture. Elle acheta même un patron pour se tailler une jolie robe pour les Fêtes. Mais pas de souvenirs, pas de bagatelles, ça n'en valait pas la peine. Une poupée pour Marquise, un hochet pour Jean- Jacques, rien de plus. La semaine s'écoula le temps de le dire et, de retour dans le train, assis côte à côte sur un banc du côté droit, ils purent admirer le panorama une dernière fois, un peu moins empourpré toutefois, entre le Vermont et le Québec.

— Ça t'a plu ? Tu regrettes pas tes vacances, ma femme ?

— Non, ça m'a fait du bien. J'sors si peu… Avant, avec Mabel… Mais parlons pas d'elle, faut la sortir de nos pensées, celle-là !

— On a été bien servis. Pas cher pour tout c'qu'on a mangé !

— C'que t'as mangé ! Tu t'bourres comme un goinfre, Baptiste, quand c'est un buffet ! Y'en restait plus pour les autres !

Il pouffa de rire et le train arriva à Montréal où, cette fois, Joshua les attendait au débarquement.

— Beau voyage papa ? Contente, maman ?

Elle l'embrassa, le remercia de s'être déplacé et il s'empressa de les ramener à la maison ; il allait pleuvoir d'une minute à l'autre. Enfin à l'abri, heureux de retrouver François qui semblait de bonne humeur cette fois, Jean-Baptiste se déboucha une bière, deux et trois, et se mit à parler de Burlington à Joshua, jusqu'à ce que, épuisé par le voyage, les yeux lui ferment.

Cette même nuit, à trois heures du matin, poussant Mignonne dans le dos qui finit par tourner la tête, Jean-Baptiste lui dit :

— Réveille François, appelle Joshua, demande-lui de venir, j'suis malade, j'ai des douleurs au ventre, c'est insupportable… Dis-lui d'appeler l'ambulance, j'ose pas grouiller, c'est pire !

Affolée, elle réveilla François, qui appela l'ambulance avant que Joshua s'en mêle. Ce dernier, arrivé en trombe sur place, demanda à son père :

— Qu'est-ce qu'y a ? Qu'est-ce que t'as, papa ? T'es blanc comme un drap !

— J'sais pas c'que j'ai, mais ça m'fait mal, syncope, c'est pas disable ! Là, su'l côté droit ! Ça s'calme pis ça revient encore plus fort… Pis l'cœur me lève ! J'pense que j'suis en train d'crever, Mignonne !

Épilogue

Jean-Baptiste avait été conduit d'urgence à l'hôpital et Mignonne avait suivi dans la voiture de Joshua. Sur place, on détecta une violente crise du foie qu'on réussit à calmer avec des injections et des médicaments appropriés. Le mal se dissipa peu à peu et Jean-Baptiste, voulant reprendre ses vêtements, se fit dire par le médecin de garde :

— Non, monsieur Rouet, vous ne sortez pas. Demain, nous allons communiquer avec votre médecin traitant et lui réclamer votre dossier. Il y aura, de plus, des prélèvements sanguins.

— Syncope ! Une crise du foie, c'est pas la fin du monde ! J'les passe avec de la graine de lin dans de l'eau chaude, d'habitude !

Mignonne, prenant la parole, dit à son mari :

— Non, Baptiste, c'que tu guéris toi-même, c'est des p'tites indigestions ou une crampe par-ci, par-là, dans l'bout de l'estomac, c'est pas c'que tu as eu cette nuit. Écoute le docteur, repose-toi, pis attends à demain, y fait encore noir dehors. Y savent c'qu'y font, eux.

— J'ai juste trop mangé, j'ai mêlé d'la crème fouettée avec ma bière. J'ai mangé des sucreries, des repas gras…

— Qu'importe, monsieur, lui répondit le médecin sèchement. Ce qui va nous éclairer, c'est la batterie de tests que nous
allons vous faire passer. Je n'aime pas voir le blanc des yeux
d'un patient de la couleur des vôtres. Il peut y avoir un début
d'hépatite.

— Un début d'quoi ? C'est quoi, c'maladie-là ?

— Communément, on appelle ça une jaunisse.

— Ben, j'serais pas l'premier…

— Monsieur Rouet, avalez le calmant que l'infirmière vous
apporte et détendez-vous, nous vous gardons.

Puis, se tournant vers Joshua, le médecin ajouta :

— Faites-lui entendre raison, voyons !

On lui avait trouvé une place dans une chambre à deux, le
lit près de la fenêtre. Son voisin, dont le rideau était sans cesse
fermé, était un vieillard qui souffrait de crise aiguë de la goutte
et qui, à cause des calmants, dormait la plupart du temps. Sans
visite, sauf unc de ses filles qu'on ne voyait, selon l'infirmière,
qu'une fois de temps à autre. « Pas l'genre à qui causer ! » s'était
plaint Jean-Baptiste, en apercevant son compagnon de chambre. Ce à quoi sa femme avait répliqué : « D'un autre côté,
y sera pas dérangeant ! » Mignonne ne quittait pas le chevet
de son mari. Ce qui irritait l'infirmière qui la somma d'aller
reprendre le sommeil perdu jusqu'en avant-midi. Angoissée,
elle espérait que ce ne soit rien de sérieux. Joshua la ramena
à la maison et, incapable de dormir, les yeux levés sur le crucifix de sa chambre, elle égrenait son chapelet en implorant la
Vierge Marie de guérir son mari. D'intercéder auprès de son
fils, Jésus-Christ. Les traits tirés, elle avala un bol de gruau au
petit matin, avant de retourner à l'hôpital. François, réveillé,
se leva et lui demanda :

— Tu veux que j'aille avec toi, maman ? On pourrait
prendre un taxi.

— Non, mon gars, t'as d'la misère avec ta patte, repose-la, reste à la maison, j'vais y aller seule. Un autre jour, si ça s'prolonge, on ira ensemble.

François, boitant, regagna sa chambre et se rendormit avant que sa mère emprunte le tramway. Joshua, fort affairé ce matin-là, ne pouvait l'accompagner et Cécile, aux prises avec sa petite Marquise, promettait de s'y rendre le soir même.

Un autre médecin, plus âgé celui-là, ainsi que l'infirmière de jour se trouvaient au chevet de Jean-Baptiste lorsque Mignonne se pointa. Se faufilant, pour écouter sans être vue, derrière le rideau du voisin de chambre qui dormait, elle entendit le médecin dire à son mari :

— On va vous faire plusieurs examens, monsieur Rouet, ça regarde mal, ce que vous avez. J'ai pris connaissance du dossier de votre médecin de famille et je ne peux pas dire que vous vous êtes aidé. Vous avez pas mal bu, à ce que je vois…

— Un bien grand mot, docteur, une bière par-ci, par-là. Comme tout l'monde, quoi ! J'suis pas un ivrogne !

— Pas nécessaire de l'être pour s'abîmer le foie. Des consommations régulières depuis votre jeune âge, ça ravage tout autant. Bref, nous allons voir ce qui ne va pas, mais votre mine n'est pas rassurante. Garde, faites-le monter au troisième étage et dites à sa parenté de l'attendre ici. C'est interdit en haut.

— Bien sûr, je m'y connais, je travaille ici depuis vingt ans ! répondit l'infirmière, offusquée de se faire rappeler les règlements.

Mignonne sortit sans faire de bruit, sans que personne ne la voie, et la civière transportant son mari passa devant elle sans que celui-ci puisse l'apercevoir. Maugréant quelque peu, il répétait à l'infirmière qui suivait :

— J'comprends pas qu'on nous garde de force ! J'ai rien !
Chez moi, ça passait avec d'la graine de lin !

Joshua, après sa petite réunion matinale, s'empressa de
rejoindre sa mère à l'hôpital. Rassurée de le voir auprès d'elle,
elle lui dit :

— Ils l'ont monté pour des examens. Ça r'garde mal !

— Comment ça ? Qu'est-ce qu'il a ?

— J'sais pas, mais j'ai entendu l'docteur, un plus vieux c'te
fois-là, lui dire que ça r'gardait pas bien c'qu'il avait, pis y'a
fait allusion à sa boisson.

— Ben, faut dire que l'père pis la bière ! Ça l'a sûrement
magané !

— Y'était pas l'seul à boire. Bien d'autres gars du port…

— Oui, maman, la majorité des débardeurs buvaient comme
des trous, mais la plupart sont morts, pis les autres en mènent
pas large ! Moi, j'prends un verre de vin de temps en temps,
Muriel aussi, mais la bière, c'est mortel. Pis ça goûte le yable !
C'est pas buvable !

— N'empêche que quand tu venais visiter ton père, tu
crachais pas dedans !

— Pour l'accompagner, pour lui faire plaisir, mais
dans l'fond, j'préfère le vin. T'as vu dans l'temps des
Fêtes ? Pas une goutte de bière ! Y m'est arrivé d'en boire,
mais pour l'effet parce que ça saoule plus vite et qu'ça
dégêne…

— Fais-moi pas un dessin, ç'a dégêné ton père pas mal
longtemps si tu saisis c'que j'veux dire… Pis toi, t'as pas donné
ta place non plus ! J'comprends pas qu'les femmes te tombaient
dans les bras quand tu sentais la tonne !

— J'mâchais d'la gomme, mais passons. On va-tu attendre
ici longtemps ?

— Viens, on va aller boire un café en bas. Y'a un p'tit *snack bar* où on en vend. Y'a même des tables pis des chaises.

Joshua descendit avec sa mère et, croisant de très belles infirmières sur son passage, il ne put se retenir de sourire à l'une d'elles qui, intéressée par le bellâtre, lui rendit son sourire en le regardant de la tête aux pieds. Pourtant, il n'était guère endimanché ce jour-là. Pas rasé, les cheveux épars, chandail vert à col roulé, pantalon de travail en velours côtelé noir, bottes délacées ou presque... L'allure du bûcheron, quoi ! Ce qui n'empêcha pas une petite blonde grassette, accompagnée d'une vieille dame, de lui faire un clin d'œil de l'autre table.

— J'espère qu'y vont rien lui trouver d'grave. J'ai prié toute la nuit.

— T'en fais pas, le père a la couenne dure. C'est pas une crise du foie qui va l'jeter par terre. Y va sortir d'ici ben vite.

— Si tu l'penses, pis si tu l'crois, tu m'enlèves un poids, mon gars.

— Énerve-toi pas, maman. Tiens ! Mange un beigne, ça va t'bourrer un peu, on en a peut-être pour la journée ici.

Ils remontèrent et, au même moment, Jean-Baptiste revenait à sa chambre avec le visage plus pâle qu'avant de monter au troisième étage pour ses tests. S'avançant près du lit, Mignonne lui prit la main et lui demanda :

— Qu'est-ce qu'ils t'ont fait, pour l'amour du ciel ? T'as l'air plus mal en point que lorsque t'es arrivé !

— C'est les examens, Mignonne. Ça m'a fait dégringoler d'ma santé. Des tubes dans la gorge jusqu'à j'sais pas où... J'ai manqué d'renvoyer ! Pis d'autres dans... Personne entend ?

— Non, mais dis-le pas, j'ai compris.

— En plus des rayons X partout, ensuite des piqûres avec des aiguilles assez grosses pour percer un mur. Syncope, que ça m'a fait mal ! J'te l'dis, y vont m'achever ici ! Faut que j'sorte, c'est chez nous que j'vais me r'mettre debout ! Pis, y sont *rough* ! Aucune délicatesse, y t'avertissent même pas quand y t'rentrent un boyau dans l'fondement !

— Baptiste ! Pas si fort ! Les gardes-malades sont pas loin.

— Tiens ! T'es là, toi aussi, Joshua ? Va travailler, tu vas perdre de l'argent pis ton temps. J'vais dire au docteur que j'veux m'en aller.

— Non, Baptiste, tu lui diras rien d'tout ça ! Pas avant d'avoir les résultats !

— Mon œil ! Non… t'as raison, y m'ont affaibli, j'ai moins d'force qu'hier. Pis j'ai la peau jaune… Si c'est c'que j'pense…

Au même moment, le médecin âgé entra pour lui annoncer sans retenue :

— Vous avez une grave cirrhose du foie, monsieur Rouet. Pas seulement des pierres à la vésicule, ce qui n'aide pas, mais vous êtes pollué, je veux dire magané comme un homme de soixante-quinze ans.

— Syncope, j'ai juste cinquante-huit ans ! Y'a sûrement d'quoi à faire !

— On ne peut pas vous opérer pour la vésicule, ce serait inutile. Votre foie, monsieur Rouet… Je me demande même comment vous avez pu tenir le coup aussi longtemps.

— Ça veut-tu dire qu'y a rien à faire ? J'ai-tu l'foie d'la grosseur d'un cinquante cents ?

— On va vous donner des médicaments.

— Des pilules ? C'est sûrement pas ça qui va m'ramener, docteur.

— Je n'ai pas dit que ça allait vous guérir, monsieur Rouet.

— Ça veut-tu dire qu'y a vraiment rien à faire ? Que j'suis fini ?

Le docteur, tristement, baissa la tête sans répondre et Mignonne, soutenue par Joshua, perdit conscience dans ses bras.

Lorsque, le soir venu, Mignonne annonça la nouvelle à Cécile, celle-ci fondit en larmes au bout du fil. Elle ne pouvait pas croire que son père, si fort, si jeune encore… Quoique cinquante-huit ans, en ce temps-là, avec une feuille de route de buveur derrière lui… François se montra attristé, mais, comme son père et lui n'avaient jamais été proches l'un de l'autre, le choc fut moindre. D'autant plus que, depuis sa peine d'amour et son handicap à vie, il avait le cœur un peu plus endurci. Joshua, plus près de son père, s'employait aussi à soutenir sa mère qui, démolie par la nouvelle, se demandait si elle allait avoir la force de traverser l'épreuve. Florence et Pit, avertis par Cécile de l'état de leur beau-frère, en restèrent bouche bée : « Il vient à peine de revenir de voyage ! » clama Pit. Ce qui n'enlevait rien au fait qu'il était maintenant cloué sur un grabat, à la merci du temps ou d'un sursis.

Le lendemain, tous se rendirent à l'hôpital, mais comme ils étaient trop nombreux, on demanda à certains de revenir le lendemain, que le malade perdait des forces et que le mal progressait à vive allure. Pit et Florence repartirent, François les suivit, Joshua aussi, et Mignonne resta auprès de lui avec Cécile. Les yeux jaunis par la bile, Jean-Baptiste avait peine à les distinguer. Reconnaissant Cécile, il lui demanda :

— Y paraît qu'Adhémar Raynault a de bonnes chances à la mairie ?

— Papa ! Pas de politique, pense à toi ! Ça t'énerve, ces choses-là !

— J'veux ben l'croire, mais j'suis pas sourd, y'a la radio, pis j'entends les conversations dans l'passage. En tout cas, c'est pas mon choix, celui-là ! J'suis plus favorable à Léon Trépanier !

— Parle pas trop, emporte-toi pas, mon homme, tu gaspilles tes forces.

— T'as raison, ma soie… Pis, avec tout c'qu'on m'donne pour dormir. Écoute, demain, j'aimerais qu'tu viennes seule, Mignonne, j'aimerais passer l'après-midi juste avec toi, te regarder dans les yeux… Ça t'choque pas, Cécile ?

Cette dernière, émue, les larmes aux yeux, lui répondit :

— Au contraire, ça me touche, papa, ça me pénètre. Il est normal pour un mari de vouloir être seul avec la femme de toute une vie. Je vais prévenir les autres, ne crains rien. Ils reviendront un autre jour. Je te déposerai demain, maman, et je repartirai tout de suite.

Mignonne s'essuyait les yeux à défaut d'assécher son cœur. Envahie de sentiments profonds, voyant son homme la quitter peu à peu, elle ne pouvait croire que le jour viendrait… Elle se pencha, déposa un baiser sur ses lèvres, épongea son front et sortit alors que Cécile, remuée, lui embrassait la joue.

Le lendemain, mardi 5 novembre 1940, alors que la guerre s'amplifiait partout à travers le monde, Cécile déposait sa mère à la porte de l'hôpital, l'assurant que Joshua viendrait la reprendre en fin de journée. À sa grande surprise, Mignonne apprit que son mari avait été changé d'étage, qu'il occupait maintenant une chambre privée, plus grande, moins éclairée, plus discrète et loin des bruits du couloir. Poussant la porte qu'on lui avait indiquée, elle aperçut une infirmière qui, la fiole à la main, injectait à son mari un liquide opaque. S'éloignant en la saluant, l'infirmière lui dit qu'il n'allait pas s'endormir, que le liquide n'était pas un narcotique, mais une formule antibiotique contre l'infection. Jean-Baptiste, trouvant que sa femme était pimpante, petit chapeau de velours sur la tête, la complimenta :

— T'es aussi belle qu'à tes dix-sept ans, Mignonne ! Quand j't'ai connue !

— Exagère pas, j'ai pris de l'âge, j'ai des cheveux gris…

— Oui, mais les mêmes yeux pétillants pis le même tour de taille ou presque, malgré tous les enfants.

— Il n'en reste que trois, mon homme, mais le bon Dieu prend soin des autres.

— Mignonne… Mignonne… j'voulais qu'tu viennes seule. Parce… parce que j'veux te d'mander pardon.

Ahurie, le souffle coupé, elle lui répondit :

— Pardon ? Pardon de quoi ? T'as rien à t'reprocher, mon homme.

— Oh, oui ! Laisse-moi parler, ma soie, après, tu m'répondras. Tiens… prends ma main, ça va m'donner du courage.

Mignonne, fébrile, prit sa main qui tremblait dans la sienne et Jean-Baptiste, le souffle court, les yeux mouillés, lui dit :

— Si tu savais comme j't'ai aimée, ma femme. Si tu savais comme j't'aime, ma soie. Mais j'ai pas toujours été correct avec toi. J'ai bu, j'suis rentré saoul ben des fois, pis tu m'endurais sans rien dire. Même avec mes sautes d'humeur, parfois. Tu as été un ange avec moi, ma femme, j'étais même pas digne de toi. Un bâtard, comme disait ton père, un orphelin abandonné qui avait pas appris à aimer. Jusqu'à c'que je te vois, toi, et qu'tu m'offres ton plus beau sourire. Tu t'en souviens ? À l'église ! Imagine, Mignonne, un débardeur ! Un gars du port forcer la main d'la fille d'un notaire ! Fallait l'faire, j'ai eu du cran, j'ai foncé, mais j't'aimais tant. Pis, après avoir obtenu la perle, la plus belle fille du faubourg… Après avoir convaincu ton père de m'laisser t'marier, j'me suis remis à boire. J'ai failli déshonorer ta famille…

— Baptiste, arrête, tu faiblis… Ne remue pas tout ça. J't'aimais, moi aussi, j'ai aimé qu'toi toute ma vie.

— Non, laisse-moi continuer… Toi, t'as rien à t'reprocher, Mignonne, t'es la femme la plus honnête que l'bon Dieu a mis sur la terre ! C'est moi qu'y a pas la conscience tranquille. T'étais là, belle comme une fée, bonne comme la Sainte Vierge, pis j't'ai trompée. J'l'ai encore sur le cœur, Mignonne, même si toi, t'as fait mine d'oublier.

— J'ai tout oublié ou presque, Baptiste. Tout c'qui m'a pas été favorable. J'm'efforce de garder seulement les joies dans mon cœur, pas les peines. Avec l'aide de la mère de Jésus que je prie chaque soir.

— Tu vois, t'as eu d'la peine… Parce que la Colombe pis moi, un certain temps… Mais c'était pour boire avec son père que j'lui cédais, Mignonne, pas parce que j'l'aimais. J'étais toujours saoul, mais c'était pas une raison, j'l'ai encore sur la conscience… Peux-tu au moins m'pardonner ça, ma femme ?

Serrant sa main dans la sienne, elle lui répondit d'une voix tremblante :

— C'est fait, Baptiste. Depuis longtemps ! Et cette peine n'était rien à côté de celles que m'a causées la mort de nos enfants… La Colombe mérite même pas qu'on parle d'elle. Tu m'as rendue heureuse…

— Non, pas tout l'temps. J't'ai fait passer des nuits blanches, je l'sais. Pis j't'ai fait un tas d'enfants, toi qui étais frêle comme une mouche. J'aurais pu m'retenir, mais non, saoul, j'te faisais l'amour sans penser qu'un autre p'tit, ça allait t'faire souffrir pis t'affaiblir. T'as failli y laisser ta peau, Mignonne ! Ben des fois… J'ai été égoïste, j'ai pensé juste à moi.

— Pas d'importance, j'ai aimé tous mes enfants. Dieu m'en a repris plusieurs, j'ai versé toutes les larmes de mon corps à chaque fois, mais j'ai ensuite prié la Vierge pour tenter d'oublier.

— Not'pauvre petit Paul-Émile…

— Baptiste ! Arrête ! Tu me mets le cœur à l'envers ! Parle plus du passé, oublie tout ça, pense à maintenant, pense à toi.

— J'voudrais ben, mais ça me r'monte dans la gorge tout c'que j'retiens, Mignonne. J'ai même pas voulu reconnaître ma propre mère… J'ai dû la faire souffrir, la faire pleurer…

— Non, rassure-toi, elle n'était pas revenue pour t'aimer. Tu l'as senti, Baptiste, pis moi aussi. Oublie ta mère et pense à Clémentine : c'est grâce à elle si t'as survécu, c'est grâce à elle si tu t'es rendu jusqu'à moi.

— Oui, t'as raison… La brave femme qui avait une école de musique… J'l'ai peu connue, j'm'en souviens même plus, j'étais trop p'tit, mais c'est grâce à elle, comme tu dis, si y'a autour de moi autant de Rouet. Ma façon d'la remercier, ç'a été d'perpétuer son nom. Le bon Dieu m'a aimé pour me déposer dans les bras de cette femme-là. Mais pour revenir à toi…

— Non, va pas plus loin, tu vas me faire pleurer, Baptiste. J'ai pardonné… J'te pardonne tout si ça peut t'soulager, mais t'avais pas grand-chose sur la conscience en c'qui m'regarde. T'as travaillé à la sueur de ton front pour nous faire vivre. T'as été un bon père sans en avoir eu un toi-même. T'as toujours eu du courage, on n'a jamais crevé d'faim, même dans les temps les plus durs. Pis tu m'as aidée à passer à travers, chaque fois que j'perdais un enfant. Même nos archanges, Baptiste ! T'étais là pour me soutenir quand j'les ai mis l'un après l'autre dans la fosse de ma mère.

C'était maintenant lui qui avait le visage inondé de larmes. Il la regardait, pressait sa main dans la sienne et lui disait :

— T'es belle, tu sais. T'es la plus belle… Un vrai cadeau du Ciel !

— Nous étions beaux tous les deux, Baptiste. Souviens-toi de notre portrait de noces ! Jeunes et fringants ! En vieillissant, on devient tout simplement charmants. Mais regarde, j'ai encore dans ma sacoche la photo où t'avais Bernadette dans les bras !

— Non, pas ça, tu vas me faire pleurer. J'peux pas croire qu'elle soit partie, ma précieuse. Sans qu'on la r'voie, sans qu'on l'enterre. Ç'a été l'une des plus grosses peines de ma vie, ma femme. Garde la photo, montre-moi-la pas, ça va m'casser en deux !

Mignonne remit la photo dans son petit étui, la glissa dans son sac à main, puis, laissant échapper un saisissant soupir, elle ne sut quoi lui dire.

— Pourquoi tu m'regardes ainsi ? Avec ton doux sourire ? Tu sais plus quoi dire, hein ? Tu sais que j'vais mourir…

— Baptiste ! Pour l'amour du…

— Non, n'invoque personne, pas même saint François Xavier, mes jours sont comptés, je le sais, le mal a progressé. J'suis dans une chambre de mourant, c'est pour ça qu'c'est pas bruyant. On m'apporte à boire, à manger, on est fin avec moi, tout l'monde est plaisant. Parce que j'en ai pas pour longtemps, ma femme. J'arrive au bout du chemin.

— Tu m'crèves encore le cœur… Pourquoi me dire tout ça ?

— Parce que c'est avec toi, ma soie, que j'veux partager mes derniers moments. Juste avec toi. Comme dans l'temps quand j'ai partagé les premiers. J'veux bien qu'les enfants viennent, j'veux les serrer sur mon cœur une dernière fois, mais j'voulais t'voir seule, ma femme, parce que c'est avec toi qu'j'ai passé toute ma vie. Jour et nuit. Ensemble tout l'temps, Mignonne, même dans les pires moments. Jusqu'à c'que l'un des deux parte le premier. Pis le bon Dieu a décidé qu'ce serait moi. Tout c'que j'souhaite, ma soie, c'est qu'les enfants prennent soin de toi. Pis que c'te maudite guerre finisse au plus sacrant pour pas qu'un autre de nos enfants parte avant toi. Parce que j'vais t'attendre de l'autre côté, Mignonne. Y'aura une place pour toi su'l'même nuage que moi ! Pis maintenant que tu m'as tout pardonné, t'auras pas à faire brûler un cierge à Notre-Dame du Purgatoire. J'aurai rien à expier de l'autre côté… Comme ma mère, la Marie-Jeanne Dugué, à qui j'avais pardonné pour la libérer d'son péché… Pour pas qu'elle arrive de l'aut'bord, l'âme pleine de remords. Si tu savais comme ça m'a fait du bien de t'dire tout ça. J't'ai épuisée, hein ? J'y pouvais rien, j'en avais trop sur la conscience, pis j'ai prié l'bon Dieu pour qui m'donne assez d'souffle pour m'le sortir du cœur. Là, j't'avoue que j'suis fatigué. J'ai combattu l'calmant qu'on m'a donné avant qu't'arrives, sans te l'dire, mais là, j'ai soif, j'ai la bouche sèche…

Mignonne s'empressa de lui verser de l'eau, mais, lui tendant le verre, elle s'aperçut qu'il dormait. Elle humecta ses lèvres de son doigt mouillé, se leva, enfila son manteau et se dirigea vers la sortie au moment où Joshua arrivait pour la prendre. La sentant bouleversée, il lui demanda :

— Qu'est-ce qu'il y a, maman ? Ça empire ?

— Ton père s'en va, mon fils, il n'en a plus pour longtemps, mais nous venons de vivre ensemble la plus belle journée de notre existence. Ramène-moi vite à la maison. Le temps d'une bouchée et, ce soir, tu le verras avec Cécile et François. Ton oncle Pit et Florence viendront demain.

Le soir, alors qu'une pluie mêlée d'un léger grésil tombait sur la ville, les trois enfants de Jean-Baptiste Rouet étaient à son chevet. Heureux de les voir, mais amaigri, le teint verdâtre, il leur demanda tour à tour de prendre soin de leur mère, de voir à ce qu'elle ne manque jamais de rien. Puis, se tournant vers François, il ajouta :

— Tu boites peut-être, François, mais ta mère n'aura pas eu le chagrin de perdre un fils à la guerre. Et puis, un jour, avec la science… Tu sais, j't'aime bien, mon gars. Prie pour moi, veux-tu ?

François, ému, acquiesça d'un signe de tête et le paternel, se tournant vers Joshua, poursuivit :

— Toi, prends soin de Muriel, sois-lui fidèle, mon fils, tu as une femme en or, une mère exemplaire pour ton Jean-Jacques. Et ne fais jamais honte à ta mère… Tu sais c'que je veux dire, n'est-ce pas ? T'es en âge d'agir en homme. Veille sur tout l'monde, Joshua, t'es fort comme un bœuf, toi.

Puis, souriant à Cécile, il lui murmura :

— Toi, je sais que tu es heureuse… Tu as un bon mari, une petite fille adorable, de l'instruction, une belle maison, pis tu ressembles à ta mère. Aussi belle qu'elle, mais plus choyée par la vie… Quand j'serai plus là, ma grande, rapproche-toi d'elle, tu es la seule à pouvoir la soutenir de ton cœur semblable au sien. Prends-en bien soin, Cécile, ta mère est une sainte femme.

Mignonne, à l'écart, avait entendu tous ces mots de tendresse et d'amour à ses enfants, et elle en pleurait de joie. Jamais elle n'aurait cru que Baptiste ferait preuve d'un tel courage à l'heure du grand départ. Elle le voyait encore tel un enfant ; il était devenu un géant. Il avait tant de fois dépendu d'elle et voilà qu'au seuil du repos éternel, il avait la force du guerrier, la sérénité des aînés et la bravoure du vainqueur. Comme si saint François Xavier lui avait soufflé des grâces lors de son plaidoyer. Regardant Mignonne, il lui sourit, pour finalement leur dire, à bout de souffle :

— Rentrez, ne craignez rien, ce sera pas pour ce soir ni demain. Le bon Dieu peut encore attendre…

Les 7 et 8 novembre, le temps avait été maussade et le vent froid sifflait encore à vive allure. Mignonne avait bravé ces intempéries, il va sans dire, pour se rendre au chevet de son bien-aimé. Édouard et Florence avaient enfin pu voir le moribond le second soir en véhiculant Mignonne jusqu'à l'hôpital. Serrant la main de son beau-frère, Jean-Baptiste, dans sa nostalgie mêlée à son état second, lui avait dit :

— Heureusement que t'étais là, toi, au commencement, pour m'appuyer, parce que sans ton coup d'pouce, j'suis pas sûr que ton père m'aurait donné ta sœur en mariage.

Pit éclata de rire et lui répondit avec aisance :

— T'en fais pas, tu l'aurais gagnée quand même. Quand t'avais une idée dans't'tête, toi…

— C'est vrai, j'étais tenace, mais j'l'aimais tant ! Tu t'en rappelles, Florence ? Y'en avait pas une autre pour moi !

— Oui, j'sais, Baptiste, et Mignonne avait fait le bon choix. Toutes ces années à porter ton nom, à être unis dans les tourments comme dans les joies… C'était beau de vous voir…

Mignonne, remuée, avait essuyé une larme, peinée de voir Florence ne pas porter le nom de son frère, elle qui l'aimait tant.

— T'as peut-être des chances de t'en remettre, murmura Pit.

— J'en doute. Ça prendrait un miracle. Si j'ai l'sang aussi jaune et vert que l'visage, ça doit pas être beau à voir en dedans. D'ailleurs, j'ai d'autres symptômes plus graves : des saignements intestinaux, le ventre et les jambes gonflés… J'lis c'que j'trouve dans les brochures sur ma maladie. C'qui m'a le plus choqué, c'est qu'on dit qu'c'est plus courant chez les grands buveurs ! Comme si j'avais rien fait d'autre que d'boire dans ma vie ! Oublions ça… J'ai quand même fait un bon bout d'chemin pour un bâtard ramassé par hasard. Pas vrai, Pit ?

Aussi coriace pouvait-il être, Pit sentit son cœur se fendre en deux. Précipitant les choses de peur d'afficher sa peine, il serra la main de son beau-frère en prétextant vouloir le laisser seul avec Mignonne quelques instants. Ce qui n'empêcha pas Jean-Baptiste d'ajouter :

— Te rappelles-tu quand ton père disait que j'sentais la morue ? C'était vrai que j'puais, les bateaux sentaient la…

— Baptiste ! intervint Mignonne. Change de sujet, Flo est là.

Florence se pencha pour l'embrasser, mais Jean-Baptiste l'en empêcha :

— Non, pas sur ma peau crasseuse… Ça s'attrape peut-être, c'te saleté-là !

Elle se releva, lui serra la main, lui souhaita bon courage et se rendit dans le couloir rejoindre Pit qui lui dit avec des sanglots dans la voix :

— Ça m'démoralise, Flo… J'suis presque de son âge.

Mignonne, restée avec son mari, l'aida à avaler un calmant pour la nuit en lui promettant de revenir tôt le lendemain.

— Pas si y fait un temps d'chien, Mignonne ! Tu peux venir juste après-demain, j'vais t'attendre, t'en fais pas.

Fébrile, rompue par toutes ces émotions, elle répondit :

— Non, j'serai là, Baptiste. Joshua viendra me reconduire avec son *truck* s'il le faut, mais j'serai là, crains pas !

Mardi 12 novembre 1940. Le vent s'était calmé, les pluies avaient cessé et l'on pouvait même discerner à travers les nuages une certaine éclaircie. Joshua n'eut pas à prendre le camion, cette fois, pour déposer sa mère à l'hôpital :

— Tu veux que je rentre avec toi, maman ?

— Non, laisse-moi seule avec lui. Viens plutôt ce soir, va travailler, t'as une famille à faire vivre.

Elle monta et, rendue à la chambre de Jean-Baptiste, elle fut étonnée de voir deux médecins et une infirmière près du lit. S'approchant à pas feutrés, elle demanda évasivement :

— Qu'est-ce qu'il y a ? Mon mari se porte mal ?

— Il a eu une faiblesse, madame Rouet, on a cru le perdre. Mais là, depuis qu'il vous a vue…

— Sortez ! Laissez-moi avec ma femme, j'ai retrouvé mes forces.

Ils se retirèrent et Jean-Baptiste, faisant signe à Mignonne de fermer la porte, la pria de s'approcher du lit :

— C'est pas vrai qu'j'ai repris des forces… Prends-moi dans tes bras, Mignonne, tiens-moi sur ton cœur, c'est comme ça que j'veux m'en aller.

— Parle pas d'la sorte, ça m'chavire, ça m'fait trembler, ça m'brise le cœur, mon homme.

Puis, le regardant, elle se rendit compte qu'il avait fermé les yeux et que sa tête se faisait plus lourde sur son bras. Constatant qu'il avait rendu son dernier souffle, elle le serra sur sa poitrine et laissa couler ses larmes sur son visage jauni. Jean-Baptiste Rouet, tel qu'il l'avait souhaité, était mort dans les bras de sa Mignonne bien-aimée. Cœur contre cœur, lèvres contre lèvres, puisqu'elle déposa un baiser sur la bouche fade de celui qui avait partagé sa vie.

L'église Saint-Édouard était remplie ou presque, les bancs vides étaient rares lors du service religieux de Jean-Baptiste Rouet. Les débardeurs et leurs épouses avaient envahi les premières rangées et les clients de l'ancien clos de bois de la famille, tout comme les gars de la construction, étaient arrivés tôt pour honorer cet homme qu'ils avaient respecté. Les cloches avaient sonné le glas longuement et, malgré le vent froid de novembre, des badauds étaient sur le parvis pour voir passer le cortège funèbre. Des gens venus aussi de la paroisse Sainte-Brigide-de-Kildare, qui avaient bien connu le gendre du notaire Turin durant ses années avec Mignonne, rue de Champlain, étaient présents pour ce dernier adieu. La veuve, toute de noir vêtue, descendait les marches au bras de Cécile alors que les autres membres de la famille suivaient dans le respect le plus absolu. On lui avait rendu hommage comme s'il avait été un notable de la paroisse, lui qui n'était même pas marguillier, lui, l'homme venu de nulle part, l'enfant trouvé d'autrefois, lui, simple débardeur du port. Il fut enterré à l'ombre d'un saule où avait été prévu un espace pour sa douce moitié lorsque Dieu la rappellerait à lui. On pleura beaucoup lors de la descente du corps et la petite Marquise, incitée par sa mère, laissa tomber une rose blanche sur le coffre de son grand-père, avant la première pelletée de terre.

Madame veuve Jean-Baptiste Rouet vendit sa maison et alla habiter chez Cécile où Gustave l'attendait à bras ouverts. François, devant ce fait, missionnaire dans l'âme, se rapprocha physiquement de son labeur de travailleur social en louant une chambre meublée à l'angle de Papineau et Dorchester. Dans la paroisse Sainte-Brigide-de-Kildare, là où avaient vécu longtemps sa mère, son père, sa grand-mère et son grand-père, le notaire. Muriel et Joshua eurent deux autres fils avec le temps : Jean-Pierre et Jean-Philippe, deux autres noms composés de prénoms d'apôtres, qui allaient s'ajouter à Jean-Jacques dans la lignée des Rouet. Pit rendit l'âme en 1945, l'année où la Seconde Guerre se terminait, sans avoir épousé Florence. Cette dernière le rejoignit dans l'au-delà dix ans plus tard, sans avoir aimé un autre homme. Enterrée avec Pit, par acquit de conscience, en souvenir de son amour d'une vie entière, Cécile avait fait graver sur le monument orné d'un ange, sous le nom de son oncle : *Mme Édouard Turin*, les dates, ainsi que : *Épouse bien-aimée de M. Édouard Turin*. N'ayant pu être la femme de Pit de son vivant, Flo allait l'être dans la mort. On n'entendit plus jamais parler de Mabel, et François, le pied estropié, le cœur encore blessé, demeura célibataire. Restée veuve, Mme Jean-Baptiste Rouet, née Mignonne Turin, tel qu'on allait l'inscrire sur sa pierre, mourut octogénaire.